SCHWESTERHERZ

»Kommst du da alleine runter oder ist es zu hoch für dich?«

»Zu hoch.« Katies Beine baumelten in der Luft. Ihre Fersen tippten sachte gegen die Mauer.

»Traust du dich, runterzuspringen?«

»Nein.«

»Gut so.« Jakob trat einen Schritt zurück und nickte zufrieden. »Ich spiele jetzt eine Runde Fußball und dann gehen wir nach Hause.«

»Nimmst du mich später Huckepack?« Sie sah ihn bittend an.

»Mal sehen.«

Ein Fußball knallte gegen Jakobs Beine. »Komm endlich, du Kindermädchen!« Die Jungs hinter ihm begannen zu lachen. »Unser bester Fußballer, aber muss immer auf seine kleine Schwester aufpassen!«

Jakob warf seinen Rucksack vor die Mauer auf den Boden. Direkt unter Katies Füße.

»Hoffentlich bist du bald alt genug, um auf dich selbst

aufzupassen«, zischte er. Dann drehte er sich um und rannte zu den anderen aufs Spielfeld.

Jakobs Eltern arbeiteten beide. Seine Mutter besaß ein Nagelstudio. Dort konnte man sich für einen Haufen Geld die Nägel schneiden, feilen, lackieren und designen lassen. Sie klebte Hausfrauen rosa Rosen auf die Nägel und lackierte die langen Krallen von schicken Geschäftsfrauen. Auf Wunsch pinselte sie sogar ein Familienfoto auf einen Daumennagel. Falls die Familie nicht allzu groß war. War doch klar, dass sie viel Arbeit mit den ganzen Nägeln hatte.

Jakobs Vater war Vermögensberater. Das Einzige, was er dazu brauchte, war sein Handy, damit schmiss er den ganzen Laden. Termine vereinbaren, Zeitung lesen, Börsenkurse und E-Mails checken, manchmal telefonierte er sogar damit. Sein Arbeitszimmer verließ er nur, um auf die Toilette zu gehen. Dort spielte er dann eine Partie Solitaire. Auf seinem Telefon. Zur Entspannung. War doch klar, dass er viel Arbeit mit seinem Handy hatte.

Also frühstückte Jakob meist alleine, das gefiel ihm. Er konnte selbst entscheiden, was er auf sein Pausenbrot schmieren wollte, und nach der Schule lag ihm niemand wegen der Hausaufgaben in den Ohren. Wenn er seinen Eltern sagte, er habe gelernt, durfte er nachmittags das tun, was er am liebsten tat: Fußball spielen. Eines Tages würde er bestimmt in der Nationalmannschaft spielen, da war er sicher.

Als Jakob noch ein Einzelkind war, mochte er sein Leben. Aber diese Zeit war vorbei.

Er hämmerte den Ball mit solcher Wucht ins Tor, dass es wackelte. Jubelnd beglückwünschten ihn die anderen und klopften ihm auf die Schulter.

»Wir gewinnen! Schon wieder!« Silas, der Mittelstürmer, grinste breit.

»Aber nur, weil ihr Jakob habt«, schimpfte der Torwart der gegnerischen Mannschaft. »Der hat so einen harten Schuss, seine Bälle sind einfach nicht zu halten.«

Jakob grinste. Drei Tore waren heute gefallen und alle drei hatte er geschossen.

Als die Straßenlaternen flackernd ansprangen, gingen die Jungen über den Platz zu ihren Taschen. Jakob sah zu der Mauer, auf der er seine Schwester zurückgelassen hatte. Seine Tasche lag noch da, aber auf der Mauer saß niemand mehr. Katie war verschwunden.

Er fluchte leise und rannte zu seinem Rucksack. Der war ganz verbeult, seine Schwester musste ihn als Treppe benutzt haben. Jakob ärgerte sich.

»Katie!«, rief er.

Ein paar seiner Mannschaftskameraden blickten ihn verwundert an. Jakob kletterte auf die Mauer und sah sich um. Eine Elster flog keckernd aus dem Gebüsch, aber von Katie weit und breit keine Spur. Schon sah er sich zwischen seinen Eltern auf dem Sofa vor dem Fernseher sitzen. Sie hörten dem Nachrichtensprecher im Fernsehen zu, wie er mit ernster Miene verkündete: *Das fünfjährige Mädchen verschwand, während ihr elfjähriger Bruder keine fünf Meter von ihr entfernt Fußball spielte.* Jakob kniff seine Augen zusammen und schüttelte den Kopf so heftig, dass es in seinen Ohren rauschte.

»Das ist ungerecht«, schimpfte er. »Sie können doch nicht von mir verlangen, dass ich die ganze Zeit auf sie aufpasse!« Er rannte zum Straßenrand und sah sich um. Die Straße war leer. Ein Schweißtropfen lief an seiner Schläfe herunter. »Wieso eigentlich immer ich? Sie wollten doch unbedingt Kinder!«

»Hier ist sie!«, rief Timo, der Torwart. Sein Kopf ragte über dem Müllcontainer auf, der neben der Mauer stand. Er winkte.

Jakob lief zu ihm. Hinter dem Container saß Katie auf dem Boden, vor ihr lagen jede Menge Zweige und darum ein Kreis aus kleinen Steinen und Blättern.

»Du hast mir einen Riesenschrecken eingejagt!«, fuhr Jakob sie an.

»Entschuldigung.« Katie riss ihre Augen auf und sah zu ihm auf. »Ich wollte nur ein bisschen spielen.«

Jakob rieb sich mit den Händen über sein Gesicht. »Habe ich nicht gesagt, du sollst da oben sitzen bleiben? Und wieso antwortest du nicht, wenn ich dich rufe?«

Katies Unterlippe fing an zu zittern.

»Hör auf! Sie ist doch wieder da«, sagte Silas, der hinzugekommen war. Er zwinkerte Jakob zu. »Beim nächsten Mal musst du halt eine höhere Mauer für sie finden.«

»Nimmst du mich Huckepack?«, fragte Katie ihn auf dem Heimweg.

»Das ist nicht dein Ernst, oder?« Jakob packte sie grob an der Hand. Er machte extragroße Schritte, damit sie rennen musste, um nicht zurückzubleiben.

Erst als sie die Straße erreicht hatten, in der sie wohnten, ließ er ihre Hand los. »Was bin ich froh, dass morgen Samstag ist und ich zwei Tage meine Ruhe vor dir habe«, giftete er und stieß die Gartenpforte auf.

Doch der Tag war noch nicht vorbei.

DER PLAN

Heute waren die Fingernägel seiner Mutter silbern lackiert und mit kleinen violetten Zahlen versehen. Sie zog mit ihnen ein Haar aus ihrem Kartoffelbrei und ließ es unter den Tisch fallen.

»Ist das alles, was du isst, Jakob?« Sie wollte ihm noch eine Frikadelle auftun, aber Jakob winkte ab. Er hatte keinen Appetit. Er wollte in sein Zimmer, endlich allein sein und sich auf den freien Samstag freuen. Und auf was für einen Samstag! Es war der Tag, an dem das wichtigste Fußballspiel des Jahres ausgetragen wurde: das Nachbarschaftsturnier.

»Fast hätte ich es vergessen.« Seine Mutter wischte sich mit ihrer Serviette den Mund ab. »Du musst morgen auf Katie aufpassen, Jakob. Wir fahren zu Oma.«

Jakob wurde heiß. »Ich habe schon die ganze Woche auf sie aufgepasst!«, rief er. »Morgen kann ich nicht, da findet das wichtigste Spiel des Jahres statt. Ich kann Katie nicht mitnehmen!« Er sah seinen Vater flehend an, aber der erwiderte seinen Blick völlig ungerührt.

»Sorry, Jakob. Wir müssen alle zurückstecken. Fußball spielen kannst du auch noch an anderen Tagen.«

»Eben nicht!«, rief Jakob verzweifelt. »Dieses Spiel ist ...« Doch seine Mutter zeigte mit einem langen silbernen Nagel auf ihn.

»Jetzt reicht es aber, Jakob«, wies sie ihn streng zurecht. »Wir können Katie nicht mit zu Oma nehmen. Nach ihrer Operation kann sie noch keine Kinder um sich haben!«

»Dann muss Katie halt im Auto warten.«, presste Jakob durch die Zähne.

»Nicht so vorlaut, Jakob!«, schnaubte sein Vater.

»Aber das ist unfair!« Jakob schlug so hart mit der Faust auf den Tisch, dass sein Wasserglas wackelte. »Ich muss jeden Nachmittag auf sie aufpassen!« Wütend sah er zu seiner Schwester, aber die hielt den Kopf gesenkt. »Warum passt ihr nicht selbst auf sie auf? Ihr wolltet sie doch unbedingt haben! Wäre es nach mir gegangen, wäre sie nie gebo...«

Sein Vater sprang so plötzlich auf, dass Jakob einen gewaltigen Schrecken bekam. »Pass auf, was du sagst, Jakob«, fuhr er Jakob an. »Du gehst zu weit. Glaubst du vielleicht, ich hätte Lust auf morgen? Ich habe auch Besseres zu tun, als im Krankenhaus zu sitzen. Oma gehört zur Familie und wir kümmern uns um sie.«

Jakobs Mutter zog die Augenbrauen hoch, sagte aber nichts.

»Irgendwann ist Katie größer und dann brauchst du nie wieder etwas mit ihr zu tun haben.« Und dann ergänzte sein Vater: »Aber bis dahin muss jemand auf sie aufpassen und morgen bist du das!«

Jakob schwieg und sah seine Schwester böse an. Katie starrte immer noch auf ihren Teller.

Als Jakob seine Schwester später im Badezimmer hörte, stieß er die Tür auf. Katie stand auf einem Hocker vor dem Waschbecken. Sie hatte eine Zahnbürste im Mund und ein bisschen blaue Zahnpasta klebte auf ihrer Wange.

Jakob stellte sich mit verschränkten Armen in den Türrahmen. »Morgen ist das wichtigste Spiel des Jahres.«

Katie nahm die Zahnbürste aus dem Mund und sah ihn an. Sie wirkte sehr klein und zerbrechlich.

»Ich habe das ganze Jahr trainiert, aber wegen dir war das alles umsonst.« Mit jedem Wort schien es im Badezimmer ein paar Grad kälter zu werden. »Du bist schuld, dass ich morgen nicht mitspielen darf.«

Er machte Katie Angst, das sah er ihr an, doch er war viel zu wütend, um ein schlechtes Gewissen zu haben.

Aber musste er das Spiel überhaupt versäumen? Dieser Gedanke schoss ihm so plötzlich durch den Kopf, dass er vergaß, seinen Mund zu schließen.

»Entschuldigung«, sagte Katie.

Jakob betrachtete sie abwesend. Was konnte schlimmstenfalls passieren? Eine Woche Hausarrest? Er und seine Mannschaft hatten sich so lang auf das Turnier gefreut. Sie hatten jeden Tag trainiert und Jakob war in Topform. Wenn sie gewinnen würden, wären sie nicht nur die Besten hier in der Gegend, sondern die Stars der gesamten Stadt! Was auch immer er für eine Strafe bekäme, sie wäre es auf jeden Fall wert.

»Ich werde mir meinen freien Samstag nicht von dir verderben lassen!«, sagte er und lächelte dabei.

Katie ließ die Hand mit der Zahnbürste sinken. »Wie meinst du das?«

»Genau so, wie ich es gesagt habe. Ich nehme dich morgen einfach nicht mit.«

»Aber du hast es Mama versprochen!«

»Ich habe gar nichts versprochen und das werde ich auch nicht. Ich gehe morgen zum Fußball. Ohne dich.«

Entsetzt sah Katie ihn an. »Ich darf aber nicht alleine zu Hause bleiben!«

»Das weiß ich.« Jakob ignorierte ihren Schrecken. »Dann müssen sie dich eben mitnehmen oder einen Babysitter engagieren. Oder dich bei den Nachbarn abgeben. Das ist mir doch egal. Ich bin jedenfalls nicht für dich verantwortlich.«

Jakob ging in sein Zimmer. Er war so zufrieden mit sich, wie lange nicht mehr. Er kroch ins Bett, stellte den Wecker auf fünf Uhr morgens und schloss die Augen. Wenn seine Eltern und Katie aufwachten, wäre er längst zur Tür raus, dorthin unterwegs, wo ihm ihm niemand vorschrieb, was zu tun war.

SPURLOS VERSCHWUNDEN

Draußen war es noch dunkel, als Jakob die Treppe hinunterschlich. Kein Vogel war zu hören. Um möglichst wenig Krach zu machen, hatte er seine Turnschuhe angezogen, die Fußballschuhe mit den Stollen steckten im Rucksack. Jedes Mal, wenn eine der Holzstufen knarrte, blieb er abrupt stehen und horchte.

Als er die Tür des Kühlschranks öffnete, strömte Licht in die Küche. Vorn stand ein Plastikbehälter mit dem Rosenkohl, der vom Abendessen übrig geblieben war. Das Gemüse war gelb und verschrumpelt, Jakob schob es angewidert zur Seite. Im untersten Fach entdeckte er einen mit Alufolie umwickelten Teller. Behutsam zog er ihn heraus.

»Bingo!«, flüsterte er und ließ drei gebratene Hühnerschenkel in einen Plastikbeutel gleiten. Aus dem Gemüsefach nahm er sich zwei große Äpfel und stopfte alles zu seinen Fußballschuhen in den Rucksack.

Zufrieden schloss er den Kühlschrank und drehte sich um. Im Türrahmen stand eine kleine Gestalt. Gerade noch konnte Jakob einen Schrei unterdrücken. Er war so sehr mit dem Essen beschäftigt gewesen, dass er niemanden hatte hereinkommen hören. Kalt lief es ihm den Rücken hinunter. Katie sah in ihrem weißen Nachthemd aus wie ein Gespenst.

»Was machst du hier? Geh zurück ins Bett, sonst weckst du alle auf!«

»Ich komme mit«, flüsterte sie entschlossen.

»Du bleibst hier und damit basta«, zischte Jakob, aber Katie rührte sich nicht vom Fleck. Ihr Gesicht war ebenso bleich wie das Nachthemd.

Sie ballte ihre kleinen Fäuste. »Papa und Mama werden aber böse, wenn du mich nicht mitnimmst.«

Jakob spürte, wie er wütend wurde. »Ist mir doch egal. Du bleibst hier!« Langsam ging er rückwärts zur Tür. »Außerdem kannst du gar nicht mit. Du bist ja nicht mal angezogen.«

Sie sah an sich runter und drehte sich zur Treppe um.

»Lass es. Ich warte nicht auf dich.« Die Klinke der Hintertür drückte sich in seinen Rücken. Das Schloss klickte leise, als er den Schlüssel umdrehte und die Tür öffnete. Katies Schultern sackten nach unten. Ihre Unterlippe bebte. Schnell wandte Jakob den Blick ab und ging hinaus. Die Tür zog er hinter sich zu und lief schnell in die kühle Morgenluft hinaus.

Als er über den Kieselweg am Küchenfenster vorbeikam, sah er sie dort stehen. In der Dunkelheit konnte er nicht erkennen, ob sie weinte. Schuldgefühl nagte an ihm. Er hob die Hand, aber sie winkte nicht zurück.

Sogleich flammte die Wut von gestern Abend wieder in ihm auf.

»Ach, dann halt nicht.« Jakob war so zornig, dass seine Beine zitterten.

An der Gartenpforte schloss er kurz die Augen. Die Wut kroch ihm vom Brustkorb ins Gehirn und füllte seinen Kopf mit pechschwarzen Gedanken. Einen Moment ließ er sie zu und automatisch ballten sich seine Fäuste. *Ich wünschte, du wärest dein eigener Albtraum und nicht meiner. Ich wünschte, du wärest so weit weg wie möglich, damit ich dich nie wieder sehen muss und du mir nie wieder Ärger machst.* In seiner Brust zuckte es. Nur ganz kurz. Dann war es, als hätte sein Zorn den Höhepunkt erreicht. Er flaute ab.

Jakob öffnete die Augen. Seine Beine zitterten nicht mehr und er fühlte sich sonderbar ruhig. Er lächelte. »Das wird mein Tag«, flüsterte er. »Ganz und gar mein Tag.«

Die Sonne ging unter und die Schatten zogen sich in die Länge, als Jakob am Abend nach Hause lief. Sie hatten 4:2 gewonnen, drei der vier Tore gingen auf Jakobs Konto und seine Mannschaftskameraden hatten ihn auf den Schultern über den Platz getragen, während die Zuschauer gejubelt und geklatscht hatten. Die Gegner standen am Spielfeldrand und schauten voller Respekt zu ihm auf.

Jakob fühlte sich großartig. Er grinste breit, als er in seine Straße einbog. Irgendwo stand ein Fenster offen. Ein Baby schrie und er musste an Katie denken. Seine Eltern würden bestimmt ganz schön wütend auf ihn sein, weil er sie ihnen aufgehalst hatte. Aber das war es allemal wert gewesen.

»Außerdem sind sie es doch, die mir Katie die ganze Zeit ans Bein binden«, sagte er zu einer schwarzen Katze, die ihn aus dem Gebüsch anstarrte.

Er erreichte die Gartenpforte und nahm allen Mut zusammen. Mit einem ordentlichen Donnerwetter musste er wohl rechnen. Vor allem seine Mutter war darin eine Meisterin. Und wenn es nach seinem Vater ging, würde er ohne Abendessen ins Bett geschickt werden. Dabei knurrte sein Magen. Er warf der Katze noch einen Blick zu. Unbekümmert sah sie ihn mit etwas zugekniffenen Augen an. In der Abenddämmerung schien es fast, als grinste sie.

»Du hast gut lachen!«, sagte Jakob zu ihr.

Dann holte er tief Luft, ging durch den Garten zum Haus und öffnete die Hintertür.

Seine Mutter drehte sich mit einem Ruck zu ihm um. Ein großes Messer lag in ihrer Hand. Ihre Augen waren gerötet, eine Träne rollte über ihre Wange.

»So«, sagte sie und wischte sich mit dem Ärmel über die Augen.

Jakob machte sich auf alles gefasst.

»Ich dachte schon, ihr würdet gar nicht mehr kommen!« Sie lachte und drehte sich wieder zu der großen, weißen Zwiebel um, die in zwei Hälften vor ihr auf der Arbeitsfläche lag. Sie fing an, die Zwiebel klein zu schnippeln und zwitscherte dabei vergnügt: »Ich habe mir wirklich langsam Sorgen gemacht, weil ihr so lange weggeblieben seid. Offenbar war es doch lustiger, als du gedacht hattest, was? Wusste ich doch, dass es nur halb so schlimm sein würde.«

Jakob sah zu seinem Vater rüber, doch der telefonierte angeregt. Was war hier los?

»Wo ist Katie?«, fragte seine Mutter. Hack, hack, machte das große Messer. Jakob wurde es ganz heiß. Er wollte etwas sagen, aber es drang nur ein seltsamer, trockener Laut aus seiner Kehle. »Oben?«, brachte er mühsam heraus. Sein Gehirn arbeitete auf Hochtouren. Hatten seine Eltern Katie etwa den ganzen Tag über nicht gesehen?

Seine Mutter schüttelte den Kopf. »Wie leise das Kind doch ist. Ich habe sie gar nicht reinkommen hören. Holst du sie rasch? Das Abendessen ist gleich fertig.«

Jakob bekam nicht mehr mit, was seine Mutter sonst noch sagte. Er spurtete an ihr vorbei in den Flur und stürmte nach oben. Er riss Katies Zimmertür auf. Vom Bett aus starrten ihre Stofftiere ihn mit glasigen Augen an. Das Zimmer war ordentlich aufgeräumt. Totenstill war es hier. Jakob bekam feuchte Hände. Er öffnete den Kleiderschrank.

»Katie?« Die Bügel klimperten, als er alles beiseiteschob, aber hier war sie nicht.

»Katie! Ich weiß, dass du dich irgendwo versteckt hast! Komm sofort raus!« Er kniete sich hin und schaute unterm Bett nach.

Katie war nicht in ihrem Zimmer.

Jakob durchsuchte das gesamte Obergeschoss. Er sah in Schränke und unter Betten, sogar aufs Dach schaute er, aber Katie war nirgends zu finden. Er rannte die Treppe hinunter und warf einen Blick ins Wohnzimmer, unter das Sofa, hinter den Fernseher.

In der Küche stand seine Mutter. Ihre Tränen waren getrocknet und sie rührte in einem großen Topf, der auf dem Herd stand.

»Schatz, kannst du Katie sagen, sie soll schon mal ihr Nachthemd anziehen?« Sie strich ihm übers Haar und Jakob hatte das Gefühl, als würde seine Kopfhaut unter ihren Fingern gefrieren. »Gleich müsst ihr uns ausführlich erzählen, wie es heute war.«

Jakob eilte an ihr vorbei.

»Wo willst du hin?«

Er riss die Tür zum Garten auf. Gerade war er noch der glücklichste Mensch der Welt gewesen, doch auf einmal lastete eine zentnerschwere Last auf ihm. Der Kieselweg knirschte unter seinen Turnschuhen. Ihm zitterten die Hände, als er die Gartenpforte öffnete und nach draußen trat. Ihm war kalt. So wie es aussah, musste er seinen Eltern nicht nur beichten, dass er Katie am Morgen nicht mitgenommen hatte, sondern auch, dass er nicht die geringste Ahnung hatte, wo sie jetzt sein könnte.

Weit und breit war niemand zu sehen. Unschlüssig stand er mitten auf der Straße. Die Laternen tauchten alles in ein gelbliches Licht und es hatte angefangen, leicht zu nieseln, gerade genug, um davon nass zu werden. Er konnte unmöglich alles absuchen. Jakob ging zurück.

Das Metall der Gartenpforte fühlte sich eiskalt an. Jakob lehnte sich mit seinem ganzen Gewicht dagegen. Es blieb ihm nichts anderes übrig, als ins Haus zu gehen und seinen Eltern die Wahrheit zu beichten.

Gerade als er hineingehen wollte, hörte er hinter sich eine Stimme. »Suchst du deine Schwester?«

Jakob schnellte herum. Unter der Laterne an der Straßenecke stand ein Mann. Er trug einen langen, dunklen Mantel, der fast den Boden berührte. Die breite Krempe seines Filzhuts warf einen dunklen Schatten über sein Gesicht. Eine Hand hatte er in die Hosentasche gesteckt, mit der anderen hielt er locker eine Zigarette. Rauchkringel stiegen in die Luft.

Jakob ließ das Tor los. »Ja«, antwortete er vorsichtig, »ich suche meine Schwester.«

Der Mann zog an seiner Zigarette. Die Glut leuchtete rot auf.

»Wissen Sie, wo sie ist?«, fragte Jakob und lief hinüber.

Der Mann antwortete nicht, sondern drehte sich um und ging langsam fort.

»Warten Sie!«, rief Jakob und folgte ihm. »Ich habe Sie etwas gefragt!«

Ein Regentropfen fiel auf die Zigarette und sie ging zischend aus. »Immer dieser verdammte Regen hier«, fluchte der Mann. Dann bog er um die Straßenecke und war nicht mehr zu sehen.

Jakob rannte hinter ihm her. »Was wissen Sie über meine ...« Doch als er um die Ecke bog, blieben ihm die Worte im Halse stecken. Was er dort sah, raubte ihm den Atem. Er blinzelte. Vor ihm lag gar nicht die Straße, die er kannte. Die Birken waren weg. Die Häuser mit ihren roten Dächern waren verschwunden. Es gab nicht einmal mehr Asphalt. Er stand auf einer Wiese, und soweit das Auge reichte, sah er nichts als Gras. Eine grüne Wüste erstreckte es sich vor ihm. Und darüber: strahlend blauer Himmel. Am Horizont ging gerade die Sonne auf.

Jakob schüttelte den Kopf. Er kniff die Augen zusammen, öffnete sie wieder, aber es veränderte sich nichts. Wo war sein Viertel geblieben? Wo die Häuser? Und wieso ging die Sonne wieder auf, wenn es doch Abend war?

Keine zehn Meter von ihm entfernt stand der Mann mit dem Filzhut und zündete sich gerade eine neue Zigarette an. Jakob trat zögernd einen Schritt zurück. Er musste verrückt geworden sein. Vielleicht hatte er zu viel Sport gemacht und zu wenig getrunken? Doch die warmen Sonnenstrahlen auf seinem Gesicht und der weiche Boden unter seinen Füßen fühlten sich viel zu echt an. Das war kein Traum.

Verhext! Dieser Ort ist verhext! Dieser Gedanke ließ ihn erschaudern und mit einem Mal war es ihm egal, ob seine Eltern ihn bestrafen würden. Wenn er nur hier wieder wegkam.

»Komm endlich!«

Wie in Zeitlupe drehte sich Jakob zu dem Mann, der

ihn, immer noch mit einer Hand in der Hosentasche, anstarrte. Er bemühte sich, ruhig zu bleiben. »Nein. Ich denke ... ich weiß nicht ...«

»Hör zu, ich habe nicht den ganzen Tag Zeit«, unterbrach ihn der Mann. Mit einem tiefen Seufzer blies er eine Rauchwolke in die Luft. »Komm mit oder bleib hier, entscheide dich.«

»Ich will lieber zurück«, stammelte Jakob.

»Hier gibt es kein Zurück.«

»Und wo bin ich?« Jakobs Stimme zitterte. Er konnte nichts dagegen tun.

»Dort. Du bist Dort«, sagte der Mann und deutete ungeduldig mit seiner Zigarette auf Jakob. Asche rieselte zu Boden. »Willst du deine Schwester wiederhaben oder willst du hier herumstehen und Fragen stellen?« Mit der freien Hand schob er seinen Hut nach hinten, sodass Jakob zum ersten Mal sein Gesicht sehen konnte. Die Haut des Mannes war von der Sonne gebräunt und er hatte eine breite Nase, die ein wenig nach oben ragte. Er sah fast lustig aus, wenn er seine Brauen nicht so feindselig zusammengezogen hätte.

»Ich will erst wissen, wo ich bin«, sagte Jakob mutig. Er bemühte sich, sein Zittern zu verbergen, indem er von einem Bein aufs andere trat.

»Dann musst du sehen, wo du bleibst.« Der Mann hob die Hand zum Gruß und ging davon.

Jakob wusste nicht, was er tun sollte. Jeder Schritt würde ihn weiter von seinem Zuhause wegführen. Doch wo war sein Zuhause? Davon war nichts mehr zu sehen. Sogar von der Welt, wie er sie kannte, war nichts übrig. Wohin er auch schaute, überall war nur Gras.

Der Mann mit dem Filzhut wurde kleiner und kleiner. Plötzlich überkam Jakob Panik. Wenn er hier noch länger herumstand und überlegte, wäre der Mann weg und er bliebe allein in einer Welt zurück, die er nicht kannte.

»Warten Sie!«, schrie er und rannte los.

QUASSELKOPF

»Wohin gehen wir?«

Der Mann lief ein paar Meter vor ihm her. Jakob betrachtete seinen langen braunen Mantel genauer. Der Stoff glänzte zwar wie Samt, war aber stellenweise ausgeblichen und zerrissen, was Jakob an alte, verschlissene Couchgarnituren erinnerte. Der Mann rannte so schnell, dass sein Mantel die ganze Zeit hinter ihm herflog.

»Ginge es vielleicht etwas langsamer?« Jakob bereute seine Worte sofort. Denn statt sein Tempo zu drosseln, lief der Mann noch schneller. Jakob musste sich anstrengen, um hinterherzukommen. Allerlei Fragen schwirrten durch seinen Kopf, aber er wagte es nicht, sie zu stellen. Er würde ja doch keine Antworten bekommen und wenn der Mann noch schneller lief, müsste Jakob womöglich rennen. Wie lange könnte er das durchhalten? Weit und breit gab es kein Anzeichen von Leben. Außer Gras war nichts zu sehen. Reglose Grashalme, scheinbar alle gleich. Ihm wurde ganz schwindelig.

»Wir gehen zur Riverkilt.«

Die Antwort des Mannes kam so unerwartet, dass Jakob einen Moment ganz durcheinandergeriet.

»Wohin?«

»Zur Ri-ver-kilt.« Der Mann betonte jede einzelne Silbe übertrieben deutlich, als wäre Jakob schwerhörig.

»Was ist die Riverkilt?«

»Eine Herberge.«

»Ist meine Schwester dort?«

»Woher soll ich das wissen?«, antwortete der Mann verächtlich.

»Aber Sie haben mich doch gefragt, ob ich meine Schwester suche.«

»Hör schon auf damit.«

»Ich habe Ihnen nicht erzählt, dass ich eine Schwester habe, also: Woher wussten Sie das?«

Der Mann schüttelte den Kopf. »Hör auf damit«, sagte er scharf. »Das sind deine Angelegenheiten, nicht meine. Ich bringe dich zur Riverkilt, das ist meine Aufgabe. Wenn du aber weiterhin so nervst, habe ich kein Problem damit, dich einfach hier stehen zu lassen.« Er wies über die ausgedehnte Grasfläche. »Dann kannst du dir jemand anderen suchen, der dir den Weg zeigt.«

Es war niemand zu sehen.

»Und? Willst du weiterquengeln?« Die dunklen Augen des Mannes funkelten gefährlich. Jakob hielt seinen Mund.

»Geht doch.« Der Mann nickte zufrieden. Er wandte sich um und setzte seinen Weg fort.

Jakob drückte seine Fingernägel in die Handflächen. Er hatte keine Wahl. Wortlos folgte er dem Mann.

Als sich das Grasland unter seinen Füßen endlich veränderte, ging langsam die Sonne unter. Der Boden wurde matschiger. Das Gras wich Schilfrohr, das Jakob bis zur Brust reichte. Hier und dort trafen sie inmitten des Schilfs auf kleine Moortümpel, gefüllt mit Wasser so schwarz wie Teer, aus denen tote Äste aufragten.

Jakobs Schuhe saugten sich immer wieder in dem braunen Schlamm fest und er kam nur mühsam vorwärts. »Warten Sie«, rief er. Keuchend stoppte er vor einer modrigen Pfütze, die gerade ein Stück zu groß war, um darüber springen zu können. Das rechts und links wachsende Schilf erschien ihm undurchdringlich. Er seufzte. Also musste er wohl durchs Wasser waten und seine schon jetzt feuchten Schuhe endgültig durchweichen lassen.

Er bückte sich, um die Hosenbeine hochzukrempeln, damit wenigstens die trocken blieben. Da entdeckte er plötzlich einen Stein. Mitten in der Pfütze ragte er weiß und vollkommen rund aus dem Wasser. Jakob richtete sich auf.

»Dass ich den nicht früher gesehen habe!« Mit zwei Sprüngen könnte er so locker auf die andere Seite gelangen. »Was für ein Glück! Wurde auch Zeit«, murmelte er und setzte zum Sprung an.

Der Abstand war nicht groß und normalerweise hätte Jakob es spielend geschafft, aber er hatte den Matsch nicht berücksichtigt. Er bekam die Füße kaum vom Boden und fiel der Länge nach kopfüber ins Wasser. Sofort ging er unter. Er fand keinen Boden unter den Füßen. Mit aller Macht strampelnd tauchte er prustend wieder auf.

Der Stein war verschwunden. Aber das fiel Jakob gar nicht auf, er hustete und spuckte sandiges Wasser aus. Zum Rand war es nicht weit. Täuschte er sich oder war der Rand mit einem Mal höher, als er ihn in Erinnerung hatte? Er versuchte, aus dem Wasser zu klettern, aber das Ufer war glitschig und das Schilf knapp außer Reichweite. Er fiel ins Wasser zurück. Verzweifelt suchten seine Füße nach Halt, aber wie er sich auch anstrengte, er fand nichts. Es war, als würde er in einem tiefen See schwimmen und nicht in einem lächerlichen Moortümpel.

»Hallo! Helfen Sie mir!«, schrie er. Keine Antwort. Er konnte den Mann durch das dichte Schilf nicht mehr sehen. Wenn er hier nicht bald herauskäme, wäre der Mann wahrscheinlich verschwunden. Und wenn das passierte, wären nasse Kleider seine geringste Sorge.

Mit aller Macht versuchte er, möglichst weit aus dem Wasser zu gelangen, um sich am Schilf rauszuziehen. Beim dritten Versuch bekam er eine Handvoll trockene Stängel zu fassen. Kurz fürchtete er, dass das Schilf abbrechen könnte. Mit beiden Händen umklammerte er die Stängel, aber gerade als er all seine Kraft gesammelt hatte, fing das Wasser plötzlich zu blubbern an. Jakob sah direkt neben sich den weißen Stein aufsteigen. Höher und höher, bis Jakob erkannte, dass es gar kein Stein war, sondern ein

Hinterkopf. Lange grüngraue Haare, die aussahen wie Algen, trieben wie ein Fächer im Wasser. Sie blieben an der bleichen Haut kleben, als der Kopf ganz aus dem Tümpel auftauchte.

Jakob riss vor Schreck die Augen auf. Er klammerte sich noch immer an das Schilf und starrte den Hinterkopf an. Der wackelte auf einem dünnen Hals hin und her. Dann drehte der Kopf sich plötzlich um und zwei große blassblaue Augen starrten Jakob ein wenig schielend an. Die Augen nahmen fast das gesamte Gesicht ein und ließen der kleinen Nase kaum Platz. Eigentlich sah man nur Nasenlöcher. Darunter befand sich ein Strich, das musste der Mund sein.

»Aha!«, quiekte das Wesen entzückt. »Da bist du!« Der Kopf wippte und die Augen rollten hin und her, als würden sie lose in ihren Höhlen liegen. Jakob, der sich vom ersten Schrecken erholt hatte, musste beinahe lachen.

»Wie heißt du?« Wieder dieses Quieken, aber es klang freundlich.

»Jakob«, antwortete er vorsichtig.

»Jakob.« Der Kopf sprach seinen Namen aus, als wollte er ihn schmecken.

»Jakob, hübsch. Sehr hübsch. Jakob, Jakob, JakobJakobJakobJakobJakob.« Er lächelte zufrieden. »Ich hatte noch nie einen Jakob hier in meiner Pfütze«, sagte er verträumt. »Ich heiße Jason, oder nein, Mechthild.« Die Augen rollten unentschlossen hin und her. Die bleiche Stirn war gerunzelt, Falten über Falten. »Nein, nein. Cleo. Genau, ich heiße Cleo.«, sagte der Kopf stolz. Aber als Jakob seinen Mund öffnete, um etwas zu erwidern, sagte Cleo schnell: »Nein! Nein! Doch lieber Mechthild.«

Jakob krallte die Finger in die Schilfrohre und lachte höflich. »Entschuldige, Mechthild«, sagte er, »aber ich habe es eilig. Ich bin spät dran.« Er machte Anstalten, sich hochzuziehen.

»Du hast ganz recht.« Mechthilds Augen kreiselten fröhlich umher. »Willst du noch was wissen?«

»Wissen? «

»Ich bin eine Meisterin im Erfinden. Frag mich, was du willst, und ich denke mir eine Antwort für dich aus!«

Jakob schüttelte verwirrt den Kopf. »Was habe ich denn von deinen Antworten, wenn sie erfunden sind?«

Mechthild zuckte mit ihren schmalen Schultern. »Was du mit den Antworten anstellst, ist deine Sache. Ich biete sie dir nur an. Aber du verpasst eine gute Gelegenheit, wenn du mich nichts fragst«, plapperte sie. »Wer weiß, vielleicht behalte ich ja letzten Endes recht!«

Aber Jakob hatte genug davon. »Vielleicht kannst du mir dabei helfen, ans Ufer zu kommen«, sagte er und zog sich langsam hoch.

»Wie du meinst«, sagte Mechthild. »Womit soll ich nur anfangen?« Der kleine Mund verzog sich plötzlich zu einem breiten Grinsen. Jakob folgte den Mundwinkeln, die weiter und weiter auseinandergingen, bis kein Mund mehr da war, nur noch eine lange rote Linie, die über die gesamte Breite des Kopfs verlief. Die dünnen Lippen öffneten sich und entblößten eine Reihe kleiner, messerscharfer Zähne.

»Soll ich dir mit den Beinen helfen?«, zischelte sie. »Ohne Beine wärst du ein ganzes Stück leichter. Ja, ich denke, dass ich diesmal mit den Beinen anfange.« Mechthild leckte sich die Lippen und sank langsam unter Wasser.

Jakob zog sich, so schnell er konnte, am Schilf aus dem Wasser, dabei strampelte er wie wild mit den Beinen. Von oben hörte er ein seltsam knisterndes Geräusch. Schlagartig wurde ihm bewusst, dass das die Schilfstängel waren, die seinem Gewicht nicht länger standhielten und einer nach dem anderen abbrachen. Das Wasser um ihn herum blubberte. Seine Nackenhaare stellten sich auf, als er spürte, wie sich unter Wasser lange, dünne Finger um seine Waden legten und ihn nach unten zogen.

»Hilfe!«, schrie er, heiser vor lauter Angst. Er zappelte wie verrückt. Doch die Finger schraubten sich immer fester um seine Beine und langsam wurde er ins Wasser zurückgezogen. Die Schilfrohre brachen nun dutzendweise ab und Jakob wurde klar, dass er verloren war.

In diesem Moment packte ihn jemand am Kragen und zog ihn mit einem Ruck aus dem Wasser.

»Ich habe dir doch gesagt, du sollst nicht trödeln.« Der Mann mit dem Schlapphut sah mürrisch auf ihn herab. Jakobs Herz schlug ihm mittlerweile bis zum Hals. Schnell machte er ein paar Schritte, nur weg von dem Tümpel, in dem das schwarze Wasser immer noch unruhig blubberte.

»Da ist ein Wesen drin ... ein Mädchen ... Mechthild ...«, stammelte er.

»Da sitzt ein Quasselkopf drin«, verbesserte ihn der Mann. Er verdrehte die Augen, als hätte Jakob etwas sehr Dummes gesagt. Jakob sah ihn verwundert an.

»Die gibt es in einigen Tümpeln. Ihre Köpfe sehen aus wie Steine, bis man sich auf sie stellen will«, erklärte der Mann gereizt. »Haben sie dich einmal in ihrem Tümpel, lassen sie das Wasser langsam ab, damit man sich nicht mehr ans Ufer ziehen kann, sondern im Schlamm feststeckt.« Er gab Jakob keine Zeit zum Verschnaufen, sondern lief los. »Ich hoffe, du hast sie nichts gefragt?«, rief er.

»Nein.« Jakob folgte ihm.

»Pure Zeitverschwendung«, murmelte der Mann genervt. Jakob wusste nicht, ob er den Zwischenfall meinte oder die Antworten des Quasselkopfs.

Seine Kleider waren durchnässt, aber er war froh, dass ihm nichts passiert war. Er nahm sich vor, nicht noch einmal verloren zu gehen.

RIVERKILT

Es wurde kälter. In der Dämmerung schimmerte das Schilf weißlich und rauschte im zunehmenden Wind.

Jakob zitterte. Seine Kleider waren immer noch klatschnass. Durch den Wind bekam er am ganzen Körper Gänsehaut. Sie hatten keine einzige Pause eingelegt und seine Beinmuskeln brannten.

»Ist Katie in Riller ... in Rivker ... in der Herberge?«, fragte er. Jakob rechnete nicht mit einer Antwort, aber er musste sich von der Kälte ablenken. Die Antwort kam schnell.

»In der Riverkilt holst du dir deine Karte ab.« Der Mann klang einen Hauch freundlicher. Jakob meinte sogar herauszuhören, dass er lächelte, während er sprach.

»Was für eine Karte?«

»Deine Landkarte.«

Diese Antwort verwirrte Jakob. »Meine Landkarte? Wofür brauche ich denn eine Landkarte?«

Statt zu antworten, deutete der Mann nach vorn. »Da ist es.«

Weit hinten sah Jakob im Dämmerlicht einen großen dunklen Wald, der dort begann, wo der Morast aufhörte. Und genau an der Grenze, am Waldrand, stand ein Haus. Mit seinem Reetdach ähnelte es den Bauernhöfen, die Jakob bei den Radtouren mit seinem Vater oft gesehen hatte. Plötzlich spürte er einen Stich in seiner Brust, als er an diese Ausflüge dachte. Sein Vater nahm sich dafür nur selten Zeit, deshalb waren sie immer besonders schön gewesen. Männer unter sich. Würde er jemals wieder an einem warmen Sommernachmittag mit seinem Vater an Weiden und Flüssen entlangradeln?

Es war schon dunkel, als sie bei der Riverkilt eintrafen. Die Herberge sah aus, als stünde sie schon seit Jahrhunderten dort. Die grauen Steine waren grob und ungleich gehauen, aus den Mauerritzen wuchs Unkraut. Die Fenster waren verrußt, sodass kaum Licht durchdrang. Neben der Tür hing eine Laterne mit einem großen Holzschild daran, auf dem in Schnörkelschrift geschrieben war:

Zur
Riverkilt

Ein havarierter Dreimaster war unter dem Namen gemalt, mit zerrissenen Segeln und Löchern im Rumpf. Er schaukelte auf hohen Wellen, der Himmel darüber sah dunkel und bedrohlich aus, als zöge jeden Moment ein gewaltiger Sturm auf, der das Schiff zum Kentern bringen könnte.

Jakob fröstelte.

»Endstation«, sagte der Mann. Er grinste. »Endlich.«

»Warten Sie«, rief Jakob, aber der Mann hatte bereits die Tür geöffnet und trat ein. Jakob folgte ihm widerwillig.

Die Gaststube wurde von Laternen beleuchtet, die an eisernen Halterungen hingen. Links war ein großer Kamin, in dem ein Feuer brannte. Der Tresen befand sich mitten im Raum. An den Tischen saßen Männer, tranken und spielten Karten, einige pafften Zigarren oder Pfeifen. Dichter blauer Rauch hing zwischen den Deckenbalken. Sofort fingen Jakobs Augen an, zu brennen.

»Ah, Kait ist wieder da!«, rief jemand. Alle Köpfe drehten sich zur Tür. Das Stimmengewirr verstummte.

»Und wen hast du diesmal mitgebracht?«

Neugierig beugten sich die Männer vor und starrten Jakob an, der unwillkürlich einen Schritt zur Seite trat, als wolle er sich hinter Kait verstecken. Mit ihren glimmenden Zigarren zeigten die Männer auf ihn und lachten. Kait scherte sich nicht darum. Er wollte zum Tresen, aber ein großer Mann versperrte ihm den Weg. Auf seinem linken Oberarm war ein Affe mit blitzenden Zähnen tätowiert.

»Was ist das für ein Kerlchen, Kait?« Er zog an seiner Zigarre. »Wo hast du denn den aufgegabelt? Im Kindergarten?«

Die Männer brüllten vor Lachen. Kait schob den Mann zur Seite und bahnte sich seinen Weg zum Tresen. Jakob lief schnell hinter ihm her.

Der Barmann war groß und hatte ein spitzes Gesicht,

aber freundliche Augen. Mit der Ecke eines Geschirrtuchs polierte er ein Glas.

»Wo ist Gus?«, fragte Kait.

»In seinem Zimmer.« Der Barmann deutete mit seinem Kopf zur Treppe, die neben dem Tresen nach oben führte. Jakob wollte mitgehen, aber Kait hielt ihn zurück.

»Du bleibst hier«, sagte er schroff. Dass er auch freundlich sein konnte, davon war nichts mehr zu merken. Kait stürmte die Treppe hoch und verschwand hinter einer kleinen Tür.

Aus Angst, sie würden ihn ansprechen und auslachen, wagte Jakob es nicht, die Männer an den Tischen anzusehen. Argwöhnisch kletterte er auf einen freien Barhocker. Hier würde er möglichst unauffällig sitzen bleiben und auf Kait warten. Er blickte den Barmann an, der noch immer Gläser polierte.

»Und, was willst du trinken, Knirps?«

Jakob drehte sich so abrupt um, dass seine Halswirbel knackten. Er hatte nicht gemerkt, dass der Mann mit der Tätowierung jetzt neben ihm stand. Das Affen-Tattoo schien Jakob anzugrinsen.

»Du kannst dich nicht an einen Tresen setzen und nichts trinken.« Er deutete mit der Zigarre auf den Barmann. »He, Milo! Schenk dieser Erbse mal was ein!« Während der Barmann langsam zu ihnen rüberkam, beugte sich der Tätowierte vertraulich zu Jakob hinunter. Sein Atem roch nach Fisch, Jakob lehnte sich, soweit er das auf dem Barhocker konnte, nach hinten. »Warum bist du hier?« Das schiefe Grinsen des Mannes entblößte ein braunes Gebiss.

Jakob verstand nicht, was der Kerl von ihm wollte. »Wegen einer Karte«, gab er zurück.

Der Mann schnaubte. »Ja, du Witzbold, natürlich wegen einer Karte, aber wen suchst du?«

Jakob blickte ihn mit großen Augen an. Wie konnte er wissen, dass er jemanden suchte?

»Meine Schwester.« Er versuchte, das braune Gebiss, so gut es ging, zu ignorieren.

Der Mann richtete sich auf. Das Grinsen war ihm vergangen. »Ach so. So einer bist du also ...«

Es schien nun stiller in der Gaststube geworden zu sein. Anscheinend folgten alle aufmerksam dem Gespräch.

»Lass mich raten: Sie ist jünger als du?«

Jakob traute sich nicht, zu antworten. Der Mann sah ihn verächtlich an. Irgendjemand räusperte sich und spuckte auf den Boden.

»Hättest besser deine Eltern mitbringen sollen, die könnten das hier vielleicht hinkriegen.«

Jakob starrte ihn entgeistert an. Dachten die etwa, er habe seiner Schwester etwas angetan? Doch bevor er etwas erwidern konnte, streckte Milo seinen Arm über den Tresen und schob den tätowierten Mann zur Seite. »So, das reicht, Furn. Deine Kumpels vermissen dich beim Kartenspiel.«

Furn wollte noch etwas entgegnen, aber Milo sah ihn scharf an. »Das ist mein Ernst. Hör jetzt auf. Das geht dich nichts an.«

Furn kniff die Augen zusammen. Dann zuckte er die Schultern, warf Jakob noch einen letzten verächtlichen Blick zu und ging wieder zu seinem Tisch.

Jakob hatte die ganze Zeit den Atem angehalten. Leise ließ er jetzt die Luft entweichen. Um ihn herum erwachte die Herberge wieder zum Leben. Füße schlurften über Dielen und Gläser wurden über die Tische geschoben.

»Alles in Ordnung?«, fragte Milo. Seine Stimme klang freundlich. »Er ist ein Kinderschreck, mach dir nichts daraus.« Er warf sich das Geschirrtuch über die Schulter. »Du hast bestimmt Hunger nach so einer Wanderung. Was möchtest du essen?«

Kurze Zeit später stand ein großer Teller mit dampfenden Kartoffeln, Karotten und einem gebratenen Hühnerschenkel vor Jakob. Daneben ein Glas, das mit lauter kleinen Einkerbungen verziert war.

»Ich habe nur Wasser. Oder Alkohol. Was willst du?«

»Wasser«, sagte Jakob hastig. Milo nickte. Er schenkte das Glas voll und beobachtete zufrieden, wie der Junge über das Essen herfiel.

Als Jakobs erster Hunger gestillt war, fragte er: »Wieso wusste er, dass ich jemanden suche?«

Milo lehnte sich an den Zapfhahn und sagte, während er ein blaues, rundes Glas polierte: »Jeder, der hierherkommt, sucht jemanden.«

Als Jakob den Blick nicht senkte, fuhr er fort: »Jeder hier hat einen anderen so schlimm verwünscht oder verflucht, dass dieser Fluch in Erfüllung gegangen ist. Wenn jemand sich zum Beispiel wünscht, dass sein bester Freund in eine tiefe Grube fällt, aus der er nicht mehr herausklettern kann, und dieser Wunsch stärker wird als die Wirklichkeit, dann wird es wahr. Meistens bekommen die Verwünscher dann noch eine Chance, ihren Fluch rückgängig zu machen. Sie werden hierhergebracht, um ihre Opfer zu retten. Hier in der Riverkilt beginnt ihre Reise. Hier bekommen sie ihre Karte. Eigentlich ist sie eher eine Art Gedächtnisstütze, denn die meisten können sich nicht mehr daran erinnern, was genau sie ihrem Opfer gewünscht haben.« Milo hängte das Glas in das Gestell über seinem Kopf, nahm ein anderes mit einem langen, dünnen Stiel und polierte weiter.

Jakob wurde blass. Er dachte an Katie und wie zornig er gewesen war, als er sich morgens heimlich aus dem Haus schleichen wollte. Er hatte sie aus tiefstem Herzen fortgewünscht, aber wohin? Er wusste es nicht mehr.

»Haben hier alle jemanden verloren?«, fragte er.

»Alle. Es sind Gestrandete. Leute, die ihre Opfer nicht befreit haben. Manche waren zu ängstlich, sie zu retten, andere haben sie schlichtweg nicht gefunden. Sie sind dazu verdammt, hier zu bleiben, und zwar auf ewig. Denn hier wird niemand älter.«

Jakob war sprachlos. Dann fragte er: »Und du?«

Milo richtet sich auf. Jakob dachte schon, er sei jetzt wütend, aber der Barmann unterdrückte ein Lächeln. »Ich habe meinen Nachbarn verflucht.«

»War es schlimm, was du dir für ihn ausgedacht hast?«
Jakob sprach ganz leise.

»Nein.« Milo betrachtete das Glas, nickte zufrieden und
hängte es ein. »Aber ich habe mich nie auf die Suche nach
ihm gemacht. Ich war so froh, ihn los zu sein, dass ich
ihn für nichts auf der Welt zurückholen würde. Ich habe
hier in der Herberge von Gus meine Karte bekommen,
mir danach eine Flasche Wein bestellt und mich dorthin
gesetzt.« Er deutete mit dem Kopf auf einen Tisch vor dem
riesigen Kamin. »Ich ließ mir ein Sieben-Gänge-Menü
kommen und habe zwischen den Gängen meine Karte
zerrissen und Stückchen für Stückchen ins Feuer geworfen. Am nächsten Tag bewarb ich mich als Barmann und
seitdem arbeite ich hier.«

»Hast du kein Heimweh?«

Milo schüttelte das Geschirrtuch aus, trat hinter dem
Tresen hervor, zog einen Barhocker heran und setzte sich
Jakob gegenüber.

»Nein«, sagte er. »Es gibt niemanden, der mir fehlt, und
dort, wo ich herkomme, gibt es auch niemanden, dem ich
fehle. Mir geht es hier gut. Aber ich bin der Einzige. Die
meisten wollen nichts lieber als zurück. Ich glaube, wenn
man einen Mord begehen müsste, um zurückzukommen,
würden alle hier sofort das Messer zücken.«

Möglichst unauffällig blickte Jakob zu den Kartenspie-
lern. Furn schlug gerade mit der Faust auf den Tisch, sodass die Gläser einen Satz machten und die Getränke über
das Holz spritzten.

»Mord«, flüsterte Milo, noch bevor Jakob eine Frage stellen konnte. »Keiner weiß, wen Furn verwünscht hat, aber er hat es so gründlich getan, dass nichts mehr von seinem Opfer übrig geblieben ist. Seine Karte war völlig leer, wie ... wie ...« Er suchte vergeblich nach einem passenden Vergleich.

Jakob schluckte. Seine Kehle war auf einmal staubtrocken. »Und Kait?«

Milo runzelte die Stirn. »Tja, Kait.« Nachdenklich betrachtete er das Handtuch in seinen Händen. »Kait ist ein ganz anderer Fall. Er holt die Menschen ab und bringt sie hierher.«

Jakob beugte sich vor. »Aber wie ist er hierhergekommen?«, bohrte er nach.

»Kait hat nie irgendwen verflucht«, seufzte Milo. »Das ist ja das Dumme. Er ist ohne eigenes Zutun zum Gestrandeten geworden.« Er ging wieder hinter den Tresen und nahm ein neues Glas. »Die Meinungen sind geteilt. Ich denke, dass er unschuldig ist. Aber eines ist sicher: Er sitzt wie eine Maus in der Falle.«

»Wie ist das passiert?« Doch bevor Milo Jakob antworten konnte, ging oben die Tür auf. Kait kam die Treppe herunter, er sah aus, als hätte er gerade in eine Zitrone gebissen. Unter seinem Arm trug er eine Papierrolle.

»Ist das meine Karte?«, fragte Jakob, doch Kait ignorierte ihn.

»Hat er gegessen?«

Milo nickte. »Für dich auch was?«

»Nein, danke. Mir ist gerade der Appetit vergangen.«
Kait legte ein Säckchen auf den Tresen. »Ein Zimmer für
zwei«, sagte er mit gedämpfter Stimme.

Milo zog die Augenbrauen hoch, seine Mundwinkel
zuckten. »Du begleitest ihn?« Er lachte und Kait zuckte
zusammen.

»Pst!« Er blickte um sich, aber niemand achtete auf sie.

»Gus hat darauf bestanden, dass ich ihn zu Agades
bringe«, zischte er.

Milo zuckte mit den Schultern. »Brauchst dich doch
nicht zu rechtfertigen«, sagte er. »Ich kann das gut verstehen. Er ist noch ein Kind. In dieser Welt wird er wahrscheinlich innerhalb kürzester Zeit ...«

»Ich bringe ihn zu Agades und keinen Schritt weiter«,
schnauzte Kait ihn an.

Jakob kam sich wie ein kleines Kind vor. Kait und Milo
redeten über seinen Kopf hinweg, als würde er gar nicht
existieren.

»Wer ist Agades?«, fragte er.

»Halt den Mund!« Kait warf ihm einen bösen Blick zu.

»Der Junge will doch nur wissen ...«, beschwichtigte
ihn Milo, doch Kait ließ seine Faust auf den Tresen donnern. »Und ich will nur in Ruhe gelassen werden! Aber
wen kümmert das? Niemanden! Kriege ich vielleicht eine
Antwort auf die Frage, weshalb jeder Mensch hier allein
seinen Weg finden muss, nur dieser hier nicht?«

Jakob stieg das Blut in den Kopf. Zu Hause konnte er
vom Tisch aufstehen und in sein Zimmer rennen. Aber

hier? Draußen war es stockdunkel und drinnen war er von Bier trinkenden und rauchenden Männern umgeben, die alle noch beängstigender aussahen als Kait.

Milo schob Kait einen kupferfarbenen Schlüssel hin. »Der Junge kann nichts dafür.«

Kait lachte verächtlich. »Der Junge ist an *allem* schuld.« Er betrachtete Jakob abfällig. Dann schnappte er sich den Schlüssel und gab Jakob ein Zeichen, ihm zu folgen. Ohne sich noch einmal umzusehen, stieg er die Treppe hinauf.

»Er ist kein übler Kerl«, sagte Milo leise zu Jakob. »Er ist halt ein Griesgram, schon immer gewesen. Stell einfach keine Fragen und tu, was er sagt. Es ist nicht allzu weit bis zu Agades.« Milo zwinkerte ihm zu und Jakob seufzte. Der Barmann hatte recht. Und er hatte sowieso keine Wahl.

Er sprang von seinem Barhocker und trottete Kait schweigend hinterher.

6.

SCHWARZES GESPENST

Oben befand sich ein langer Flur mit Türen an beiden
Seiten. Bei einer dieser Türen steckte Kait den Schlüssel
ins Schloss. Sie öffnete sich mit einem Klick.

Das Zimmer war weitaus größer, als Jakob erwartet
hatte, doch die Wände sahen nackt und vergilbt aus,
wahrscheinlich vom Zigarrenqualm. Es roch nach modri-
gem Holz. Eine kleine Öllampe warf unheimliche Schatten an die Wände. In der Wand gegenüber befand sich ein
kleines Fenster, das einen Spaltbreit geöffnet war, darunter standen zwei Betten.

Jakob musste an sein eigenes Zimmer denken, mit den
Postern seiner Lieblingsfußballer und der Carrera-Bahn,
die mitten im Zimmer aufgebaut war. Zu Hause war Einschlafen kein Problem für ihn, aber hier?

»Ich nehme das hier.« Kait deutete auf das Bett, das näher an der Tür stand. Er zog sich die Schuhe aus und hing
seine Jacke an einen kleinen Haken.

Jakob betrachtete das andere Bett, das in der dunkels-
ten Ecke des Zimmers stand. Eine rote Decke war lieb-

los darüber geworfen, ihre Falten warfen Schatten. Jakob blinzelte. Täuschte er sich, oder hatten sich die Schatten gerade bewegt?

Kait lag schon auf seinem Bett und stützte sich auf den Ellenbogen ab. »Los, beeil dich«, sagte er ungeduldig und tastete nach der Lampe auf dem Hocker.

Jakobs Herz klopfte ihm bis zum Hals, er holte tief Luft. Es liegt nichts im Bett, das habe ich mir nur eingebildet, sagte er zu sich selbst und näherte sich. Jakob hätte schwören können, dass sich unter der Decke etwas bewegte. Damit er nicht noch mehr Panik bekam, zog er die Decke mit einer schnellen Bewegung zurück. Zwei große, gelbe Augen starrten ihn an. Jakobs Herzschlag setzte kurz aus. Dann erkannte er, dass es nur eine Katze war. Das schwarze Tier erhob sich träge. Es streckte sich und starrte Jakob dabei an. Ihm wurde unbehaglich zumute. Es kam ihm vor, als versuche das Tier ihn einzuschätzen. So wie Menschen jemanden ansehen, wenn sie etwas von dem anderen wollen.

»Kusch!«, sagt er und wedelte mit der Hand, um die Katze zu verscheuchen. Die hielt den Kopf schief und nickte. Jakob sah es ganz deutlich. Sie bewegte ihren Kopf auf und nieder. Ganz langsam. Als wäre sie äußerst zufrieden, Jakob zu sehen. Dann schoss sie an ihm vorbei. Erschrocken sprang Jakob zur Seite. Dabei stieß er gegen den Bettrand, verlor das Gleichgewicht und stürzte zu Boden. Mit einem lauten Rumms schlug sein Kopf gegen die Wand. Er sah gerade noch, wie die Katze mit einem

Sprung durch das offene Fenster in die dunkle Nacht verschwand.

»Diese Katze ... was war das?« Er rieb sich über die schmerzende Stelle am Kopf.

»Nur eine Katze«, antwortete Kait schroff.

»Sie hat mir zugenickt«, sagte Jakob. Er wusste, dass es merkwürdig klang, deshalb fügte er rasch hinzu: »Ich weiß, dass Katzen nicht nicken, aber diese hat es wirklich getan. Echt! Ich hab's gesehen.«

»Na klar«, spottete Kait. Er beugte sich über die Lampe und blies die Flamme aus. Jakob saß im Dunkeln auf dem Boden. Sein Schädel brummte. Er hatte es sich eingebildet. Katzen nicken nicht. Nicht in seiner Welt. Aber in seiner Welt gab es auch keine Quasselköpfe, die Tümpel leer laufen lassen konnten und Menschen fraßen.

Jakob schüttelte den Kopf. Er sollte sich nicht noch mehr Angst einreden, als er ohnehin schon hatte. Rasch zog er die nassen Kleider aus und kroch unter die Decke. Doch immer, wenn er die Augen schloss und einzuschlafen versuchte, knarrte der Fußboden oder klapperte das Fenster im Wind. Jedes Mal riss er die Augen auf und suchte das dunkle Zimmer ab. Aber es bewegte sich nichts.

Erst als draußen die ersten Vögel zu zwitschern begannen und das Morgenlicht die Dunkelheit aus dem Zimmer verjagte, schlief Jakob ein.

»Aufwachen, du Faulpelz.«

Jakob rieb sich die Augen. Kait schüttelte ihn heftig.

»Zieh dich an, das Frühstück ist fertig. Wir brechen gleich auf.« Er ging aus dem Zimmer und ließ Jakob allein.

Jakob rieb sich den Schlaf aus den Augen und griff nach seinen Kleidern. Sie waren immer noch etwas klamm. Widerwillig zog er sie an. Er sah sich noch einmal im Zimmer um. Jetzt, im Tageslicht, konnte er sich kaum vorstellen, weshalb er gestern so große Angst gehabt hatte. Selbst die nickende Katze erschien ihm plötzlich wie ein böser Traum.

Jakob öffnete die Tür und ging nach unten.

Milo stand hinterm Tresen. Er summte ein Lied. Die restlichen Männer waren verschwunden, Tische und Stühle abgewischt und ordentlich aufgestellt. Die Sonne schien durch die offenen Fenster herein. Kait saß an einem kleinen Tisch am erloschenen Kamin. Mit einem großen Laib Brot und einen Stück Käse auf einem Holzbrett war dort für zwei Personen gedeckt. Jakobs Magen knurrte, er setzte sich vor seinen Teller.

»Hier«, sagte Kait und hielt ihm den Griff eines großen Brotmessers hin. Er holte die Karte hervor und rollte sie auf. Sie war vergilbt und zerknickt, als wäre sie schon ziemlich oft benutzt worden. »Dort will ich heute Abend ankommen«, sagte Kait. Er deutete mit dem Finger auf einen schwarzen Punkt mitten in einer gräulichen Fläche. Mit krakeligen Buchstaben stand daneben:

AGADES

»Es ist ziemlich weit, du musst dich also beeilen. Ich will auf dem Weg nicht mehr Zeit als absolut notwendig verlieren.«

»Wer ist Agades?«, fragte Jakob.

Als Antwort nahm Kait einen großen Bissen von seinem Brot.

»Was soll ich bei Agades?«

Kait wedelte entschuldigend mit der Hand und deutete auf seinen vollen Mund.

»Du enttäuschst mich, Kait.« Milo kam zu ihrem Tisch hinüber. »Gus ist derjenige, der dir den Auftrag gegeben hat, ihn zu Agades zu bringen. Der Junge kann nichts dafür.«

»Dann hätte er sich seiner Schwester gegenüber besser benehmen sollen«, erwiderte Kait mit vollem Mund. »In diesem Falle wäre er nicht hier und ich hätte meinen Frieden.«

Jakobs Wangen glühten. »Du kennst meine Schwester nicht einmal und über mich weißt du erst recht nichts. Außerdem bist du doch selbst auch irgendwie hier gelandet, oder? Also rede nicht so über mich.«

Kait hörte auf zu kauen und erhob sich drohend. »Wage es ja nicht, noch einmal so mit mir zu sprechen, Freundchen.«

Milo packte Kait an den Schultern und drückte ihn zurück auf seinen Stuhl. »Hör auf damit, Kait. Er ist doch noch ein Kind.« Er schenkte Wasser nach. »Solange ich mich erinnern kann, ist Agades schon hier. Niemand weiß, wann sie gekommen ist, aber alle gehen zu ihr. Sie besitzt magische Kräfte. Sie kann dich Dinge sehen lassen, die dir bei deiner Suche helfen werden.«

»Oder dich in Todesangst versetzen.« Kait grinste hämisch und Milo schlug mit seinem Geschirrtuch nach ihm. Kait wich ihm aus und lehnte sich vor, als wollte er Jakob ein großes Geheimnis anvertrauen. »Die meisten gehen voller Hoffnung zu Agades. Sie sind davon überzeugt, dass sie mit ihrer Hilfe denjenigen finden werden, den sie verwunschen haben, und danach wieder mit nach Hause nehmen. Happy End, oder so. Aber nachdem Agades ihnen die Zukunft vorhergesagt hat, kommen die meisten weiß wie ein Gespenst nach draußen und hören augenblicklich auf zu suchen. Man sagt, sie hätten dem Tod in die Augen gesehen.«

Jakob sah Milo alarmiert an. »Wie viele Menschen haben ihre Opfer eigentlich befreit?«, fragte er, unsicher, ob er die Antwort hören wollte.

»Wer kann das schon sagen.« Jakob bemerkte, dass Milo versuchte, unbeschwert zu klingen.

»Fast keiner«, fügte Kait hinzu.

»Kannst du nicht einfach mal den Mund halten, wenn du schon nichts Aufmunterndes herausbringst? Dieser Junge braucht ein wenig Unterstützung.«

Kait schüttelte den Kopf. »Dieser Junge hat viel mehr davon, wenn wir ehrlich sind. Denn die Wahrheit ist, dass dieses Land größer und größer wird und immer mehr Menschen hier zurückbleiben. Menschen, die nie wieder zurückkommen. Menschen, die hier für immer festsitzen.«

Jakob starrte die Karte an. Was würde Agades ihn sehen lassen? Und würde er sich danach noch trauen, auf die Suche zu gehen? Oder würde er aufgeben, wie so viele vor ihm?

Er rollte die Karte zusammen. »Wir werden ja sehen«, sagte er. »Ich habe keine Angst.« Aber er selbst glaubte seinen eigenen Worten kaum. Um sich zu stärken, zog er das Brot zu sich und setzte das Messer an. Er tat, als bemerkte er Kaits höhnisches Grinsen nicht.

Die Scheibe Brot, die Jakob abgeschnitten hatte, war schief und viel zu dick. Kait zog die Augenbrauen hoch und schüttelte den Kopf, als er sah, wie Jakob mit dem Käse kämpfte, rührte aber keinen Finger, um ihm zu helfen. Er kaute einfach seelenruhig weiter. Als Jakob schließlich die dicke Brotscheibe mit einer ebenso dicken Scheibe Käse belegt hatte, stopfte Kait sich gerade den letzten Bissen in den Mund. Er wischte sich die Krümel aus den Mundwinkeln und stand auf. »Wir gehen«, sagte er und lief zur Tür.

»Ich habe noch nicht gefrühstückt«, rief Jakob.

Doch Kait öffnete die Tür und ging hinaus. Ohne sich umzublicken, hob er die Hand. »Bis zum nächsten Mal, Milo!«

Milo wedelte mit seinem Handtuch und sagte zu Jakob: »Ich würde mich an deiner Stelle ein bisschen beeilen. Er wartet nicht.«

Jakob nickte, nahm die Karte, sein Brot und hastete zur Tür. Auf der Schwelle blieb er kurz stehen und drehte sich um.

»Hast du eine Katze?«

Milo legte das Geschirrtuch zur Seite.

»Ich meine, gibt es hier in der Herberge eine Katze? Eine schwarze?«

Der Barmann schüttelte den Kopf. »Nein, ich habe hier noch nie eine Katze gesehen. Doch, warte mal. Gestern, kurz bevor ihr angekommen seid, ist hier eine Katze reingelaufen. Aus dem Nichts. Schwarz wie die Nacht und sehr anhänglich. Sie sah mich an und dann …«

»… hat sie genickt?«

Milo lachte. »Nein, es war eine Katze, Jakob. Katzen nicken nicht. Sie sah mich an und lief die Treppe hoch. Als hätte sie hier ein Zimmer gemietet und wüsste genau, wohin sie musste. Ich glaube, ich nenne sie Spinne. Schöner Name für eine Katze, oder? Allerdings ist sie heute noch nicht aufgetaucht.«

»Also dann«, sagte Jakob, »vielen Dank.«

»Nichts zu danken, Junge. Beeil dich jetzt und denke daran: Wenn du mit Kait Schritt hältst, brauchst du ihn ab heute Abend nie wiedersehen. Das ist doch ein paar Blasen wert, oder?« Fast vergnügt zwinkerte er ihm zu.

Jakob hob die Hand und trat ins Sonnenlicht.

»Ich hoffe, du findest deine Schwester!«, rief Milo ihm noch nach. Dann blies der Wind die Eingangstür der Riverkilt zu.

Hinter der Herberge führte ein breiter Pfad in den Wald. Der Boden war mit einer dicken Schicht Tannennadeln bedeckt, die bei jedem Schritt mitfederten. Je tiefer sie in den Wald drangen, umso höher wurden die Bäume und immer weniger Licht fiel durch ihre Kronen auf den Boden.

»Wie viele Menschen hast du schon abgeholt?«, fragte Jakob.

»Hunderte«, antwortete Kait.

»Und wie viele von ihnen haben denjenigen gefunden, den sie verflucht haben?

»Das weiß ich nicht«, gab Kait kurz angebunden zurück.

Jakob versuchte, nicht mehr daran zu denken. Er biss in sein Käsebrot und heftete seinen Blick an Kaits langen Mantel. Gegen Abend würde er seinen griesgrämigen Begleiter los sein.

NACHT IM BROGANWALD

Kait marschierte stundenlang zielstrebig voran, er sah immer besorgter aus. Es dämmerte mittlerweile und noch immer liefen sie durch den Wald. Kein Ende in Sicht.

Jakob war müde. Er bedauerte, dass er heute früh sein ganzes Brot gegessen hatte, denn seitdem hatte es nichts mehr gegeben. Sein Magen knurrte fürchterlich. Ihm taten seine Füße weh und gerade hatte er wieder ein Stück rennen müssen, um nicht zurückzubleiben.

»Siehst du, das haben wir jetzt davon!« Kait war stehen geblieben und griff nach der Karte unter Jakobs Arm. Der ließ ihn gewähren. Er war froh, sich ein wenig ausruhen zu können. Keuchend beugte er sich nach vorn, stützte sich mit seinen Händen auf den Oberschenkeln ab und versuchte, wieder zu Atem zu kommen.

Kait breitete die Karte auf einem Baumstamm aus und fuhr mit dem Finger die Schlängellinie entlang, die den Waldweg darstellen sollte. »Wusste ich's doch. Das schaffen wir nicht.« Er sah Jakob an. »Ich habe dir doch gesagt, du sollst dich etwas beeilen.«

»Ich bin so schnell gelaufen, wie ich konnte«, verteidigte sich Jakob.

»Ja, ja.« Kait zog verächtlich eine Augenbraue hoch.

Jakob fühlte die Wut, die wie eine Blase in seiner Brust
aufstieg. Er wusste, dass er lieber den Mund halten sollte,
aber er war zu wütend. »Wir hätten das sowieso nicht geschafft«, platzte es aus ihm heraus. »Du hast nur etwas
gesucht, damit du mir wieder die Schuld geben kannst!«

»Soll das ein Witz sein? Ohne dich wäre ich schon dreimal dort angekommen«, schnauzte Kait. »Ohne dich …«

»Ohne mich wärst du gar nicht hier«, fiel Jakob ihm ins
Wort. »Ich weiß es. Du hasst mich. So viel habe ich schon
kapiert!«

Kait schaute ihn übertrieben erstaunt an. »Wenn das
so klar ist, was willst dann noch? Das Einzige, worum ich
dich bitte, ist, den Mund zu halten und dich ein wenig zu
beeilen. Aber selbst das kriegst du nicht hin.«

Jakob streckte die Hand aus. »Kann ich meine Karte
wiederhaben?«

Kait warf einen genervten Blick auf das Papier in seinen
Händen.

»Meine Karte!«, drängte Jakob. Seine Stimme klang tiefer, als er es von sich gewöhnt war. Er zitterte vor Wut.
»Du findest es doch so schrecklich mit mir? Dann geh
doch nach Hause. Oder dorthin, woher du auch immer
kommst. Ich gehe hundertmal lieber alleine weiter!«
Quasselköpfe, Meuchelmörder, was kümmerte ihn das.
Alles war besser, als immerzu runtergemacht zu werden.

»Geht mir genauso«, sagte Kait bissig. »Ich würde dich mit dem allergrößten Vergnügen hier zurücklassen. Aber das werde ich nicht tun. Ich habe einen Auftrag, erinnerst du dich?«

»Wovor hast du Angst? Dass du einen auf den Deckel kriegst, wenn du mich hier stehen lässt?«

»Nein«, sagte Kait entschieden, rieb sich aber unbehaglich mit dem Handrücken über die Stirn. »Du kennst Gus nicht. Er ist jemand, den man nicht zum Feind haben möchte. Ich führe diesen Auftrag aus und damit basta. Sobald wir bei Agades sind, musst du alleine zurechtkommen. Aber erst dann.«

Jakob biss sich auf die Lippe. Er wollte wieder loslaufen, doch Kait hielt ihn auf.

»Ich habe es ernst gemeint. Wir schaffen es nicht. Heute Nacht schlafen wir im Wald. Wir schlagen ein Lager auf, bevor es zu dunkel ist.« Er verzog sein Gesicht. »Ich hoffe, du kannst mehr als nur Fragen stellen. Wir brauchen jede Menge Holz.« Schweigend zog Kait seinen Mantel aus und legte ihn beiseite. Er nahm den Hut ab, strich sich das dunkle, halblange Haar glatt, dann setzte er ihn wieder auf. »Sorge dafür, dass du diese Stelle nicht aus den Augen verlierst und sammle ausreichend Holz. Das Feuer muss bis morgen früh brennen.«

Kait drehte sich um und ging in den Wald hinein. Ab und zu blieb er stehen, um mit dem Fuß eine Furche in die am Boden liegenden Tannennadeln zu ziehen. Bestimmt, um den Rückweg wiederzufinden, dachte

Jakob. Bald konnte er Kait nicht mehr sehen, Jakob war allein.

Er sah sich die Bäume an. Erst jetzt fiel ihm auf, was für seltsame Stämme sie hatten. Sie waren dick. Ihre Rinde war faserig, als hätte eine riesige Katze ihre Krallen daran geschärft. Die Stämme besaßen unten keine Seitenäste und waren mindestens dreimal so dick wie die Bäume, die bei Jakob zu Hause in der Straße standen. Hoch über seinem Kopf berührten sich die Kronen und bildeten ein dichtes Dach.

Jakob fand Tannenzapfen so groß wie Fußbälle und stapelte sie zusammen mit dem Holz, das er gefunden hatte, neben Kaits Mantel auf. So wie Kait zog er Striche in den Tannennadelteppich, wagte aber trotzdem nicht, sich allzu weit zu entfernen. Die zerfaserten Stämme glichen einander so sehr, dass er immer wieder zurücklief, um zu sehen, ob er den Mantel noch finden könne.

Als der Stapel aus Holz und Tannenzapfen ihm bis zur Hüfte reichte, ließ Jakob sich auf den Boden fallen. Er wusste nicht, wie viel Holz man für ein Feuer brauchte, das die ganze Nacht brennen sollte, aber diese Menge könnte vielleicht reichen. Ihm war von der Schlepperei ziemlich heiß, seine Hände waren rau und schmutzig.

Kait war noch immer nicht zurück und Jakob popelte gerade den Dreck unter seinen Fingernägeln heraus, als er hinter sich plötzlich ein tiefes Ächzen hörte. Er sprang auf und sah sich um. Irgendetwas raschelte, aber das konnte auch der Wind sein, der über die Nadeln strich. Oder versteckte sich da irgendetwas zwischen den Bäumen? Das nicht entdeckt werden wollte? Jakob kniff die Augen zusammen, um besser sehen zu können. Er machte einen Schritt. Noch einen Schritt. Und noch einen.

Da, wieder dieses Ächzen, ganz in seiner Nähe. Im nächsten Moment spürte er, wie der Boden unter seinen Füßen zu beben begann. Als er nach unten schaute, riss er vor Schreck die Augen auf. Seine Schuhe versanken langsam in den Nadeln. Er schrie auf und wollte einen Schritt zurückgehen, aber es war, als wären seine Füße am Boden festgenagelt. Jakob konnte sich nicht von der Stelle rühren. Er verlor das Gleichgewicht. Mit fuchtelnden Armen fiel er nach hinten um. Der gesamte Boden bebte mittlerweile. Die Tannennadeln gaben immer mehr nach und Jakob sackte langsam in die Tiefe. Die Erde öffnete sich, um ihn zu verschlingen.

Wild schlug Jakob um sich. Aber überall, wo seine Hände den Boden berührten, öffnete der sich. In Panik schloss er die Augen und schrie, er spürte, wie Tannennadeln und Sand an seinem Haar und den Kleidern klebten und ihn immer weiter nach unten zogen. Es fühlte sich an, als zerrten Tausende kleine Krallen an ihm und bohrten sich in seine Schuhe. Lange würde es nicht dauern, dann wären sie durch die Kleider gedrungen und würden seine Haut erreichen. Wenn er bis dahin nicht schon erstickt wäre. Die Beine konnte er schon nicht mehr bewegen. Er versuchte, seine Arme möglichst weit nach oben zu strecken, aber der Boden hatte seine Schultern schon eisern im Griff. Der Sand scheuerte, die Haut am Nacken brannte. Sein Kopf sank so tief ein, dass ihm Sand in die Ohren drang und die Geräusche dämpfte. Jakob konnte seine eigene Stimme fast nur noch im Kopf hören, obwohl er so laut schrie, wie er konnte. Nur noch einen Augenblick und der Sand würde ihm den Mund verschließen.

Plötzlich packte eine kräftige Hand sein Handgelenk. Ein Stock bohrte sich fest neben ihn in die Erde und aus dem Boden stieg ein hohes Jaulen auf. Jakob befürchtete schon, es würde ihn in zwei Teile zerreißen. Dann merkte er, wie die Krallen unter dem Sand erschlafften. Jemand zog ihn aus dem Sand. Schließlich war er frei und stand neben Kait auf festem Boden.

Wie ein Besessener klopfte Jakob seine Kleider ab. Er hatte das Gefühl, dass noch Hunderte Krallen weiter an ihm klebten.

»Beruhige dich«, sagte Kait. Er packte ihn an den Schultern und schüttelte ihn heftig. »Du bist in Sicherheit.« Er deutete auf das zerwühlte Erdreich, in dem Jakob festgesteckt hatte. Leise knirschend glätteten der Sand und die Decke aus Tannennadeln sich wieder.

»Man kann die lebende Erde an den Luftlöchern erkennen.«

Kait zeigte es ihm und nun sah Jakob ganz deutlich drei kleine Löcher zwischen den Nadeln. Sie öffneten und schlossen sich wieder, wie die Kiemen eines Fischs. Der Stock, den Kait in eines der Löcher gesteckt hatte, wurde langsam ausgespuckt.

»Gegen Abend wacht der Sand auf. Eigentlich erst nach Sonnenuntergang, aber manche Flächen erwachen bereits in der Dämmerung. Du hattest das Pech, genau an so einer Stelle zu stehen.« Kait hielt Jakob ein Stück von sich weg, um ihn in Augenschein zu nehmen. Jakob sah selbst auch an sich herunter. Seine Schuhe waren durchlöchert und seine Hose sah aus, als hätte sie jemand mit Schmirgelpapier bearbeitet. An einigen Stellen war der Stoff so dünn, das er fast einriss. Er warf einen Blick auf die zerfaserten Baumrinden. Fraß die lebende Erde auch Bäume?

Kait beantwortete die Frage, die Jakob gar nicht laut gestellt hatte. »Nicht unter der Erde. Die Erde klettert hinauf.«

Jakob sah Kait ungläubig an.

»Jede Nacht steigt der Boden auf. Wie bei Ebbe und Flut. Der Boden braucht Nahrung«, sagte Kait. »Deshalb wäre es gut gewesen, vor Einbruch der Nacht raus aus dem Wald zu sein. Im Dunkeln ist die lebende Erde nicht von der normalen Erde zu unterscheiden.« Er seufzte. »Wir müssen uns ein ausreichend großes Stück Waldboden suchen, damit wir heute Nacht nicht verschluckt werden.« Er zog einen dicken Ast aus dem Holzstapel und fegte damit die Tannennadeln beiseite. »Hilfst du mir?«

Jakobs Beine zitterten immer noch. Er war zu erschöpft, um etwas zu entgegnen. Schweigend und ohne Kait anzusehen, ergriff er einen Zweig und tat es ihm gleich. Er prüfte sorgfältig, ob irgendwo Luftlöcher zu entdecken waren.

Als sie ein großes Waldstück von den Nadeln befreit,

und keine Luftlöcher gefunden hatten, legte Kait einen Kreis aus Zweigen und Tannenzapfen um sie herum. In der Mitte machte er ein Feuer, breitete seinen Mantel aus und setzte sich.

Jakob schaute Kait dabei zu, wie er die beiden Vögel rupfte, die er gefangen hatte. Sie lagen mit ihren schlaffen Hälsen auf seinen Knien. Er hatte sie offenbar im Wald gefangen, bevor Jakob um Hilfe geschrien hatte. Kait sah zufrieden aus und Jakob fragte sich, was geschähe, wenn er Kait verwünschte. Ging das überhaupt in dieser Welt? Er fürchtete sich vor der Nacht und davor, was passieren würde, wenn die Erde zum Leben erwachte. Vielleicht hätte er es sonst einmal ausprobiert.

Leise summend spießte Kait das gerupfte Federvieh auf einen Ast und hielt es über das Feuer. Der Duft gebratenen Fleisches ließ Jakobs Magen laut knurren. Es blieb ihm wieder einmal nichts anderes übrig, als seine Wut hinunterzuschlucken und erst mal die Wanderung zu Agades geduldig hinter sich zu bringen.

Das Essen tat Jakob gut. Er leckte seine Finger ab und lehnte sich, auf die Ellenbogen gestützt, zurück. Herrlich, endlich wieder ein voller Magen.

»Leg dich hin.« Kait lachte. »Oder hast du Schiss vor dieser Nacht?«

Jakob entschied, den Mann einfach zu ignorieren. Er drehte dem Feuer den Rücken zu, rollte sich zusammen und schloss die Augen. Aber schlafen konnte er nicht.

Kait saß die ganze Zeit einfach nur da. Jakob lauschte mit geschlossenen Augen, ob der Sand vielleicht schon die Bäume hochkroch. Doch das Einzige, was die Stille durchbrach, war das Knistern des Feuers. Jakobs Rücken wurde ganz warm und er drehte sich um. Kait saß noch an derselben Stelle. Mit einem Stock stocherte er in der Erde herum. *Er sieht aus wie ein großer Affe*, dachte Jakob. Sein Blick fiel auf die Karte, die Kait neben den Stapel aus Tannenzapfen und Holz gelegt hatte. Er stand auf und nahm sie sich.

Das Papier ließ sich leicht aufrollen. Kleine Fusseln rieselten zu Boden, als würde die Karte sich mausern. Jakob starrte auf das schwarze Kreuzchen oben in der rechten Ecke. »Ardelium« stand daneben. War Katie etwa dort? Mit den Fingern maß er den Abstand und schätzte gut fünfzehn Zentimeter Luftlinie. Aber wie weit waren fünfzehn Zentimeter in Wirklichkeit? Und wie lange brauchte man zu Fuß in dieser merkwürdigen Welt?

Jakob blickte zu Kait hinüber. Es fühlte sich an, als läge sein Schicksal komplett in der Hand dieses Mannes, der gerade mit einem Stöckchen Striche in den Sand malte. Dieses mürrischen und grimmigen Mannes, der so viel Gefallen daran fand, ihn zu entmutigen. Der Mann, der alles über ihn wusste, seinen Namen etwa, aber auch, wen er suchte. Aber was hatte Kait über sich selbst erzählt? Was wusste Jakob eigentlich über ihn?

»Wie lange machst du das schon? Menschen abholen?«, fragte er. Er zog einen dünnen Zweig aus dem Holzstapel, nahm ihn wie einen Stift in die Hand, setzte sich ans Feuer und begann auch, Linien in den Sand zu ziehen. Kait antwortete nicht.

»Milo meinte, schon ziemlich lange.« Jakob schwieg kurz. »Ganz schön furchtbar, oder? Die ganze Zeit etwas zu tun, das dir dermaßen zuwider ist.«

Kait reagierte nicht, fing aber an, mit dem Stöckchen ein Loch zu bohren. Jakob tat es ihm nach.

»Immer unterwegs, um irgendwen abzuholen. Und Abwechslung hast du dabei auch nicht. Ewig derselbe Weg, oder? Durch das Grasland zur Riverkilt und zurück. Hin und zurück. Stinklangweilig, wenn du mich fragst.«

Kait strich den Sand nun mit dem Stöckchen glatt. Jakob auch.

»Weißt du, was ich nicht verstehe? Warum bringst du all diese Menschen hierher? Warum bleibst du nicht einfach dort? Ich wette, es gibt hier in dieser Welt genügend Leute, die gerne deinen Job übernehmen würden. Milo hat selbst gesagt, viele der hier Gestrandeten würden einen Mord begehen, wenn sie dadurch wieder in ihre richtige Welt zurückkönnten. Und du kannst einfach hinübergehen, holst Menschen und kommst dann wieder. Wieso? Wieso tust du dir das an, wenn du doch einfach dortbleiben könntest?«

Kait richtete sich auf, betrachtete Jakob aus den Augenwinkeln und brach das Stöckchen entzwei. Auch Jakob richtete sich auf und zerbrach den Zweig.

»Oder möchtest du gar nicht zurück?«, fragte Jakob herausfordernd.

Kait setzte sich anders hin und räusperte sich. Jakob merkte, dass er einen Nerv getroffen hatte, und musste grinsen. Endlich war er mal nicht derjenige, der sich mies fühlte!

»Deshalb haben sie natürlich auch dir diese Arbeit gegeben. Weil du nicht mehr zurückwillst!«

»Pass auf, was du sagst.« Kait sprach gefährlich leise.

Aber Jakob kam allmählich in Fahrt. »Wen konntest du auf den Tod nicht ausstehen, dass du ihn verwünscht hast? Das ist die Frage.«

»Halt die Klappe!«, schnauzte Kait und warf die Überbleibsel des Stocks ins Feuer. Er sah drohend zu Jakob hinüber, aber Jakob war nicht mehr zu bremsen.

»Es muss wohl jemand sein, den du fürchterlich verabscheut hast, denn du hast dich ja nicht einmal auf die Suche nach ihm gemacht, oder etwa doch?«

Kait sprang auf. »Halt den Mund!« Er hob die Hand und Jakob dachte schon, er werde ihm gleich eine Ohrfeige verpassen. Er kniff die Augen zu und riss die Hände nach oben. Aber es kam kein Schlag. Stattdessen fing der Boden zu zittern an. Nur ganz leicht, aber deutlich spürbar. Danach wurde es still. Selbst der Wind flaute ab. Als halte der ganze Wald in Erwartung, was noch komme, den Atem an. Einen kurzen Augenblick später passierte alles gleichzeitig.

Das Zittern wurde heftiger. Der Wind frischte auf und drückte die Bäume mit solcher Wucht gegeneinander, dass Äste und Tannenzapfen herunterfielen. Jakob und

Kait mussten ihre Köpfe schützen. Kait zerrte eine kleine Flasche aus der Innentasche seines Mantels. Er öffnete sie und fing an, den Inhalt über den Kreis aus trockenem Holz zu verteilen.

Jakob saß noch immer am Lagerfeuer und starrte ungläubig auf das, was um sie herum passierte. Nun konnte man eindeutig erkennen, wo die lebende Erde war. Der Boden wogte an einigen Stellen, die aussahen wie kleine Seen, über die ein Sturmwind hinwegfegte. Die Wellen wurden immer höher und der Boden zitterte jetzt nicht nur, er machte scheuernde Geräusche, als schüttete man ganze Wagenladungen voller Sand aus. Die einzelnen Stellen verschmolzen langsam zu einer einzigen schaukelnden Masse, die dem Kreis aus Ästen, der sie schützend umgab, immer näher kam.

»Hier!«, schrie Kait. Während er die letzten Holzstücke mit der Flüssigkeit aus dem Fläschchen benässte, warf er Jakob eine kleine Dose zu. Es war sein Feuerzeug, doch Jakob konnte nirgends ein Rädchen entdecken, um die Flamme zu entzünden. Mit zitternden Händen drehte er die Dose um, aber er fand nichts, womit er sie zum Brennen bringen könnte. Sein Herz klopfte bis zum Hals. Das Geräusch des tobenden Sands schwoll zu einem ohrenbetörenden Getöse an.

Der Wind zerrte an ihren Kleidern und Haaren. Fast hätte Jakob die Dose fallen lassen. Mit einem Mal stand Kait neben ihm und riss sie ihm wieder aus der Hand. Mit zwei Fingern strich er über die Oberkante, die sofort zu brennen anfing. Schnell schirmte er die Flamme gegen den starken Wind ab und hielt sie an die Zweige. Gerade als der Sand sich wie eine riesige Welle über sie stürzen wollte, loderte das Feuer auf und verbreitete sich rasend schnell über den gesamten Kreis, vom Wind noch angefacht. Über dem Tosen der Flammen und dem Brausen des Winds erklang das Heulen des Sands, der in den Flammen verbrannte und sich von dem Kreis zurückzog.

Die ganze Nacht lang warfen sie heruntergefallene Äste ins Lagerfeuer, damit der brennende Ring um sie herum den Sand wie eine wogende Mauer abwehrte. Gegen Morgen ließ es endlich nach. Der Wind nahm ab, und als die ersten Strahlen der Sonne durch die Baumkronen fielen, lag der Boden wieder reglos und still zwischen den zerfaserten Stämmen. Der Feuerring schwelte noch. Hin und wieder knackte ein Zweig in der heißen Asche. Das einzige weitere Geräusch war das fallender Nadeln und ab und zu das eines Tannenzapfens.

8.

AGADES

»Wir gehen.« Kait zog seinen Mantel an und stieg über die schwelenden Reste des Feuers. Jakob war todmüde, doch er wollte keinen Moment länger in diesem Wald bleiben. Er stand auf und lief Kait hinterher.

Schweigend durchquerten sie den Wald, bis er endlich endete und in eine Landschaft mit goldgelben Feldern und sanft ansteigenden Hügeln überging.

Der Garten um Agades' kleines Haus war ein grüner Flecken inmitten der gelben Landschaft. Jakob erkannte es schon von Weitem. Als sie näher kamen, sah er, dass der Garten völlig verwildert war. Das Gras stand bestimmt einen Meter hoch, und von der Mauer, die früher offenbar den Garten eingezäunt hatte, war nur noch der Teil mit der Holzpforte übrig. Auch das Häuschen befand sich in keinem guten Zustand. Die einst roten Ziegel waren grün bemoost und lagen kreuz und quer auf dem Dach. In der Regenrinne wuchsen Wildblumen und aus den Mauerritzen quollen Steinbrech und Efeu. Das Haus sah verlassen aus.

»Ich weiß ja nicht, wann du zum letzten Mal hier gewesen bist, aber ich glaube, jetzt steht es leer«, sagte Jakob und wollte um den Mauerrest herumlaufen. Unerwartet stieß er gegen etwas und prallte ab. Er fiel auf den Rücken und blieb erst einmal verdutzt liegen. Die Mauer war hier zwar zusammengefallen, trotzdem war er gerade irgendwie dagegengelaufen.

Kait lachte. »Mach dir keine Sorgen, sie ist zu Hause.« Er klopfte an die Gartenpforte.

Jakob rappelte sich auf. »Woher weißt du das?«

»Wenn sie nicht da ist, kommt man ohne Weiteres in den Garten. Ist sie zu Hause, macht sie die Mauer zu.«

»Seltsam«, wunderte sich Jakob und streckte die Hand noch einmal aus. Erstaunt stellte er fest, dass tatsächlich unsichtbare raue Steine fühlen konnte.

»Überhaupt nicht seltsam«, sagte Kait. »Das einzig Wertvolle an dem Haus ist sie selbst.«

Dort, wo Kait angeklopft hatte, veränderte sich das Holz jetzt. Jakob sah atemlos zu, wie es einbeulte und zu einem kleinen Handabdruck mit ziemlich langen Fingern wurde. Kait legte seine Hand darauf und das Holz passte sich sofort an, als wollte es Kaits Hand abtasten.

»Du kommst hier nur herein, wenn die Pforte dich erkennt. Und sie erkennt dich an deinem Handabdruck.« Er beugte sich nach vorn und flüsterte ein paar Worte.

»Und an deiner Stimme.« Mit einem Klicken sprang die Tür auf. Kait betrat den verwilderten Garten. Jakob folgte ihm.

»Du bist ja vielleicht schon hier gewesen, aber ich nicht. Ich wäre niemals reingekommen, wenn du mich nicht begleitet hättest.«

»Die Pforte erkennt jeden Menschen, auch die, die zum ersten Mal da sind. Sie weiß auch, ob die Menschen mit guten Absichten kommen oder nicht.« Kait stellte sich vor die Haustür. »Die Pforte weiß von deiner Existenz und Agades auch.« Er wollte anklopfen, doch er ließ die Hand sinken. Die Tür des Hauses stand bereits einen Spalt offen.

Kait nahm den Hut ab und stieß vorsichtig die Tür auf. Jakob sah neugierig an ihm vorbei in ein kleines Zimmer.

»Ich weiß, warum du hier bist, Kait, aber ich kann dir nicht helfen. Geh weg und nimm den Jungen mit.« Die Stimme kam hinter einem dicken Vorhang hervor, aber komischerweise zugleich aus einer großen Truhe, die mitten im Zimmer stand.

An der Decke hing ein Vogelkäfig mit einem dicken, gelben Vogel darin, der Jakob feindselig anstarrte und dabei fauchte.

»Die Pforte hat uns aber eingelassen«, brummte Kait.

»Die Pforte, die Pforte!«, erwiderte die Stimme verärgert. »Die Pforte ist alt! Ich hätte sie längst ersetzen müssen, aber ich hänge zu sehr an ihr. Nun siehst du, was ich davon habe. Das Ding lässt jeden herein, der weiß, wie es funktioniert.«

In einer Zimmerecke schwang eine niedrige Tür auf. Eine kleine Frau schlurfte hektisch an ihnen vorbei. Sie zog einen offenen Koffer hinter sich her, der fast größer war als sie selbst. Sie suchte links und rechts Sachen zusammen, die sie achtlos hineinwarf.

»Was ist hier los?«, fragte Kait.

Die Frau schob einen Stuhl unter den Vogelkäfig und kletterte darauf. »Er ist hier gewesen.« Sie stellte sich auf die Zehenspitzen. »Ich hatte gehofft, es würde nie geschehen, doch dann stand er plötzlich mitten im Zimmer. Er ist noch mächtiger geworden, Kait.«

»Wie ist er denn hereingekommen?«, fragte Kait erstaunt.

Agades langte mit den Fingerspitzen nach dem Käfig und versuchte, ihn vom Haken zu lösen. »Er war nicht alleine. Er hatte Soldaten bei sich. Vier, fünf Männer. Vielleicht kannte einer von denen die Pforte. Wer kann das schon sagen. Jedenfalls brauchte er jemanden, um die Pforte zu öffnen. Jemanden, dem meine Pforte vertraut hat. Ihr müsst so schnell wie möglich weg. Hier ist es nicht mehr sicher.«

Jakob hatte keine Ahnung, wovon Agades sprach. Mussten sie schon wieder weiter? Und wohin diesmal? Und was wurde aus dem, was er von ihr erfahren sollte? Er blickte verwirrt zu Kait, aber dieser bemerkte es nicht. Er hielt den Käfig fest, damit Agades ihn nicht vom Haken nehmen konnte.

»Moment mal«, sagte Kait, »du kannst uns doch nicht einfach wegschicken!«

Agades warf ihm einen giftigen Blick zu. »Lass den Käfig

los, junger Mann«, sagte sie drohend. Doch Kaits Finger klammerten sich noch fester um die Gitterstäbe.

»Du kannst jetzt nicht fort. Der Junge braucht deine Hilfe. Wie soll er sonst weitermachen?«

»Du meinst wohl: Wie soll er ganz alleine weitermachen?« Agades lachte verächtlich. »Der Junge ist dir doch egal. Tu bloß nicht so, als würdest du dich um ihn sorgen.« Sie zerrte nun mit beiden Händen an Kaits Fingern in der Hoffnung, sie vom Käfig zu lösen. Verwundert sah Jakob, wie der Vogel die Farbe wechselte. Er war mit einem Mal hellorange und attackierte Kaits Finger.

»Schluss jetzt. Ich kann ihm nicht helfen.«

»Natürlich kannst du das! Du hilfst doch jedem!« Kaits Gesicht war rot angelaufen. »Du erzählst ihm jetzt, wie er seine Schwester findet und dann sind wir alle glücklich!«

In diesem Moment lockerte sich der Haken von der Decke. Der Stuhl auf dem Agades stand, geriet ins Wanken. Kait konnte sie gerade noch auffangen, aber der Käfig fiel mitsamt dem dicken Vogel zu Boden und kullerte krachend gegen die Truhe. Kreischend flatterte das Tier gegen die Gitterstäbe und verfärbte sich dabei von Hellorange zu Giftgrün.

»Ich kann ihm nicht helfen, Kait. Der König hat es verboten«, sagte Agades. »Wenn ich dem Jungen helfe, seine Schwester zu finden, lässt er mich festnehmen und in seinen Kerker sperren.«

Eine kurze Stille trat ein. Jakob begriff so gut wie gar

nichts. »Wer ist dieser König und wieso will er nicht, dass ich Katie finde?«

Agades drehte sich zu ihm um. Sie hatte fast schwarze Augen und sah ihn durchdringend an. Jakob bekam ein komisches Gefühl im Bauch.

»Jakob«, sagte sie sanft, »deine Suche ist vielleicht die gefährlichste, die jemals unternommen wurde. Selbst wenn du deine Schwester findest, ist es gut möglich, dass du das nicht überlebst. Meine Hilfe nützt dir dabei nichts. Aber ich habe bereits zu viel gesagt. Ich kann nicht länger bleiben und ihr auch nicht.« Sie zögerte kurz. Dann ergriff sie den Käfig und stopfte ihn grob in den Koffer. Der giftgrüne Vogel protestierte.

»Ich denke nicht daran, dich freizulassen«, herrschte Agades das Tier an. »Sollen sie dich doch holen kommen, wenn sie dich zurückhaben wollen.« Ohne Jakob anzusehen, sprach sie ruhig weiter. »Du kannst immer noch beschließen, sie gar nicht erst zu suchen, Jakob.«

Jakobs Herz wummerte. »Ich kann doch nicht einfach aufgeben«, sagte er.

»Doch, du kannst«, sagte Agades. Sie bückte sich und rollte langsam einen Teppich zusammen.

»Nein, das stimmt nicht. Ich habe keine Wahl!«

»Warum nicht?«

»Ich will zurück nach Hause! Ich will nicht hierbleiben. Verstehen Sie das nicht? Ich muss Katie finden, sonst komme ich nie mehr nach Hause!« Ihm wurde ganz schlecht.

Agades seufzte. »Und ich dachte, es geht dir um deine Schwester?«

Jakob wurde rot.

Der Blick in Agades' Augen wurde wieder sanfter. Sie nahm seine Hand und drehte die Handfläche nach oben. Ihre Hände waren rau, aber warm. Jakob beruhigte sich auf der Stelle, alle Gedanken verschwanden. Ihm fielen die Augen zu und sein Kopf füllte sich langsam mit Bildern. Seine Hände glühten, als hielte er sie über ein Feuer. Vor seinem inneren Auge sah er seine Freunde Fußball spielen, während Katie auf der Mauer saß und ihnen zuschaute. Im nächsten Moment beugte sie sich über einen großen Kuchen, auf dem fünf Kerzen brannten. Ihre Wangen waren aufgeblasen, und während sie pustete, wechselte das Bild wieder: Katie auf der Schaukel hinter dem Haus. Er roch das Geißblatt, das sich um das Schaukelgestell rankte, und vor lauter Heimweh spürte er einen Stich im Herzen.

Er öffnete die Augen, doch die Schaukel war noch da. Die Bilder flogen durch das Zimmer. Katie, die auf dem Boden mitten im Wohnzimmer mit ihren Puppen spielte. Und jetzt radelte sie auf ihrem gelben, quietschenden Fahrrad ohne Stützräder an ihm vorbei. Er sah sie auf einem Stuhl stehen. Sie hatte Geburtstag und ihre Freundinnen sangen ihr ein Ständchen. Seine Mutter brachte einen großen Kuchen herein und irgendwo im Hintergrund lief Musik. Und dann sah er Katies Versteck ... leer. Jakob hielt sich die Ohren zu. Das quietschende Fahrrad, die Musik, der Gesang, die Geräusche der Bilder schwollen zu einem Sturm an und inmitten des Sturms stand Agades. Ihre Stimme übertönte ruhig und klar alle anderen Geräusche.

»Du hast die Wahl, Jakob. Folge deinem Herzen, das ist das Einzige, was dir jetzt helfen kann. Mit deinem Herzen hast du es geschehen lassen und einzig mit deinem Herzen kannst du es ungeschehen machen. Die Entscheidung liegt bei dir.«

Agades schloss die Augen. Jakob merkte, wie er schwankte. Er fiel. Jakob kniff die Augen zusammen. Er war sicher, dass er gleich hart auf dem Boden aufschlagen würde. Doch stattdessen stand er plötzlich wieder mitten in Agades' Zimmer, seine Hand noch immer in der ihren.

Sie blickte ihn kurz an, um sich zu vergewissern, dass er wieder sicher stand, dann ließ sie ihn los und drehte sich zu Kait. »Du kannst den Jungen nicht alleine lassen. Er ist in Gefahr und braucht deinen Schutz.«

»Was?«, rief Kait. Aber bevor er weiter protestieren konnte, erhob Agades die Hand. Kait schwieg.

»Tut mir leid, Kait, aber das hast nicht du zu bestimmen«, sagte die alte Frau mit fester Stimme. »Der Junge ist unsere einzige Hoffnung. Deine Aufgabe beginnt erst jetzt. Bringe ihn dorthin, wo er hinmuss. Wenn du das getan hast, kannst du wieder selbst entscheiden, was du mit deinem Leben anfängst.« Sie sah ihn eindringlich an. Dann nickte sie, als hätte Kait bereits zugestimmt. Sie wühlte in ihrem Koffer und holte einen runden Brotlaib hervor.

»Hier«, sagte sie und steckte ihn Kait zu. »Mehr habe

ich nicht. Aber wenigstens etwas Proviant für unterwegs.«
Dann wandte sie sich an Jakob. »Dir steht eine gefährliche
Reise bevor, Jakob, aber höre nicht auf deine Angst. Angst
ist wie ein Thermometer, du darfst sie nicht als Kompass
benutzen.« Sie nickte kurz. »Viel Erfolg, Junge, welche
Entscheidung du auch triffst.«

Hatte sie etwa Tränen in den Augen? Jakob konnte es
nicht richtig erkennen. Agades schleppte den riesigen
Koffer nach draußen. Für einen Moment verklemmte sich
das Ding im Türrahmen. Dann war sie verschwunden.

Kait murmelte in sich hinein. Doch bevor er etwas sagen konnte, verblassten die Hauswände um sie herum.

»Nein!«, schrie er und legte die Hände an die Wand, als
könnte er so verhindern, dass sich das Haus langsam in
Luft auflöste.

»Was passiert hier?« Unter Jakobs Füßen fingen die Dielen zu vibrieren an. Eine nach der anderen flog davon.

»Sie nimmt das Haus mit«, erwiderte Kait. Und weg waren die Wände. Kait sprang zur Seite. Eine Diele schoss
haarscharf an ihm vorbei und löste sich in nichts auf.
Kurz darauf standen sie schutzlos mitten im Garten in der
untergehenden Sonne. Agades war verschwunden und
vom Haus blieb nichts weiter übrig als ein verwitterter
Holzstapel, der es offensichtlich nicht wert war, mitgenommen zu werden.

UNERWARTETE GESELLSCHAFT

Kait trat mit solcher Wucht gegen das Holz, dass es in alle Richtungen flog. Seinen Hut, den er die ganze Zeit in den Händen gehalten hatte, warf er auf den Boden.

»Glaube bloß nicht, dass ich dich begleite!«, schnaubte er. »Dass ich dich zu Agades geführt habe, ging schon einen Schritt zu weit. Und jetzt erwartet sie von mir, dass ich dich zu deiner Schwester bringe? Ich bin doch nicht ihr Hampelmann!«

Kait trat noch einmal wütend gegen das Holz, aber Jakob klemmte sich die Karte unter den Arm und drehte sich weg. Außer Kait war sie das Einzige, was ihm in dieser unbekannten Welt Halt geben konnte.

Hinter ihm war es still geworden. Er sah sich um. Kait stand noch immer an derselben Stelle. Den Mund hatte er zu einer Grimasse verzogen, das sollte wahrscheinlich ein Lächeln sein. Dann hob er seinen Hut auf.

»Ich nehme an, du hast Agades gut zugehört?«

»Ja«, antwortete Jakob.

»Gut.« Kaits Gesichtszüge entspannten sich. Er setzte

den Hut auf. »Wirklich schade, Junge, aber wenn du mich fragst, ist das die beste Entscheidung, die du treffen kannst. Besonders für dich selbst. Du weißt doch, was Agades gesagt hat: Du wirst dieses Abenteuer wahrscheinlich nicht überleben.«

Jakob nickte langsam und Kait grinste breit.

»Ich bin froh, dass du zur Vernunft gekommen bist. Aufgeben ist das Beste, was du tun kannst. Was hätte deine Schwester denn schon von einem toten Bruder?« Er ging zu Jakob und klopfte ihm auf die Schulter. »Kopf hoch«, sagte er aufmunternd. »Es hätte schlimmer kommen können. Aber ich bin ja auch noch da, ich lasse dich nicht im Stich. Ich sorge dafür, dass du wieder sicher zur Riverkilt zurückkommst. Dort kannst du mit Gus überlegen, was du hier tun kannst.« Er wandte sich ab und stiefelte durch das hohe Gras zurück.

»Ich gehe nicht zurück zur Riverkilt.«

Kait blieb abrupt stehen. Langsam drehte er sich um und sagte drohend: »Was hast du gesagt?«

Jakob nahm all seinen Mut zusammen und sah Kait direkt in die Augen. »Ich gehe nicht zurück. Ich werde meine Schwester suchen und dann gehen wir zurück nach Hause.« Sein Atem ging schnell. Es kostete ihn Mühe, mit ruhiger Stimme zu sprechen. »Du hast dich dazu entschlossen, hierzubleiben, aber ich treffe meine eigenen Entscheidungen. Und ich will zurück nach Hause!« Er machte sich auf den Weg. Hinter sich hörte er, wie Kait vor Empörung nach Luft schnappte.

»Und nun erwartest du wohl, wie all die anderen, dass ich dich begleite? Hast du dir einmal überlegt, was für Folgen deine Entscheidung für mich haben kann? Dir macht es vielleicht nichts aus zu sterben, aber ich will am Leben bleiben!«

Jakob lief stur weiter. Er hörte Kait aus tiefster Seele fluchen und im nächsten Moment hatte dieser ihn eingeholt.

Kait baute sich direkt vor Jakob auf und fuhr ihn an: »Du bist nicht ganz bei Trost! Agades und ich haben dir einen wertvollen Rat gegeben, aber hörst du überhaupt zu? Nein! Der Herr ist neu hier, denkt aber, er weiß alles besser. Schreib dir eins hinter die Löffel«, er packte Jakob und schüttelte ihn heftig. »Ich laufe dir nicht wie ein Idiot hinterher. Denk bloß nicht, dass ich dich den ganzen Weg nach Ardelium bringe.« Er ließ Jakob los und hastete durch das trockene Gras, eine krumme Spur hinterlassend.

Jakob atmete aus. Niemals würde er zugeben, wie froh er war, nicht alleine weiterzumüssen.

Noch nicht.

Schweigend lief Jakob hinter Kait her. Sein Magen knurrte, aber er beklagte sich nicht. Als der Tag fast vorüber war, setzte Kait sich auf den Boden. Er holte das Brot, das Agades ihnen mitgegeben hatte, aus der Manteltasche. Den trockenen Laib riss er in zwei Hälften und hielt Jakob eine davon hin.

Erst als sein Hunger etwas gestillt war, merkte Jakob, wie erschöpft er war. In den letzten Tagen hatte er wenig geschlafen und so viel mehr erlebt als jemals zuvor. Er nahm die Karte in den Arm und legte sich hin. Keine zehn Minuten später schlief er tief und fest.

Sobald Kait die ruhigen Atemzüge des Jungen hörte, stand er auf. Er schüttelte das verdorrte Gras von seinem Mantel und sah auf Jakob hinunter. Er zog die kleine Feuerdose hervor. Erst drehte er sie hin und her, dann strich er darüber. Es dauerte etwas, bis die Flamme in die Höhe schlug. Die Zigarette zwischen seinen Lippen knisterte leise, als er den Rauch einsog.

»Entschuldige, Junge, aber du musst verstehen, dass ich mein eigenes Leben habe«, flüsterte er. »Ich sollte dich zu Agades bringen und das habe ich getan. Mein Auftrag ist damit erledigt.« Er nahm noch einen Zug und ließ den Rauch in dicken Kringeln aufsteigen. Ruhig sah er ihnen nach, während sie immer größer wurden und sich im dunklen Himmel auflösten.

»Und ich sage dir noch etwas, mein Freund: Es gibt viel größere Probleme als deine Schwester. Irgendwer versucht, dich und mich vor seinen Karren zu spannen. Und ich will ehrlich zu dir sein: Dafür dürfen sie sich, jedenfalls was mich angeht, gerne einen anderen suchen.«

Jakob lächelte im Schlaf und Kait wandte schnell den Blick ab. Er versuchte das Schuldgefühl, das in seiner Brust hinaufkroch, zu ignorieren. Wieder drehte er die Feuerdose in seinen Händen hin und her. Plötzlich bückte er sich und stellte sie neben Jakob auf den Boden.

»Hier, vielleicht brauchst du sie irgendwann«, murmelte er unbeholfen. Dann lief er los. Wenn er sich beeilte, wäre er morgen Abend wieder in der Riverkilt.

Die Sonne stand schon hoch am Himmel, als Jakob erwachte. Er drehte den Kopf zur Seite. Das Erste, was er sah, war Kaits Feuerdose. Verwundert setzte er sich auf, nahm sie in die Hand und betrachtete sie. Dann sah er sich um. Ein paar Meter weiter war das Gras platt gedrückt.

Die Spur im Gras führte in die Richtung von Agades' Haus, also zurück zur Riverkilt. Von hier aus konnte Jakob bis weit in die Ferne sehen, doch Kait entdeckte er nicht. Er war fort und hatte ihn im Stich gelassen.

Jakobs Brust füllte sich mit einer kalten lähmenden Angst. Ihm wurde klar, dass er aufbrechen musste. Wenn er noch länger sitzen bliebe, würde die Angst seinen ganzen Körper einfrieren. Dann käme er nie weg von hier. Er bedauerte, dass er Kait nicht angefleht hatte, bei ihm zu bleiben. Jetzt war es zu spät.

Jakob stand auf und strich vorsichtig über die Feuerdose, doch nichts passierte. Sie war wohl leer. Trotzdem fühlte sich die kleine Dose so vertraut an, als hätte er ein kleines Stückchen des mürrischen Kait bei sich. Er steckte sie in die Jackentasche, nahm die Karte vom Boden und rollte sie auf. Das Grasland, in dem er stand, hieß Friedliches Land. Das klang harmlos, aber Jakob vertraute nichts und niemandem mehr. Keiner würde ihn retten, wenn ihm etwas geschah. Er musste nun gut auf sich selber aufpassen.

Eingehend betrachtete er die Grasbüschel unter seinen Füßen, aber er entdeckte nichts Bedrohliches. Auf der Karte sah er, dass sich hinter den Glühenden Bergen das Desdemonawasser erstreckte. Dann kam das Raaskalkgebirge und dahinter lag Ardelium.

»Einfach weiterlaufen«, sagte er zu sich selbst. »Wenn ich immer weiterlaufe, komme ich ganz von allein zu Katie. Geht gar nicht anders.«

Vorsichtig machte er den ersten Schritt.

Jakob lief schon ein paar Stunden. Das Friedliche Land lag vor ihm ausgebreitet wie eine gelbe Decke. Seine Angst verschwand allmählich, sein Mut wuchs. Dies war eine gewöhnliche Landschaft, wie die Dünen am Meer, die er im Urlaub mit seinen Eltern gesehen hatte. Das gelbe Gras sah sogar ein bisschen aus wie der Strandhafer.

Gegen Abend entschied Jakob, dass es Zeit sei, ein Lager aufzuschlagen. Wie unschuldig diese Landschaft auch aussah, er hatte keine Lust, im Dunkeln durch das hohe Gras zu laufen.

Sein Magen knurrte. Vom Brot, das Agades ihnen mitgegeben hatte, war nichts mehr übrig. Es sah ganz danach aus, dass er nach einem langen Wandertag hungrig einschlafen musste. Er dachte an die leckeren Vögel, die Kait im Broganwald gebraten hatte.

Jakob kniete sich hin und spähte durch die Grashalme.

Vielleicht gab es hier ja auch irgendwelche kleinen Tiere, die er über einem Feuer braten konnte. Auch wenn er eigentlich gar nicht wusste, wie man ein Kaninchen oder eine Maus zubereitete. Ganz zu schweigen davon, ob es ihm überhaupt gelingen würde, etwas zu fangen.

»Aber ein Feuer kann nicht schaden«, sagte er laut. »Keine Ahnung, ob ich etwas fange, aber wenigstens habe ich es dann schön warm.«

Außerdem hält es wilde Tiere fern. Aber diesen Gedanken verdrängte er schnell wieder.

Jakob sammelte trockene Grasbüschel und schichtete sie aufeinander.

Dann grub er ein Loch, wie er es von seinem Vater auf dem Campingplatz gelernt hatte. Beim Gedanken an seinen Vater füllten sich seine Augen mit Tränen.

»Ich darf nicht mehr an zu Hause denken«, sagte er. Seine Stimme klang in dieser weiten Landschaft schwach und piepsig. Jakob fühlte sich einsamer als je zuvor. »Komm schon«, redete er sich gut zu. Er holte Kaits Feuerdose hervor und rieb vorsichtig über die Oberfläche.

»Na los«, murmelte er. Aber es kam keine Flamme. Jakob rieb etwas stärker, aber nichts passierte. Nicht einmal ein Funke war zu sehen. Er rubbelte die Dose über seinen Jackenärmel. Er schüttelte sie hin und her, wie man das mit einem fast leeren Feuerzeug macht. Aber nichts half. Enttäuscht stampfte er mit dem Fuß auf. Als Antwort knurrte sein Magen. Er musste also nicht nur hungrig schlafen gehen, sondern auch noch im Stockdunkeln.

Diese Aussicht bedrückte ihn. Wie friedlich ihm das Grasland tagsüber auch erschienen war, jetzt stellten sich Jakobs Nackenhaare auf bei dem Gedanken, was hier alles unter dem Erdboden leben könnte. Er setzte sich und rieb noch einmal über die Dose. Wieder nichts.

Gerade als er sie wegwerfen wollte, hörte er plötzlich ein leises Geräusch. Erschrocken horchte er auf. Das Gras rauschte leise, doch darüber erhob sich ab und zu ein leises Schluchzen. Jakob saß stocksteif da. Er krallte seine Finger um die Feuerdose, hielt den Atem an und lauschte. Der Wind wehte das Geräusch in seine Richtung. Zwischen den einzelnen Böen konnte er es deutlich hören. Es war das Schluchzen eines kleinen Kindes. Aber nicht irgendeines Kindes.

Jakobs Herz machte einen Satz. Dieses Schluchzen würde er unter Tausenden erkennen, so oft hatte er es schon gehört. Sein ganzes Leben hatte er es verabscheut, doch gerade klang es wie Musik in seinen Ohren. Katie!

Er sprang auf und erblickte den sanften Schein eines Lagerfeuers, nur einen Steinwurf von ihm entfernt.

Jakob rannte in Richtung des Feuers. Grashalme schlugen gegen seine Hosenbeine. Die Dose fiel ihm aus der Hand, doch er bemerkte es nicht. Katie! Sie war gar nicht in Ardelium, sie saß hier, nicht weit von ihm entfernt.

»Katie!«, rief er. Jetzt war er so nah, dass er sie sehen konnte. Sie saß mit dem Rücken zu ihm am Feuer.

»Katie!«, rief er noch einmal. Er ließ sich hinter ihr auf den Boden fallen. Doch als sich die Gestalt umdrehte, blieb Jakob fast das Herz stehen. Das war nicht Katie, sondern ein winziges Männlein mit einem verwitterten, runzligen Gesicht. Seine beiden schwarzen Knopfaugen blickten Jakob verweint an. Die große schiefe Nase ragte wie ein Schnabel aus seinem Gesicht.

»Katie?« Das Männlein schniefte und zog die Augenbrauen so hoch, dass sie beinahe unter seinem fusseligen Haar verschwanden.

Jakob wusste nicht, was er sagen sollte. »P-pardon...«, stotterte er. »Ich dachte, Sie seien jemand anderes.«

Das Männlein wandte sich ab, legte den Kopf auf seinen Arm und fing an, noch erbärmlicher zu weinen. Jakob biss sich auf die Lippen. Konnte er einfach aufstehen und weggehen? Oder war das unhöflich? Er sah ins Lagerfeuer und spürte die Wärme in seinem Gesicht. Es war bereits ziemlich kalt. Über dem Feuer hing ein Spieß, an dem ein Stück Fleisch steckte, das vor Fett triefte. Von dem herrlichen Duft lief Jakob das Wasser im Mund zusammen.

»Kann ich Ihnen helfen?«, fragte er vorsichtig.

Das Männlein seufzte. »Ich bin so alleine. Niemand will mir helfen. Du bist auch nur hier, weil du dachtest, ich sei jemand anders.« Eine dicke Träne kullerte seine runzlige Wange herunter.

»Nein, nein«, stammelte Jakob. »Oder eigentlich, doch. Ich dachte zuerst, Sie wären ...«

»Und jetzt bleibst du auch nur, weil du Hu-hu-hunger hast!« Das Männlein schluchzte wieder herzzerreißend.

»Nein!« Jakob bemühte sich, den herrlichen Duft des

gebratenen Fleischs zu ignorieren. »Ich möchte Ihnen helfen.«

Plötzlich drehte sich das Männlein um. »Wirklich?« Es sprach leise und hielt den Kopf ein bisschen schräg.

»Ja«, versicherte Jakob.

Das Männlein seufzte noch einmal kläglich, dann betrachtete es Jakob von Kopf bis Fuß und sagte unerwartet freundlich: »Wenn du Hunger hast, teile ich mit dir, was ich habe. Und du leistet mir etwas Gesellschaft, ja?«

Jakob gelang es kaum, seine Freude zu verbergen. Essen, ein Lagerfeuer und jemand, dem er vertrauen konnte. Besser hätte er es nicht treffen können.

»Gerne«, antwortete er, »aber reicht Ihr Essen auch für zwei?« Das Fleisch am Spieß roch köstlich, war aber nicht allzu groß. Es schien für eine Person kaum genug zu sein.

Das Männlein grinste breit und zeigte hinter sich. Jakob entdeckte einen Berg lebloser Beutelratten. »Na, das sollte reichen!« Es strahlte.

Während das Männlein die Beutelratten häutete und sie über das Feuer hängte, holte Jakob seine Karte, die noch bei seiner eigenen Feuerstelle lag. Auf halbem Wege entdeckte er Kaits Dose im Gras. Er bückte sich, überlegte es sich dann aber anders und ließ sie liegen. Das Ding war leer, was sollte er also damit?

Als er zurückkam, aß das Männlein bereits. Das Fett tropfte ihm vom Kinn. Mit vollem Mund sagte es: »Fam am!«

Das ließ Jakob sich nicht zweimal sagen. Das Fleisch

schmeckte erstaunlich süß. Und nach der vierten Beutelratte fühlte er sich allmählich satt.

»Ich heiße Drorg«, stellte sich das Männlein vor. Es
streckte Jakob eine knochige Hand mit sehr langen dünnen Fingern entgegen.

»Jakob.«

»Ja«, sagte das Männlein zufrieden. Und kurz schien
es Jakob, als habe es seinen Namen längst gewusst. »Ich
hatte schon Angst, die Nacht hier alleine verbringen zu
müssen.« Mit seinen langen Fingern zupfte es ein Haar
aus einer gebratenen Beutelratte.

Jakob lachte. »Ich auch. Und wo soll die Reise hinge-
hen?«

»Ich bin auf dem Weg zum Gebirge hinter dem Desdemonawasser. Und du?«

»Nach Ardelium.«

Das Männlein nickte nachdenklich. »Das ist das neu-
este Gebiet. Und am weitesten entfernt, stimmt's? Wen
hast du verwünscht?«

Jakob beugte den Kopf, um zu verbergen, dass er rot
wurde. »Meine Schwester.«

»Hast du mich deshalb Katie genannt? Heißt sie so?«

»Ja«, sagte Jakob leise.

»Und wo liegt dieses Ardelium?«

Jakob rollte die Karte auf und tippte auf den Bereich
oben rechts. Das Männlein nickte begeistert. »Aber dann
haben wir ja dieselbe Richtung!«, rief es und schlug Jakob
auf die Schulter. »Lust, zusammen weiterzugehen? Ich

kenne den besten Weg.« Drorg riss Jakob die Karte aus der Hand, breitete sie vor sich aus und beugte sich so weit vor, dass seine Nase fast das Papier berührte.

»Ich wollte über das Desdemonawasser«, begann Jakob, aber Drorg unterbrach ihn sofort.

»Über das Desdemonawasser kommst du nie. Das hat noch keiner geschafft. Vor sehr langer Zeit fuhr dort noch ein Fährmann hin und her. Eines Tages aber war er spurlos verschwunden und niemand will seine Arbeit übernehmen. Es scheint dort zu spuken. Selbst die größten Schiffe erreichen das andere Ufer nicht.« Drorg tippte mit einem seiner langen Finger auf die Karte und kreiste mit ihm das Wasser ein.

»Ich gehe über das Grummelfeld, also um das Wasser herum, zum Raaskalkgebirge. Für dich ist es dann nur noch ein Katzensprung zu diesem Ardelium.« Zufrieden rollte Drorg die Karte wieder zusammen.

Es war ein riesiger Umweg, den Drorg da vorschlug, doch der Gedanke, sich gemeinsam auf den Weg zu machen, klang für Jakob verlockend. Außerdem sagte ihm eine weniger riskante Route mehr zu.

»In Ordnung.«

»Wie schön«, sagte das Männlein erleichtert und hatte Tränen in den Augen. Aber dabei blieb es zum Glück.

»Was ist das Grummelfeld?«

»Ein Feld voller Grummel, um es kurz zu machen«, antwortete Drorg.

»Was sind Grummel?«

Drorg pulte sich ein Stückchen Fleisch aus den Zähnen und betrachtete es. Dann schnippte er es mit Daumen und Zeigefinger ins Gras. »Grummel. Tja. Grummel ist Grummel. Sagen wir mal Abfall. Gerümpel. Krempel.« Er grinste.

»Ist es auch dadurch entstanden, weil jemand ...« Jakob wusste nicht, wie er den Satz beenden sollte.

»Na klar!« Drorg biss ein Stück von der nächsten Ratte ab und schmatzte genüsslich. »Und ich sage dir noch etwas. Es ist das erste Stück Land in der Geschichte dieser trostlosen Welt hier! Mit dem Grummelfeld hat alles angefangen.«

Und während das Feuer behaglich knisterte, erzählte Drorg die sonderbare Geschichte von Herrn und Frau Sonnemann.

10.

DIE SONDERBARE GESCHICHTE VON HERRN UND FRAU SONNEMANN

Frau Sonnemann war eine ungemein reinliche Frau. Sie putzte mindestens einmal pro Woche die Fenster, spülte dreimal am Tag das Geschirr und lief immer mit einem Staubtuch in der Hand durch das Haus. Sie saugte sogar die Steinplatten im Garten. Wirklich, sie war sehr reinlich.

Herr Sonnemann war das genaue Gegenteil. Er lehnte sich mit seiner Arbeitskleidung an Frau Sonnemanns blitzblank geputzte Fenster, saß immer auf der Toilette, wenn es Zeit für den Abwasch war, brachte mit seinen Schuhen jede Menge Dreck ins Haus und den Staubsauger hatte er noch nie in die Hand genommen. Er war ein richtiger Faulpelz. Vielleicht waren sie einmal sehr glücklich miteinander gewesen, doch daran konnte sich niemand mehr erinnern. Selbst Herr und Frau Sonnemann nicht.

Frau Sonnemann ärgerte sich grün und blau über das Durcheinander, das ihr Mann anrichtete. Jeden Tag erklärte sie ihm aufs Neue, wie sie das Haus gern haben wollte, er aber scherte sich kein bisschen darum und das machte sie wütend. Herr Sonnemann ärgerte sich seinerseits grün und blau, weil seine Frau sich in alles einmischte. Er konnte nicht einmal seine Socken ausziehen, ohne dass sie bereits mit erhobenem Zeigefinger neben ihm stand.

»Socken gehören in den Wäschekorb!«, sagte sie dann vorwurfsvoll.

»Ich sitze vor dem Fernseher«, murrte er, »also werfe ich sie heute Abend rein. Wenn ich ins Bett gehe.«

»Nein, nein, nein!«, rief seine Frau. Sie stellte sich vor den Fernseher. »Du machst das jetzt, sonst vergisst du es, wie immer. Und wenn ich morgen aufstehe, liegen die Socken immer noch hier und dann muss ich sie wieder wegräumen!«

Also ging Herr Sonnemann mit seinen Socken Richtung Bad.

»Und danach waschen wir erst zusammen ab, bevor du wieder vor dem Fernseher einschläfst«, rief ihm seine Frau hinterher. »Und wage es ja nicht, jetzt auf die Toilette zu gehen!«

Nein, auch Herr Sonnemann war schon lange nicht mehr glücklich mit seiner Frau.

Jeden Abend, wenn Frau Sonnemann bereits im Bett lag (»Vergiss nicht die Fernsehzeitung zurück ins Schränkchen zu legen. Und die Fernbedienung daneben, sonst muss ich morgen wieder danach suchen!«), saß Herr Sonnemann auf dem Sofa und wünschte sich inständig, seine Frau würde einen sehr langen Urlaub machen. Ganz allein. Oder wieder zu ihrer Mutter ziehen. Oder sich einfach in Luft auflösen.

Dass sich sein Wunsch schon bald erfüllen sollte, hätte er sich nie träumen lassen.

Eines Morgens lag neben Herr Sonnemanns Kopf ein Zettel auf dem Kissen. Er rieb sich den Schlaf aus den Augen und las laut:

Ich finde, ich habe einen freien Tag verdient. Ich fahre mit einem Kollegen einen Tag mit seinem Boot weg. Sieh zu, wie du zurechtkommst. Ich bin nicht vor dem Abendessen zu Hause. Und KOMM JA NICHT AUF DIE IDEE, alles durcheinanderzubringen!!!

Herr Sonnemann lag kurz sprachlos im Bett, dann fing er an zu lachen. Schallend. Er sprang aus dem Bett. Er öffnete die Vorhänge. Es war ein schöner Sommertag. Das Sonnenlicht verteilte sich großzügig im Zimmer. Er machte das Fenster auf und rief hinaus: »Ich bin alleine zu Hause!!!«

Dann polterte er die Treppe hinunter und griff nach dem Telefon. Er wählte die Nummer seines Büros. Damit es so klang, als hätte er eine schlimme Erkältung, hielt er sich die Nase zu.

»Ich denke nicht, dass ich heute zur Arbeit kommen

kann«, sagte er und versuchte, möglichst krank zu klingen. »Ich habe eine schlimme Grippe.«

Danach ging er auf den Dachboden. Als er die Luke öffnete, traten ihm Tränen in die Augen. Er war nie wieder hier oben gewesen, seit es ihm seine Frau verboten hatte: »Du hast da oben nichts zu suchen. Du bringst immer nur Spinnweben mit nach unten.«

Die Dielen knackten leise unter seinem Gewicht. Es roch muffig, doch Herr Sonnemann sog die Luft genüsslich ein. Unten roch das Haus überhaupt nicht mehr nach Holz oder Stein oder überhaupt nach Haus, sondern nach Spülmittel, Bohnerwachs und Chlor.

Er zählte die Dielen. Bei der siebten kniete er sich hin. Ganz vorsichtig tastete er nach der Spalte, dann hob er die Diele an. Darunter lag ein roter Schuhkarton. Den hatte er vor Jahren heimlich deponiert. Hier versteckte sich sein allerliebstes Hobby. Als er den Karton kurz darauf auf den glänzenden Küchentisch stellte, wurde er ganz sentimental. Das Modellschiff war erst zur Hälfte fertig, aber man konnte erkennen, was für ein wunderschönes Schiff es werden würde. Die Kajüte war mit prachtvollen Holzschnitzereien verziert, die Masten waren bereits befestigt und vorn am Bug prankte eine betörend schöne Galionsfigur mit entblößtem Oberkörper, die das Schiff, der Sage nach, vor allem Unglück beschützen soll. Taue und Segel fehlten noch, und das Heck war auch noch nicht fertig. Aber wenn er den ganzen Tag durcharbeitete, wäre das Modellschiff am Abend fertig.

Wer weiß, vielleicht käme er ja sogar noch dazu, es anzumalen.

Schon vor Jahren hätte das Schiff fertig sein können, doch Frau Sonnemann hatte ihrem Mann verboten, im Haus daran zu arbeiten. »Der Klebstoff frisst Löcher in die Tischplatte!«, meinte sie. »Geh nach draußen, wenn du daran herumpfuschen willst.«

Jeder, der schon einmal ein Modellschiff gebaut hat, weiß, dass das nicht geht. Manche Teile waren so winzig, dass sie der geringste Windhauch weggeweht hätte. Herr Sonnemann hatte seine große Leidenschaft schließlich in einen kleinen Schuhkarton gepackt, versteckt und nie wieder hervorgeholt.

Jetzt saß er mit einer Tasse Kaffee und seinem Schiff am Küchentisch. Er hatte die Tischplatte mit Zeitungen ausgelegt, sodass abends keine Spuren dieses herrlichen Tages übrig wären. Seine Frau würde nichts bemerken.

Er bastelte den ganzen Tag. Gegen drei Uhr nachmittags hatte er das Schiff vollständig zusammengebaut. Er hatte noch nicht gefrühstückt und auch das Mittagessen ausgelassen, so sehr nahm ihn sein Projekt ein. Sein Magen knurrte, aber er wollte keine Zeit verlieren. Mit der Zungenspitze zwischen den Zähnen und einem winzigen Pinsel in der großen Hand machte er sich an den allerletzten Schritt: das Bemalen.

Er war so konzentriert, dass ihm gar nicht auffiel, dass das Wetter umgeschlagen war und sich draußen dunkle Wolken zusammenballten.

Frau Sonnemann saß im Boot ihres Kollegen. Schon lange hatte sie nicht mehr einen so schönen Tag verbracht. Sie sah zu dem Mann hinüber, der in einer flotten Seemannsjacke am Steuerrad stand. Er hatte ihr ein Glas Champagner gereicht und prostete ihr zu.

»Auf das gute Leben!«, rief er.

Sie lachte und trank.

Nach einer Weile warf er den Anker aus. Er rutschte über die Holzbank am Geländer entlang bis zu ihr hinüber.

»Ich denke, du brauchst ein bisschen Romantik«, flüsterte er ihr ins Ohr. Frau Sonnemann lachte verlegen. Es war ewig her, dass ein Mann so etwas zu ihr gesagt hatte. Ihr eigener Mann war den ganzen Tag im Büro, und wenn er nach Hause kam, fiel er wie ein Sack Kartoffeln auf das Sofa vor dem Fernseher. Von Romantik war schon lange nicht mehr die Rede. Frau Sonnemann wollte sich diese Gelegenheit nicht entgehen lassen.

»Deine Augen sind wie Seen«, murmelte er ihr ins Ohr. Frau Sonnemann kicherte.

»Deine Wangen sind rosig wie die Morgenröte.«

Frau Sonnemann gurrte.

»Und dein Mund ...«, flüsterte er und berührte ihre Lippen mit den Fingerspitzen, »dein Mund ist so zart wie eine Rosenblüte.«

Frau Sonnemann warf den Kopf in den Nacken und wollte lachen, aber das Geräusch blieb ihr im Halse stecken.

»Uarrgh!«

»Was sagst du, mein Augenstern?«, fragte er verwundert.

Frau Sonnemann deutete in den Himmel, der so dunkel war wie der dunkelblaue Minirock, den sie trug.

»Oh, Gerd«, sagte sie, »ich glaube, es zieht ein Unwetter auf.«

Und genau so war es. Aber es war nicht nur ein Schauer, sondern eine Sintflut. Schon wenige Minuten später zerrte der Wind an den Segeln und drohte sie in Stücke zu zerreißen. Der Regen peitschte ihnen ins Gesicht und durchnässte ihre Kleider. Irgendwann hielt der Mast der Naturgewalt nicht mehr stand. Er brach entzwei. Das Boot kenterte. Gerd und Frau Sonnemann gingen über Bord und schaukelten in ihren hastig übergeworfenen Schwimmwesten in den Wellen. Schließlich wurden sie an Land gespült, wo sie vergeblich versuchten, eines der vorbeirasenden Autos anzuhalten. Wer will schon zwei klatschnasse Menschen in seinem sauberen, trockenen Auto mitnehmen?

Nach einer langen Wanderung kamen sie zum Hafen und zu dem Parkplatz, auf dem sie ihre Autos abgestellt hatten. Gerd wollte alles wiedergutmachen. Er versuchte, Frau Sonnemann zu umarmen, aber die war stinksauer. Sie schlug ihm ihre Handtasche um die Ohren und stieg in ihr Auto. Als sie bemerkte, dass der Fahrersitz von dem Wasser, das an ihr herabtropfte, sofort durchweichte, wurde sie erst richtig sauer. Sie nahm ihre Tasche und stieg wieder aus. Doch Gerd sah sie kommen. Er nahm Reißaus, sprang in sein Auto und verriegelte die Türen.

Als Frau Sonnemann gedemütigt, klitschnass und mit verheultem Gesicht schließlich die Haustür öffnete, legte Herr Sonnemann gerade letzte Hand an sein Meisterwerk.

Herr Sonnemann betrachtete das Schiff, das vor ihm auf dem Tisch stand. Endlich war es fertig! Der Himmel hatte sich wieder aufgeklärt. Die Farben glänzten in der Abendsonne, die durch das Küchenfenster hereinfiel. Auf Herrn Sonnemanns Gesicht machte sich ein Grinsen breit. Seine Finger waren vom Basteln ganz verkrampft und beim Ausschneiden der Flagge, die nun oben am Mast flatterte, hatte er sich auch noch in den kleinen Finger geschnitten. Doch er spürte keinen Schmerz. Sein Schiff war fertig und es war von anrührender Schönheit.

Als die Küchentür aufgerissen wurde, erschrak er so sehr, dass er sich an der Tischkante festhalten musste. Frau Sonnemann stand in der Tür, doch Herr Sonnemann erkannte sie kaum. Sie sah aus, als wäre sie gerade mit Jacke und allem in ein Schwimmbad gefallen, Wasser tropfte ihr aus dem Haar und den Kleidern. Ihr Gesicht war leichenblass. Sie blickte auf die Brust ihres Mannes. Herr Sonnemann folgte ihrem Blick. Auf seinem blauen Hemd war ein hellroter Farbfleck zu sehen.

»Oh!«, presste Frau Sonnemann heraus.

»Oh!«, sagte Herr Sonnemann verdattert.

Frau Sonnemann schubste ihn zur Seite und stieß

einen hohen Schrei aus. »Was ist hier passiert?« Ihr Kiefer klappte nach unten.

Herr Sonnemann besah sich seinen Arbeitsplatz und erschrak. »Oh!«, sagte er noch einmal.

Auf dem Boden und auf dem Tisch lagen überall Holzspäne. Eines der Farbtöpfchen, die auf dem Tisch standen, war umgefallen und dunkelblaue Farbe rann zähflüssig über den Küchenboden. Ein Pinsel mit hellroter Farbe war vom Tisch gerollt und auf dem Stuhlkissen gelandet. Der Fleck war zwar nicht groß, aber Frau Sonnemann wusste sofort, dass er nie mehr rausgehen würde. Sie hatte am Abend zuvor noch die gesamte Küche geputzt, alles war blitzsauber gewesen. Tränen schossen ihr in die Augen.

Und dann fiel ihr Blick auf das kleine Modellschiff, das mitten auf dem Tisch stand. Es glitzerte und funkelte in den letzten Strahlen der untergehenden Sonne. Frau Sonnemann wurde schwarz vor Augen. Sie dachte an ihren Kollegen und das gekenterte Boot. Er hatte nicht einmal versucht, sie zu retten. Sie hatte sich um sich selbst kümmern müssen, während er sich auf das umgekippte Boot gezogen hatte. Sie hatte sich so gedemütigt und allein gelassen gefühlt, was sie aber am meisten aufregte, war, dass ihr Mann augenscheinlich einen vergnüglichen Tag verbracht hatte. Während sie im Wasser getrieben war, saß er fröhlich am Küchentisch. Er hatte sich in der Küche ausgetobt, während sie unter Wasser gemerkt hatte, wie ihr kurzer Rock noch weiter hochgerutscht war und allerlei Pflanzen und Fische ihre Beine entlanggeglitscht waren.

Ihr Gesicht war mittlerweile tiefrot angelaufen. Sie ging auf den Tisch zu, hob ihre Arme und ließ krachend beide Fäuste auf das Modellschiff knallen. Das Holz splitterte und stob in alle Richtungen. Nichts blieb von dem Schiff übrig.

»AUTSCH!«, rief Frau Sonnemann. Der kleine Mast hatte sich in ihren Handballen gebohrt. Ein roter Blutstropfen quoll hervor. Der stechende Schmerz brachte sie wieder zur Besinnung. »Hol mir eine Pinzette!«, schnauzte sie Herrn Sonnemann an, der totenblass auf die Holzsplitter starrte. »Ich werde nicht mit meinen nassen Kleidern durchs Haus laufen. Die Küche sieht schon grausig genug aus.«

Schweigend ging ihr Mann an ihr vorbei.

»Und glaube ja nicht, dass ICH die Küche aufräume!«, rief sie ihm nach.

Wie betäubt ging Herr Sonnemann die Treppe hoch. Die Stimme seiner Frau wurde leiser und leiser. Als er die Badezimmertür schloss, verstummte ihr Gezeter.

Herr Sonnemann öffnete das Schränkchen über dem Waschbecken und nahm die Pinzette. Als er es wieder zumachte, blickte ihn sein Spiegelbild bleich an. Da erst fing der Zorn in seiner Brust zu brodeln an. Niemals zuvor hatte Herr Sonnemann so viel Zorn in sich gespürt. Jahrelang hatte ihn seine Frau wie ein kleines Kind behandelt. Sie war ihm auf die Pelle gerückt und hatte ihn wie auf rohen Eiern gehen lassen. Und er hatte sie gewähren lassen. Wie ein braver Trottel hatte er sich die Leviten lesen lassen. Aber damit war jetzt Schluss! In Gedanken sah er noch einmal vor sich, wie ihre Fäuste sein Schiff zertrümmerten. Sein prachtvolles Schiff, an dem er den ganzen Tag gearbeitet hatte.

Er ballte die Fäuste. Er atmete tief ein. Seine Brust schwoll an und füllte sich mit reinem Hass. Einem brodelnden, heißen Hass. Herr Sonnemann stieß die Luft schnaubend aus den Nasenlöchern und dann geschah es. Mit allem, was er in sich spürte, wünschte er sich, dass er ein für alle Mal von seiner Frau erlöst wäre. Er wünschte ihr das Schlimmste, was er sich ausdenken konnte: das staubigste Gerümpel, das sie je gesehen hatte!

»Das Grummelfeld«, flüsterte Jakob.

»Genau.« Drorg nickte. »Nichts als Schutt und Asche und Frau Sonnemann mittendrin.«

»Und was ist drum herum? Was umgibt das Grummelfeld?«

»Nichts.« Drorg zuckte die Schultern. »Ein Abgrund.« Er tippte mit dem Finger auf Jakobs Karte. »Es war das Erste, was es hier gab, und seither ist jedes Mal, wenn jemand verwünscht wurde, etwas hinzugekommen.«

»Ist damals schon jemand hier gewesen? Hat Kait Herrn Sonnemann abgeholt?«, fragte Jakob.

»Nein«, sagte Drorg. »Hier waren nur das Grummelfeld und Frau Sonnemann. Sonst nichts. Es muss sehr unheimlich gewesen sein.« Er blickte Jakob ernst an, doch plötzlich funkelten seine Augen. »Aber das war nicht das

Ende von Herrn und Frau Sonnemann, denn sie sind beide noch hier.«

Jakob sah Drorg erstaunt an. Drorg spießte noch eine Beutelratte auf und erzählte weiter: »Herr Sonnemann ging mit der Pinzette nach unten, aber seine Frau war nicht mehr in der Küche. Dort, wo sie gestanden hatte, war nur noch eine kleine Pfütze. Herr Sonnemann durchsuchte das ganze Haus und den Garten und die Nachbarschaft, doch er konnte seine Frau nirgends finden.

Abends saß er zum ersten Mal seit zwanzig Jahren allein auf dem Sofa. Mittlerweile war er fürchterlich hungrig und so hoffte er, dass Frau Sonnemann bald nach Hause kommen würde. Er hatte keine Ahnung, was mit ihr geschehen war.

Gegen elf Uhr aß er ein Butterbrot. Dann ging er ins Bett. Schlafen konnte er nicht, er war noch immer wütend. Aber auch ein wenig besorgt, Frau Sonnemann war noch nie so lange weggeblieben. Unter der blütenweißen Federbettdecke liegend starrte er an die Decke.

Plötzlich bemerkte er eine eigenartige Bewegung im Putz. Es schien, als drifte die Decke auseinander. Herr Sonnemann runzelte die Stirn. Er rieb sich die Augen, doch die Decke bewegte sich immer stärker. Sie wogte und wellte sich wie das Meer. Dann sackte sie langsam nach unten. Herr Sonnemann erschrak sich fast zu Tode. Er wollte aus dem Bett springen, aber als er seine Beine über den Rand des Bettes schwang, spürte er den vertrauten Bettvorleger nicht mehr. Seine Beine baumelten in der

Luft. Als er hinuntersah, fiel ihm auf, dass nicht die Decke nach unten kam, sondern sein Bett nach oben stieg. Langsam schaukelte es in Richtung Decke. Gleich würde er sich den Kopf stoßen.

Dann brach die Zimmerdecke plötzlich auf und ließ Herrn Sonnemann mit Bett und allem weiter nach oben schweben. Er zog seine Decke fester um sich, weil er erwartete, durch das Dach in die kalte Nacht hinauszufliegen, doch was er tatsächlich sah, ließ ihn erstarren. Draußen stand die Sonne hoch am Himmel, aber sonst war dort nichts. Keine Erde, keine Häuser, nichts. Das Einzige, was er sehen konnte, war eine gräuliche Insel aus Schutt. Graue Steine und weißer Staub, das war alles, woraus die Insel bestand. Und inmitten all des Unrats sah er seine Frau. Sie saß auf einem großen grauen Stein. Ihr dunkelblauer Rock war von dem aufwirbelnden Staub fast weiß. Offenbar hatte sie sich mit den dreckigen Händen übers Gesicht gerieben, denn sie hatte graue Flecken an Wangen und Kinn. Mit einem Mal wirkte sie gar nicht mehr wie die zeternde, schimpfende Frau, die er verwünscht hatte. Sie war eher ein bedauernswertes Häufchen Elend, das auf einem Trümmerberg saß. Doch bevor er seinen Mund öffnen konnte, um ihren Namen zu rufen, stürzte sein Bett nach unten und Herr Sonnemann hinterher.

Er schlug neben seinem Bett auf dem Boden auf. Schlagartig war er wach. Er schaute zur Decke, aber die sah aus wie immer.

Den ganzen Tag über ging Herr Sonnemann dieser Traum nicht mehr aus dem Kopf. Es war alles so real gewesen, dass er einfach nicht glauben konnte, nur geträumt zu haben. Seine Frau hatte genau so dagesessen, wie er es ihr gewünscht hatte. Das konnte doch kein Zufall sein?!

Sein Gewissen nagte an ihm und ließ ihm keine Ruhe mehr. Bei der Arbeit, beim Einkaufen, vor dem Fernseher, Herr Sonnemann konnte an nichts anderes mehr denken.«

Jakob nickte. »Es tat ihm leid.«

Drorg schüttelte den Kopf. »Reue alleine hätte ihn nie hierhergebracht. Es war mehr als nur Reue. Herr Sonnemann wurde das erste Mal seit Jahren bewusst, dass er seine Frau tief in seinem Herzen noch immer sehr, sehr liebte.«

Jakob schnaubte.

»Das ist nicht so ungewöhnlich, wie es klingen mag«, sagte Drorg. »Manchmal tun sich zwei Menschen, die sich sehr lieben, die schrecklichsten Dinge an.« Er schwieg einen Moment und fuhr dann leise fort: »Und manchmal sind sie zu Leuten, die sie überhaupt nicht mögen, besonders nett.«

Jakob bemerkte nicht, wie sich Drorgs Augen kurz verengten.

»So kam Herr Sonnemann also hierher? Es war doch damals bestimmt nicht schwierig, seine Frau zu finden. Es gab ja nur das Grummelfeld.«

Drorg nickte. »Er hat sie tatsächlich gefunden, aber leider nahm die Geschichte kein glückliches Ende. Frau Sonnemann war zuerst schrecklich froh, ihren Mann wiederzusehen. Aber als er ihr sagte, wie leid es ihm tue, wurde ihr schlagartig klar, dass *er* es gewesen war, der sie an diesen entsetzlichen Ort gewünscht hatte. Sie wurde so wütend auf ihn, dass sie ihm dasselbe antat. Sie verwünschte *ihn*. Leider hatte sie nicht allzu viel Fantasie, deshalb landete Herr Sonnemann in einem riesigen Grasland.«

»Das Grasland, durch das ich hierhergekommen bin?«

»Genau das. Und seitdem haben die beiden andauernd Krach. Man sagt, sie hätten in all der Zeit viel über die Magie dieser Welt gelernt und wie sie diese einsetzen können. Und sie scheinen schon seit Langem nicht mehr auszusehen wie ein Mann und eine Frau. Wenigstens sagt man das. Zuletzt wurden die beiden von einem Quasselkopf gesehen, der meinte, sie seien wie zwei Wolken gewesen, die aufeinander losgehen.« Drorg grinste, als er das sagte. »Fakt ist, dass niemand weiß, ob die beiden jemals existiert haben oder ob das alles nur ein Märchen ist. Menschen erfinden eine Menge, um Dinge zu erklären, die sie sonst nicht verstehen.«

»Es kann also sein, dass die ganze Geschichte nur erfunden ist?« Jakob war enttäuscht.

»Ja, natürlich!« Drorg lachte. »Aber es ist eine schöne Geschichte, oder?« Er hatte seine Beutelratte aufgegessen und leckte den Spieß ab. Mit dem Daumen wischte er sich das Fett vom Kinn. »Ob es sie gibt oder nicht, ist doch eigentlich egal.«

Das Männlein rollte sich am Feuer zusammen. Auch Jakob machte es sich bequem. Zufrieden mit der neuen Gesellschaft und seinem vollen Magen schlief er ein.

DER UMWEG

Am nächsten Morgen frühstückten sie die restlichen Beutelratten, die sogar kalt hervorragend schmeckten. Danach war es an der Zeit, sich auf den Weg zu machen. Die Sonne schien warm auf Jakobs Gesicht, eine leichte Brise strich ihm durchs Haar. Zum ersten Mal seit seiner Ankunft in dieser Welt hatte er keine Angst. Im Gegenteil, er war geradezu beschwingt. Mit Kait hatten zuvor überall Gefahren gelauert. Die Welt um ihn herum hatte düster gewirkt und er hatte sich ständig bedroht gefühlt. Das war jetzt anders.

Er betrachtete das Männlein, das neben ihm herlief. Drorg reichte ihm gerade bis zur Hüfte und doch fühlte Jakob sich bei ihm sicher. Mit ihm an seiner Seite erschien diese Welt irgendwie freundlicher.

»Wie bist du hier gelandet?«, fragte Jakob.

Drorg blickte zu ihm auf. Er zuckte mit den Schultern. »Ich weiß es nicht. Ich nehme an, dass ich kein Opfer bin. Jedenfalls ist niemand gekommen, um mich zu suchen.«

»Hat dich jemand erfunden?«, fragte Jakob ungläubig.

»Ich glaube schon.«

»Aber was ist denn so schrecklich an dir?«

Drorg sah ihn beleidigt an und Jakob bemühte sich, schnell hinzuzufügen: »Ich meine, die Leute denken sich doch die schlimmsten Dinge für ihre Opfer aus. Wenn du ausgedacht bist, muss dahinter doch eine schreckliche Absicht stecken, oder?«

Das Männlein starrte vor sich hin, als hätte er noch nie darüber nachgedacht. »An mir ist nichts Schreckliches«, sagte er dann. »Ich bin schrecklich nett und zuverlässig.«

Jakob musste lachen. »Ich wollte dich doch nicht beleidigen. Du bist einer der wenigen hier, der nett zu mir ist.«

Drorg legte den Kopf schräg und sah Jakob an. »Tja, ich bin sehr nett«, betonte er, »aber was ist mit dir? Du kommst mir zwar auch sehr nett vor, aber trotzdem bist du hier und suchst deine Schwester. Das verstehe ich nicht.« Jakob wandte den Blick ab und Drorg redete weiter. »Du brauchst nicht darüber zu reden«, sagte er. »Ich frage mich nur, wieso du das getan hast. Ein so freundlicher Junge wie du.«

»Ich bin nicht immer so freundlich«, sagte Jakob leise. Er spürte Drorgs bohrenden Blick.

»Ach, komm!«, rief das Männlein. »Das glaube ich nicht. Ich kenne dich jetzt schon fast einen Tag und du bist der netteste Junge, den ich je getroffen habe.«

Jakob spürte sein Schuldgefühl, das ihm wie ein Stein auf der Seele lag. Am liebsten hätte er dafür gesorgt, dass

Drorg das weiterhin glaubte, aber er fürchtete, dass sie es beide besser wussten.

»So toll bin ich wirklich nicht. Nicht für meine Schwester. Immerhin habe ich sie verwünscht. Und wie.«

»Ja.« Drorg lachte. Kurz war es so, als durchschaue er Jakob, als wisse er genau, was er Katie gewünscht hatte. Jakob merkte, wie ihm das Blut in die Wangen stieg. Schnell drehte er sich weg.

Drorg hörte abrupt auf zu lachen. »Vor mir brauchst du dich nicht zu schämen«, sagte er ernst. »Erzähle mir lieber, was Katie mit dir gemacht hat.«

»Wie meinst du das?«

»Du musst sie nicht schützen. Es ehrt dich, dass du alle Schuld auf dich nimmst, aber das ist nicht die ganze Geschichte, stimmt's? Deine Schwester war auch kein Engel und es ist keine Schande, das einmal zu sagen. Schütte dein Herz aus. Bei mir kannst du das tun. Ich würde dich nie verurteilen.«

Jakob zuckte die Schultern. »Sie hat eigentlich nicht viel getan. Sie war eben die ganze Zeit da. Ich musste immer auf sie aufpassen.« Es klang albern, aber Drorg rief ungläubig: »Du hattest nie einen Moment für dich allein?«

»Na ja, nie …« Jakob spielte unbehaglich am Reißverschluss seiner Jacke. Alles, was er sagte, klang seltsam und kindisch. Er wünschte, er hätte gar nicht erst damit angefangen. Doch Drorg entgegnete ernst: »Ich denke nicht, dass du schlecht bist, Jakob. Du bist ein sehr netter Mensch, der grundlos bestraft wurde. Du hast dich um deine Schwester gekümmert, so gut du konntest.« Er blieb stehen und ergriff Jakobs Hände. Seine Augenbrauen waren jetzt so tief über die Augen gesunken, dass sich seine Nase kräuselte. »Außerdem waren es deine Eltern, die das wollten. Oder? Sie hätten sich doch um Katie kümmern müssen!«

Jakob öffnete den Mund und schloss ihn wieder. Er hatte das Gefühl, zum ersten Mal verstanden zu werden. Was für eine Erleichterung! Trotzdem fühlte er sich schuldig. Drorg hatte teilweise recht. Seine Eltern waren für Katie verantwortlich. Und es war nicht fair gewesen, dass sie ihn immer als Babysitter benutzten. Aber durfte er deshalb seine Wut an Katie auslassen? Was konnte sie dafür, dass sie zu klein war, um auf sich selbst aufzupassen? Tief in seinem Innern nagte sein Gewissen an ihm, aber er sagte nichts.

Drorg schüttelte den Kopf und ging weiter. »Ich verstehe nicht, weshalb du sie suchst«, sagte er. »Wenn du sie findest, kommt sie wieder mit dir nach Hause. Was hättest du davon?«

Jakob zog die Schultern hoch. »Ich will einfach nach Hause. In meine eigene Welt.«

»Wenn ich du wäre, würde ich noch einmal gut darüber nachdenken. Wenn du sie wieder mit nach Hause nimmst, meinst du, es würde sich etwas verändern?« Drorg warf die Arme in die Luft. »Natürlich nicht! Alles wird wieder von vorn losgehen und du hättest immer noch keine Zeit für dich. Außerdem«, Drorg ergriff

Jakobs Jackenzipfel und redete verschwörerisch auf ihn ein, »außerdem weiß sie dann, was du ihr angetan hast. Das kann sie jederzeit gegen dich verwenden. Und das wird sie auch. Den Rest deines Lebens wird sie dafür sorgen, dass du dich schuldig fühlst. Denk an meine Worte.«

Jakob war sich nicht sicher, ob Katie so etwas tun würde, widersprach Drorg aber nicht.

Plötzlich blieb das Männlein stehen und rief: »Das ist es, ich hab's! Warum bleibst du nicht einfach hier?«

Verständnislos schaute Jakob ihn an. Drorg strahlte von einem Ohr zum anderen.

»Bleib bei mir! Gib die Suche auf und bleib hier!« Er nahm Jakobs Hände. »Weshalb zurück in dieses elende Leben, wenn du doch hierbleiben kannst? Ich helfe dir, ein neues Leben aufzubauen. Ich kenne alles und jeden hier.«

Jakob lächelte höflich. Er mochte Drorg, aber hierbleiben? Seine Freunde niemals wiedersehen? Der Gedanke bedrückte ihn mehr als alles andere.

Drorg sprang aufgeregt auf und ab. Er freute sich sichtlich und Jakob wollte ihn nicht enttäuschen. Er legte dem Männlein eine Hand auf die Schulter. »Es tut mir leid, Drorg, aber das geht nicht.«

»Du willst zurück und wieder jeden Tag auf deine Schwester aufpassen?«

»Nein.« Jakob strich sich durchs Haar. »Dafür muss ich wohl eine Lösung finden.«

Schweigend liefen sie nebeneinander weiter.

Dass sie das Grummelfeld erreicht hatten, fiel Jakob auf, als sie bei jedem ihrer Schritte kleine Staubwolken aufwirbelten, schnell waren seine Turnschuhe grau vor Staub. Hier also hatte alles angefangen. Er blickte sich um: eine trockene, staubige Ebene, hier und da ein Geröllhaufen. Alles war grau. Jakob konnte sich gut vorstellen, dass es für Frau Sonnemann der denkbar schlimmste Ort sein musste.

In der Ferne ragte der Höhenzug des Raaskalkgebirges auf. Auf den Gipfeln lag Schnee und die seitlichen Ausläufer waren aus rötlichem Stein, auf dem nichts zu wachsen schien. Es wirkte unpassierbar.

»Bist du dir sicher, dass es nicht leichter wäre, das Desdemonawasser zu überqueren?«, fragte Jakob.

»Das Gebirge sieht schlimmer aus, als es ist. Da ist nur eine Sache, an die ich nicht gedacht habe. Wir müssen uns mit Proviant eindecken. In den Bergen gibt es nur wenig Tiere. Und was dort herumläuft, ist für uns zum Überleben viel zu klein. Wir müssen uns erst um einen tüchtigen Vorrat kümmern.«

Jakob nickte. »Was meinst du, wie viele Beutelratten müssen wir fangen, um es durch die Berge zu schaffen?«

Doch Drorg schüttelte den Kopf. »Ich habe eine bessere Idee.« Er drehte sich nach links, weg vom Gebirge. »Liegt hier nicht eine kleine Stadt in der Nähe? Korsel? Kessel? Schau mal auf deine Karte.«

Jakob zog die Karte hervor und rollte sie auf. Links vom Grummelfeld lag tatsächlich eine Stadt.

»Kesteren. Aber sie bringt uns ein ganzes Stück von unserer Route ab und wir haben auch so schon einen großen Umweg vor uns.«

»Wenn du nicht verhungern willst, bevor du in deinem Ardelium ankommst, würde ich dir dennoch dazu raten. Außerdem soll man nicht zu viele Beutelratten essen. Davon wird man krank.«

Jakob warf noch einen Blick auf die Karte. »Na gut. Aber das ist der letzte Umweg, den wir machen.«

»Gute Entscheidung«, sagte Drorg und rieb sich die Hände.

Jakob rollte die Karte zusammen und steckte sie wieder in den Hosengürtel. Er lief voran und spähte erwartungsvoll in die Ferne, in der Hoffnung, vielleicht schon etwas von der Stadt zu entdecken. Auf Drorgs Gesicht machte sich ein beängstigendes Grinsen breit. Doch das sah Jakob nicht. Andernfalls wäre es ihm eiskalt über den Rücken gelaufen.

KESTEREN

Abends erreichten sie endlich die Stadtmauern von Kesteren. Das Tor stand sperrangelweit offen, aber sehr gastfreundlich sah es hier nicht aus. Die Häuserdächer, die die Stadtmauer überragten, waren grau, der Weg, der in die Stadt führte, war grau, und als Jakob durch das Tor lief, sah er, dass der Rest der Stadt nicht viel besser dran war. Es schien, als hätte sich der Staub des Grummelfelds in dicken Schichten über die Stadt gelegt.

In den Straßen waren kaum Menschen unterwegs. Die Leute, die ihnen entgegenkamen, beeilten sich, so schnell wie möglich in ihren Häusern zu verschwinden. Dabei drängten sie sich so dicht an die Hauswände, dass sie mit ihren Rücken fast an den Mauern entlangscheuerten. Als hätten sie Angst, aufzufallen. Die wenigen, denen Jakob und Drorg begegneten, hatten staubgraue Haare und ihre Gesichter waren eingefallen. Argwöhnisch beäugten sie Jakob und seinen Begleiter, dann waren sie fort.

»Was ist mit denen?«, fragte Jakob beunruhigt.

Drorg zuckte die Schultern. »Vielleicht wollen sie ja einen Mittagsschlaf machen.«

Jakob schüttelte den Kopf. »Hast du die Leute nicht gesehen? Die kamen mir nicht so vor, als wollten sie nach Hause, um sich auszuruhen. Wie ängstlich die uns angeschaut haben!«

Drorg verdrehte die Augen. »Was kümmert es dich? Wir suchen uns eine Herberge, decken uns mit Proviant ein und morgen früh brechen wir wieder auf.«

Jakob sah nach hinten, aber auch dort war niemand zu entdecken. Die Straßen waren verlassen.

»Aber es ist doch komisch«, sagte er. »Die Leute scheinen vor irgendwas zu flüchten. Wovor haben die so eine Angst?«

»Vielleicht haben sie gar keine Angst, sondern sind einfach nervös. Vielleicht ist das ihre Natur. Ist doch egal.« Drorg rieb sich die Nasenspitze. »Am besten vermeiden wir jedes Gespräch mit ihnen, Jakob«, sagte er verschwörerisch. »Mir ist es ernst. Rede nicht mit diesen Menschen. Ich vertraue ihnen nicht die Bohne. Wer weiß, was die einem hier alles für Lügen über das Leben hier auftischen. Und was hätten wir davon? Das Einzige, was wir von ihnen wollen, ist Essen und ein Bett. Lass uns einen Markt suchen. Jede Stadt hat einen Marktplatz und dort findet sich immer eine Herberge.«

Widerwillig stimmte Jakob zu. Drorg hatte bestimmt recht. Immerhin kannte das Männlein diese Welt, die Städte und Menschen, besser als er.

Bevor er noch weiter darüber nachdenken konnte, hörte er ein merkwürdiges Geräusch. Er packte Drorg am Arm. Sie blieben stehen. »Hast du das gehört?«

Vom Ende der Straße klang leise Musik zu ihnen herüber. Vielleicht spielte dort jemand Drehorgel. Je näher sie kamen, desto lauter wurde es. Eine fröhliche Melodie schwebte durch die verlassenen Straßen. Sie bogen um die Ecke und plötzlich standen sie am Rande eines großen Platzes.

»Der Marktplatz!«, rief Drorg.

»Ein Jahrmarkt!«, sagte Jakob überrascht.

Die bunten Zelte und Stände hoben sich grell von den umliegenden grauen Häusern ab. In der Mitte des Platzes thronte ein Riesenrad, dessen Lichter in allen Farben des Regenbogens leuchteten. Es musste toll aussehen, wenn es sich drehte. Aber gerade stand es still, und soweit Jakob erkennen konnte, saß auch niemand darin.

Er betrachtete die mit bunten Wimpeln dekorierten Stände und Kassenhäuschen. Hier und dort entdeckte er einen Kartenverkäufer. Sie trugen ausgefallene Verkleidungen, hatten aber nichts zu tun, denn es gab keinen einzigen Besucher.

»Sie haben wahrscheinlich noch geschlossen«, sagte Drorg und drehte sich um.

»Warte mal. Wollen wir uns nicht kurz umsehen, bevor wir uns eine Herberge suchen?«

Drorg runzelte die Stirn. »Wozu?«

»Wozu?« Jakob musste lachen. »Einfach, weil Jahrmärkte lustig sind. Und weil dies die erste schöne Sache ist, die ich hier erlebe.«

Drorg scharrte ein wenig mit den Füßen. »Kannst du das nicht später machen, wenn wir einen Schlafplatz gefunden und etwas gegessen haben?«

»Es ist doch nur ein kleiner Jahrmarkt, es dauert nicht lange. Komm schon!«, sagte Jakob und wollte Drorg am Arm greifen, aber der wich ihm aus. Er verzog sein Gesicht. Jakob lachte.

»Entschuldige«, sagte er. »Ich kann doch nicht wissen, dass du Jahrmärkte nicht leiden kannst! Warte hier auf mich, dann gehe ich eben schnell alleine. In ein paar Minuten bin ich zurück.« Ohne eine Antwort abzuwarten, lief er los, den Lichtern entgegen.

Jakob konnte sich nicht sattsehen. Es gab Schießbuden, an denen man mit einer Armbrust hölzerne, trollartige Wesen abschießen musste, Naschbuden mit Zuckerwatte in prachtvollen Farben, von Perlmutt bis Kobaltblau, und Krapfen so groß wie Fußbälle. Jakob lief das Wasser im Mund zusammen.

»Schau mal einer an, ein Besucher!«

Jakob drehte sich um. Ein glatzköpfiger Mann saß auf einem Hocker vor einem rot-grün gestreiften Zelt. Er trug einen alten, verschlissenen Frack, auf seinem Schoß lag ein verbeulter Zylinder. Über seinem Kopf stand in zierlichen Buchstaben:

Lass dir von einem Quasselkopf
die Zukunft voraussagen!

»Willst du dich nicht kurz umsehen?«, lockte er.

»Ich habe kein Geld«, sagte Jakob.

Der Mann warf seine Arme in die Luft. »Endlich traut sich jemand her und dann vergisst der sein Geld. Wirklich schade, denn ich habe einen besonders talentierten Quasselkopf im Zelt. Die Dame liegt zwar meist falsch, dafür ist das, was sie sich einfallen lässt, besonders originell. Du lässt dir was entgehen.« Er sah Jakob herausfordernd an. Der kramte in seinen Taschen nach Kleingeld, fand aber nur eine alte Büroklammer.

»Ach, was soll's.« Der Mann seufzte. »Heute Abend hat sich sowieso noch kein Mensch hier blicken lassen. Ich weiß nicht, was mit den Leuten hier los ist, niemand scheint Lust auf ein bisschen Spaß zu haben. Verstehst du das?«

Jakob schüttelte den Kopf. Der Mann deutete mit dem Kinn in Richtung Eingang. »Na los«, sagte er. »Geh nur rein. Sonst verlernt sie das Erfinden noch, wenn sie keine Kundschaft hat.« Er zwinkerte freundlich. »Aber komm ihr bloß nicht zu nahe!«

Er öffnete den Vorhang. Eigentlich hatte Jakob keine große Lust, schon wieder einem Quasselkopf zu begegnen, aber der Mann gab ihm einen freundlichen Schubs, sodass Jakob ins Zelt stolperte. Leise raschelnd fiel der Vorhang hinter ihm zu.

Kleine Fackeln, die rundum aufgehängt waren, erhellten den Innenraum des Zelts. In der Mitte stand ein großer, runder Käfig aus eisernen Gitterstäben mit einer altmodischen Zinnbadewanne auf Löwentatzen darin. Sie war bis zum Rand mit trübem Wasser gefüllt und in der Mitte ragte ein weißer Stein heraus. Doch dieses Mal ließ sich Jakob nicht täuschen.

Er näherte sich vorsichtig und sorgte dafür, dass er in sicherem Abstand zu den Gitterstäben blieb. Das Feuer der Fackeln knisterte.

»Hallo?« Es war mucksmäuschenstill.

Eine kleine Blase stieg in dem Wasser auf und zerplatzte leise ploppend. Dann herrschte wieder Stille.

Vorsichtig trat er noch einen Schritt näher. Selbst von Nahem sah der weiße Stein nicht wie die Oberseite eines Kopfes aus. Jakob glaubte allmählich, dass der Schausteller ihn zum Narren gehalten hatte. Zum Glück hatte er kein Geld dabei gehabt, sonst hätte er bezahlt und nichts dafür bekommen.

Er wollte gerade wieder hinausgehen, als plötzlich ein langer Arm mit dünnen, schleimigen Fingern durch die Gitterstäbe schoss und ihn zu packen versuchte. Jakob erschrak so sehr, dass er einen Satz nach hinten machte. Aber die weißen Finger erwischten seinen Jackenzipfel. Langsam wurde er zum Käfig gezogen.

»Lass mich los!«, schrie er und versuchte, sich loszureißen. Doch die Hand krallte sich nur noch fester an seine Jacke und zog Jakob langsam zu sich.

Langsam tauchte das Wesen aus dem Wasser auf. Die langen Haare schlängelten sich um den weißen Kopf und klebten an dem mageren Oberkörper. Die Kugelaugen betrachteten Jakob gierig. Aber das Abscheulichste war der Mund, der wie ein breiter roter Strich das Gesicht zerteilte. Immer wieder öffnete sich der Spalt und zeigte eine Reihe messerscharfer Zähne.

Jakob schrie und stemmte sich dagegen, aber er rutschte auf dem sandigen Boden aus.

»Jenny?« Die Stimme des Glatzkopfs von draußen klang drohend.

Sofort hörte Jenny damit auf, an Jakob zu ziehen, klammerte sich aber weiter an seinem Jackenzipfel fest.

»Jaaaaa?«, rief sie zuckersüß.

»Du ärgerst den Jungen doch nicht etwa, oder?«

»Aber nein!« Jenny kicherte. Dann richtete sie ihren gierigen Blick wieder auf Jakob und zog ihn weiter zu sich heran. »Pst«, wisperte sie ihm zu. Doch Jakob schrie aus Leibeskräften.

Der Vorhang wurde mit einem Mal aufgerissen und Jenny ließ Jakob so plötzlich los, dass er zu Boden fiel. Sie sank zurück ins Wasser.

»Verflucht nochmal!« Mit zwei Schritten stand der Mann neben dem Käfig und blickte drohend auf den zusammengeschrumpften Quasselkopf. »Wie oft soll ich dir noch sagen, dass du nicht über die Kunden herfallen sollst! Keine Kunden, kein Geld. Kein Geld, kein Essen. Kein Essen, Hunger! Und wenn ich wegen dir hungern muss, könnte es passieren, dass ich auf die Idee komme, dein mageres Geripe über einem Feuer zu braten.«

Jenny war nun fast wieder im Wasser verschwunden. Der Glatzkopf sah noch einmal drohend auf sie hinab, dann wandte er sich an den Jungen. Einen Moment dachte Jakob, dass er nun auch einen Rüffel bekomme, doch der Mann sagte freundlich: »Ich hoffe, sie hat dir nicht wehgetan. Auch wenn du kein zahlender Kunde bist, bist du doch ein Kunde. Und der Kunde ist König.«

Jakob schüttelte den Kopf. »Sie hat nur meinen Jackenzipfel erwischt«, sagte er mit zittriger Stimme. Der Mann nickte zufrieden und ging zum Zeltausgang. Er drehte sich noch einmal zu Jenny um, die wieder aufgetaucht war und ihn jetzt betont brav anlächelte. Warnend hob er den Zeigfinger, dann war er weg.

Jenny seufzte. Sie lehnte sich mit einem Arm auf den Badewannenrand, der andere stützte ihren weißen Kopf.

»Was willst du wissen?«, fragte Jenny müde.

Jakob zuckte mit den Schultern. Da sie sich die Antworten ja nur ausdachte, hatte es wenig Sinn, sie etwas zu fragen.

»Mir fällt nichts ein«, log er.

Jenny blickte an die Zeltdecke. »Wie soll ich mir denn etwas ausdenken, wenn du nichts wissen willst? Dann kriege ich gleich wieder eins aufs Dach, weil ich dir nichts erzählt habe! Und du hast selbst gehört, was dann mit mir passiert!« Sie sah aus, als werde sie jeden Moment in Tränen ausbrechen.

»Okay, okay!«, beruhigte Jakob sie. »Ich denke mir was aus.«

Jenny schoss bis zum Nabel aus dem Wasser, dabei schwappte das Wasser über den Rand. Beleidigt rief sie: »Also ehrlich, junger Mann, also ehrlich! Du denkst dir überhaupt nichts aus! *Ich* bin diejenige, die sich etwas ausdenkt. Das ist mein Beruf! Das ist es, was ich mein ganzes Leben in Freiheit getan habe. Das ist es, was ich jetzt in Gefangenschaft tue, hier in dieser Badewanne! Also, pfusch mir nicht ins Handwerk!«

Jakob bemühte sich, sie zu beschwichtigen. »Tut mir leid, ich habe es nicht so gemeint.«

»Ach«, schnaubte Jenny und verschränkte demonstrativ die Arme. »Und wie hast du es dann gemeint?«

»Ich wollte sagen … was ich meinte, war … ich werde mir etwas *überlegen*.« Jakob beobachtete sie zögerlich.

Jenny spitzte die dünnen Lippen, wägte das neue Wort sorgfältig ab und nickte. Dann ließ sie sich zurück ins Wasser gleiten. »Na los«, drängte sie ihn, »*überleg* schon!«

Jakob fragte das Erste, was ihm einfiel. »Wieso haben in dieser Stadt alle Menschen solch eine Angst?«

Jenny plapperte los: »Sie haben solche Angst, weil es hier einen riesigen Pilz … Nein, ein Drache! Nein, nein! Doch ein Pilz! Der wächst unter der Stadt. Er wird immer größer und kann jeden Augenblick durch die Erdkruste brechen und dann wird er die ganze Stadt verwüsten! Alle Menschen werden in ihren Häusern verschüttet und davor fürchten sie sich! Du darfst noch zwei Fragen stellen.« Sie sah ihn erwartungsvoll an.

Jakob grinste bei dem Gedanken an einen Riesenchampignon. »Weshalb mag Drorg keine Jahrmärkte?«, fragte er weiter.

»Wer ist Drorg?«

»Ach, ein kleiner Zwerg, er begleitet mich zum Gebirge.«

»Hat er eine Nase wie ein Vogel oder wie ein Ferkel?«, fragte Jenny.

»Wie ein Vogel«, sagte Jakob. Er dachte an Drorgs Hakennase.

»Das ist kein Zwerg! Das ist ein Schwafler!«, sagte Jenny abschätzig.

»Ein Schwafler?«

»Zwerge sind aufrichtige und ehrliche Mahlzeiten. Schmecken zwar eigentlich nach nichts und manchmal sind sie etwas knochig, aber sie würden einen nie hintergehen.«

»Und ein Schwafler?«, fragte Jakob, doch Jenny plauderte unbeirrt weiter.

»Zwerge sind auch lustig. Mann, was kann man mit Zwergen lachen! Aber dem Quasselkopf muss ich noch begegnen, der mit einem Schwafler lachen konnte. Nein, Zwerge muss man auf Lager haben!«

»Ich möchte gerne wissen, was ein Schwafler ist«, bohrte Jakob nach.

»Und was sie noch können ...«, Jenny beugte sich vertraulich zu den Gitterstäben. »... Sie können sehr schön schwimmen, die Zwerge. Oder besser, sie können es überhaupt nicht, aber es ist ein amüsanter Anblick und sie halten ziemlich lange durch.« Sie schmunzelte.

Aber Jakob hatte genug davon. »Ich durfte noch eine Frage stellen und ich habe gefragt, was ein Schwafler ist!«

»Nein«, korrigierte Jenny, »du hast gefragt, weshalb Drorg keine Jahrmärkte mag.« Sie schaute ihn so triumphierend an, dass Jakob vor lauter Ungeduld rot anlief.

»Beruhige dich«, sagte sie, bevor er sie ausschimpfen konnte. »Ich werde dir sagen, was ein Schwafler ist. Schwafler haben keinen Humor, sie können nicht schwimmen und sie mögen keine Jahrmärkte.« Sie warf Jakob einen belehrenden Blick zu. »Eigentlich gibt es nur eine Sache, die sie gut können. Dafür sind sie sogar berüchtigt. Sie sind Meister im Verstellen und Nachahmen. Jeden, der ihnen begegnet, können sie perfekt imitieren. Und das in kürzester Zeit. Dein Drorg ist eine Weile mit dir herumgezogen, wahrscheinlich kann er dich mittlerweile so gut nachmachen, dass selbst deine Mutter keinen Unterschied bemerken würde.«

Jenny plapperte weiter, aber Jakob hörte nicht mehr zu. Drorg konnte Menschen imitieren? Er dachte an ihre erste Begegnung zurück. Er hatte angenommen, Katie weinen zu hören. Er hätte es schwören können. Erst als Drorg sich umgedreht hatte, wurde ihm klar, dass es nicht Katie gewesen war, die am Lagerfeuer gesessen hatte.

»Natürlich nur, wenn das Licht aus ist«, schnatterte Jenny. »Bei Licht würde deine Mutter den Unterschied sofort erkennen. Wäre ja auch komisch.«

»Können sie nur Menschen nachmachen, denen sie einmal selbst begegnet sind?«, unterbrach Jakob sie.

»Nicht nur Menschen, auch Dinge und Bäume und alles, was …«

»Aber sie müssen sie zuerst einmal gesehen haben? Ihm genügt nicht nur ein Haar oder so etwas. Oder eine Geschichte über sie.«

Jenny blickte ihn an, als wäre er nicht ganz bei Trost. »Natürlich muss er denjenigen mit eigenen Augen gesehen haben. Das heißt, er muss ihn gehört haben. Wie sollte er ihn sonst nachahmen können?«

Jakobs Herz schlug heftig. Drorg war Katie begegnet!

»Du darfst noch eine letzte Frage stellen. Ich schlage vor, du fragst: Wie sieht meine Zukunft aus? Und dann antworte ich dir, dass dein Schwafler dich sucht und dich gleich von hier fortbringen wird.«

Kaum hatte Jenny den Satz beendet, wurde schon der Vorhang zur Seite geschoben. Drorgs lange Nase ragte ins Zelt.

»Jakob!«, rief er. Jakobs Kinnlade klappte nach unten und er sah Jenny bewundernd an. Sie errötete.

»Ich habe gehört, wie er draußen nach dir fragte. Ich habe sehr gute Ohren«, sagte sie entschuldigend.

Drorg kam herein, und ohne Jenny eines Blickes zu würdigen, sagte er: »Ich glaube, du hast jetzt genug von dem Jahrmarkt gesehen.«

Jakob rührte sich nicht. »Hast du Katie getroffen?« Seine Stimme klang merkwürdig hoch.

Drorg wirkte verärgert. »Nein«, sagte er verstimmt. An seinem mürrischen Gesicht ließ sich nichts ablesen. »Ich habe auf dich gewartet und gewartet und dann hatte ich keine Lust mehr. Ich habe Hunger.«

»Ich meine nicht auf dem Jahrmarkt, sondern schon vor Längerem. Ein kleines Mädchen, etwa so groß.« Er hielt sich die Hand auf Brusthöhe.

Drorg ging in Richtung Ausgang. »Keine Ahnung, ich treffe eine Menge Leute!«

»Sie ist blond. Sie muss dir aufgefallen sein. So viele kleine Mädchen laufen hier ja nicht rum.« Jakob ging Drorg hinterher und hielt ihn fest. »Denk nach!« Er versuchte, ruhig zu bleiben, aber seine Stimme überschlug sich beim Gedanken an seine Schwester.

»Ich habe Hunger. Mit leerem Magen kann ich nicht nachdenken«, murmelte Drorg und riss sich los.

Jakob versperrte ihm den Weg. »Du bist doch ein Schwafler?«

»Ein Schwafler? Was soll das sein?«

Jenny formte mit den knochigen Händen einen Trichter und rief zu ihnen rüber: »Ein Schwafler, eine Spitznase, ein Klauenkopf!«

Drorg drehte sich langsam um. Seine Augen verengten sich zu kleinen, giftigen Schlitzen. Sein Kinn zitterte vor unterdrücktem Zorn. Jenny schoss zur anderen Seite ihrer Badewanne. Sie fauchte ihn an. Ihre Haare sträubten sich.

»Halt den Mund, du dummes Ding!«, flüsterte Drorg.

Doch Jenny rief: »Wir Quasselköpfe denken uns wenigstens selbst etwas aus! Ihr könnt doch nur das nachahmen, was euch auf dem Silbertablett serviert wird!«

Jakob sah, wie Drorg zitterte. Die großen Nasenflügel bebten bei jedem Atemzug heftig. Er richtete sich auf und sagte langsam: »Sag doch, was du willst, Scheusal. Euch Quasselköpfe sperrt man in Käfige. Schwafler aber laufen frei herum. Hast du schon mal einen von uns auf einem Jahrmarkt gesehen? Eingesperrt und in einer Badewanne?« Er wandte sich an Jakob. »Komm, wir gehen was essen.«

In Jakobs Kopf drehte sich alles, er blieb stehen. »Du bist also wirklich ein Schwafler.«

Drorg schien seine Antwort abzuwägen. Dann seufzte er und sagte entnervt: »Was willst du? Wir bezeichnen uns selbst nicht so.« Er warf Jenny einen giftigen Blick zu und schnauzte: »Aber manche können es einfach nicht ertragen, dass wir so talentiert sind! Deshalb verhöhnen sie uns und reden hinter unseren Rücken schlecht über uns.«

Jenny lachte provozierend laut. »Na, komm mal her, dann sage ich dir direkt ins Gesicht, was ich von dir halte, du Schnabeltier!«

Drorg wollte zum Käfig stürmen, doch Jakob hielt ihn fest.

Der Schwafler knurrte, aber seine Wut verschwand. Jakob ließ ihn los.

»Ich glaube, du hast Katie gesehen. Ich bin mir sogar sicher«, sagte er. »Wie du am Lagerfeuer geweint hast. Genau wie Katie!«

Drorg blickte zu Boden. Dann nickte er. »Ein kleines

Mädchen, sagst du? Ja, ich bin ihr begegnet. Und ich weiß sogar, wo sie ist.«

Jakob musste einen Schrei unterdrücken. Sein Herz machte einen Sprung. Er war ganz euphorisch und gleichzeitig besorgt.

»Wo ist sie? Ist es weit weg? Geht es ihr gut?«

Drorg drehte sich um und ging zum Ausgang. »Komm, wir suchen uns eine Herberge. Danach erzähle ich dir alles.«

Während Jakob Drorg nacheilte, rief Jenny ihm hinterher: »Hey! Du hast noch eine erfundene Antwort gut! Die Geschichte über diesen Schwafler ist nämlich wahr!«

13.

GESCHNAPPT

Drorg war als Erster draußen. Dort blieb er aber so plötzlich stehen, dass Jakob fast in ihn hineingerannt wäre. Gerade wollte er etwas sagen, da bemerkte er, dass Drorg nach oben schaute. Über dem Jahrmarkt ballten sich dunkle Wolken zusammen. Obwohl Wind aufgekommen war, bewegten sich die Wolken nicht, sondern hingen bedrohlich über dem Marktplatz. Die Musik war verstummt. Es herrschte eine angespannte Stille.

Jakob sah zu dem Glatzkopf vor dem Zelt. Der stand nun neben seinem Hocker, presste seinen Hut vor die Brust und umklammerte die Krempe mit beiden Händen. Auch er starrte in den Himmel. Langsam sah Jakob sich weiter um. Alle Schausteller waren aus ihren Marktbuden und Kassenhäuschen herausgekommen und blickten zu den dunklen Wolken hoch.

Jakob ertappte Drorg dabei, wie er ihn aus den Augenwinkeln beobachtete. In der Ferne hörte man ein dumpfes Grollen, als würde ein schwerer Stein über die Erde gerollt. Der sandige Boden unter ihren Füßen bebte. In der Totenstille, die nun folgte, schien sogar der Wind kurz stillzustehen.

Dann fing irgendwo eine Zeltplane zu flattern an. Der Wind nahm wieder zu. Er bahnte sich einen Weg durch die Zelte und Buden. Immer mehr Zeltplanen flatterten im aufkommenden Sturm.

»Was ist denn jetzt los?«, rief der Glatzkopf. Jakob sah, wie die Hände des Mannes, die noch immer die Hutkrempe umklammerten, zitterten.

»Ein Tornado!«, kreischte eine dicke Frau, die ein Blümchenkleid trug. »Festhalten!« Im nächsten Augenblick stürmte der Wind mit solcher Wucht auf sie zu, dass Jakob sich mit seiner ganzen Kraft gegen ihn stemmen musste, um nicht umgeblasen zu werden. Der Wind zerrte an seiner Jacke und die Hosenbeine schlackerten ihm wild um die Knöchel. Er warf sich flach auf den Boden und klammerte sich mit beiden Händen an einen Zelthering. Wie verrückt schepperte das Werbeschild für den Quasselkopf über ihm hin und her. Der Sturm hatte jetzt Drorg erfasst, gleich würde er fortgeweht werden. Jakob löste eine Hand und erwischte das Männlein gerade noch am Bein.

»Halte dich an mir fest!«, schrie er gegen den tosenden Sturm an. Drorg schlang die Arme um Jakobs Hüfte und machte sich so klein wie möglich.

Die Menschen schrien. Zeltstangen brachen. Alles, was nicht niet- und nagelfest war, fegte über den Platz. Eine hölzerne Lostrommel flog vorbei und zerschellte krachend.

Dem Mann vom Riesenrad schlug ein Stück Zeltplane ins Gesicht. Vor Schreck ließ er die Stange los, an der er sich festgehalten hatte, und wurde vom Wind ergriffen. Er rutschte über den Boden, der Sturm trieb ihn weiter über den Jahrmarkt. Dann war er verschwunden.

Doch genauso plötzlich, wie er aufgekommen war, legte sich der Wind wieder. Wie betäubt richtete sich Jakob auf.

»Bist du in Ordnung?«, flüsterte er. Bevor Drorg antworten konnte, fing der Boden unter ihren Füßen erneut zu beben an. In der Ferne ertönte wieder das tiefe Grollen, das langsam anschwoll, als würde sich etwas unvorstellbar Schweres auf sie zu wälzen. Jakob starrte in die Richtung, aus der das Geräusch kam, konnte aber nichts erkennen. Die Häuser am Rand des Platzes versperrten ihm die Sicht.

»Davor haben die Leute hier solche Angst«, flüsterte er.

Hinter den Häusern wuchs das Grollen immer weiter an. Als wäre das der Startschuss, liefen plötzlich alle los und versuchten, sich zu verstecken. Doch die meisten Zelte waren zerstört. Eine dicke Frau krabbelte über den Boden. Sie suchte nach einem Schlupfwinkel, dabei fiel ihr Blick auf das Zelt des Quasselkopfs, das dem Sturm standgehalten hatte. Hastig lief sie wie viele andere dort hinüber. Der Glatzkopf ließ einen nach dem anderen ein.

»Komm mit!«, schrie Jakob Drorg zu. Er wollte zum Zelt rennen, doch Drorg antwortete nicht. Zu seiner Bestürzung machte der Schwafler sich zum Ausgang des Jahrmarkts auf, mit in die Luft gereckter Nase, als wollte er den Geruch des nahenden Unheils in sich aufsaugen.

Jakob sprang auf Drorg zu und packte ihn am Arm. »Beeil dich! Gleich gibt es keinen Platz mehr im Zelt!«

Drorg sah seltsam entspannt aus. »Lass uns noch warten, bis wir wissen, was hier los ist«, murmelte er, ergriff Jakobs Hand und zog ihn mit sich.

»Nein!«, schrie Jakob. Er hatte keine Ahnung, was da auf sie zukam, aber abwarten, bis es so weit wäre, war das Letzte, was er tun wollte. Er sah, wie der Glatzkopf die Hand erhob, um die Menschen, die noch vor dem Zelt standen, daran zu hindern, hineinzudrängen.

»Es ist voll. Sucht euch einen anderen Platz!«

Irgendjemand versetzte dem Glatzkopf einen Stoß. Es wurde geschrien und Schläge nach links und rechts ausgeteilt.

»Wir gehen *jetzt* in das Zelt!«, rief Jakob und zog Drorg hinter sich her.

Der Schwafler wehrte sich vehement. »Noch einen Augenblick, Jakob! Nur um herauszufinden, was los ist«, quengelte er. »Wir können uns immer noch verstecken, wenn es sein muss!«

Jakob antwortete nicht mehr. Er zerrte den bockigen Drorg hinter sich her. Geschickt schlängelte er sich durch die Menschenmenge, die sich vor dem Eingang des Zelts drängte. Gerade als sie heimlich durch einen Spalt ins Zelt schlüpfen wollten, spürte Jakob plötzlich eine große Hand auf der Schulter.

»Hey!«, rief der Glatzkopf, beförderte Jakob wieder nach draußen und ging selbst hinein. »Das Zelt ist voll.«

»Sie müssen uns reinlassen!«, schrie Jakob, aber der Vorhang wurde vor seiner Nase zugezogen.

Verzweifelt blickte sich Jakob um. Alle Zelte, die noch standen, waren geschlossen. Die Planen wölbten sich vor lauter Menschen, die sich darin versteckten. Jakob versuchte, den Vorhang von außen zu öffnen, aber die Leute hielten ihn von innen zu.

Die Erde bebte nun so heftig, dass Jakobs Stimme bei jedem Donnern mitwackelte.

»Lasst uns rein, bitte! Wir sind nicht so groß und passen bestimmt noch zwischen euch. Wir können nirgendshin!«

Er bemerkte, dass Drorg noch immer an seiner Hand zerrte, und verstärkte seinen Griff. Was auch passierte, er konnte den Schwafler keinesfalls gehen lassen. Nicht bevor er wusste, wo Katie war.

Das Grollen war nun so nah, dass Jakob sich nicht traute hinzusehen. »Bitte!«, flehte er in aufkommender Panik.

Mit einem Mal wurde der Vorhang von einer dicken Hand mit gelb lackierten Nägeln zur Seite geschoben. Das rote Gesicht der dicken Frau erschien in der Öffnung. Hinter ihr erklang Protest, aber sie kümmerte sich nicht darum.

»Er ist ein Kind! Habt ihr kein Herz?«, schnauzte sie. Sie packte Jakob an der Jacke und zog ihn mitsamt Drorg herein. »Mach dir keine Sorgen«, sagte sie und drückte Jakob an sich. »Ich lasse nicht zu, dass dir etwas passiert.«

»Pst.«

Die dicke Frau zwängte sich mit ihnen durch die Menschenmenge, bis sie nicht mehr weiterkamen und vor Jennys Käfig standen. Jakob wurde gegen die Gitterstäbe gedrückt. Er beobachtete, wie sich das Wasser im Rhythmus des Grollens kräuselte.

Atemlos lauschten er und die anderen auf das, was draußen geschah. Was auch immer das Grollen ausgelöst hatte, es war nun hier auf dem Jahrmarkt angekommen. Niemand im Zelt rührte sich. Alle horchten nur auf das eigenartige, schleppende Geräusch. Manchmal verstummte das tiefe Grollen. Dann war nur ein widerliches Schnaufen zu hören. Die dicke Frau drückte Jakob wieder fest an sich. Er spürte ihre langen Fingernägel an seinem Rücken.

Ein großer Schatten fiel auf das Zelt. Die Menschen um Jakob herum hielten den Atem an, manche kniffen die Augen zu. Die dicke Frau umklammerte ihn so fest, dass er fast keine Luft mehr bekam. Direkt vor dem Zelt ertönte das nächste tiefe Grollen, gefolgt von einem feuchten Schnaufen. Die Zeltplane bauschte sich nach innen. Jakob presste die Zähne zusammen, aus Angst, sie würden klappern.

Kurz war es still und Jakob war sich schon sicher, dass sie entdeckt worden waren, da fing der Boden wieder zu beben an und das schleppende Geräusch entfernte sich langsam.

Augen wurden geöffnet. Alle holten wieder Luft. Der Griff der dicken Frau wurde schwächer. Jakob wandte sich erleichtert Drorg zu. Aber was er sah, ließ ihn erstarren.

Drorg kniff die Augen zusammen und zog die Nase kraus, als hätte er gerade eine Prise Pfeffer geschnupft.

»Nicht niesen!«, flüsterte Jakob.

Alle drehten sich zu ihnen um. Der Schwafler wedelte mit den Händen, als könnte er so das Kitzeln in der Nase vertreiben.

»Haltet ihm die Nase zu!«, wurde geflüstert.

Andere zischten: »Wasser! Gebt ihm Wasser!«

Hilfsbereit schöpfte Jenny mit der Hand etwas Wasser aus der Badewanne. Doch es war zu spät. Drorg legte den Kopf in den Nacken und holte tief Luft.

»Oh, oh ...«, wisperte Jenny.

Und dann nieste der Schwafler.

Das Geräusch war ohrenbetäubend. Wie versteinert standen alle still. Das Schnaufen draußen stoppte abrupt. Nichts war mehr zu hören. Schleppend drehte sich das Etwas um. Jakob krümmte sich. Das Wesen hatte Drorg gehört und kam nun zurück.

Jakob erwartete, dass sie mitsamt Zelt zermalmt werden würden, doch das Ungetüm blieb stehen. Eine Sekunde später riss es die Plane über ihnen fort.

Jakob stand mit offenem Mund da. Die dicke Frau ließ ihn los, schlug die Hände vors Gesicht und schrie. Über ihnen ragten drei riesige Tiere auf. Sie waren so groß wie die Häuser, die um den Marktplatz standen, und stützten sich wie Gorillas auf ihre Vorderpranken. Hinterbeine hatten sie nicht. Ihre Körper endeten einfach in einem Stumpf, den sie hinter sich her schleiften. Ihre Köpfe und

Körper waren mit einer Art Flaum behaart, das verfilzt herunterhing. Augen hatten sie keine, nur Augenbrauen, dafür waren ihre Nasenlöcher unverhältnismäßig groß und schwarz. Jakob sah die langen Haare, die in ihnen wuchsen. Schleimtropfen klebten daran.

»Kollektoren«, flüsterte Drorg kaum hörbar.

»Was?«, flüsterte Jakob.

Drorg antwortete nicht.

Einer der Kollektoren entblößte eine Reihe breiter, dreieckiger Riesenzähne, deren Anblick die Menschen erschaudern ließ. Alle drängten sich noch enger zusammen. Eines der Wesen grollte dröhnend und schleppte sich ein Stück näher. Die Erde erbebte unter seinen Pranken.

Es beugte sich vor und blähte die Nasenlöcher auf. Der Kollektor bewegte den Kopf hin und her, bis er direkt über der dicken Frau innehielt. Langsam beugte er sich zu ihr hinunter. Seine Nasenlöcher klappten auf und zu und verströmten einen widerlichen Gestank. Dann hob er eine seiner behaarten Pranken und ließ sie hinabsausen, geradewegs auf die dicke Frau. Jakob versuchte, auszuweichen, doch Drorg stand so dicht hinter ihm, dass er sich nicht bewegen konnte.

Der Kollektor packte die dicke Frau und hielt sie vor seine Nasenlöcher. Er schnupperte an ihr und schleuderte sie wie einen abgenagten Beutelrattenknochen fort. Mit einem lang gezogenen Schrei verschwand die dicke Frau hinter den Häusern.

»Du verdammter Flohsack!«, schrie der Glatzkopf. Er

trat mit voller Wucht gegen die Pranke, auf die sich die Bestie stützte. Überrumpelt knickte das Tier ein und sank zu Boden. Alle wichen zurück.

»Passt auf!«, rief Jakob. Er deutete auf die beiden anderen Kollektoren, die ihre Zähne bleckten.

Der Glatzkopf setzte sich als Erster in Bewegung. »Flieht, so schnell ihr könnt!«, schrie er und stürmte davon.

Jetzt stoben alle auseinander. Jakob packte Drorgs Hand. Überall ergriffen die riesigen Kreaturen Menschen und schleuderten sie fort. Zelte und Wagen, alles, was ihnen im Weg stand, wurde zur Seite gefegt oder zertrümmert, als wären sie nichts weiter als Spielzeug.

Jakob hatte Mühe, Drorg mitzuziehen. Anscheinend konnte der Schwafler vor Schreck keinen Schritt mehr tun.

»Wenn wir die Häuser da drüben erreichen, können wir sie vielleicht abschütteln!«, rief er Drorg zu. Er hoffte inständig, dass er recht hatte und die Kollektoren sie nicht durch die engen Straßen verfolgen würden.

Jakob stürmte auf eine schmale Gasse zu. Nur noch ein paar Meter, doch plötzlich spürte er, wie sich riesige Finger um seinen Körper legten. Während er hochgehoben wurde, versuchte er verzweifelt, Drorg festzuhalten, doch der Schwafler war zu schwer. Die kleine Hand entglitt ihm.

»Drorg!«, schrie er. Aber es kam keine Antwort.

Die Bestie hielt Jakob dicht an sein Maul und zog die Oberlippe hoch. Jakob wehrte sich nach Leibeskräften, um sich aus der Pranke zu befreien, aber es gelang ihm nicht. Jakob würgte, als ihm der warme Atem ins Gesicht schlug. Aber offenbar hatte das Monstrum keinen Appetit. Es beschnupperte Jakob zwar geräuschvoll, legte dann aber den Kopf in den Nacken und stieß ein kurzes Kläffen aus. Auf der Stelle ließen die beiden anderen Tiere von den fliehenden Menschen ab. Sie schleppten sich rüber und steckten die Köpfe zusammen.

Jakob ließ sich beschnüffeln. Er wagte es nicht, sich dagegen zu wehren. Keine Minute später stießen auch die beiden anderen Tiere ein kurzes Kläffen aus, das über den Jahrmarkt schallte und in den stillen Straßen von Kesteren widerhallte. Im Handumdrehen fand sich Jakob auf dem Rücken eines Ungetüms wieder, das sich jetzt losschleppte, sodass Jakob sich an einem Haarbüschel festklammern musste, um nicht herunterzufallen. Der Kollektor schleppte sich donnernd vom Jahrmarkt fort und bog in die breite Hauptstraße ein. Die beiden anderen folgten ihm in Richtung Stadttor. Kein Mensch ließ sich blicken und Jakob wusste jetzt auch, warum.

Er sah, dass Drorg auf dem Rücken des Kollektors hinter ihm saß. Jakob rief seinen Namen, doch der Schwafler reagierte nicht.

14.

DIE KERKER VON OBIR

Sie hatten schon Kesteren und das Gebirge hinter sich gelassen und Jakob wusste, dass er sich immer weiter von seinem eigentlichen Ziel entfernte. Einmal hatte er einen Fluchtversuch unternommen und sich, von Haarbüschel zu Haarbüschel hangelnd, nach unten gleiten lassen. Aber die Bestie hatte das sofort durchschaut. Sie hatte den Kopf gehoben und ein warnendes Schnaufen ausgestoßen. Daraufhin hatte der Kollektor, der hinter ihnen lief, den Kopf so weit gesenkt, dass sein Kinn die Erde berührte. Das Tier hatte Jakobs Geruch rasch erschnüffelt, ihn vom Boden aufgelesen und einfach zurück auf den Rücken des Anführers geworfen.

Sobald Jakob wieder auf seinem Rücken hing, hatte die Bestie ihren Kopf wie eine Eule um hundertachtzig Grad gedreht. Auch wenn sie keine Augen besaß, fühlte Jakob sich beobachtet. Der Kollektor hatte die Stirn gerunzelt, das Maul aufgesperrt und so bedrohlich geknurrt, dass Jakob keinen weiteren Fluchtversuch unternommen hatte.

Mittlerweile war es stockfinster. Um nicht das Gleichgewicht zu verlieren, klammerte sich Jakob noch fester an das struppige Fell. Die Tiere schleppten ihre plumpen Leiber über das Grummelfeld, als wäre es helllichter Tag. In ihrer Welt war es immer Nacht.

Um nicht runterzufallen, versuchte Jakob um jeden Preis wach zu bleiben, doch das träge Schaukeln machte das fast unmöglich. Sosehr er sich auch bemühte, es gelang ihm nicht. Immer wieder schreckte er aus dem Schlaf auf, weil er herunterzufallen drohte. Mühevoll kletterte er dann wieder nach oben, kniff sich selbst in den Arm und riss die Augen auf, um wach zu bleiben.

Als es endlich Morgen wurde und die Sonne ihre ersten Strahlen über die Landschaft warf, fühlte sich Jakob, als läge ein Marathonlauf hinter ihm. Er war todmüde. Jeder Muskel tat ihm weh. Er streckte sich, so gut es ging, und sah, dass sie an ausgedehnten Feldern entlangkamen, die erst vor Kurzem abgeerntet worden waren. An manchen Stellen lagen noch ein paar Feldfrüchte. Anscheinend wurde hier sehr viel angebaut, genug, um eine große Stadt versorgen zu können.

Jakob versuchte in der Ferne etwas zu erkennen. Am Horizont glitzerte es. Je näher sie kamen, umso deutlicher konnte er die goldenen Kuppeln und Zinne einer schneeweißen Festung erkennen, in denen sich das Sonnenlicht spiegelte. Spitze Türme stachen wie Lanzen in die Luft und hoben sich scharf vom hellblauen Himmel ab. Auf einem Hügel stand eine Burg und überragte die Stadt, die zu ihren Füßen lag. Stadt und Burg wurden von einer riesigen Mauer geschützt, in die ein großes Holztor eingelassen war.

Vor diesem Tor blieben sie schließlich stehen. Eines der Tiere beugte den Kopf zu einer kleinen Luke hinunter und knurrte. Drinnen blieb es still. Ungeduldig wackelte das Tier mit dem Kopf und knurrte noch einmal, doch die Luke blieb weiterhin zu. Hinter der Stadtmauer gab es kein Anzeichen von Leben.

Der Kollektor verlor die Geduld. Er rammte die Schnauze gegen das Tor, sodass es krachte. Augenblicklich wurde die Luke aufgeschoben.

»Bist du noch ganz bei Trost?«, rief jemand. »Musst du gleich alles zerlegen?«

Die Ermahnung beeindruckte das Tier nicht im Geringsten. Es rammte seine Pranken in den Boden, sodass die Stadtmauer erzitterte.

»Ist ja gut! Beruhige dich!« Ketten rasselten. Langsam ging das Tor auf. »Aber nächstes Mal behandelst du mich lieber mit etwas mehr Respekt!«, drohte die Stimme hinter dem Tor.

Doch die Tiere warteten nicht, sondern pressten sich durch die schmale Öffnung und drückten die Torflügel auf. Der Wächter, ein kleiner, in einen grauen, fadenscheinigen Umhang gehüllter Mann, konnte gerade noch rechtzeitig zur Seite springen, bevor die Tore gegen die Mauer krachten. Er lief rot an, wagte aber nicht, noch etwas zu sagen.

Hinter dem Stadttor lag ein kleiner Platz, auf dem

einige Männer schon auf sie warteten. Manche von ihnen hatten sich auf ihre langen Stöcke gestützt. Jakob fiel auf, dass sechs von ihnen genauso aussahen wie die Menschen in Kesteren. Sie hatten dunkle Ringe unter den Augen, eingefallene Wangen und ihre Kleider waren schäbig.

Ein Stück von ihnen entfernt standen drei Männer in braunen Wämsern. Einer war spindeldürr, ein anderer so dick wie ein aufgeblasener Ballon und der dritte drei Köpfe größer als Kait und so breit wie ein Schrank. Sie sahen aus, als kämen sie vom Zirkus. Um die Taille trugen sie schwarze Lederriemen, an denen glänzende Messer hingen.

Sie stürzten sich jetzt auf die Kollektoren und schlugen ihnen mit den langen Stöcken gegen die Vorderbeine. Wie gezähmte Elefanten gingen die Tiere langsam zu Boden. Jakob wurde am Bein gepackt und landete unsanft auf dem Kies.

»Sieh einer an, wen haben wir denn da?«, rief der dicke Wächter triumphierend und packte Jakob am Kragen. Er hob ihn in die Höhe, bis dieser den Boden nur noch mit den Zehenspitzen berührte. »Die Kollektoren mögen ja blind sein, aber sie haben gute Nasen.« Sein dünner Kollege schlenderte auf Jakob zu. Er hatte ein kantiges Gesicht und strich sich über seine Bartstoppeln.

»Hey, nicht so schnell, Hobbe. Wer sagt denn, dass das der Richtige ist? Dieser Junge kann auch irgendwer sein.«

Der große Bewacher beugte sich weit nach vorn und betrachtete Jakobs Gesicht.

Jakob konnte sehen, wie sich die Muskeln unter dem Wams abzeichneten. Dieser Mann könnte wahrscheinlich, ohne mit der Wimper zu zucken, eine ausgewachsene Kuh hochheben. Aber besonders intelligent sah er nicht aus. Glasig starrte der Kraftprotz Jakob an.

»Das ist er nicht, Jense?«, fragte er den dünnen Mann enttäuscht.

»Natürlich ist er das, Frisse.« Hobbe schob den großen Mann zur Seite. »Das muss er sein, also ist er es auch! Oder was glaubst du, wie viele Kinder hier noch herumlaufen?«

Jakob blickte zu Drorg. Der Schwafler saß kerzengerade auf dem Rücken des hintersten Kollektors und schien sich keiner Gefahr bewusst zu sein. Träge streckte er sich und rieb sich die Augen.

Beim Versuch, sich loszureißen, flog Jakob der Länge nach hin. »Drorg! Das Tor ist noch auf! Sieh zu, dass du verschwindest!«

Drorg blickte ihn fragend an. »Hä?«

»Renn los!«, rief Jakob.

Aber Frisse und Jense sprangen schon auf den überraschten Schwafler zu und zerrten ihn von dem Tier herunter.

»Hey, lasst mich los!«, schrie Drorg. »Das ist ein Missverständnis!«

Frisse kümmerte sich nicht um sein Geschrei, sondern packte ihn in aller Ruhe wie eine Katze am Genick.

Drorg brüllte so laut, dass Jense ein Taschentuch nahm

und es dem kleinen Schwafler in den Mund stopfte, sodass dieser kaum noch atmen konnte und sofort still war.

»Danke. So ist es besser«, sagte Frisse erleichtert.

Jense nickte. »Gern geschehen. Und jetzt ab zu Mus. Das Pack abliefern.« Er öffnete die kleine Tür und stapfte auf die Straße, die dahinterlag.

Frisse wollte ihm folgen, doch der dicke Hobbe hielt ihn zurück.

»Heb den wieder hoch.« Er schubste Jakob zu ihm hinüber.

»Warum ich?«, fragte Frisse und ergriff Jakob.

»Warum? Weil hier jeder seine Aufgabe hat, darum. Du kannst gut hochheben, also übernimmst du das.«

Widerwillig packte Frisse Jakob am Kragen und hob ihn erneut hoch, während er Hobbe durch die kleine Tür folgte. Er musste sich ducken, um sich nicht den Kopf zu stoßen und Jakob verbog sich, um nicht zwischen dem breiten Mann und dem Türrahmen eingeklemmt zu werden.

»Und was kannst du gut?«, fragte Frisse, aber Hobbe antwortete nicht. Er steckte die Hände in die Taschen und lief hinter Jense her.

Anders als in Kesteren waren die Straßen dieser Stadt nicht menschenleer. Aber die Menschen, denen sie begegneten, sahen nicht viel besser aus. Auch sie drückten sich dicht an die Häuser und betrachteten die Gruppe misstrauisch.

Jakob sah zu Drorg. Er hatte immer noch das Taschentuch im Mund. Er konnte keinen Laut von sich geben, machte aber ein wütendes Gesicht. Jakob fragte sich, ob ihm wohl klar war, dass sie in der Tinte saßen. Das Männlein sah aus, als warte es nur darauf, endlich zu Wort zu kommen. Jakob befürchtete nur, dass ihnen das nicht helfen würde.

Sie liefen durch Gassen und Straßen, überquerten Plätze, gingen an Kanälen entlang und durch noch mehr Gassen und Straßen, bis sie schließlich vor der Burg stehen blieben. Sie war aus prächtigem, weißem Marmor gebaut, an dem kein Makel zu entdecken war. Jakob hatte ein großes Einlasstor erwartet und vielleicht gab es das auch, aber Jense blieb vor einer Stelle an der weißen Mauer stehen und holte drei silberne Schlüssel aus der Tasche. Jakob sah sich die Mauer genauer an. Er bemerkte, dass sie hier nicht ganz so eben war, wie er zunächst gedacht hatte. Im Marmor befand sich eine kleine Aussparung. Jense steckte nacheinander die Schlüssel in die Öffnung und drehte sie herum, bis es leise klickte. Dann sprang die bis dahin unsichtbare Tür auf.

Drorg und Jakob wurden durch ein Wirrwarr an Gängen und Treppen nach unten geführt, immer tiefer, bis hinab in den Festungskeller, in dem die Mauern aus grauem Stein bestanden. Fackeln warfen bizarre Schatten auf die ausgetretenen Stufen. Mit jeder Stufe, die sie hinabstiegen, wurde die Luft muffiger und feuchter.

Vor einem großen Eisengitter blieben sie stehen.

»Mus!«, rief Jense. Sie hörten ein Geschlurfe. Hinter

dem Gitter erschien ein runzliger uralter Mann, der eine alte, ausgefranste Pferdedecke um die Schultern trug. Jakob zuckte zurück. Über den Augen des Mannes lag ein weißer Schleier, sodass es schien, als hätte er keine Pupillen. Wie die Augen eines Toten.

»Was hat der da?«, fragte Mus und deutete mit einem knochigen Finger auf die Karte, die in Jakobs Gürtel steckte.

Frisse hob Jakob ein Stück höher, damit Mus die Papierrolle besser sehen konnte. Er zog die Augenbrauen hoch.

»Was ist das?«, wiederholte er einfältig.

Hobbe schüttelte den Kopf. »Das ist seine Karte, Dummkopf«, sagte er.

»Ich will keinerlei persönliche Besitztümer in meinem Verlies haben«, sagte Mus, »das gibt nur Scherereien. In meinen Zellen herrschte Ruhe und Ordnung!«

»Da können wir Abhilfe schaffen«, sagte Jense.

Jakob, der ahnte, was der dünne Aufpasser vorhatte, umklammerte seine Karte. »Hände weg!«, rief er und versuchte, Jense abzuwehren.

Doch im nächsten Moment spürte er eine kalte Messerklinge am Hals.

»Hast du nicht gehört? Gib Jense die Karte, du Rotznase«, sagte Hobbe drohend.

Jakob konnte sich nicht länger widersetzen. Machtlos sah er zu, wie Jense ihm die Karte aus den Händen riss und in seinen Wams steckte.

»Bitte, gib sie mir wieder. Ich brauche sie«, flehte Jakob.

Mus lachte. »Da irrst du dich aber, Jüngelchen. Die Karte ist das Letzte, was du hier drinnen brauchst. Du kriegst von mir eine Zelle, in der du dich sogar mit geschlossenen Augen nicht verläufst.«

Er holte einen rostigen Schlüssel hervor. Quietschend öffnete sich das Gitter. Mus packte Jakob und Drorg. Der Greis war erstaunlich stark.

»Willkommen in König Obirs Gästehaus«, rief Mus fröhlich. Er gab dem Gitter einen Fußtritt, sodass es krachend hinter ihnen zufiel. Dann zerrte er Drorg und Jakob hinter sich her, den Gang entlang.

KÖNIG OBIR

Der endlose Gang führte an zahlreichen vergitterten Ker-
kerzellen vorbei.

Im Dunkeln konnte Jakob die Schatten der Gefangenen
nur erahnen. Manche lagen reglos auf dem Boden, andere
saßen oder hockten in den hintersten Ecken ihrer Zellen.

»Hier residieren die ganz speziellen Gäste Seiner Königlichen Majestät. Und ich bin ihr Butler!« Mus lachte
schrill. Am Ende des Gangs öffnete er eine kleine Gittertür. Mit einer fast anmutigen Geste stieß er Drorg und
Jakob hinein. Sie landeten auf dem feuchten Zellenboden
und purzelten übereinander.

Mus verschloss die Kerkertür.

Während er durch den Gang wegschlurfte, rief er noch:
»Ich hoffe, ihr habt schon gegessen. Es kann eine Weile
dauern, ehe ihr wieder etwas kriegt!«

Jakob kroch schnell zu Drorg hinüber und nahm ihm
das Taschentuch aus dem Mund. Der kleine Schwafler
sog die Luft so begierig ein, dass er einen Hustenanfall
bekam. Jakob schlug die Augen nieder. Er hatte Drorg

nichts von der Warnung erzählt, die Agades ihm mitgegeben hatte. *Der König hat etwas ganz Großes vor*, hatte sie gesagt. Sie hatte durchblicken lassen, dass Jakob etwas dagegen unternehmen könnte, aber darüber hatte er Drorg gegenüber kein Wort verloren. Und jetzt waren sie eingesperrt.

Drorgs kleiner Körper zuckte. Die kalte und feuchte Luft, die er einatmete, verschlimmerte den Husten nur.

»Ich glaube, dem König geht es um mich.« Jakob starrte zu Boden. »Sie können dich doch unmöglich festhalten, wenn es ihnen um mich geht.«

Drorg hörte zu husten auf. Er hob den Kopf. Zu Jakobs Überraschung blickte er ihn kalt und ungerührt an.

»Genau«, sagte das Männlein kühl. »Was für eine lächerliche Situation.«

Er schüttelte Jakobs Hände ab und ging zur Gittertür. »Hey, alter Specht!«, rief er. »Lass mich sofort hier raus!«

Verwirrt beobachtete Jakob, wie Drorg seine langen Finger um die Gitterstäbe schloss und seine große Nase nach draußen steckte.

»Ruhe dahinten, du Holzkopf«, rief Mus zurück.

Aber Drorg ließ sich nicht beirren. »Hol mich hier unverzüglich raus oder du kannst dein blaues Wunder erleben!«

Vom Ende des Ganges dröhnte Mus' schrilles Gelächter. »Und wer gibt mir die Befugnis, einfach so einen Gefangenen freizulassen?«, gackerte er.

Drorg machte einen Schritt zurück und beugte den

Kopf, sodass seine Nasenspitze die Brust berührte. Als er dann sprach, hörte sich seine Stimme nicht mehr wie seine eigene an.

»Der König«, sagte er. Es klang, als würde hier im Kerker kein kleiner Schwafler stehen, sondern ein echter König. Jakob fühlte sich unbehaglich.

Das Gelächter brach schlagartig ab. Im nächsten Augenblick hörte Jakob, wie Mus hastig den Gang entlangschlurfte. Vor ihrer Zelle blieb er stehen und schaute Drorg ehrfurchtsvoll an.

»Es tut mir leid ... ich hatte ja keine Ahnung...«, stammelte er. »Hier unten erfährt man ja auch nichts.«

Drorg trommelte ungeduldig gegen die Gitterstäbe. »Hol mich jetzt endlich raus, damit ich mich beim König melden kann.«

Mit einer tiefen Verbeugung und Entschuldigungen murmelnd, holte Mus den Schlüssel hervor und öffnete die Tür. Drorg richtete sich auf.

»Du arbeitest für den König?« Jakob kniete noch immer auf dem Boden. Verblüfft betrachtete er den Schwafler.

Drorg drehte sich um und sah ihn an, in seinem Blick lag Verachtung. Er schnaubte. »Du glaubst doch nicht etwa, dass ich nur zum Vergnügen mit dir herumgezogen bin? Ich hatte den Auftrag, dich hierherzubringen, und das habe ich getan. Aber zu meinem Auftrag gehörte nicht, in diesem dreckigen Loch eingesperrt zu werden!« Er warf Mus, der in sich zusammenschrumpfte, einen vernichtenden Blick zu.

Jakob stand langsam auf. »Dann war das also alles geplant?«

Drorg betrat den Gang und zog sich die Jacke zurecht. »Es war nicht einmal schwierig, dich zu ködern. Deine Schwester nachzuahmen, das hat schon genügt.«

Jakob sprang auf und wollte über Drorg herfallen, doch Mus warf die Tür zu und schloss ab.

»Du bleibst vorläufig hier, Freundchen. Morgen will dich der König sprechen und dann wird er entscheiden, was wir mit dir machen.«

Jakob hatte einen trockenen Mund. Seine Knie gaben nach. »Du arbeitest wirklich für den König?« Er konnte es nicht fassen. »Hast du eben den König imitiert?«

Mus grinste nervös. »Als hätte der König höchstpersönlich hier in der Zelle gestanden.« Er rang die Hände. »Der König hat unter all seinen Untertanen nur einen einzigen Schwafler in Diensten. Das weiß jeder. Er setzt ihn wegen seines großen Talents für besondere Missionen ein. Ich hatte nur nicht die geringste Ahnung, dass es dieser hier ist.« Er murmelte: »Hoffentlich wird mir Seine Hoheit das vergeben.«

Jakob taumelte in der kleinen Zelle. Er stützte sich mit der Hand an der Wand ab, um nicht umzufallen. Er hörte Drorg am Ende des Gangs gegen die Gitterstäbe treten.

»Alter Irrer«, rief er. »Komm endlich mit deinem Schlüsselbund her. Der König erwartet mich!«

Mus drehte sich um und schlurfte eilig davon.

Jakob blieb allein zurück. Er sank zu Boden. Tränen liefen ihm übers Gesicht. Drorg hatte niemals vorgehabt, das Raaskalkgebirge zu erreichen. Der Umweg, den er vorgeschlagen hatte, war eine List gewesen. Die ganze Zeit war es dem Schwafler darum gegangen, Jakob zum König zu bringen. Und das war ihm gelungen.

Wie hatte er nur so naiv sein können? Wie hatte er glauben können, Drorg sei sein Freund? Jakob presste seine Fäuste auf die Augen. Drorg hatte ihn auf dem Jahrmarkt gezielt verraten, mit diesem Niesen, das so unschuldig gewirkt hatte. Seine Mission war vollbracht und der Schwafler konnte nach Hause. In die Burg, in der er unter dem Schutz des Königs stand. Jakob bezweifelte, ob er selbst je wieder nach Hause kommen würde.

Er zog die Knie an. Doch plötzlich schoss ihm ein neuer Gedanke durch den Kopf: War er denn wirklich so weit von seinem Ziel entfernt? Drorg hatte Katie gesehen. Und Mus zufolge wohnte der Schwafler hier in der Burg. Könnte es sein, dass Katie auch hier war? Vielleicht sogar recht nahe, möglicherweise in den Kerkern? Jakob sprang auf, umschlang die Gitterstäbe und schrie Katies Namen, so laut er konnte. Sein Ruf hallte durch den Gang, aber die einzige Antwort, die er bekam, war sein eigenes Echo und das Genöle der anderen Gefangenen.

Dass Katie nicht antwortete, musste nicht unbedingt bedeuten, dass sie nicht hier war. Vielleicht hielt der König sie irgendwo anders gefangen. Vielleicht konnte sie seine Rufe nicht hören. Er ließ die Gitterstäbe los und fing an hin und her zu laufen.

Was hatte Mus gesagt? Morgen wollte der König ihn sprechen. Wenn dessen persönlicher Schwafler wusste, wo Katie war, hatte der König auch Kenntnis davon. Das ging gar nicht anders. Also konnte Jakob ihn morgen einfach fragen, wo Katie steckte.

In einer Ecke seiner Zelle fand Jakob eine kleine, trockene Stelle. Dort legte er sich hin. Der Plan in seinem Kopf war klar. Wenn er herausfand, wo sie Katie versteckten, würde er den König anflehen, sie wenigstens ein einziges Mal sehen zu dürfen. Das konnte er ihm doch nicht verwehren?! Und wenn er erst einmal bei ihr war … Jakob drehte sich aufgeregt auf die andere Seite. Sollte das nicht genügen, um seine Verwünschung rückgängig zu machen? Wenn er nur zu ihr gelangen könnte, würde alles wieder gut. Jakob war sich zwar nicht sicher, aber es war die einzige Hoffnung, die er hatte. Es musste einfach klappen.

»Aufwachen! Heute ist dein großer Tag. Der König ist bereit, dich zu empfangen!«

Mus' Stimme tönte durch den langen Gang. Mit seinem Schlüsselbund schlug er gegen die Gitterstäbe, sodass alle Gefangenen aufschreckten. Als er bei der letzten Zelle angekommen war, blieb er stehen. Dort verging ihm das Grinsen. Hinter den Gitterstäben stand Jakob und blickte ihm unerschrocken entgegen. Er war schon über eine Stunde wach und zum Aufbruch bereit.

Mus brauchte einen Moment, um seine Fassung wiederzugewinnen. Es war offensichtlich, dass er gehofft hatte, dem Jungen einen Schrecken einjagen zu können.

Jakob trat einen Schritt nach vorn. »Mach schon auf.«

Grummelnd öffnete Mus die Tür. Jakob ging an ihm vorbei. Im Gang standen zwei Wächter, die er schon vom gestrigen Tag kannte. Es waren der dünne Jense und der riesige Frisse. Jakob streckte ihnen die Arme entgegen, damit sie seine Hände fesseln konnten. Überrascht blickten die beiden Männer Mus an.

»Was hast du denn mit dem angestellt?«, fragte Jense verblüfft.

Aber der Greis schüttelte nur den Kopf.

»Was hat die alte Ratte dir erzählt?« Jense rüttelte Jakob durch.

Aber Jakob ließ sich nicht aus dem Konzept bringen. »Los, nehmt mich mit. Ich will zum König.«

Jense lachte kurz auf und Frisse schnaubte, aber schließlich setzten sie sich in Bewegung.

Folgsam ließ sich Jakob von den beiden Männern wegführen, aus dem Kerker, die Treppen hinauf. Sie kamen in eine große Halle, in der gleißendes Sonnenlicht durch drei große Fenster auf Boden und Wände fiel. Jakob kniff die Augen zusammen, so sehr blendete es ihn.

»Knie dich hin, wenn du drinnen bist«, sagte Frisse.

»Und rede nur, wenn du dazu aufgefordert wirst«, ergänzte Jense.

Eine riesige Flügeltüre schwang auf. Die Wächter schubsten Jakob hinein.

Er stolperte in einen langen Saal, der genauso weiß war wie die Halle, nur lag hier ein endlos langer roter Läufer auf dem Boden. Jakob sah blinzelnd in die Ferne. Am anderen Ende des Läufers stand ein Thron, ein turmhohes Ungetüm. Und auf dem Thron saß eine kleine Person. Nicht größer als ein Punkt, mehr konnte Jakob nicht erkennen, aber er wusste genau, wer das war.

Einer der Lakaien, die die Tür bewachten, trat vor. Er trug eine blaue Samtlivree und nickte Jakob hochmütig zu. »Wenn Sie mir bitte folgen würden«, sagte er vornehm, schlug knallend die Hacken zusammen und schritt voraus.

Vor dem Thron brachten sich zwei Reihen bewaffneter Soldaten in Stellung. Der Lakai blieb vor ihnen stehen. Jakob musste den Kopf in den Nacken legen, um den König oben auf seinem Thron sehen zu können.

Der Lakai formte mit seinen Händen einen Trichter. »Gnädiger König Obir«, rief er, »ich tue hiermit kund ...« Das Blut schoss ihm in die Wangen. Mit hochrotem Kopf drehte er sich zu Jakob um. »Wie heißt du eigentlich?«

»Jakob.«

»Ich tue hiermit kund: Jakob!«, rief der Lakai.

Der König oben auf dem Thron trug einen roten Mantel und auf dem Kopf eine goldene Krone. Seitlich am Thron lehnte eine lange Leiter, auf der hoch oben ein Lakai in einem knallroten Frack stand. Der König beugte sich langsam vor und sprach ein paar Worte zu ihm.

»Was sagen Sie?«, fragte Jakob. Aber der Lakai, der neben ihm stand, versetzte ihm sofort einen Stoß.

»Pst! Hast du keine Manieren? Rede nur, wenn du angesprochen wirst.«

Der Lakai auf der Leiter rief nach unten: »Willkommen, Jakob!«

Der blaue Lakai wandte sich an Jakob. »König Obir heißt dich willkommen.« Wieder formte er einen Trichter und rief dann: »Wir danken Euch sehr und sind stets Eure untertänigsten Diener!«

Während König Obir wieder zu sprechen anfing, bemerkte Jakob plötzlich direkt neben dem König ein kleines Wesen. Jakob war zu weit entfernt, um das Gesicht erkennen zu können, aber die große Nase, die hervorragte, konnte nur einem gehören. Jakob zögerte keine Sekunde. Er hatte es satt, sich mit dem König so umständlich zu unterhalten. Er gab dem Lakai einen kräftigen Stoß, schoss an ihm und an der Wachgarde vorbei.

Der König beugte sich weiter nach vorne. Der knallrot befrackte Lakai schlug vor Schreck die Hände vor den Mund. Jakob rannte zum Thron, doch bevor er die Leiter erreichte, setzten sich die Soldaten in Bewegung. Sie senkten ihre Lanzen. Die scharfen Spitzen zwangen den Jungen, stehen zu bleiben. Jakob vermutete, dass Drorg, der am Thron lehnte, amüsiert grinste.

König Obirs Stimme tönte blechern durch den Saal.

»So, da bist du also. Hat dich unsere Dienerschaft einigermaßen anständig behandelt?«

Jakob legte den Kopf in den Nacken und sah hinauf zum König. »Wieso halten Sie mich gefangen?«

»Tja«, sprach König Obir mitfühlend. »Ach, stimmt ja. Du weißt ja von alledem nichts. Die Unschuld selbst. Obschon wir beide insgeheim genau wissen, weshalb du hier bist. Ursache und Wirkung, ist es nicht so? Hättest du nicht deine Schwester verwünscht, würdest du hier nicht stehen.« Er beugte sich noch etwas weiter vor und sagte verschwörerisch: »Wir hoffen, du bereust nicht, was du getan hast. Uns hat es enorm geholfen, können wir dir sagen.«

»Wo ist Katie?«

Der König grinste und sprach weiter: »Na, dann erzähl mal. Seit wann kümmert es dich, dass deine Schwester verschwunden ist? Vielleicht, seitdem dein Schicksal von ihr abhängt? Seit du hier gestrandet bist und nur zurückkannst, wenn du sie findest? Sag mal ehrlich, wenn du die Möglichkeit hättest, ohne sie zurückzugehen, würdest du das tun?« Er verzog die Mundwinkel zu einem falschen Lächeln.

Jakob presste die Lippen zusammen. Ihm war klar, dass es keinen Sinn hatte, sich auf eine Diskussion einzulassen.

»Wir persönlich glauben das schon«, sagte der König. Er beobachtete Jakob von seinem Thron aus. Und Jakob starrte seinerseits nach oben, ohne die Augen niederzuschlagen.

»Du ziehst es also vor, zu schweigen? Du brauchst auch nicht zu antworten, Jakob. Wir wissen genau, wie es ist. Was meinst du, wie wir hierhergekommen sind? Anfangs wollten wir nur eines: Bloß weg hier. Bis wir allmählich begriffen haben, dass wir hier«, er machte eine ausladende

Geste, »in dieser Welt viel mehr Spaß haben werden als zu Hause! Hast du unseren Rosengarten gesehen?«

»Ich bin nicht wegen Ihres Rosengartens hier«, erwiderte Jakob schroff. »Und ich will auch nicht ohne meine Schwester nach Hause. Ich möchte, dass Sie mir endlich sagen, wo sie ist.«

»Bist du dir sicher?« Die blecherne Stimme des Königs klang plötzlich ernst. »Ich mache dir jetzt einen Vorschlag, Jakob. Dein Leben kann hier so viel glücklicher und reicher sein, als es das jemals zu Hause wäre. Ich kann dir das Leben besonders angenehm machen.«

»Ich möchte kein anderes Leben. Ich will mein eigenes Leben wiederhaben. Sagen Sie mir endlich, wo meine Schwester ist.«

»Ach, wie schade«, sagte der König mit gespieltem Bedauern. Er sank in seine Kissen zurück und legte die Füße auf die Brüstung, sodass Jakob nur noch seine Schuhsohlen sehen konnte. »Ewige Sünde, Jakob. Was hätten wir für ein tolles Team sein können. Aber wenn du darauf bestehst, will ich dir gerne etwas über deine Schwester erzählen. Du wolltest sie ja nicht mehr.« Der König flüsterte jetzt theatralisch. »Und ich kann sie gut gebrauchen.«

Jakob ballte die Fäuste. »Sie haben kein Recht, sie gefangen zu halten!«, schrie er.

Der König tippte die Schuhspitzen mehrmals gegeneinander.

»Gefangen halten? Ich? Nein, Jakob, nein. Du hast noch immer nicht begriffen, wie es hier läuft. *Du* hast dafür gesorgt, dass sie nicht wegkann. *Du* bist derjenige, der sie hier eingesperrt hat. Daran kann sogar ein so mächtiger Mann wie ich nichts ändern. Und selbst wenn ich es könnte, würde ich es nicht tun.« Die Schuhsohlen verschwanden von der Balustrade und das Gesicht des Königs erschien wieder. »Hör zu, wir haben hier eine eigene Geschichte, von der du nichts weißt. Aber wo wir jetzt so vergnüglich zusammen sind, werde ich dir etwas darüber erzählen. Hast du noch eine Minute?«

»Nein!«, schrie Jakob.

»Gut. Als Erstes musst du wissen, dass es immer mein Bestreben war, zum mächtigsten Mann aufzusteigen. Ganz egal, worüber ich herrschen würde. Wenn ich nur Macht über irgendetwas hätte. Über etwas Großes. Dort, wo ich herkomme, war die Macht aber leider schon verteilt und ich konnte mich nirgends dazwischendrängen. Ziemlich frustrierend, kann ich dir sagen, wenn dein allergrößter Wunsch nicht in Erfüllung gehen will. Ich hoffe, du musst das nie erleben. Aber dann half mir das Schicksal. Ich verwünschte meinen Chef und bin dann hier gelandet. In einem Land ohne Gesetze und politische Führer! Die Entscheidung war schnell getroffen. Mir gefiel diese pittoreske Stadt und so krönte ich mich selbst zu ihrem König.«

König Obir sprach in vertraulichem Ton zu Jakob: »Lass mich dir eines sagen, Jakob. An der Spitze zu stehen, das ist nicht immer einfach. Du kannst dich selbst krönen und dir eine große Burg bauen lassen, aber wenn das Volk dir kein Gehör schenkt, bist du aufgeschmissen. Die

Stadtbewohner waren eigensinnig. Sie gingen ihre eigenen Wege und kümmerten sich nicht um mich. Weißt du, wie man Menschen dazu bringt, gefügig zu werden, Jakob?« Der König beugte sich noch etwas weiter vor, sodass er seine Krone festhalten musste, damit sie ihm nicht vom Kopf fiel. »Angst. Angst ist das Schlüsselwort. Jage den Menschen einen höllischen Schrecken ein und sie werden sanft wie Lämmer.«

Er lachte abfällig. »Doch womit hätte ich sie bedrohen sollen? Mein Heer bestand aus fünfzehn Lakaien, zehn Soldaten und einem Schwafler. Damit kann man keine Stadt unterwerfen. Ich musste es also schlauer anstellen. An den Landesgrenzen postierte ich meine Soldaten, genau dort, wo die neuen Gebiete entstanden. Du weißt ja, dass Menschen ihren Feinden das Schlimmste wünschen können. Also setzte ich meine Hoffnung darauf, dass eines Tages ein so grauenerregendes Gebiet entstehen würde, das mein Reich werden könnte. Ich musste viel Geduld aufbringen, Jakob, aber dann kam das Geschenk, auf das ich so lange gewartet habe. Deine Schwester.«

Jakob schluckte. Seine Fingerspitzen prickelten. »Ich weiß, dass sie hier in der Burg ist«, sagte er. »Ich will sie sehen.«

Der König schüttelte den Kopf. »Nein, Jakob, sie ist dort, wo du sie hingewünscht hast.«

»Ich weiß nicht mehr, wohin ich sie verwünscht habe! Ich war sauer.«

»Ach ja!« Der König machte ein mitfühlendes Gesicht.

»Ein Hitzkopf wird nun mal von Dingen getrieben, die ihm später leidtun. Das ist die ewige Schattenseite der Wut. Lerne etwas von mir, Jakob. Du erreichst viel mehr, wenn du sie erst einmal verpuffen lässt. Mit kühlem Kopf kann man Menschen nämlich noch viel schlimmere Dinge antun. Und man denkt auch besser darüber nach und kommt viel schadloser dabei weg. Aber um deine Frage zu beantworten: Nein, sie ist nicht hier. Menschen, die verwünscht wurden, können nur von ihren Verwünschern gerettet werden.«

»Sie befindet sich also noch in diesem Ardelium?«

Der König nickte. »Ja, dort haben meine Soldaten sie gefunden. Sobald ich davon Nachricht erhalten hatte, bin ich mit Drorg dorthin gereist.« Er erschauderte. »Mann, war es da gespenstisch.«

Der Schwafler nickte ernst, aber Jakob konnte sogar aus der Entfernung erkennen, dass die Augen des Männleins vor Häme leuchteten.

»Sie lag auf einem Stein und hatte einen schrecklichen Albtraum. Und das Lustige war: Man konnte genau sehen, was sie da träumte. Bei jedem Atemzug, den sie ausstieß, erschien über ihr ein monströses Ungeheuer. Das erste Tier war so hässlich wie die Nacht. Das hättest du sehen müssen, Jakob. Es war so groß wie …«

Drorg flüsterte etwas.

»Ja, genau«, rief der König. »So groß wie eine ausgewachsene Katze. Aber nicht mit niedlichen sanften Pfoten. Oh nein! Diese hatte Hunderte haarige Pfoten wie …«

Wieder flüsterte Drorg etwas.

»Na klar! Wie eine Spinne. Und die Kiefer des Ungeheuers mahlten die ganze Zeit. Als suche es etwas, woran es sich festbeißen könnte. Die Strafe, die du dir für deine Schwester ausgedacht hast, ist originell, Jakob. Das muss man dir lassen. Deine Schwester hat, seit sie bei uns eingeschlafen ist, immerzu diese Albträume, sie kann ihnen nicht entkommen. Offenbar kann sie auch nicht mehr aufwachen.«

Jakobs Magen drehte sich um, aber der König redete munter weiter.

»Bei jedem Einatmen saugt sie das Ungeheuer wieder in sich hinein. Dann verzieht sie das Gesicht vor Angst. Faszinierend und grauenvoll zugleich.«

Jakob dachte an den Moment, als er Katie durch das Küchenfenster gesehen hatte. Seine Wut, weil sie sein Winken nicht erwidert hatte. Was hatte er getan? Er musste sich festhalten, um einen plötzlichen Schwindelanfall zu unterdrücken.

»Alles in Ordnung mit dir, Junge?«, fragt der König scheinbar besorgt. »Aber es kommt noch besser. Als ich gesehen habe, was deine Schwester da produziert, hatte ich eine geniale Eingebung: Solche Monster waren genau das, was ich brauchte, um die Bewohner von Städten wie Kesteren in Angst und Schrecken zu versetzen. Und so habe ich meinen Soldaten befohlen, das Tier zu fangen und zu dressieren. Und was meinst du? Es hat geklappt!« Obirs entzückte Stimme schallte durch den Saal. »Aber

Jakob, es sollte sogar noch besser kommen! Sobald wir das Ungeheuer eingefangen hatten, hat deine Schwester angefangen, ein neues zu produzieren! Ein noch größeres!«

Der König seufzte genüsslich. »Du verstehst doch, dass ich sie nicht gehen lassen kann, Jakob. Für dich war sie vielleicht eine Last, für mich ist sie das Huhn, das goldene Eier legt. Dank deiner Schwester kann ich eine Armee aufstellen, mit der ich nicht nur über Kesteren herrschen kann, sondern über diese ganze verfluchte Welt! Die ersten ihrer Kreaturen habe ich schon losgeschickt.«

Jakob dachte an die Monster, die ihn und Drorg auf dem Jahrmarkt aufgespürt hatten. Waren die etwa Katies Albträumen entsprungen? »Die Kollektoren!«, flüsterte er.

»Ja, du hast auf dem Jahrmarkt ein paar von ihren Albträumen kennengelernt«, jubelte der König. »Oder sollte ich sagen: Nacht*kreaturen*. Sie produziert die faszinierendsten Tiere, Jakob. So ist das mit kleinen Kindern, die haben noch unendlich viel Fantasie. Und Ardelium hast du entworfen. Sehr hilfreich. Es ist ein dermaßen grauenhafter Ort, dass dort selbst meine tapfersten Soldaten Gänsehaut bekommen. Je mehr Kreaturen wir ihr wegnehmen, desto schlimmere Albträume hat sie. Ihre Todesangst brütet die allerbesten Monster aus! Und aufwachen kann sie nicht, also wird die Armee, die sie produziert, unendlich groß werden!«

Jakob warf sich nach vorn, wurde aber sofort von den Soldaten gepackt. Er wehrte sich, er schlug um sich, aber sie hielten ihn fest.

»Sie ist noch so klein!«, schrie er. »Suchen Sie sich jemand anderen, jemanden Ihres Kalibers!« Er spuckte den Thron an.

»Und das aus deinem Munde«, sagte der König mitfühlend und gab dem Lakai, der neben Jakob stand, ein unauffälliges Zeichen. Der Mann holte ein schneeweißes Taschentuch hervor und beeilte sich, die Spucke vom Thron zu wischen.

»Sie sind ja so leicht zu zähmen, die Kreaturen«, sprach Obir unbeirrt weiter. »Das erste Ungeheuer war scheußlich, aber nicht allzu groß. Mit etwas Hilfe konnte ich es mir mühelos unterwerfen. Wir haben es genauso lange mit Stöcken und Knüppeln geschlagen, bis es kapitulierte. Danach war es so zahm wie ein Lamm und machte alles, was ich wollte. Die nächste Kreatur, die deine Schwester schuf, war ein Stückchen größer. Und weißt du, was passiert ist? Die Kreaturen haben sich gegenseitig gezähmt! Die zweite lernte von der ersten und akzeptierte mich sofort als ihren Gebieter. Du kannst dir vorstellen, wie ich diese Stadt mit meiner neuen Armee nach nur ein paar Tagen unter meiner Fuchtel hatte. Keiner wagte sich mehr auf die Straße und alle tun jetzt das, was ich will. Danach kam Kesteren an die Reihe. Aber dabei belasse ich es nicht, Jakob. Mir wird die Welt zu Füßen liegen.« Er beugte sich weit vor. »Herzlichen Dank, Jakob«, flüsterte er durch den Trichter. »Bald bin ich der mächtigste Mann dieser Welt! Und all das habe ich dir zu verdanken.«

Er richtete sich auf und tupfte sich mit seinem Mantelsaum eine imaginäre Träne aus dem Gesicht. »Deshalb wirst du verstehen, dass du gleichzeitig auch die einzige Gefahr bist, der Einzige, den ich zu fürchten habe. Ich kann doch nicht zulassen, dass du deine Schwester finden und sie mir wegnehmen würdest. Also habe ich Drorg entsandt, um dich einzufangen. Ich hoffe immer noch, dass du dich mir unterwirfst. Ich würde dich in meiner Burg aufnehmen, als wärst du mein eigener Sohn. Es würde dir an nichts fehlen.« Der König betrachtete die Fingernägel seiner rechten Hand. »Ich weiß, dass dir mein Vorschlag nicht gefällt, aber ich rate dir, noch einmal gut darüber nachzudenken. Ich bin einer dieser Menschen, mit denen man besser keinen Ärger hat.«

Jakob dachte an Katie und ihre Träume. Abscheuliche Monster. Er fixierte den König. »Niemals!«, flüsterte er.

Der Lakai nahm die Hände zum Mund. »Der Junge sagt …«

»Niemals. Wir haben es verstanden.« Der König stellte den silbernen Trichter auf die rotsamtene Armlehne seines Throns, faltete die Hände und nickte.

»Das Gespräch ist beendet«, sagte der blau gekleidete Lakai kühl. »Wenn du mir bitte folgen würdest.« Er drehte sich um und ging über den endlosen roten Läufer.

Die Soldaten schleiften Jakob weg vom Thron. Jakob widersetzte sich, konnte aber gegen die Männer nichts ausrichten. Er hatte auch keine Kraft mehr. Als er sich noch einmal umdrehte, sah er, dass der knallrote Lakai wieder die Leiter hochgestiegen war. Kurz redete der König mit ihm, dann nahm der Lakai den Trichter und hielt ihn sich an den Mund.

»Der König spricht: Es war ihm eine Freude, dir wenigstens danken zu können!«, schallte es durch den Saal. »Es ist immer ein Vergnügen, einen genialen Plan mit jemandem zu teilen!«

Als Mus die Zellentür hinter ihm verriegelte, ließ sich Jakob auf den Boden fallen. Er hatte keinen Funken Hoffnung, hier je wieder rauszukommen.

16.

DIE VERSAMMLUNG

Ohne Jakob war Kait viel schneller vorangekommen. Trotzdem war es schon dunkel, als er den Broganwald erreichte. Er nutzte die Zeit bis zum Morgen, um zu schlafen und durchwanderte den Wald am nächsten Tag. Gegen Abend erreichte er die Riverkilt.

»Endlich wieder ein richtiges Bett«, murmelte er.

Sein Blick fiel auf die hölzernen Fensterläden der Herberge. Sie waren geschlossen, obwohl die Sonne noch gar nicht untergegangen war. Kait konnte sich nicht daran erinnern, dass Milo je zuvor die Fensterläden so früh zugeklappt hatte. Er lauschte. Stimmengewirr drang nach draußen, Dutzende Menschen redeten lebhaft durcheinander.

»Na, toll.« Er seufzte. »Ich will in mein Bett und ausgerechnet heute gibt es hier ein Fest.« Er öffnete die Tür und blieb überrascht auf der Schwelle stehen.

Die Riverkilt war rappelvoll. Menschen, die keinen Platz mehr gefunden hatten, saßen eng beieinander auf den Tischen, standen dicht gedrängt in den Gängen oder lehnten an den Wänden. Selbst auf dem Tresen saßen sie. Als sie Kait bemerkten, wurde es still. Alle Blicke richteten sich auf ihn.

Kait erkannte viele Stammgäste, doch die meisten Anwesenden waren wohl aus den umliegenden Dörfern gekommen. Männer und Frauen, jung und alt, alle hatten sich hier versammelt und starrten ihn an.

Langsam schloss er die Tür hinter sich. »Tut mir leid, dass ich euer Fest störe.« Kait bahnte sich einen Weg durch die Menschen. Hier und da wurde geflüstert.

»Ist er das?«

»Ja, das ist er.«

»Der traut sich her?«

»Furchtbar.«

Mitten in der Menschenmenge stand jemand auf. Die Frau kletterte mithilfe eines Stocks auf einen Tisch. Es war Agades und sie blickte Kait eindringlich an.

»Warum bist du zurückgekommen, Kait?«

Kait hatte auf der Stelle das Gefühl, ein kleines Kind zu sein, das im Klassenzimmer nach vorn gerufen wird.

»Ich hoffe, um uns zu sagen, dass du den Jungen bei seiner Schwester abgeliefert hast?«

Kait strich sich über seine Bartstoppeln und wich ihrem Blick aus.

»Kait?« Ihre Stimme klang drohend.

»Der Junge kommt prima zurecht.« Es klang barscher, als er wollte. »Er wollte alleine weiter und ich konnte ihn nicht aufhalten.«

Eine Welle der Entrüstung ging durch die Herberge.

»Lüg mich nicht an, Kait!«, sagte Agades streng.

Kait bemerkte einen Schweißtropfen, der an seinem Rücken runterlief.

»Ich habe ihn doch den ganzen Weg zu dir gebracht. War das nicht genug? Ich habe nichts mit dem Jungen zu schaffen! Hätte ich mein Leben riskieren sollen? Ihm die ganze Zeit das Händchen halten? So was habe ich noch nie gemacht!«

Agades unterbrach ihn. Sie ließ ihren Stock mit einem lauten Knall auf den Tisch krachen. Kait schnappte vor Schreck nach Luft.

»Kait, ja, genau *das* hättest du tun sollen. Dieser Junge hatte deinen Schutz nötig. Jetzt ist er völlig auf sich gestellt und es würde mich nicht wundern, wenn der König ihm schon auf den Fersen ist.«

Sie machte eine Bewegung mit der Hand und zwei Männer hoben einen großen Käfig auf den Tisch. Er war zwar abgedeckt, doch Kait sah, dass sich etwas darin bewegte.

»Der König will schon seit Jahren eine Armee aufbauen und ich gehe davon aus, dass es ihm nun gelungen ist.« Sie zog die Decke vom Käfig. Kait riss die Augen auf. Das Tier, das er zu sehen bekam, glich noch am ehesten einer Spinne. Während es sich an die Gitterstäbe krallte, zwängten sich drei schwarze Beine nach außen und mit seinen krummen, verkrüppelten Klauen schnappte das Tier nach den umstehenden Menschen.

Agades schlug mit dem Stock gegen den Käfig. Das Tier rollte sich zusammen.

»Das hier haben wir draußen gefunden«, sagte sie.

Kait betrachtete das Tier voller Abscheu. Es war jetzt ruhig und hatte die Beine und Klauen um sich geschlungen, als wollte es sich selbst trösten.

»Ich habe dir erzählt, dass der König bei mir gewesen ist«, sagte Agades. »Die Pforte hätte ihm nie Zugang gewährt, ohne mich zu warnen. Aber er kam nicht allein. Er hatte einen Schwafler dabei. Wahrscheinlich hat der mit seinen Imitationskünsten dafür gesorgt, dass ihm die Pforte vertraute und sich öffnete.«

Kait dachte an den kleinen Handabdruck, den er an der Pforte entdeckt hatte, bevor er selbst seine Hand daraufgelegt hatte. Damals hatte er sich nichts dabei gedacht, aber jetzt erinnerte er sich an die ungewöhnlich langen Finger – ganz typisch für einen Schwafler.

»Der König meinte, ich würde bald Besuch von jemandem bekommen, der ein kleines Mädchen sucht. Aber der König habe das Mädchen liebgewonnen und wolle es nicht mehr gehen lassen. Er gab mir den ausdrücklichen Befehl, jedem entgegenzutreten, der nach dem Mädchen fragen würde.« Sie beugte den Kopf. »Er hatte zwei scheußliche Kreaturen bei sich, die draußen bei der Pforte auf ihn gewartet haben. Und er ließ durchblicken, dass die beiden nicht die einzigen ihrer Art seien. Er sagte, dass sich die Armee, die er sich aufbaute, täglich verdoppelte. Er drohte, dass er alle Dörfer zwischen seiner Burg und der

Riverkilt verwüsten wird, wenn ich ihm nicht gehorchen würde.«

Kait fluchte leise. »Warum hast du mir das nicht erzählt, als ich mit dem Jungen bei dir war.«

»Weil ich beobachtet wurde, Kait! Hast du bei mir jemals ein Haustier gesehen?«

Kait dachte an den zeternden, vielfarbigen Vogel, den Agades in den Koffer gestopft hatte.

Sie nickte. »Der König ließ ihn zurück, um mich auszuspionieren. Ich hatte Anweisung, ihn jeden Abend zur Burg fliegen zu lassen, damit er Bericht erstatten konnte. Mitten in der Nacht kam er dann wieder und ließ mich keine Sekunde aus den Augen.«

»Wieso hast du den Jungen denn nicht aufgehalten«, rief Kait. »Dann wäre das Problem doch gelöst gewesen?«

Agades lachte verächtlich. »Glaubst du das wirklich? Obir ist auf Macht aus und machtbesessene Menschen legen keinen Wert auf Versprechen, die sie gegeben haben. Mir war klar, dass der König sein Wort nicht halten würde. Deswegen musste ich das Risiko eingehen. Den Vogel hatte ich morgens in den Käfig gesperrt, damit er mich nicht verraten konnte. Ich hatte nur diesen einen Abend, dann würde der König das elende Tier vermissen. Und dann kamt ihr. Der Junge ist der Einzige, der dem König seine Geheimwaffe wegnehmen kann, Kait. Denn diese Waffe ist seine Schwester. Ich habe versucht, ihm Mut zu machen, damit er seine Schwester sucht. Du solltest dafür sorgen, dass er diesen Mut nicht verliert. Du solltest ihm zu Hilfe kommen, wenn er Obirs Armee gegenüberstehen würde.«

In der Herberge war es totenstill. Hunderte Augen starrten Kait an. Er wünschte sich, er könnte im Boden versinken.

»Das konnte ich doch nicht wissen ...«, murmelte er unglücklich. Die Blicke der Anwesenden lasteten wie schwere Felsbrocken auf ihm. Um sein Gesicht zu wahren, fragte er: »Habt ihr noch mehr von diesen ...« Er deutete auf den Käfig. »... von dem da gefunden?«

Ein großer Mann mit buschigen Augenbrauen stand von seinem Stuhl auf. »Das ist nur ein kleiner. Vor ein paar Nächten haben sie Malkedier überfallen. Sie haben alle Bewohner mitgenommen. Ich kann es euch nur darum erzählen, weil ich außerhalb des Dorfs auf einem Feld eingeschlafen bin. Ich hatte zu viel getrunken. Als ich morgens nach Hause kam, war das Dorf leer und verwüstet.«

»Können es keine Plünderer gewesen sein?«, fragte Kait bedrückt.

Der Mann lächelte verächtlich. »An den Mauern meines Hauses, oder was davon noch übrig ist, habe ich riesige Zahnabdrücke entdeckt.«

Der Mann, der neben ihm stand, pflichtete ihm bei. »Ich bin mit zwanzig anderen aus Gierstad geflüchtet, als wir von den Zerstörungen hörten, die weiter oben im Norden stattgefunden haben. Und wir waren nicht die Einzigen. Es sind noch viel mehr Flüchtlinge auf dem

Weg hierher. Der König treibt sie wie Vieh vor sich her. Man sagt, er mache die Dörfer dem Erdboden gleich und nehme die Bewohner mit, damit sie für ihn als Sklaven arbeiten. Leute, die entkommen konnten, erzählen, dass abscheuliche Ungeheuer in ihre Häuser eingedrungen sind, die jeden geschnappt und in großen Käfigen durch die Straßen gezerrt haben.«

Jetzt redeten alle gleichzeitig. Kait bemerkte, dass sich ihr Zorn gegen ihn richtete. Als ein Zinnbecher durch die Luft flog, dem Kait gerade noch ausweichen konnte, griff Agades ein. Sie schlug mit dem Stock auf den Käfig. Das Spinnenwesen stieß ein schrilles Krächzen aus. Als wieder Stille eingetreten war, sagte sie: »Wir haben keine Zeit für Streitereien. Malkedier und Gierstad liegen von hier knapp drei Tagesmärsche entfernt. Es wird also nicht mehr lange dauern, bis auch die Riverkilt angegriffen wird. Flüchten hat keinen Sinn. Wir befinden uns ja schon im hintersten Winkel des Landes. Früher oder später wird die Armee des Königs hier sein. Wir müssen uns darauf einstellen, so lange wie nötig Widerstand zu leisten.«

»Was meinst du mit ›so lange wie nötig‹?«, fragte Milo hinter der Theke. »Der König wird doch seine Armee nicht zurückrufen.«

»Jedenfalls nicht freiwillig, nein«, antwortete Agades. »Unsere einzige Hoffnung ist, dass der Junge noch lebt und irgendwann seine Schwester befreit. Wenn er sie dann mit nach Hause nimmt, könnte das unsere Rettung sein.« Sie blickte sich um. »Die Gebiete, die es heute gibt, sind jene, in denen nie jemand gerettet worden ist. Wenn jemand also sein Opfer befreit ...«

»... verschwindet auch das Gebiet, das dadurch entstanden ist«, mischte Milo sich ein. Er schlug mit dem Geschirrtuch auf den Tresen. »Und damit auch die Kreaturen, die von dort kommen!«

»Wer weiß«, sagte Agades leise.

»Aber wenn die Kinder weg sind, kann der König wenigstens seine verfluchte Armee nicht mehr vergrößern. Und dann greifen wir sie an!«, rief eine Frau mit rot geäderten Augen.

Die Leute fingen an zu klatschen und zu rufen. Kait merkte, wie sie das Interesse an ihm verloren. Vorsichtig setzte er einen Fuß auf die unterste Treppenstufe.

»Aber wer sagt, dass der Junge noch lebt?«

Schlagartig wurde es in der Herberge still. Alle Blicke richteten sich ans obere Ende der Treppe. Dort stand Gus, der Wirt. »Agades hat recht. Zuerst müssen wir dafür sorgen, dass wir uns verteidigen können. Bringt also alles, was als Waffe dienen könnte, zur Herberge. Es wird bei Weitem nicht reichen, deshalb müssen wir auch noch Waffen selbst herstellen. Sammelt alles aus Eisen und was man zu Messern und Speerspitzen umschmelzen kann. Außerdem müssen wir uns mit genügend Lebensmitteln eindecken.«

Das Gemurmel schwoll an.

»Ich weiß, es gibt nicht mehr viel zu essen, aber ich hoffe, wir halten wenigstens eine Woche damit durch«, sagte Gus. »Außerdem müssen Schutzkeller ausgehoben werden, und zwar mit genügend Platz für uns alle.«

Mit schweren Schritten kam er die Treppe herunter. Kait musste ihm ausweichen. Er war drauf und dran, an Gus vorbei die Treppe hochzuhuschen, doch der blieb direkt vor ihm stehen. Er legte eine Hand ans Geländer und lehnte sich an die Wand.

»Aber das Wichtigste ist, den Jungen zu finden. Es ist gut möglich, dass er auf dem Weg nach Ardelium ist, dem Ort, den er sich für seine Schwester ausgedacht hat. Doch seit er keinen Beschützer mehr hat ...« Er warf einen scharfen Blick zur Seite. Kait zuckte zusammen. »Da der Junge nun also auf sich allein gestellt ist, kann es gut sein, dass man ihn aufgegriffen hat und wir ihn in der Höhle des Löwen suchen müssen: in König Obirs Burg.«

Kait starrte seine Schuhspitzen an, bis er zu seiner Erleichterung bemerkte, dass Gus seinen Blick von ihm abwandte. Er sollte sich möglichst unauffällig verhalten und abwarten, bis der riesige Mann den Weg nach oben freigeben würde.

»Wer übernimmt die Aufgabe, den Jungen zu befreien?«

In der Herberge wurde es sehr still. Nur hier und da waren ein Hüsteln zu hören.

»He, nicht alle auf einmal!« Gus' Stimme donnerte durch den Raum. Kait machte sich so klein, wie möglich.

»Das ist ein aussichtsloser Auftrag!«, rief jemand. »Wir sind der Armee des Königs niemals gewachsen. Obir lacht sich schlapp, wenn er uns kommen sieht!«

»Da habt ihr vollkommen recht«, sagte Gus ruhig. »Eine große Gruppe zieht zu viel Aufmerksamkeit auf sich und ist außerdem zu schwerfällig. Diese Sache sollte besser von wenigen Leuten ausgeführt werden. Ich denke von zwei, höchstens drei Männern.«

Jetzt stieg die Empörung an und die Menge brüllte durcheinander.

»Das ist Selbstmord!«

Gus schüttelte den Kopf. »Ich weiß, dass es sich um einen gefährlichen Auftrag handelt, aber es ist unsere einzige Hoffnung auf eine Zukunft in Freiheit. Also frage ich noch einmal: Wer übernimmt diese Aufgabe?«

Plötzlich rief eine Frau mit schriller Stimme: »Wieso sollte sich einer von uns opfern, wenn der Auftrag doch eigentlich schon vergeben ist?«

Jetzt redeten alle durcheinander.

»Was meinst du denn damit?«, fragte Gus, doch Kait hörte es seiner Stimme an, dass er ganz genau wusste, auf wen sie angespielt hatte. Er selbst wusste es auch nur zu gut und sah sich nach einem Fluchtweg um.

»Der da!«, rief die Frau. Die Leute um Kait wichen vor ihm zurück. Die Frau zeigte mit dem Finger auf ihn. »Er hatte den Auftrag, den Jungen zu seiner Schwester zu bringen, also soll er jetzt auch dafür geradestehen!«

Kait trat einen Schritt zurück, wurde aber von ein paar starken Kerlen aufgehalten.

»Verräter, willst du dich davonmachen?« Kait bekam einen harten Schlag ab. Er taumelte und fiel gegen das

Treppengeländer. Gus runzelte die Stirn und sah auf ihn hinunter.

»Dieser Mann hat den Jungen schon einmal im Stich gelassen«, sagte er laut. »Wer sagt uns, dass er nun seine Pflicht erfüllen wird? Vergesst nicht, diesmal hängt nicht nur das Leben des Jungen von ihm ab, sondern unser aller Leben. Wer sagt uns, dass er nicht wieder versagt, wenn er es mit der Angst zu tun bekommt?«

»Er muss es tun!«, rief die Frau. Sie reckte die Faust. »Wenn er den Auftrag ausführt, bleibt er am Leben. Aber wenn er es wagt, uns zu verraten, werden wir dafür sorgen, dass er stirbt!«

Applaus brandete auf. Andere stampften mit den Füßen oder schlugen mit den Fäusten auf die Tische.

Kait schluckte und versuchte, den Abstand bis zur Tür einzuschätzen. Um ihn herum sah er lauter wütende Gesichter. Allmählich kesselte die Menge ihn ein.

Kait bekam feuchte Hände. Er ballte die Fäuste und hielt sie sich abwehrend vor die Brust. Er würde sich ihnen nicht widerstandslos ausliefern. Sie wussten alle, was für ein hervorragender Kämpfer er war. Auf ihren Gesichtern zeigte sich nicht nur Zorn, sondern auch Angst. Sie wussten, wozu er fähig sein konnte.

»Noch ein Schlag und ihr lernt meine Fäuste kennen«, rief er, da dröhnte Gus' Stimme durch die Herberge und ließ alle sofort erstarren.

»Zurück!«

Gus packte Kait bei den Schultern und zog ihn zu sich.

»Niemand rührt ihn an!«, rief er und der Boden schien dabei zu beben. Gus schob Kait vor sich her durch die Menge.

»Lassen wir die Älteste entscheiden!« Vor Agades blieb er stehen. »Was meinst du? Verdient er eine zweite Chance?«

Agades wiegte den Kopf hin und her und murmelte etwas, das Kait nicht verstehen konnte. Dann stellte sie den Stock vor sich und ließ beide Hände darauf ruhen.

»Aufgeben kannst du ja«, flüsterte sie, »aber ich frage mich, ob du auch Durchhaltevermögen hast?«

Sie hatte ihn mit ihren Worten unerwartet hart getroffen. Kait schlug die Augen nieder. »Wenn man keine Wahl hat, ist aufgeben manchmal klüger als endlos weiterzumachen«, antwortete er leise.

»Ist das so?«, fragte Agades ruhig.

»Ja, das ist so. Und nun habe ich wieder keine Wahl.«

Die alte Frau schüttelte den Kopf. »Man hat immer eine Wahl, Kait. Und das weißt du.«

»Nennst du das eine Wahl?«, zischte Kait. »Wenn ich ablehne, murkst mich diese Meute ab, und wenn ich den Auftrag übernehme …«

»Wenn du dein Versprechen hältst«, verbesserte Agades ihn.

Kait schüttelte verärgert den Kopf. »Wenn ich den Jungen suche, werde ich ohnehin von der Armee des Königs getötet. Und das nennst du eine Wahl?«

Agades nickte und sah ihn fragend an.

»Ich habe also die Wahl, jetzt zu sterben oder erst in ein paar Tagen?«, spottete Kait.

Die alte Frau verzog keine Miene, sie sah ihn weiterhin fragend an. Kait krümmte sich. Er gab den Widerstand auf, nickte und Agades wandte sich an die Anwesenden.

»Er macht's.«

In der Riverkilt kam Gemurmel auf, aber Agades erhob den Stock und sagte streng: »Aber Kait geht nicht allein. Er braucht Hilfe, wenn er an der Armee vorbeikommen will. Und falls ihm dabei etwas passiert, muss uns jemand benachrichtigen können.« Sie ließ ihren Blick durch die Herberge schweifen. »Wer ist dabei?«

Kait sah, wie alle nach unten starrten. Von der eben noch bedrohlichen Atmosphäre war nichts mehr zu spüren. Er schüttelte den Kopf und stieß Agades an. »Ich gehe allein. Hier gibt es keinen, mit dem ich es länger als ein paar Tage aushalten würde.«

»Du hältst es doch sowieso mit niemandem länger als ein paar Stunden aus.« Agades betrachtete ihn von der Seite. Ihre Stimme klang noch immer streng, doch Kait bemerkte ein kleines Lächeln auf ihren Lippen.

»Jemand wird dich begleiten, ob du nun willst oder nicht!«

Gus seufzte und sah sich in der Gaststube um. »Soll ich einen von euch auswählen? Oder gibt es hier jemanden, der Manns genug ist und seinen ganzen Mut zusammennimmt?«, rief er. Die Menge schrumpfte zusammen.

Ein hagerer Mann, der geduckt an einem Tisch saß,

piepste: »Viele von uns sind nur einfache Landarbeiter.«
Er zeigte auf seine eigene, magere Statur. »Schick einen,
der daran gewöhnt ist, zu kämpfen.«

Die Frau, die neben ihm saß und genauso dürr war,
sprang auf. »Wie wäre es mit Furn?«, rief sie.

»Genau!«, piepste der Mann. »Furn! Hervorragende
Idee! Der schreckt vor nichts zurück.« Mit angeekeltem
Gesicht deutete er auf den Käfig. »Nicht einmal vor so
einer Kreatur.«

In der Herberge ging es mit einem Mal zu wie in einem
Bienenkorb. Die Stimmen schwirrten durch den Raum
und es wurde zustimmend genickt.

»Na klar«, murmelte Kait, »schickt mich nur mit einem
Mörder los. Das macht jetzt auch nichts mehr aus.«

»Furn!«, donnerte Gus. »Endlich kannst du beweisen,
aus welchem Holz du geschnitzt bist!« Er blickte sich in
der Gaststube um, aber nichts geschah. »Furn?«

Auch Kait sah sich um. Mit seinem muskulösen, großen
Körper hätte Furn die anderen eigentlich überragen müssen. Aber Furn war nicht da.

Die Anwesenden wurden unruhig. Irgendjemand flüsterte: »Überläufer!« Gus und Agades wechselten einen besorgten Blick.

Gus drehte sich zu Milo um. »Wann hast du ihn zuletzt
gesehen?«

»Herrje, da fragst du mich was.« Nachdenklich trock-
nete der Barmann mit dem Geschirrtuch seine Hände.
»Nachdem der Junge aufgebrochen ist, war er bestimmt

noch zwei Abende hier.« Sein Gesicht hellte sich auf. »Ja, natürlich! An dem Abend, als Agades hereingestürmt kam und alle nach draußen geschickt hat. Da war er noch da. Er hat den ganzen Abend über getrunken und sogar ein Glas zertrümmert.« Er schüttelte den Kopf. »Aber seitdem habe ich ihn nicht mehr gesehen. Das war vor …«

»… drei Tagen.« Agades sah besorgt aus und das gefiel Kait überhaupt nicht. »Ihm war nie ganz zu trauen, aber ein Überläufer? Wäre er dazu imstande?« Sie warf einen flüchtigen Blick auf Gus.

»Wer weiß?« Er erhob die Stimme. »Ein Grund mehr, Kait nicht alleine losziehen zu lassen!«, rief er. »Zum letzten Mal, wer begleitet ihn?«

Wieder wurde es still in der übervollen Herberge. Dann stand plötzlich eine junge Frau mit langem braunem Haar auf.

»Ich«, sagte sie ruhig.

Überrascht betrachtete Kait die zarte Gestalt und fing an zu lachen. Die Frau sah ihn verächtlich an. Sie wandte sich an Gus und Agades.

»Ich habe vielleicht nicht so viele Muskeln wie Furn, aber ich bin um einiges klüger und das ist in unserer Situation vielleicht wichtiger.« Sie blickte Kait herausfordernd an. »Eine größere Gruppe fällt auf und eine kleine kann selbst mit Muskelkraft nichts gegen die Kreaturen ausrichten. Außerdem kann ich gut mit Messern umgehen.«

Kait sah, wie ernst es ihr war. Er hörte auf zu lachen und wandte sich an Gus. »Ich gehe allein.«

Aber Agades brachte ihn zum Schweigen. »Sie hat doch recht, Kait. Jemanden mit Köpfchen mitzunehmen scheint mir eine gute Idee zu sein. Morgen brecht ihr auf.«

Gus nickte zustimmend. »Und der Rest: Macht euch an die Arbeit.«

Langsam gingen die Leute zum Ausgang. Gus folgte ihnen. Triumphierend blickte die junge Frau Kait an. »Mach dir keine Sorgen, ich kann gut auf mich selbst aufpassen«, sagte sie und ging an ihm vorbei nach oben. Auf halbem Weg drehte sie sich um. Über den Lärm von Stühlen und Tischen, die weggeschoben wurden, rief sie: »Ich heiße Nasta!«

Kait starrte ihr nach, bis sie durch eine Tür verschwand. Dann warf er Agades einen flehenden Blick zu.

»Nicht gut?«, fragte sie trocken.

»Nicht gut?« Er warf die Hände in die Luft. »Das ist noch schlimmer, als mit einem Kind durch die Gegend zu ziehen!«

Agades tippte sich mit dem Zeigefinger an die Schläfe. »Manchmal kommt man nur mit Grips weiter.«

Kait wusste, dass er Agades nicht überzeugen konnte. Wütend ging er zum Tresen hinüber. »Gib mir ein Zimmer«, schnauzte er.

»Ich kann dir das Zimmer neben ihr anbieten.« Milo zwinkerte Agades zu, hörte aber damit auf, als Kait sich drohend zu ihm vorbeugte. Schnell fischte er einen Schüssel aus seiner Schürze. »Nimm das. Es liegt am anderen Ende des Flurs.«

Kait riss ihm den Schlüssel aus den Fingern und stapfte die Treppe hoch.

»Sieh zu, dass du gut schläfst, Kait«, rief Agades ihm nach. »Vor dir liegt ein schwerer Weg!«

»Du machst dir keine Vorstellung davon, wie schwer!«, wetterte er und knallte die Tür hinter sich zu.

UNTERWEGS

Als Kait am nächsten Morgen herunterkam, saß Nasta bereits am Tresen und studierte eine Karte. Als sie ihn bemerkte, schob sie ihm das Stück Papier zu.

»Ich habe ihn hinter dem Broganwald zurückgelassen«, sagte Kait. »Da fangen wir mit der Suche an.« Er schob die Karte von sich, ohne einen Blick auf sie zu werfen.

Nasta nickte langsam. »Gut. Ist dir dort etwas Merkwürdiges aufgefallen?«

Kait schwieg. Er hatte keine Lust, sich mit ihr zu unterhalten, und hoffte, sie würde unterwegs nicht die ganze Zeit auf ihn einreden.

»Ich frage nur, weil die Armee anscheinend schon bis Malkedier und Gierstad vorgerückt ist. Es ist gut möglich, dass wir ihr schon beim Broganwald begegnen.«

»Nein.« Kait trommelte mit den Fingern auf den Tresen. »Da war nichts Merkwürdiges.«

Milo stellte ihnen ein Brett mit Brot, Wurst und Käse hin. Kait streckte die Hand nach dem Messer aus, doch Nasta war schneller. Sie zog das Brett zu sich.

»Ich meine nur, wir sollten darauf vorbereitet sein«, sagte sie.

Kait lachte spöttisch. »Und? Bist du das?«

Nasta sah ihn ungerührt an. Schweigend begann sie zu essen.

Gleich nach dem Frühstück brachen sie auf. Sie kamen gut voran. Kait war von seiner Begleiterin überrascht. Auch wenn sie zart war und eine Frau, bat sie doch nie um eine Pause. Sie hatte auch nicht allzu lange dafür gebraucht, ihre Sache zu packen, denn das Einzige, was sie bei sich trug, war ein Messer. Es hatte einen silberdurchwirkten Griff und steckte in einem geflochtenen Schaft an ihrem Gürtel. Zu seiner Erleichterung redete sie auch nicht. Sie waren schon ein paar Stunden unterwegs und hatten noch kein Wort gewechselt.

Flüchtig warf Kait einen Blick zur Seite. Es gab nur eine Sache, die ihn störte. Er hatte unzählige Menschen abgeholt und in diese Welt gebracht. Aber ihr Gesicht kam ihm nicht bekannt vor, obwohl sie mit ihren langen Haaren doch eine auffällige Erscheinung war. Also musste sie vor seiner Zeit angekommen sein, und das war sehr lange her. Als Kait seinen Job als Abholer übernommen hatte, hatte es die Riverkilt und ihren Wirt Gus bereits gegeben, aber mehr auch nicht. Kait hatte die Bevölkerung und die Landschaften anwachsen, Dörfer und Städte entstehen sehen. Nahezu jeden, der hier gestrandet war, kannte er vom Sehen, nur diese Frau nicht. Diese Nasta mit ihrem Messer, deren lange Haare so wild über die Schultern fielen, dass Kait, ob er wollte oder nicht, immerzu hinsehen musste. Er würde sie unglaublich gern fragen, woher sie kam. Aber das würde nur die Tür für ein Gespräch öffnen. Ein Gespräch, bei dem auch sie ihn ausfragen würde. Und darauf hatte er absolut keine Lust. Also spukte ihm weiter die Frage durch den Kopf: Woher kam diese Frau?

Gegen Abend hatten sie den Broganwald fast hinter sich gelassen. Nastas Haar hatte in der untergehenden Sonne einen feurigen Glanz angenommen. Auf ihrem Gesicht lag die warme Glut der letzten Strahlen. Plötzlich musste Kait an den Jungen denken. Er fühlte sich mies. Hier war es gewesen, wo er sich entschlossen hatte, den Jungen allein zu lassen. Die Frau mit der schrillen Stimme in der Riverkilt hatte recht: Er war ein Verräter.

Nasta spürte, dass er sie anstarrte, und drehte sich zu ihm um. Kait sah schnell weg.

»Wieso starrst du mich so an?«

»Habe ich nicht«, sagte er schroff.

»Sei nicht so ruppig, ich bin nicht dein Feind.« Sie warf ihre Haare mit einer lässigen Bewegung nach hinten. »Woran hast du gedacht?«

»An gar nichts, verstanden? Mein Kopf ist leer und mein Magen auch.«

Doch Nasta ließ sich nicht so leicht abwimmeln. »Du hast an den Jungen gedacht, nicht wahr?«

Kait verdrehte die Augen. »Wenn du eh schon weißt, woran ich denke, weshalb fragst du dann noch?«

»Weil du mich nichts fragst.«

»Sind wir etwa hier, um zu quatschen? Vielleicht irre ich mich ja, aber ich dachte, du bist mitgekommen, weil du den Jungen retten willst. Einen Jungen, den du, soweit ich weiß, nicht einmal kennst. Den du noch nie gesehen hast.«

Kaum hatte Kait den Satz beendet, tat es ihm schon leid. Das hatte er nun davon, dass er sich dazu hatte verführen lassen, Dinge zu sagen, die niemanden etwas angingen. Ehe man sich versah, war man schon mitten im Gespräch.

»Stimmt«, sagte Nasta ruhig. Sein Gebrumme schien ihr nichts auszumachen. »Es geht mir auch nicht direkt um den Jungen, sondern um seine Schwester. Agades meint, sie wird vom König gefangen gehalten. Das finde ich einfach erbärmlich.«

Kait lachte höhnisch. »Wer's glaubt. Du solltest lieber Mitleid mit denen haben, die du verwünscht hast.«

Nasta beugte den Kopf. Kait beobachtete sie dabei genau. »Ich habe niemanden verwünscht. Ich glaube, ICH wurde verflucht.«

Kait war sprachlos. Das war also die Antwort auf die Frage, die die ganze Zeit in seinem Kopf herumgeschwirrt war. Das erklärte auch, weshalb er sie nie zuvor gesehen hatte.

»Wer hat dich verwünscht?«

»Ich erinnere mich nicht daran. Ich meine, ich erinnere mich nicht mehr an mein früheres Leben. Es ist fast, als hätte es mich dort nie gegeben.« Hilflos blickte sie ihn an. »Ich weiß einfach nicht, wer mich so gehasst hat und warum. Bis zum heutigen Tag ist niemand gekommen, um mich zu suchen.«

Sie schwieg. Kait hoffte, dass sie nicht zu weinen anfing. Aber sie seufzte nur und sagte: »Wegen mir wird hier wohl keiner mehr auftauchen. Aber das kleine Mädchen ist eingesperrt und es gibt jemanden, der sie sucht. Also hat sie es verdient, gefunden zu werden.«

Kait trat schweigend auf einem Grasbüschel herum. Erwartete sie von ihm etwa tröstliche Worte? Zögerlich nahm er die Hand aus der Jackentasche, doch bevor er ihre Schulter berühren konnte, hörte er ein Geräusch.

Nasta hatte es auch gehört. Sie hob den Kopf. Wieder raschelte es. Dieses Mal etwas näher.

»Was ist das?«, flüsterte sie.

Kait schüttelte den Kopf. Er konnte es nicht zuordnen. In dieser Welt waren neue Geräusche meistens kein gutes Zeichen. Und mit einem König auf Kriegspfad, erst recht.

Er winkte Nasta zu sich, dann zogen sie sich in den Schatten des Waldes zurück. Hinter einem wulstigen Stamm versteckten sie sich und warteten. Am Waldrand, gleich hinter den letzten Bäumen, erklang ein leises Grunzen, Zweige brachen. Nicht weit von ihnen entfernt trottete ein dickes schwarzes Tier über den mit Tannennadeln bedeckten Boden. Es war so groß wie ein stattliches Borstentier mit störrischem Fell, aber es hatte keinen Kopf. Man konnte nur durch die Richtung, in die es lief, erkennen, was seine Vorderseite sein musste.

»Was ist das?«, flüsterte Nasta. »Eine dieser Königskreaturen?«

»Keine Ahnung. Ich habe so etwas noch nie gesehen.«

Nasta beugte sich noch ein Stück vor. »Es sieht irgendwie niedlich aus. Wie ein …«

In diesem Moment fiel ein Tannenzapfen herunter. Mit einem leisen Geräusch landete er neben dem Tier. Wie der Blitz drehte es sich um. Das Tier stellte sich auf die Hinterbeine. Sein riesiges Maul klappte auf, von der Brust bis zu den Hüften. Nasta riss vor Entsetzen die Augen auf. Zwei messerscharfe Zahnreihen glitzerten im blassen Licht des aufgehenden Monds. Dann stürzte sich das Tier wild grunzend auf den Tannenzapfen. Es biss und wühlte sich in den Boden, bis dort nichts als eine Sandgrube übrig blieb.

Nasta verbarg sich schnell wieder hinter dem Baum. Sie war so weiß wie ein Bettlaken. »Vergiss, dass ich jemals niedlich gesagt habe.«

Kait nickte. »Ich glaube, es ist allein. Vielleicht ein Kundschafter.«

»Widerlich. Was auch immer es ist.«

Kait presste den Rücken gegen den Baumstamm. »Widerlich oder nicht, wir müssen an ihm vorbei. Wir müssen hier weg sein, bevor es dunkel wird.«

Nasta berührte den Griff, der aus ihrem Gürtel ragte.

Kait nickte. Lautlos holte sie das Messer hervor. Sie trat neben den Baum, hob den Arm und im nächsten Augenblick schwirrte die Waffe durch die Luft. Sie landete mitten in dem schwarzen Leib. Das Tier gab keinen Laut von sich, es wankte, hinkte noch ein paar Schritte und sackte dann zu Boden.

»Wo hast du das gelernt?« Nur mit Mühe konnte Kait seine Bewunderung verbergen.

Nasta lachte verlegen. »Irgendetwas muss man ja können, wenn man schon so lange hier ist. Mein Messer ist alles, was ich habe. Es ist mein bester Freund, sozusagen.«

Plötzlich erklang ein fürchterlicher Klagelaut. Kait warf einen schnellen Blick auf die Bestie. Das Tier hatte sich auf den Rücken gedreht. Durch sein riesiges Maul stieß es ein trauriges Geheul aus. Wie ein Kind, das nach seiner Mutter schreit. Nur dieses Tier hier rief nicht nach seiner Mutter.

»Meinst du, schrie ...« Nasta konnte den Satz nicht beenden, denn Kait packte sie am Arm.

»Renn!«, schrie er und zog sie mit sich. Über die Schulter warf er noch einen Blick auf das Grasland, ihr eigentliches Ziel. Aus den hohen Grashalmen stürmten acht schwarze Borstentiere auf sie zu.

»Der Wald ist unsere einzige Chance«, schrie Kait. Unter ihren Füßen bebte die Erde so heftig, das Zweige und Tannennadeln hochwirbelten. »Im offenen Feld schnappen sie uns sofort!«

Kait wusste nicht genau, ob das stimmte. Vielleicht war

es schon zu spät. Vielleicht war ihr Vorsprung zu klein und die Kreaturen könnten sich jeden Augenblick auf sie werfen und sie in Stücke reißen. Ihm wurde schwindelig. Der Boden vor seinen Füßen fing zu tanzen an. Oder bildete er sich nur ein, dass sich die Erde bewegte?

Er griff nach Nastas Hand. »Die Erde erwacht!«

»Was?« Nasta warf ihm einen verwirrten Blick zu, aber dann begriff sie, was er meinte. »Oh, nein!«

»Klettern!« Er ließ ihre Hand los. Ohne zu zögern, begann er den nächstbesten Baumstamm hinaufzuklettern.

Die faserige Rinde gab mehr Halt, als er zu hoffen gewagt hatte. Während er kletterte, sah er sich nach Nasta um.

Sie war nicht weit von ihm entfernt ebenfalls auf einen Baum gesprungen und versuchte, nach oben zu gelangen. Doch ihre Füße rutschten immer wieder ab. Eine Schrecksekunde lang dachte er, sie würde hinunterfallen, doch dann bekam sie mit ihren Händen einen kleinen Ast zu fassen.

Kaum hatte sie sich hochgezogen, warfen sich schon fünf der Kreaturen gegen den Baum. Entsetzt sah Kait, wie hoch sie springen konnten. Sie rissen die Mäuler mit den glitzernden Zähnen auf und schnappten nach Nasta.

»Schau auf keinen Fall nach unten, Nasta! Versuch, dich weiter hochzuziehen.«

In diesem Moment rammten die anderen drei Tiere seinen Baum. Der Stamm geriet ins Wanken und es regnete Tannenzapfen. Kait zuckte zusammen. Ein großer Tannenzapfen sauste haarscharf an ihm vorbei.

Nasta hatte jetzt Halt gefunden und hievte sich weiter hoch, sodass sie außerhalb der Reichweite der nach ihr schnappenden Mäuler war. Jedes Mal, wenn sich die Kreaturen gegen den Stamm warfen, klammerte sie sich mit aller Macht fest.

Genauso unerwartet, wie die Tiere angegriffen hatten, hörten sie wieder damit auf. Überrascht beobachtete Kait die schwarzen Kreaturen, die unter seinem Baum standen. Auch die Tiere an Nastas Baum hatten aufgegeben. Sie grunzten und schnaubten wie Schweine auf einem Bauernhof.

»Und was jetzt?«, rief Nasta.

»Abwarten!« Kait merkte, wie schwer es ihr fiel, sich weiter festzuhalten.

»Und wie lange?«, fragte sie mit Panik in der Stimme.

»Die haben Zeit, aber ich halte nicht mehr lange durch!«

Kait wollte gerade etwas zurückrufen, doch Nasta stieß einen schrillen Schrei aus. Ihr Baum schwankte furchterregend hin und her. Sie klammerte sich mit aller Macht fest. Kait erschrak, als er erkannte, was die Kreaturen vorhatten.

»Was machen sie?«

»Sieh nicht hinunter und halte dich einfach nur fest!«

Es war gruselig. Eine der Kreaturen hatte sich auf die Seite gelegt und den Bauch an den Stamm geschmiegt, den sie mit ihren Pranken umschloss. Sie sah aus wie eine große schwarze Katze, die sich verspielt um einen Wollknäuel gerollt hatte. Doch das Tier wollte nicht spielen. Es sperrte das Maul auf und schlug seine Zähne in den Stamm. Der Baum erzitterte bei jedem Biss, die Zahnabdrücke am Stamm waren gut erkennbar. Jetzt umzingelten auch die anderen Kreaturen den Baum und verbissen sich in den Stamm. Nasta blickte nach unten und schrie auf, als sie sah, was die Tiere taten.

Kait dachte wie besessen nach. Doch auch bei ihm ging es los. Eine Kreatur biss bereits ins Holz. Innerhalb weniger Minuten hatten die Tiere den Stamm zu einem Viertel durchgefressen. Nastas Baum war mittlerweile noch schlimmer dran. Höchstens die Hälfte war übrig. Ihr Baum würde als erster umfallen. Und dann käme er dran.

Er sah sich nach einer Fluchtmöglichkeit um, aber der Wald war hier nicht dicht genug, die anderen Bäume standen zu weit entfernt. Er würde sie niemals erreichen, auch nicht, wenn er sich zu springen traute.

Auf einmal wurde es still. Die borstigen Tiere verharrten abwartend. Aus dem Wald stieg ein lautes Jaulen auf. Es echote durch die Stämme und tanzte auf dem Wind zu ihnen herüber. Kait betrachtete den mit Tannennadeln übersäten Boden. Er wusste genau, was nun passieren würde. Es war so weit. Die Bäume erzitterten und die Tiere wanderten unruhig hin und her.

Er sah, wie auch Nasta die Bestien anstarrte. Ein Beben fuhr durch ihren Baum. Und dann geschah es: Die Tiere schaukelten, kamen aber nicht vom Fleck, als wären sie festgebunden. Sie fingen an zu jaulen und zu grunzen, zuerst aggressiv, dann immer erbärmlicher. Ihr Grunzen ging in ein Brüllen über, es klang wie bei der verendenden Kreatur, die Nasta mit dem Messer getroffen hatte.

»Wir müssen weiter hoch!«, schrie Kait. »Klettere um dein Leben! Die Erde erwacht!«

Kaum hatte er es ausgesprochen, begann sich der Boden zu bewegen. Die Tiere versuchten, sich nicht vom Sand verschlucken zu lassen, doch sie wurden einfach von ihm überflutet. Der Sand wogte jetzt die Stämme hoch. Der Wind hatte zugenommen und die Baumkronen neigten sich in alle Richtungen. Kait und Nasta kletterten, so schnell sie konnten, weiter nach oben und wichen dabei fallenden Ästen und Tannenzapfen aus.

Kait holte tief Luft, um den Wind und den umherwirbelnden Sand zu übertönen. »Versuch, ganz nach oben zu kommen!« Er sah, dass Nasta ihn verstanden hatte. Kait fühlte den Baum vibrieren, als bearbeitete man ihn mit einer Säge. Das Klettern wurde immer schwieriger. Doch als er begriff, warum, atmete er auf. Die Baumrinde war hier oben nicht mehr faserig, sondern glatt, so weit nach oben kam der Sand offensichtlich nicht. Von den hinunterfallenden Ästen hatte Kait zahlreiche Schrammen und Schnitte abbekommen. Seine Hände waren total aufgeraut. Doch er war so erleichtert, dass er das nicht spürte.

Erschöpft sah er zu Nasta. Sie hatte ebenfalls den ersten Ast erreicht. Er rief nach ihr, doch der Wind wehte seine Worte davon.

Nasta saß auf einem Ast und lehnte sich an den Baumstamm. Kait beobachtete, wie sie mit den Fingern durch ihr wild flatterndes Haare strich. Sie wickelte ihre Haare mit einer raschen Bewegung zu einem Knoten. Er dachte daran, wie sie das Messer geworfen hatte. Sicher und elegant.

Gegen Morgen zog sich die Erde zurück. Der Wind legte sich. Die ersten Sonnenstrahlen brachen durch die Wipfel. Kait öffnete die Augen und sah nach unten. Von den Kreaturen fehlte jede Spur. Die Erde hatte sie verschluckt, nichts erinnerte mehr an sie. Die Baumkronen ragten jetzt, da der Sand gesunken war, wieder hoch über dem Waldboden auf. Kait und Nasta machten sich an den Abstieg.

18.

DIE GROTTEN

»Meinst du, hier stromern noch mehr von diesen Kreaturen herum?«

»Ich kann keine entdecken.« Auf dem Bauch liegend
spähten Kait und Nasta vom Waldrand übers Grasland.

»Komm, lass es uns wagen.«

Leise standen sie auf und gingen zum Feld. Verlassen lag
es vor ihnen. Von dem Weg aber, den sie hatten nehmen
wollen, war kaum noch etwas zu erkennen. Die schwarzen Kreaturen hatten einfach alles niedergetrampelt.

Kaits Blick fiel auf den schwarzen, borstigen Körper,
der ein paar Meter vor ihnen im Gras lag. Was, wenn der
Junge auf diese Tiere getroffen war, nachdem Kait ihn verlassen hatte?

Nasta schien seine Gedanken zu lesen. »Hatte er wenigstens eine Waffe?« Sie lief hinüber zu dem Kadaver.
Das Messer steckte noch in seiner Brust. Sie nahm den
Griff und zog vergeblich daran, während sie Kait fragend
ansah.

Er dachte an die kleine Feuerdose und schüttelte den

Kopf. Dann ging er zu Nasta hinüber und packte den Griff. Mit einem Ruck zog er das Messer aus dem leblosen Körper.

»Du hast ihn ohne Waffe zurückgelassen?« Nasta sah ihn ungläubig an.

»Ich wusste doch noch nichts von diesen Viechern«, verteidigte er sich. Er wischte die Klinge an seinem Mantelärmel ab. Sie hinterließ ein paar rotbraune Flecken. Er brauchte nicht aufzuschauen, um zu wissen, dass Nasta ihn missbilligend ansah.

»Ich glaube, er ist in Richtung Desdemonawasser gegangen.«

Er hielt ihr das Messer entgegen. Schweigend nahm sie es und steckte es zurück in den Schaft.

»Vielleicht finden wir ja die Stelle, wo ich den Jungen ...« Kait schwieg.

»Wo du ihn im Stich gelassen hast?«, beendete Nasta den Satz.

»Zurückgelassen habe«, beharrte Kait. Bei dem Gedanken an den Jungen und an die schwarzen Tiere, denen sie selbst nur mit knapper Not entkommen waren, war ihm überhaupt nicht wohl.

Er marschierte los. Dass Nasta ihm mit kleinem Abstand folgte und nicht neben ihm ging, erleichterte ihn. Er hatte schon genug mit seinen Gewissensbissen zu tun und brauchte niemanden, der ihm Vorhaltungen machte.

Die Stelle, an der er Jakob allein gelassen hatte, fanden sie recht schnell. Das Gras hatte sich hier und da wieder aufgerichtet, doch es war noch deutlich zu erkennen, wo zwei Menschen gelegen hatten. Ein großer Mann und ein Kind. Von hier führte nur eine Spur weiter, die von Jakob.

Gegen Ende des Mittags fanden sie einen trockenen und vergilbten Grashaufen.

»Er hat das Feuer nicht angekriegt«, murmelte Kait.

»Wer sagt denn, dass das hier von Jakob ist? Jeder kann das angehäuft haben«, sagte Nasta.

»Das war der Junge. Schau.« Kait deutete auf die schmale Spur, die von hier wegführte.

Dann fiel sein Blick auf einen kleinen Gegenstand, der die Sonnenstrahlen reflektierte. Er hob ihn auf und strich mit dem Daumen über die Seite der Dose.

»Leer«, sagte er leise.

Nasta stellte sich neben ihn und sah den Gegenstand in seiner Hand an.

Kait schlug die Augen nieder. »Ich habe ihn mit einer leeren Feuerdose zurückgelassen.«

Nasta zog die Augenbrauen hoch. Kait erwartete jeden Moment eine höhnische Bemerkung. Doch stattdessen drehte sie sich um und folgte dem Pfad mit den heruntergetretenen Grashalmen. »Schauen wir mal, wohin er gegangen ist.«

Kait steckte die Feuerdose ein und lief ihr hinterher.

Nach einer Weile blieb sie stehen. »Es sieht ganz danach aus, als hätte er einen Freund gefunden.« Sie zeigte auf eine Stelle im Gras, an der offensichtlich ein Lagerfeuer gewesen war. Daneben lagen zwei kleine Berge abgenagter Kochen.

»Wollen wir mal hoffen, dass es ein Freund war«, sagte Kait. Aber er hatte ein düsteres Vorgefühl.

Zwei Spuren im Gras zu folgen, war leichter als einer. Nichts deutete darauf hin, dass Jakob gegen seinen Willen mitgegangen war. In Kait keimte die Hoffnung auf, dass Nasta recht hatte und der Junge von einem freundlichen Dorfbewohner begleitet worden war.

An der Grenze zum Grummelfeld hielten sie an. Vor ihnen lag unberührt die graue, staubige Fläche. Wenn Jakob hier entlanggegangen war, hatte der Wind längst alle Spuren verweht.

Der Schotter knirschte unter ihren Füßen, als Kait und Nasta langsam weitergingen, die Augen auf den Boden geheftet. Obwohl sie es besser wussten, versuchten sie, einen Fußabdruck zu entdecken.

»Wir müssen es einfach riskieren«, sagte Kait. »Ich habe mir seine Karte angeschaut. Es ist gut möglich, dass er zum Desdemonawasser wollte.«

»Aber das hätte er doch niemals überqueren können«, meinte Nasta. »Die Frage ist: Hat er den Weg links oder rechts darum genommen?«

»Rechts herum ist viel länger«, sagte Kait bestimmt.

»Aber linksrum muss man einen Großteil durch das Gebirge wandern. Das ist viel schwieriger.«

»In seinem Alter denkt man nicht an so etwas. Da wählt man die kürzeste Route und die ist linksrum.«

»Aber er ist ja nicht allein unterwegs, erinnerst du dich?« Nasta stemmte sich die Hände in die Seiten, um ihren Worten mehr Nachdruck zu verleihen, aber Kait hob die Hand.

»Pst.« Er warf einen Blick über die Schulter.

»Was ist?« Doch als sie sich umdrehte, wusste sie Bescheid.

In der Ferne sahen sie ein paar riesige Kreaturen. Sie hatten keine Hinterbeine, schleppten sich aber überraschend schnell vorwärts. Staubwolken wirbelten auf.

»Haben sie uns gesehen?«, flüsterte Nasta.

Kait sah sich hektisch um. Kein Versteck weit und breit. Soweit das Auge reichte, erstreckte sich die graue Fläche vor ihnen.

»Nein, noch nicht«, flüsterte Kait.

Genau in diesem Moment hob die vorderste Kreatur den Kopf und stieß ein lang gezogenes Heulen aus. Die Gruppe veränderte den Kurs und kam nun direkt auf Kait und Nasta zugedonnert.

»Renn!«, rief Kait, auch wenn er wusste, dass sie keine Chance hatten. Früher oder später würden die Kreaturen sie einholen. Doch ihnen blieb nichts anderes übrig. Als sie losrennen wollten, erstarrten sie: Der Boden vor ihnen war auf einmal verschwunden. Stattdessen klaffte dort ein großes, schwarzes Loch.

Kait ruderte mit den Armen und versuchte, nicht das Gleichgewicht zu verlieren und in das Loch zu stürzen. Nasta schrie auf. Sie hielt sich an ihm fest. Im nächsten

Moment wurden sie an den Füßen gepackt und in die Tiefe gerissen. Über ihnen klappte ein riesiger Deckel zu. Es wurde stockdunkel.

Kait spürte, wie er auf einer Art Rutsche tiefer und tiefer gezogen wurde. »Nasta!«, schrie er, aber sofort ertönte ein scharfes Zischen, das ihn zur Ruhe ermahnte. Kait konnte nicht herausfinden, ob er es mit einem oder mehreren Wesen zu tun hatte. In der Dunkelheit sah er nicht einmal seine eigenen Füße.

Sie rutschten mit einem solchen Affenzahn in die Tiefe, dass Kait sich nicht aufrichten konnte, um die fremden Hände, die seine Füße festhielten, von sich zu schlagen. Er schlang schützend die Arme um den Kopf.

Das Dröhnen der anstürmenden Tiere über ihnen wurde leiser und leiser, bis es schließlich ganz erstarb. »Wie viele sind es?«, rief eine Stimme.

»Zwei«, antwortete jemand anderes.

Erleichtert holte Kait Luft. Nasta war also noch bei ihm. Doch die erste Stimme seufzte missbilligend.

»Es wird immer voller.«

»Hättest du sie lieber den Kollektoren überlassen?«

Eine dritte Stimme machte der Diskussion ein Ende. »Wir bringen sie in die Haupthalle.«

Und schon ging es um eine so scharfe Kurve, dass Kait beinahe auf den Bauch gerollt wäre. Schnell schloss er seinen Mund, um keinen Schotter zu verschlucken. Die Rutsche schien enger und enger zu werden.

Endlich gelangten sie durch eine kleine Öffnung in

einen Raum, der von brennenden Fackeln hell erleuchtet wurde. Kait landete auf dem Rücken und kniff geblendet die Augen zu.

Das Erste, was er sah, als sich seine Augen wieder an das Licht gewöhnt hatten, war eine riesige Kuppel. Seine Füße wurden losgelassen. Kait stand vorsichtig auf. Er wollte seinen schmerzenden Rücken betasten, doch mit offenem Mund starrte er auf das, was sich vor ihm abspielte.

In dem gigantischen Raum befanden sich Hunderte von Menschen. Sie lehnten an Wänden, lagen auf dem Boden und schliefen vielleicht, andere saßen in Gruppen beisammen. Ihre Gesichter waren bleich und grau vom Staub, die Augen stumpf und leblos.

Nasta legte die Hand auf seine Schulter. »Meine Güte, Kait«, flüsterte sie. »Wer sind diese Menschen?«

»Das ist das neue Volk!«, sagte der große dünne Mann, der neben ihnen aufgetaucht war und den Kait erst jetzt bemerkte. Es musste einer der Männer sein, die sie hier hinuntergebracht hatten.

Nun drehten sich alle zu ihnen um. Nasta klammerte sich erschrocken an Kaits Schulter. Mit ihren fahlen Wangen und ihren leeren, starrenden Augen glichen diese Menschen einer Horde Zombies. Dann ertönte vom anderen Ende der Halle eine rauchige Stimme und ließ alle zusammenzucken.

»Aus dem Weg. Ich will wissen, wer sie sind!«

Die Leute wichen zur Seite. Ein großer Mann bahnte sich den Weg durch die Menschenmenge. Und obwohl auch sein Gesicht staubbedeckt war, erkannte Kait ihn sofort. Er war muskulös und hatte die Tätowierung eines Affen.

»Furn?«

Nasta trat hinter Kaits Rücken hervor. Sie runzelte die Stirn, als sie den groß gewachsenen Mann sah, der auf sie zueilte. Sie tastete nach dem Messergriff an ihrem Gürtel.

Furn fing an zu grinsen. »Kait? Ich fresse einen Kollektor! Wer hätte gedacht, dass sie ausgerechnet dich schicken!«

Die Verachtung war nicht zu überhören. »Und wer ist dieses Mädel?«

Nasta erstarrte. Sie griff nach ihrem Messer und wollte schon nach vorn treten, doch Kait hielt sie zurück.

»Sie begleitet mich. Wir suchen den Jungen.«

Furn betrachtete Nasta argwöhnisch. »Ich kenne dich nicht. Woher kommst du?«

Sie erwiderte den Blick eiskalt und antwortete, noch immer mit der Hand am Messer, kühl: »Ich kenne dich auch nicht. Ich weiß aber, dass die Leute von der Riverkilt dich gerne in die Finger kriegen wollen.«

»Sie glauben, du bist ein Überläufer in den Diensten des Königs«, sagte Kait.

»Und was glaubst du?« Furn blickte ihn durchdringend an. Automatisch schob Kait Nasta wieder hinter sich.

»Stimmt es denn?«, sagte Nasta herausfordernd. Sie versuchte, sich loszumachen, aber Kait hielt sie am Handgelenk fest. Das Letzte, was sie gebrauchen konnten, war

Ärger. Und ganz sicher jetzt, wo sie von Hunderten hungrigen Menschen umzingelt waren, deren Anführer ein Mörder war.

»Hätte ich überlaufen wollen, wäre ich wohl zur Burg gegangen. Der König hätte mich bestimmt mit offenen Armen empfangen.« Furn trat einen Schritt zurück und deutete auf die Menge.

»Schau dich um. Sehen wir etwa aus wie die Armee des Königs?«

»Wer sind die Leute? Und warum bist du einfach abgehauen?«, fragte Kait.

Furn breitete die Arme aus. »Diese Leute sind die Einwohner von Kesteren. Zumindest diejenigen, die entkommen konnten, als die Armee des Königs durch die Straßen ihrer Stadt zog. Der König hat alle übrigen festnehmen lassen und sie versklavt. Die Leute, die du hier siehst, brauchten einen Ort, an dem sie sich verstecken konnten. Dieses Bergwerk gibt es schon sehr lang. Tagsüber ist es gefährlich, nach draußen zu gehen, der König lässt täglich patrouillieren. Du hast mit eigenen Augen gesehen, wen er dafür einsetzt.«

Kait dachte an die schwarzen Borstenviecher im Broganwald und die riesigen Kreaturen auf dem Grummelfeld.

»Wir können draußen nur nachts nach etwas Essbarem suchen. Viel gibt es aber eh nicht mehr zu finden. Der König und seine Armee ernten alle Äcker ab. Sie plündern die Städte. Die Vorräte lagern sie in der Burg und da kommt niemand hinein.«

Kait betrachtete die eingefallenen Wangen und die dunklen Augenränder der Männer und Frauen, die sie umringten. »Woher weißt du das alles?«, fragte Kait.

»Als Agades zur Riverkilt kam, wollte sie mit Gus unter vier Augen reden«, sagte Furn. »Sie hat alle weggeschickt und Gus hat die Herberge für diesen Abend geschlossen. Ihnen war gar nicht aufgefallen, dass ich unter einem der Tische eingeschlafen war. Als ich wach wurde und merkte, dass meine Kumpels nicht mehr da waren, hörte ich stattdessen die Stimmen von Gus und Agades – und diese ganze verdammte Geschichte.« Er sah Kait anklagend an. »Auch, dass du den Auftrag bekommen hast, den Jungen zu beschützen, damit er seine Schwester finden kann. Du hättest unsere Rettung sein können, aber stattdessen hast du ihn wohl im Stich gelassen.«

Kait wedelte mit der Hand. Er wollte, dass Furn den Mund hielt. Er spürte, dass alle Blicke auf ihn gerichtet waren, genau wie in der Riverkilt.

»Tja«, sagte Furn, »Agades meinte an dem Abend noch, dass sie dir nicht recht vertraut. Gus hat sich für dich eingesetzt, aber insgeheim hat er Agades recht gegeben. Versteh mich nicht falsch, Kait. Mit dir kann man gut ein paar Bierchen trinken, du sagst nie ein Wort zu viel. Und du hast auch keinen Hehl daraus gemacht, dass du den Jungen möglichst schnell wieder loswerden wolltest. Also habe ich beschlossen, ihm ein wenig zu helfen. Aber als ich hier angekommen bin, na ja, du hast die Kollektoren ja selbst gesehen.«

Die Menge blickte Kait stumm an. Das Schweigen drückte auf seine Brust, wie ein Sack Zement. Nasta zwinkerte ihm ermutigend zu. Dann brach sie zu seiner Erleichterung die schwere Stille.

»Was sind Kollektoren?«, fragte sie.

Der lange, dünne Mann, der sie hergebracht hatte, nickte wissend. Seine Arme hingen schlaff am Körper herunter. »Diese großen, affenartigen Tiere, die euch fast erwischt hätten«, sagte er. »Sie fangen Sklaven für den König. Er hat für alles eine Spezialtruppe aus Kreaturen. Habt ihr schon mit ihren Pionieren Bekanntschaft gemacht?«

Kait und Nasta wechselten einen Blick.

»Ein allzu netter Name, wenn ihr mich fragt«, fuhr der Mann fort. »Es sind schwarze Borstentiere, die ihr Maul auf dem Bauch haben und alles angreifen, was sich Ihnen in den Weg stellt.«

Furn verzog abschätzig den Mund. »Die stehen an vorderster Front. Sie bewachen die Grenzen des Königreichs und machen den Weg für die Kollektoren frei. Die Menschen sehen diese Pioniere, flüchten in ihre Häuser und die Kollektoren brauchen nur noch an den Türen entlangzugehen und die Leute aus den Häusern zu schütteln, wie Zucker aus der Tüte.«

Wieder kam eine bedrückende Stille auf. Manche blickten zu Boden. Schluchzen erfüllte die Grotte.

Am Abend saßen Furn, Kait und Nasta zusammen in einem kleinen Raum, der an die Grotte grenzte.

»Ich will drinnen bei den Leuten lieber nicht zu viel sagen, aber wenn ihr meine Meinung wissen wollt ...«, Furn schüttelte den Kopf. »Die Kollektoren und Pioniere sind erst der Anfang. Die Armee des Königs scheint gigantisch zu sein. Man sagt, er verfügt über die hässlichsten Kreaturen, die man sich vorstellen kann. Und die Armee wird immer größer. Jeden Tag kommen Dutzende Tiere dazu. Ich bin hierhergekommen, um zu kämpfen, aber es ist wohl schon zu spät. Alle wurden entführt und die Menschen, die entkommen konnten, habt ihr ja gesehen. Sie sind ausgehungert und haben Todesangst.

Anfangs haben die Leute noch versucht, nachts durch die unterirdischen Gänge zurück in die Stadt zu gelangen und unbemerkt etwas Essbares aus ihren Häusern zu holen. Aber dann hat der König das herausgefunden und die Stadt plündern lassen. Binnen kürzester Zeit war dort nichts mehr aufzutreiben. Kesteren ist mittlerweile eine Geisterstadt. Man sieht kaum noch eine Menschenseele auf den Straßen. Und wer dort noch wohnt, hält sich versteckt.«

Er nahm einen Schluck aus seiner Flasche und wischte sich den Mund ab. »Seit sie in Kesteren nichts mehr zu essen finden, sind die Leute gezwungen, nachts immer weitere Wege zu gehen. Aus lauter Verzweiflung haben sie zusätzliche Gänge gegraben, sogar bis unter die Burg. Sie haben gehofft, an die Vorratsspeicher des Königs zu kommen, aber das ist ihnen nicht gelungen. Die Burg wird zu stark bewacht.«

Er zog die Luft ein. »Wenn ich diesen Obir irgendwann in die Hände kriege!«, brummte er. »Aber der sitzt in seiner Burg, beschützt von seiner Armee, die dafür sorgt, dass ihm niemand zu nahe kommt.«

»Hat es denn schon mal jemand probiert?«, fragte Nasta.

Kait sah sie erstaunt an.

»Wie meinst du das?«, fragte Furn und nahm noch einen Schluck.

»Hat denn irgendjemand schon einmal probiert, den König anzugreifen? Ich meine ihn selbst?«

Furn lachte kühl. »Du kapierst es nicht, Mädchen«, sagte er. »Die Menschen hier in den Katakomben haben doch schon alles probiert. Aber von all denen, die zur Burg aufgebrochen sind, kamen nur wenige wieder. Die Burg wird, wie gesagt, streng bewacht. Eindringlinge werden sofort getötet. Es ist eine uneinnehmbare Festung. Ihr kommt zu spät. Du hättest den Jungen nicht seinem Schicksal überlassen sollen, Kait. Nun gehört er dem König und wir haben nicht die geringste Chance, in seine Nähe zu kommen.«

Nasta öffnete den Mund, doch Kait legte ihr die Hand auf den Arm.

»Und was willst du jetzt tun?«, fragte er Furn.

Furn setzte wieder die Flasche an. »Wir können nichts mehr tun. Wir haben schon alles probiert.« Er nahm einen großen Schluck. »Das Einzige, was wir machen können, ist abwarten und hoffen, dass uns jemand zu Hilfe kommt.«

»Das ist bereits geschehen«, erwiderte Kait. »Wir sind da.«

Furn schaute ihn über die Flasche hinweg an. Dann grinste er schief. »Ich meine, jemand mit einer Armee.«

Kait schüttelte den Kopf. »Ich bin nicht hergekommen, um abzuwarten. Und ich nehme an, du auch nicht.«

»Du tust gerade so, als hätten wir eine Wahl. Hörst du mir eigentlich zu? Wir haben alles probiert, aber es hat nichts genutzt.«

Furn setzte die Flasche erneut an die Lippen, doch Kait schlug sie ihm aus der Hand. Das Glas zersplitterte an der Mauer. Der Schnaps spritzte auf dem weißen Kalk.

Furn sprang auf. »Bist du bescheuert?« Er ballte die Fäuste und lief rot an.

Kait stand langsam auf. Er wischte sich mit einer einzigen Geste den Staub vom Mantel. »Ich habe nichts dagegen, mit dir zu kämpfen, Furn«, sagte er ruhig. »Persönlich würde ich es zwar lieber mit dem König aufnehmen, aber wenn du es so haben willst.«

Furn rammte seine Faust in die Mauer, direkt neben Kait. Kleine Steine rieselten zu Boden.

»Ich bin hier, um zu kämpfen. Aber leider gibt es nichts mehr zu kämpfen!«, rief er aus. »Kapier das doch endlich! Wir haben verloren! Auch wenn ich es wollte, wir können nichts tun. Der König hat uns schon in seinen Fängen! Wir sind in diesem selbst gebuddelten Kaninchenbau gefangen. Er braucht nur abzuwarten, bis wir vor ihm zu Kreuze kriechen!«

Furn sackte zu Boden und starrte Glassplitter an. Bedrohlich wirkte er jetzt nicht mehr, selbst der Affe auf seinem Arm hatte nun etwas Trauriges an sich.

»Gefangen«, sagte Kait leise. »Wir sind gefangen.«

»Ich dachte, wir hätten eine Chance.« Nasta legte ihre Hand auf seinen Arm, doch plötzlich packte Kait sie.

»Das ist es!« Er hätte vor Freude jubeln können. Es war so simpel. Wieso war noch niemand darauf gekommen? Nasta schaute ihn an, als wäre er verrückt geworden.

»Das ist genial!«, rief er. »Wir müssen uns gefangen nehmen lassen.«

Furn stieß einen kurzen Laut aus, eine Mischung aus spöttischem Lachen und abfälligem Schnauben, aber Kait ließ sich davon nicht entmutigen.

»Wenn sie uns erwischen«, sagte er und zwang sich, ruhig zu bleiben, »werden wir zu Sklaven des Königs und müssen für ihn arbeiten.«

Furn starrte ihn noch immer mit leerem Blick an, aber Nastas Augen begannen zu leuchten.

Kait nickte. »Und als Sklaven können wir uns in der Stadt …«

»… frei bewegen«, beendete Nasta den Satz. Ihr Gesicht hellte sich auf.

»Genau.« Kait grinste breit. »Ohne dass man uns misstraut.«

Furn setzte sich auf und lehnte seinen Rücken an die Mauer. Er schüttelte den Kopf. »Alles schön und gut, aber so finden wir den Jungen doch nicht. Der König hat ihn bestimmt in einen seiner Kerker geworfen. Und da kommen wir nie hinein.«

Kaits grinste noch breiter. »Nein, in die Kerker kommen wir nicht. Ich weiß zwar nicht genau, wie Obir tickt, aber ich glaube, er wird ihn nicht lange einsperren. Früher oder später wird er den Jungen aus dem Weg räumen. Öffentlich, vor aller Augen.«

Furn richtete sich auf. »Okay«, sagte er langsam. »Nehmen wir mal an, wir gelangen in die Stadt und finden dort tatsächlich den Jungen. Und nehmen wir weiter an, wir können ihn, ich weiß zwar nicht wie, aber trotzdem irgendwie befreien. Wie bringen wir ihn dann hinaus? Sie lassen uns doch nicht einfach mit ihm durch die Stadttore spazieren.«

Doch dieses Mal brauchte Kait ihm nicht zu antworten, denn Nasta flüsterte mit erstickter Aufregung: »Du hast recht, durch die Stadttore kommen wir nicht, aber …«

Kait blickte zur Seite und bemerkte, dass Nasta genauso breit grinste wie er. Ein Plan war geboren.

DER KÖNIG SPRICHT

Auf dem riesigen Platz vor der Burg wimmelte es von Menschen. Es waren die Gefangenen aus Kesteren, Malkedier und Gierstad. Es waren Reisende, die von den Kollektoren aufgegriffen und entführt worden waren. Und natürlich waren es alle anderen Bewohner dieser Stadt. An diesem Tag mussten sie nicht arbeiten. Man hatte sie auf dem Platz zusammengetrieben, um einer Hinrichtung beizuwohnen. Dort warteten sie nun dicht gedrängt auf das, was geschehen würde. Um den Platz herum wachten die Haushofmeister: große Wolfswesen, die jeden, der ihnen zu nahe kam anknurrten.

»Was passiert heute eigentlich?«, fragte eine Frau.

Neben ihr stand eine alte, gebückte Frau, die hastig antwortete: »Heute wird ein besonderer Gefangener vorgeführt. Der König hält eine Ansprache und danach findet in der Arena seine Hinrichtung statt.« Ihre Augen funkelten boshaft.

»Auch das noch«, sagte die junge Frau. »Ich mag keine Hinrichtungen.«

»Ich habe gehört, es sei ein Junge«, mischte sich ein Mann ein.

»Ja, das habe ich auch gehört.« Die alte Frau nickte eifrig und flüsterte verschwörerisch: »Ein Junge. Aber er scheint kein Engel zu sein.«

»Was hat er denn angestellt, dass er zum Tode verurteilt wurde?«, fragte der Mann.

»Das weiß kein Mensch. Deshalb hält der König ja eine Ansprache.«

Hinter den dreien standen ein Mann mit einem zerrissenen Mantel und eine Frau mit langem, kastanienbraunem Haar. Sie mischten sich nicht in das Gespräch ein, aber wer sie beobachtete, hätte sehen können, wie der Mann den Kopf etwas vorbeugte, sodass ihm der Schatten seines Huts über die Augen fiel. Er wollte nicht erkannt werden. Tags zuvor waren sie auf dem Grummelfeld aufgegriffen und hierhergebracht worden, um für den König zu arbeiten. Gerade noch rechtzeitig zur Hinrichtung waren Kait und Nasta in der Stadt angekommen.

»Die freuen sich wohl alle auf das Spektakel!«, zischte Nasta.

Kait stieß sie an. »Lass sie!«, flüsterte er. »Denk dran, wir dürfen nicht auffallen.«

Nasta warf der alten Frau noch einen bösen Blick zu, hielt aber den Mund.

Es wurde still. Immer mehr Köpfe drehten sich zum großen Holztor am anderen Ende des Platzes. Dort ragte ein riesiger Balkon über der Menschenmenge auf. Die Türen flogen auf und ein Lakai erschien. Er rief: »Verehrte Untertanen, hiermit verkünde ich: Seine Erhabene Ewige Majestät, Unser Herrscher, König Obir!«

Rund um den Platz knurrten die Haushofmeister. Die Menschen beeilten sich, zu klatschen und zu jubeln. Wer sich nicht daran hielt, wurde unverzüglich von den Haushofmeistern angeknurrt.

Vier Lakaien trugen den hohen Thron auf den Balkon. Auf ihm saß König Obir. Er musste den Kopf einziehen, um durch die Tür zu passen. Mit seiner weiß behandschuhten Hand winkte er seinen Untertanen zu und lächelte huldvoll. Der Lakai mit dem Trichter lehnte eine Leiter an den Thron und stieg hoch. Oben hielt er dem König den Trichter vor den Mund.

»Meine geliebten Untertanen«, hob der König an. Leises Stimmengewirr und Protestrufe waren zu hören, die Haushofmeister zeigten ihre Zähne. Auf dem Platz wurde es schlagartig still.

»Meine geliebten Untertanen, am heutigen Tag präsentieren wir einen Verbrecher in dieser Arena, der es nicht verdient hat, frei herumzulaufen. Er ist der Grund, weshalb all das Elend über unser Land gekommen ist, und wir sind willens, ihn dafür zu bestrafen.« Der König beugte sich vor. Auch der Lakai musste sich jetzt gefährlich weit vorlehnen.

»Es handelt sich um einen kleinen Jungen«, verkündete der König und hielt inne. Auf dem Platz schwoll schockiertes Gemurmel an.

»Hab ich es nicht gesagt? Ein Junge«, zischte der Mann. Die alte Frau brummte zustimmend.

Kait warf einen kurzen Blick auf Nasta. Sie hatte eine verschlossene Miene aufgesetzt und sagte kein Wort.

»Ja, ein Junge!«, sprach der König weiter. »Ach, ich weiß, was ihr denkt: ›Was kann so ein kleiner Kerl schon für eine Gefahr sein und was mag er so Fürchterliches angestellt haben, um so bestraft zu werden?‹ Mein geliebtes Volk, ich werde es euch erzählen. Dieser Junge hat nicht davor zurückgeschreckt, seiner kleinen Schwester das denkbar Grässlichste zu wünschen, was man sich nur vorstellen kann. Das Mädchen ist erst fünf Jahre alt, aber ihr Bruder hat sie an einen abscheulichen Ort verwünscht, wo sie von albtraumhaften Kreaturen gefangen gehalten wird! Sie steht Todesängste aus, aber glaubt ihr, der Junge hätte auch nur einen Finger gekrümmt, um seine Schwester zu retten?«

Stille. Der König sah zufrieden in die bleichen Gesichter seiner Untertanen. Einigen stand vor Entsetzen und Abscheu der Mund offen.

»Nein!«, brüllte König Obir. »Einer unserer braven Untertanen, unser treuer Schwafler, hat den Jungen im Grasland getroffen. Er hat an einem Lagerfeuer gesessen und sich den Bauch mit Beutelratten vollgestopft. Als unser Schwafler ihn fragte, ob er vielleicht Hilfe bei der Suche nach seiner Schwester benötige ...« Der König verbarg sein Gesicht in den Händen, als werde ihm alles gerade zu viel.

»Drorg, bitte erzähle, was der Junge geantwortet hat.«

Den Schwafler hatte die Menschenmenge bislang nicht sehen können, weil er so klein war, dass er nicht über die Balustrade ragte. Doch jetzt kletterte er auf die Leiter. Der Lakai wollte ihm den Trichter vor den Mund halten. Drorg riss ihn ihm einfach aus der Hand.

»Ich zeigte ihm auf seiner Karte den schnellsten Weg, um ihm zu helfen, seine Schwester zu finden. Aber er sagte: ›Nein, ich will lieber nach Kesteren. Dort soll es einen Jahrmarkt geben!‹«

Ein Raunen ging durch die Menge. Der König gab seinem Lakaien ein Zeichen, der sich daraufhin über Drorg beugte und ihm den Trichter wegnahm. Dann hielt er ihn wieder an Obirs Mund.

»Ja, liebe Untertanen, das ist kein gewöhnlicher Junge. Die Kreaturen, die er sich für seine Schwester ausgedacht hat, quälen nicht nur sie. Sie schwärmen über unser ganzes Land. Wir haben es euch nicht früher erzählt, weil wir den Jungen noch nicht geschnappt hatten. Schaut euch um!« Der König deutete auf die Haushofmeister, die leise knurrten. »Das sind Kreaturen, die seinem grausamen Hirn entsprungen sind! Er hat sie sich extra ausgedacht, damit sie uns terrorisieren und Tod und Verderben über uns bringen. Aber euer König hat sie bezwungen. Sie tyrannisieren uns zwar noch immer, aber wir achten darauf, dass sie die Einwohner dieses prächtigen Landes nicht in Stücke reißen oder zerschmettern, wie der Junge es sich gedacht hat. Nein, euer König lässt sie alle hierherbringen und zähmt sie. Hier in unsere Burg. Den einzig sicheren Ort, der uns von unserem fabelhaften Land noch geblieben ist.«

Kait hörte, wie Nasta mit den Zähnen knirschte.

»Ihr habt geglaubt, dass euer König die Kreaturen für seine eigenen Zwecke benutzt. Ich weiß das.« Der König senkte den Kopf und auch sein Lakai mit der Flüstertüte beugte sich nach unten. König Obir zog ein weißes Taschentuch aus dem Ärmel. Er wischte sich damit ausgiebig über die Augen. Das Volk war totenstill. Kait schüttelte den Kopf. Die Menschen hingen dem König an den Lippen.

Mit tränenerstickter Stimme fuhr König Obir fort: »Ich habe versucht, euch, so gut ich konnte, zu beschützen. Es ging mir dabei nicht um Macht. Im Gegenteil. Ich liebe dieses Land und seine fleißigen Bewohner. Ihr seid für den König wie seine eigenen Kinder. Der Junge war es, der so gewissenlos eine Horde blutrünstiger Tiere auf seine Schwester und den Rest der Welt losgelassen hat!«

Ein Schauder ging durch die Menge.

»Es sind *seine* Kreaturen, die euch schikanieren!«, schrie der König und der Trichter verzerrte seine Stimme zu einem hohen Krächzen. »Und an jedem Tag, den dieser Junge noch erlebt, wird er sich neue Wesen ausdenken! Glaubt bloß nicht, dass er damit aufhört oder dass er Reue empfindet. Überall um sich herum sieht er die Menschen leiden. Aber macht ihm das irgendetwas aus?«

Kait ballte die Fäuste. »Hast du je einen solchen Lügner gehört?«

Nasta stieß ihm mit dem Ellenbogen in die Seite. Kait presste die Lippen zusammen.

»Dieser Junge wird nicht lockerlassen. Er will nicht nur seine Schwester quälen, sondern EUCH alle!«, keifte König Obir.

Empörte Rufe waren vereinzelt zu hören.

»Das ist kein Junge. Das ist ein MONSTER!«

Immer mehr Leute fingen an zu schreien, aber der König hob beschwichtigend die Hände.

»Die Monster des Jungen hat euer König, so gut es geht, unter Kontrolle. Aber ich frage euch: Wird es nicht Zeit, mit dem WAHREN MONSTER abzurechnen?«

Nun waren die Menschen außer Rand und Band. Sie klatschten und johlten. Die alte Frau richtete sich, soweit ihr krummer Rücken es zuließ, auf und kreischte: »Weg mit dem Rotzbengel!!«

In diesem Moment setzte ein anderer Lakai eine große Trompete an seine Lippen und blies einen lang anhaltenden Ton, der über den Platz schallte. Es wurde still. Totenstill.

Hinter der Menge öffneten sich knarrend zwei große Holztore. Alle Köpfe drehten sich gleichzeitig um. Quietschend rollte ein Karren herein, der von vier Tieren gezogen wurde.

»Barkers! Wie ich die hasse«, raunte die alte Frau.

Die Tiere hatten große Klauen und ein dickes weißes Fell. Aus kleinen roten Augen fixierten sie die Menge, blafften und schnappten nach jedem, der ihnen zu nahe kam. Die Menschen wichen auseinander und so wurde der Blick frei auf einen Jungen, der aufrecht in einem Holzkäfig auf dem Karren stand.

Selbst durch die geschlossenen Tore hatte Jakob die Ansprache hören können. Er war wütend, aber eine leise Stimme in seinem Herzen musste zugeben, dass die Geschichte zwar nicht ganz, aber doch ein wenig der Wahrheit entsprochen hatten. Katie war wegen *ihm* hier. Durch das, was *er* ihr gewünscht hatte, waren nun all diese Kreaturen entstanden, also war es irgendwie tatsächlich seine Schuld. Wenn er Katie nur finden könnte, würde er nicht nur sie retten, sondern wahrscheinlich auch all die Menschen hier. Jakob wollte nichts lieber als das. Aber wie sollte er das anstellen? Aus dem Holzkäfig mit den dicken Gitterstäben gab es kein Entkommen. Und von den Menschen konnte er auch nicht allzu viel Hilfe erwarten. Sie schauten ihn wortlos, aber böse an, während der Käfig an ihnen vorbeigezogen wurde.

Plötzlich trat ein alter Mann vor und spuckte ihn an. »Mörder!«, schrie er und schlug mit seinem Gehstock gegen die Gitterstäbe. Jakob zuckte zusammen. Als hätte der Mann damit den Startschuss gegeben, begannen immer mehr Menschen, ihn anzuspucken und anzupöbeln. Eine Frau bückte sich, nahm eine Handvoll Erde und bewarf ihn damit. Jakob wich zurück, doch von allen Seiten drängten nun Menschen auf den Käfig zu. Sie bewarfen ihn mit Sand und brüllten.

Jakob verlor das Gleichgewicht und fiel zu Boden. Er schirmte den Kopf mit den Armen ab. Die Menge tobte. Jemand rief seinen Namen. Oder bildete er sich das nur ein? Nein, da war es noch mal. Eine Frauenstimme, die er nicht kannte. Es klang nicht hysterisch, eher dringlich. Als wollte die Frau ihn aus einem bösen Traum wachrütteln.

»Jakob!«

Jetzt hörte er eine Männerstimme und Jakobs Herz machte einen Satz. Sand und kleine Steine flogen ihm um die Ohren. Vorsichtig spähte er zwischen seinen Armen hindurch. Er sah Leute, die versuchten, die Gitterstäbe hochzuklettern, andere liefen neben dem Käfig her und bespuckten ihn.

Aber all das drang nicht zu Jakob durch, denn zwischen den ganzen wütenden Gesichtern erkannte er plötzlich die mürrische Miene von Kait. Der große Mann hatte den Hut tief in die Stirn gezogen. Er hielt sich mit seiner Hand an dem Gitter fest und blieb so neben dem Käfig.

»Wir haben wenig Zeit. Lass dir nichts anmerken!«, zischte er hastig.

Jakobs Blick wanderte über die Menschen, die sich gegen den Käfig drückten. Keiner achtete auf Kait.

»Sie bringen dich in die Arena.« Kait sprach leise, aber deutlich. »Was auch immer passiert, sorge dafür, dass du in der Mitte bleibst. Genau in der Mitte! Nicke mit dem Kopf, wenn du mich verstanden hast.«

Jakob nickte kaum merklich. Es kostete ihn Mühe, ruhig zu bleiben. Sein Herz schlug wie verrückt.

»Bleib in der Mitte! Wir holen dich da raus!«

Wächter und Haushofmeister hielten die Massen zurück, als der Karren zur Holztür unter dem Balkon gezogen wurde.

Jakob sah kurz raus, doch Kait war verschwunden, aufgegangen in der Menge. Seine Worte klangen ihm noch in den Ohren. Wie ein Ertrinkender klammerte er sich daran fest. In die Mitte der Arena, da musste er irgendwie hinkommen.

Er blickte durch die Gitterstäbe nach oben. Dort thronte der König und schaute huldvoll lächelnd herab. Jakob sah ihn an, ohne die Augen niederzuschlagen.

Der König rutschte auf seinem Thron herum. »Was ist denn in diesen hochmütigen Jungen gefahren, Drorg?«

»Keine Ahnung, Majestät.«

»Er scheint überhaupt nicht von mir beeindruckt zu sein.«

»Aber natürlich, Hoheit«, schmeichelte der Schwafler ihm. »Er hat Todesangst.«

»Todesangst?« Vor Wut bekam der König einen roten Kopf. Seine Nasenlöcher blähten sich auf. »So wie er mich aus seinem Verschlag angestarrt hat? Der Junge zeigt keinerlei Respekt vor mir. Er führt etwas im Schilde!«

»Aber nicht mehr lang«, beschwichtigte ihn der kleine Schwafler. Seine Augen glitzerten triumphierend. »Habt Ihr schon entschieden, was Ihr ihm antun werdet?«

»Etwas Fürchterliches! Das steht fest! Er wird es nicht überleben! Dieses Aas! Diese Rotzleuchte! Dieser …«

Der König verschluckte sich bei diesen Worten und bekam einen Hustenanfall. Drorg beugte sich schmeichlerisch zu Obirs Ohr. Während er sprach, hellte sich die Miene des Königs auf. Als er geendet hatte, grinste der König. Ein gemeines, rachsüchtiges Grinsen.

»Was für eine wunderbare Idee!«, flüsterte er.

DIE ARENA

Die Arena war eine gigantische Sandfläche. Umgeben von hohen, weiß getünchten Mauern befanden sich weit oben die Tribünen mit ihren grauen Steinbänken.

Alle Zuschauer wurden durch die Seiteneingänge hineingeleitet. Man musste sie nicht zwingen, denn jeder wollte bei der Hinrichtung dieses grässlichen Verbrechers dabei sein. Die Menschen sahen in Jakob kein Kind mehr. Für sie war er genauso gefährlich wie jeder erwachsene Mörder.

Einige Leute protestierten, als Kait und Nasta sie zur Seite drängten, um sich möglichst schnell einen Weg durch die Menge zu bahnen. Die ersten Reihen der Tribüne waren schon völlig überfüllt. Zähflüssig wie Sirup strömten die Menschenmassen auf die Steinbänke zu.

»Dort!«, rief Nasta.

Auf halber Höhe der Tribüne waren noch genau zwei Plätze am Rand frei. Besser hätten sie es nicht treffen können. Kait nahm Nasta an der Hand und zog sie mit sich. Sie rannten zu den Plätzen.

Kaum saßen sie, schwang auch schon das große Tor auf. Das Publikum begann zu johlen. Von den vier Barkern gezogen, fuhr der Käfig mit Jakob in die Arena ein. Jakobs Blick glitt über Hunderte Gesichter, die von den Tribünen auf ihn hinabsahen, Kait und Nasta konnte er nicht entdecken.

Ein Mann mit Schnurrbart folgte dem Karren. In der Mitte der Arena knallte er auf einmal mit seiner langen Peitsche. Die weißen Kreaturen blieben augenblicklich stehen. Der Mann öffnete seinen Frack, hakte einen großen Schlüsselbund vom Gürtel und öffnete den Käfig.

»Endstation, bitte alle aussteigen!« Er lachte über seinen eigenen Witz. Dann hörte er abrupt damit auf und schnauzte Jakob an: »Mach schon, du Mörder. Oder soll ich dir Beine machen?«

Jakob stand auf und ging zur offenen Käfigtür. Doch bevor er herausspringen konnte, hatte der Mann ihn schon am Arm gepackt und hinausgeschleudert. Jakob flog durch die Luft und landete unsanft im Sand. Von den Tribünen ertönte dröhnendes Gelächter.

»So, du mickriger Knirps. Jetzt wollen wir mal sehen, was für Überraschungen der König für dich parat hat.«

Der Mann mit dem Schnurrbart knallte die Tür des Käfigs zu und schlug mit der flachen Hand dagegen. Die Barker knurrten unzufrieden, setzten sich aber in Bewegung. Während sie den Karren wendeten und wieder Richtung Ausgang zogen, drehte sich der Mann noch einmal zu Jakob um.

»Ich hoffe, es wird eine Qual und zieht sich schön lange hin«, giftete er. Er verzog den Mund, zu etwas, das wohl ein Lächeln sein sollte. Dann lief er mit hoch erhobenem Kopf den Barkern hinterher aus der Arena heraus. Die großen Holztore schlugen zu. Jakob stand mitten in der Arena, allein.

»Meine lieben Untertanen«, sprach Obir. Er hatte in der königlichen Loge Platz genommen, die hoch über den Tribünen aufragte. »Dieser Verbrecher hier darf seiner Strafe nicht entgehen. Und ihr habt gewiss alle nichts dagegen, dass wir dabei gründlich vorgehen. Aber weil dieser Junge allen so viel Leid zugefügt hat, gönnen wir euch nun auch euren Spaß. Immerhin ist er es gewesen, der diese Kreaturen zum Leben erweckt hat!« Er schwieg einen Moment, um die Spannung zu steigern, »Und deswegen lassen wir ihn jetzt gegen seine eigenen Ungeheuer kämpfen!«

Ohrenbetäubendes Gejohle hallte von den Tribünen. Nasta ergriff Kaits Hand und drückte sie.

»Vielleicht muss er ja nur gegen einen dieser Haushofmeister kämpfen«, sagte Kait. Aber ihm war klar, dass das nicht der Fall sein würde.

Jakob spürte sein Blut in den Schläfen pochen. Er blickte hinauf zum König, der den Applaus sichtbar genoss.

»Ich darf nicht in Panik geraten«, sagte er zu sich selbst und kniff sich fest in den Arm, um seine Angst zu bezwingen.

Der König sah gönnerhaft auf ihn nieder. Seine Stimme klang beinahe freundlich, als er weitersprach. »Das Los wird entscheiden, wer dein Gegner ist. Und das Los entscheidet auch, welche Waffe du bekommst.«

Drorg reichte dem König eine goldene Schale. Trommelwirbel setzte ein. Dann steckte der König die Hand hinein und rührte ein wenig darin herum. Ruckartig zog er die Hand wieder heraus und wedelte frohlockend mit einem Zettel. Die Trommeln schwiegen.

»Ach, das ist ja toll.«, murmelte der König, nachdem er gelesen hatte, was auf dem Zettel stand. »Dies wird zwar nicht allzu lange dauern, aber dafür wird es umso schöner. Der Junge kämpft gegen einen BINDOR!«

Begeisterte Rufe drangen aus der Menge. Nasta und Kait sahen sich an. Sie hatten noch nie von diesem Tier gehört, doch die Reaktion der Zuschauer verhieß nichts Gutes.

Der Trommelwirbel schwoll an, dann steckte der König seine Hand in eine silberne Schale und zog noch ein Los. Die Trommeln verstummten.

»Und die Waffe, die der Junge erhält«, rief der König, während er den Zettel auffaltete, »die Waffe ist …« Er warf einen letzten Blick darauf und kicherte dann wie ein kleines Mädchen. »Ein STEIN!«

Als hätte er gerade einen unglaublich guten Witz gemacht, brachen die Zuschauer in Lachen aus.

»Hört Ihr, wie sie lachen?«, flüsterte Drorg dem König zu. Er lehnte lässig an der rotsamtenen Armlehne. »Sie fressen Euch aus der Hand, Hoheit. Wenn der Junge stirbt, gibt es nichts mehr, was Euch im Weg steht.«

Die Augen des Königs leuchteten.

»Was für eine himmlische Idee, ihn gegen eine Kreatur kämpfen zu lassen, was?«, fragte Drorg sanft. Doch bevor er noch ein Wort hinzufügen konnte, sagte der König: »Ja, das war zweifellos eine himmlische Idee. Ich bin genial!«

»Ihr, Hoheit? Ich meine, also, ich habe Euch doch zu dieser Idee verholfen. Wisst Ihr nicht mehr, wie ich zu Euch ...«

Doch der König versetzte ihm einen heftigen Stoß. Drorg flog in die Draperien hinter dem Thron.

»Liebe Untertanen«, sprach Obir, »es ist Zeit, der Gerechtigkeit zum Sieg zu verhelfen und die Tyrannei zu beenden, die Tyrannei dieser ... dieser ...«

»Arrogante Made!«, maulte Drorg. Es sah den König wütend an.

»Danke«, sagte der König beiläufig und fuhr dann feierlich fort: »Es ist Zeit, dass die Gerechtigkeit siegt und die Tyrannei dieser kleinen, arroganten Made endet! Gebt ihm einen Stein und lasst das Spiel beginnen!«

Von der anderen Seite der Mauer wurde ein Wackerstein in die Arena geworfen und plumpste in den Sand. Er war kaum größer als eine Faust. Jakob wollte gerade zu ihm hinüberlaufen, als er ein lautes Quietschen hörte. Augenblicklich blieb er stehen. Nahe der Stelle, wo der Stein lag, schob sich eine Mauer auf. Jakob kniff die Augen zusammen, aber der Raum dahinter war so dunkel, dass er nichts erkennen konnte.

Die schweren Steintüren schrammten knirschend über

den Sand. Aber da war noch ein anderes Geräusch. Ein Geräusch, bei dem sich Jakobs Nackenhaare aufstellten.

Es war das Schnaufen von etwas Monströsem.

Jakob kniff sich wieder in den Arm. »Was auch immer da gleich zum Vorschein kommt, ich darf nicht in Panik geraten«, sagte er zu sich selbst. Doch als er sah, was da aus dem Dunkeln auftauchte und die Arena betrat, gaben seine Beine nach.

21.

DER KAMPF

Das Ungeheuer schien so groß zu sein wie ein Sattel-schlepper. Es hatte kurze stämmige Beine und bei jedem Schritt gruben sich seine Krallen in den Sand. Die Augen waren hellgrün und die Pupillen nicht rund, sondern schmal wie bei einer Schlange. Es hatte die lederne Haut eines Krokodils und unendlich viele kleine, gezackte Hörner auf dem Kopf. Das Tier zog einen langen, spitz zulaufenden Schwanz hinter sich her. Die Schwanzspitze schlängelte über den Boden, als hätte sie ein Eigenleben.

Das Steintor schloss sich hinter dem Bindor. Das Tier blieb stehen und besah sich die neue Umgebung genau.

Jakob konnte einen Schauder nicht unterdrücken. Er folgte dem Blick des Tieres die glatten Arenamauern ent-lang. Nirgends war eine Öffnung auszumachen. Selbst von dem Steintor, durch welches das Bindor aufgetaucht war, war nichts mehr zu sehen.

Die Kreatur machte schwerfällig Schritt für Schritt nach vorn und hob den Kopf. Jakob suchte fieberhaft nach ei-ner Stelle, wo er sich verstecken könnte. Doch die Arena war vollkommen eben. Eine Flucht war unmöglich. Keine Chance, zu entkommen.

Während er sich langsam in Richtung Holztor zurückbewegte, nahm das Bindor Witterung auf. Ruckartig blieb es stehen. Die Hörner auf dem Kopf richteten sich auf.

Das Publikum versuchte, die Kreatur anzustacheln. »Pack ihn! Reiß ihn in Stücke!«

Doch das Tier zögerte. Es schnüffelte den Boden ab. Der Abstand zwischen Jakob und der Kreatur war noch recht groß, trotzdem wusste er, dass es seine Fährte aufgenommen hatte. Das Bindor schnupperte mit gerecktem Hals, den Kopf dicht am Boden, die Nasenlöcher weit aufgebläht. Wenn es ausatmete, wirbelte der Sand auf.

Das Gejohle der Zuschauer verstummte. Alle warteten atemlos darauf, was passieren würde.

Irgendwie scheint es mich zu kennen, nur kann es sich nicht erinnern, woher, dachte Jakob plötzlich. Er schöpfte Hoffnung. Könnte es sein, dass das Bindor ihn tatsächlich erkannte? Katie hatte es sich schließlich ausgedacht. Sie war also mehr oder weniger seine Schöpferin oder sogar seine Mutter. Und Jakob war immerhin ihr Bruder. Durch ihre Adern strömte dasselbe Blut. Wäre es möglich, dass das Tier das riechen konnte? Schnüffelte es deshalb so intensiv, weil es Jakobs Geruch erkannte? »Familie«, flüsterte er.

Das Tier hob den Kopf und hielt ihn etwas schief, als hätte es Jakob gehört.

»Das muss es sein. Sonst würdest du mich angreifen.«

Er nahm all seinen Mut zusammen und trat vorsichtig einen Schritt auf das Tier zu. »Ruhig, Junge«, sagte er sanft, »ich meine es gut mit dir.« Er streckte die Hand aus und öffnete sie, als wollte er es füttern. Der Abstand zwischen ihm und dem Bindor betrug etwa ein halbes Fußballfeld.

Das Publikum hielt den Atem an. Nur König Obir regte sich. Er saß auf seinem Thron und seine Wangen zitterten vor Zorn.

»Was für ein mieses Schauspiel«, zischte er. »Wer hatte diesen lachhaften Einfall, den Jungen gegen ein Bindor kämpfen zu lassen? Das Tier hat keine Ahnung, was es tun soll! Wir hätten lieber gleich den Henker reinschicken sollen, wie *ich* es vorhatte!«

Vorsichtig stellte Drorg die Leiter an den Thron und kletterte wieder hoch. Ein unterwürfiges Lächeln umspielte seine dünnen Lippen.

»Wenn ich einen Vorschlag machen dürfte, Hoheit?«, sagte er und beugte sich zum König.

Jakob hatte sich dem Tier noch ein Stückchen genähert und bemerkte, dass die Hörner auf seinem Kopf nicht mehr aufgestellt waren, sondern auf der schuppigen Haut lagen. So sah das Tier sogar freundlich aus.

Jakob schnalzte leise mit der Zunge. »Braves Kerlchen.« Er nickte dem Tier aufmunternd zu. »Du bist gar nicht so böse.«

Das Tier schob seinen Kopf weiter vor in Jakobs Rich-

tung und schnaubte sanft, als plötzlich ein lautes Pfeif-
signal ertönte. Jakob erschrak beinahe zu Tode. Das Tier
hob den Kopf ruckartig.

Hinter dem Bindor öffnete sich die Mauer erneut. Knirschend schoben sich die zwei riesigen Tore auseinander.
Aus dem Schatten kamen zwei weitere Bindors. Sie zeigten ihre Krallen und hatten die Hörner aufgestellt.

Die Zuschauer erwachten aus ihrer Trance. Sie grölten
und kreischten vor Abscheu und Erregung.

»Bleib ruhig«, sagte Jakob leise zu sich selbst. »Sie dürfen dir deine Angst nicht anmerken.« War es nicht das,
was man immer über Hunde sagte? Wenn du Angst hast,
riechen sie das und greifen dich an. Jakob atmete tief ein
und langsam aus. »Du hast doch gerade gezeigt, dass du
sie zähmen kannst. Und wenn es mit einem gelingt, dann
doch wohl auch mit dreien.«

Vorsichtig streckte er wieder den Arm aus.

»Sch, brave Tiere«, sagte er, so ruhig er konnte.

Die Bindors schüttelten unentschlossen die gehörnten
Köpfe, griffen aber nicht an.

Kait starrte von der Steintribüne auf die kleine Person
unten in der Arena. Auf den Tribünen war es wieder totenstill geworden. Das Publikum lehnte sich atemlos vor,
um ja kein Geräusch und keine Bewegung zu verpassen.

Oben auf dem Thron wandte sich Obir drohend an seinen Schwafler, der sich beeilte, von der Leiter herunter-
zukommen. Aber er war nicht schnell genug. Der König
holte aus. Drorg fiel erneut nach hinten.

»Du kleines, verbeultes Ekelpaket. Die Kreaturen machen ihre Arbeit nicht. Nicht im Alleingang und auch nicht zu dritt! Warte nur, bis dieses lächerliche Schauspiel vorbei ist. Dann werden wir ihnen eine Lektion erteilen. Mal sehen, wie sie heute Abend als Hauptspeise schmecken!« Er beobachtete Drorg, der sich die dicke Beule am Kopf rieb. »Und für dich überlege ich mir auch noch etwas, nutzloser Mistkäfer, du!«

In der seltsamen Stille machte Jakob noch einen weiteren Schritt auf sie zu. Die Bindors ließen es leise knurrend zu. Sie wiegten die Köpfe schnaubend hin und her.

Jakob öffnete den Mund und sprach langsam und deutlich in die Stille hinein. »Ich bin Jakob. Ich bin der Bruder von Katie.« Wenn Jakob gewusst hätte, welche Wirkung seine Worte auf die Tiere haben würde, hätte er es wohl gelassen.

Der Effekt, den diese Worte auf die Tiere hatten, war verblüffend. Blitzartig schien ihnen klar zu werden, wen sie vor sich hatten. Doch die Erinnerung war wohl alles andere als schön. Die Hörner und Stacheln stellten sich nun mit einer solchen Kraft auf, dass es ein rauschendes Geräusch machte.

Jakob zuckte zurück.

Nasta, die gerade erst Kaits Hand losgelassen hatte, packte sie erneut und drückte fester als zuvor, doch Kait merkte es gar nicht. Mit blassem Gesicht starrte er in die Arena und murmelte dabei immer wieder einen Satz: »Bleib in der Mitte, Jakob!«

Ein Bindor warf den Kopf in den Nacken und stieß ein markerschütterndes Gebrüll aus. Für die beiden anderen war dies das Signal. Sie fletschten ihre scharfen Zähne, dann setzten sie sich in Bewegung, erst langsam, dann immer schneller.

Jakob zögerte keine Sekunde und rannte los. Die Bindors jaulten auf und die Zuschauer gerieten völlig außer Rand und Band. Darauf hatten sie gewartet. Sie johlten und klatschten und feuerten die Bindors an, manche der Zuschauer sprangen auf, um besser sehen zu können, wurden aber von den dahintersitzenden Leuten brutal nach unten gezogen.

Auch der König stand nun auf dem Thron und brüllte. Spucketropfen sprühten aus seinem Mund: »Na also, ihr Süßen! Packt ihn und macht Hackfleisch aus ihm!«

Jakob kam der Arenamauer immer näher. Er wusste nicht, was er tun sollte. Die Kreaturen waren zwar schwerfällig, aber immer noch schneller als er. Sie hatten ihn fast eingeholt. Er bremste ab und kam kurz vor der Mauer zum Stehen. Er drehte sich um. Die Bindors donnerten in vollem Tempo auf ihn zu.

Die Zuschauer schrien und spuckten. Jakob kümmerte sich nicht um sie. Einem plötzlichen Impuls folgend rannte er direkt auf die Tiere zu. Die Kreaturen verlangsamten ihr Tempo. Sie mochten zwar schneller rennen als er, aber eine scharfe Kurve nehmen konnten sie mit ihren plumpen Leibern nicht. Das war das Einzige, was Jakob einfiel, und er hoffte, dass seine Theorie aufginge.

Die Bindors waren überrascht, als sie bemerkten, dass ihre Beute, anstatt zu flüchten, direkt auf sie zulief. Sie versuchten anzuhalten. Staub wirbelte auf. Doch die Kreaturen waren so schwerfällig, dass ihre großen Körper nicht gleich zum Stillstand kamen. Der Sand machte es nicht besser und so rutschten die drei Kolosse scheuernd über den Boden.

Jakob rannte durch die Staubwolke. Dabei kam er den Kreaturen so nahe, dass sie ihre Hälse reckten, um nach ihm zu schnappen. Hastig schlug er einen rechten Haken. Die Tiere, die noch immer keinen Halt gefunden hatten, brüllten und versuchten, Jakob zu beißen, erwischten aber nur sich gegenseitig.

So schnell er konnte, rannte Jakob weiter. *Bleib in der Mitte. Wir holen dich.* Kaits Worte echoten in seinem Kopf. Er rannte zur Mitte der Arena und blieb dort stehen. Verzweifelt suchte er die Tribünen ab.

»Ich stehe in der Mitte! Helft mir!«, schrie er.

Der König sprang von seinem Thron. »Was hat der Junge gerufen?«

Drorg hatte es auch gehört. Seine lange Nase sah noch spitzer aus, als er nervös den Jungen betrachtete. »Anscheinend hat er versucht, zu einem der Zuschauer Kontakt aufzunehmen«, sagte er. Die kleinen stechenden Augen suchten die Tribünen ab.

»Was hat das zu bedeuten? Sitzt da jemand im Publikum, der ihm hilft?« Das Gesicht des Königs verfinsterte sich. »Was genau hat er eben gesagt?«

»Irgendetwas mit Mitte ... ich stehe in der Mitte«, murmelte Drorg. »Ich verstehe nur nicht, wie...«

Doch der König ließ ihn nicht ausreden. »Sie sitzen zwischen den Zuschauern«, schnauzte er seinen Schwafler an. »Diese Gurken von Wächtern! Hier sitzen Leute im Publikum, die den Jungen retten wollen! Aber das lasse ich nicht zu.« Er schlug mit der Faust auf die Armlehne. »Befiel den Wächtern, diese Verräter zu suchen. Und wenn sie sie gefunden haben, bekommt das Volk eine Extravorstellung. Eine, die dafür sorgt, dass niemand es mehr wagen wird, sich dem König zu widersetzen!«

Drorg nickte, hatte aber ein seltsames Gefühl im Bauch. Vielleicht hatte er etwas übersehen. Nur was?

Jakob ärgerte sich über sich selbst. Durch seinen Ausruf waren die Tiere wieder auf ihn aufmerksam geworden. Sie drehten sich in seine Richtung. Doch statt blindlings auf ihn loszugehen, ließen sie sich nun Zeit. Sie setzten sich ruhig in Bewegung und steuerten gemächlich auf ihn zu.

Ein Schauder lief Jakob über den Rücken, als er begriff, was sie vorhatten. »Sie kreisen mich ein«, flüsterte er. Die mittlere Kreatur lief direkt auf ihn zu, während die beiden anderen einen großen Bogen um ihn machten. Die Tiere arbeiteten zielstrebig zusammen, um ihn in die Enge zu treiben.

Jakob versuchte, in der Mitte der Arena zu bleiben, aber die Bindors kamen immer näher und drängten ihn nach außen. Jeder Schritt brachte ihn weiter von der Stelle weg, an der er laut Kait stehen sollte, und dieses Mal gab es keine Chance, die Bestien zu überlisten.

Sabber lief den Bindoren aus den Mäulern, der im Sand dunkle Spuren hinterließ. Sie waren zwar schwerfällig, aber das spielte gerade keine Rolle. Mit ihren langen Hälsen hielten sie Jakob in Schach, in welche Richtung er auch zu entkommen versuchte. Jakob begriff, dass die Monster ihn Richtung Mauer drängten. Es gab kein Entrinnen.

Plötzlich stieß er mit dem Fuß gegen etwas Hartes und verlor beinahe das Gleichgewicht. Jakob sah nach unten und entdeckte den grauen Stein, den die Wächter zu Beginn des Kampfs in die Arena geworfen hatten. Reflexartig bückte er sich und hob ihn auf. Der Stein war klein. Viel zu klein.

Drohend hielt er ihn den Tieren hin, die jedoch keine Reaktion zeigten. Mit gebleckten Zähnen bedrängten sie Jakob und kreisten ihn immer weiter ein.

22.

VERPASSTE CHANCE

In diesem Moment geschah etwas Merkwürdiges. Das größte Bindor blieb plötzlich mitten in der Arena stehen. Wie ein Schlafwandler, der aus einem Traum erwacht und nicht weiß, wo er sich befindet. Die Kreatur sah zu ihren Füßen hinunter. Die beiden anderen Wesen merkten, dass ihr Kreis durchbrochen war. Sie blieben ebenfalls stehen und sahen sich um. Mit einem Mal schienen sie nicht mehr ganz so gefährlich, eher etwas verwirrt standen sie mit schief gelegten Köpfen da.

Äußerst vorsichtig hob das größte Tier das linke Bein, hielt es etwa einen Meter über dem Boden und versuchte, unter seine Klaue zu schauen. Als es nichts Ungewöhnliches entdeckte, stellte es das Bein wieder ab und senkte den Kopf. Behutsam hob es den anderen Fuß und machte einen großen Schritt nach vorn. Die riesige Pranke donnerte in den Sand. Als Antwort ertönte ein tiefes und dumpfes Ächzen unter der Erde. Das Tier blieb regungslos stehen, als stünde es auf einer Eisfläche und könnte bei der geringsten Bewegung einbrechen.

Jakob hatte das ganze Spektakel genauso fasziniert beobachtet wie alle anderen, doch ein unheimliches Ächzen aus dem Erdinneren rüttelte ihn auf. Er blinzelte. Sein Herz sank ihm in die Hose, als ihm bewusst wurde, was vor sich ging: Das Bindor stand genau in der Mitte der Arena! Was Kait auch vorgehabt haben mochte, es würde nun geschehen und Jakob stand nicht an der richtigen Stelle!

Der Stein in seiner Hand fühlte sich kalt und nutzlos an, aber er war das Einzige, was er hatte. Ohne lange zu überlegen, warf er ihn in die Luft. Aus den Augenwinkeln beobachtete er, wie die plötzliche Bewegung die Aufmerksamkeit der beiden Kreaturen, die ihm ziemlich nah waren, auf sich zog. Sie knurrten. Jakob zwang sich, ihre plumpen Körper, die langsam auf ihn zukamen, nicht zu beachten. Er richtete die Augen konzentriert auf den Stein, als er knapp über dem Boden war, holte Jakob aus. Er trat den Stein so hart mit der Schuhspitze, dass er spürte, wie der Nagel seines großen Zehs umknickte. Er hatte Mühe, das Gleichgewicht zu halten, verlor den Stein aber keine Sekunde aus den Augen. Der schoss schnurgerade auf die Mitte der Arena zu, wo das Bindor noch immer wie am Boden festgenagelt stand.

Jakob hätte den Stein nicht besser treffen können. Er landete direkt in einem der aufgerissenen Augen des Bindors. Überrascht von dem plötzlichen Schmerz schüttelte es wild seinen Kopf und brüllte. In diesem Moment fing der Boden unter dem Tier zu beben an. Dünne Risse zeichneten sich im Sand ab. Eine unsichtbare Hand kritzelte bizarre Linien auf den Boden, die ein merkwürdiges Netz unter dem Tier bildeten. Das Grummeln im Erdinneren schwoll zu einem ohrenbetäubenden Getöse an. Die Risse wurden immer deutlicher sichtbar.

Jakob rannte los.

Aus dem Publikum ertönten erstaunte Rufe. Die Zuschauer sahen ungläubig zu, wie der Junge direkt auf seinen Gegner zulief. Kait sprang auf. Er verfolgte Jakobs Spurt mit Bewunderung und Grausen. »Tu's nicht, Jakob«, flüsterte er mit zusammengebissenen Zähnen. »Es ist zu spät ...«

Der König sah mit offenem Mund zu, wie der Junge seinem Tod entgegenrannte. Berauscht von der Aufregung, weil endlich Leben ins Spiel kam, brüllte er den Bindors begeistert zu: »Packt ihn! Ergreift ihn! Aber nicht in einem Stück runterschlingen. Die Zuschauer wollen eine Show!«

Drorg stand neben dem Thron und kniff die Augen zusammen. Er starrte auf den Sand in der Arenamitte, wo kleine Staubwolken aufwirbelten. »Irgendetwas stimmt da nicht«, murmelte er.

Doch bevor er den Satz beenden konnte, hörte er ein dumpfes Knacken. Eine dunkle Spalte tat sich auf, genau zwischen den Beinen der Kreatur. Langsam wurde ihm klar, was gleich passieren würde.

Jetzt sah auch Jakob den Spalt. Die Zeit war knapp und auch wenn er nicht wusste, was ihn gleich erwartete, vertraute er Kaits Worten blind. Er rannte weiter.

Unter sich spürte er, wie der Sand in Bewegung geriet und die Erde sich verschob. Die Menschen auf den Tribünen schrien, aber Jakob wusste nicht, ob aus Begeisterung oder aus Panik. Es war ihm auch egal. All seine Aufmerksamkeit galt der Mitte der Arena und den Vorderbeinen des Bindors. Er war nur noch zehn Meter von ihm entfernt, als das Tier ihn bemerkte.

Es verstand nicht, was ihm geschah, aber eines wusste es sicher: Dieser Knirps, der auf ihn zugerannt kam, hatte ihm wehgetan. Wütend senkte das Bindor den Kopf und wartete auf den Jungen.

Der König hüpfte vor Freude auf seinem Thron auf und ab. Der Thron knarrte, der Bezug des Sitzkissens drohte zu reißen. »Ende der Vorstellung, Freundchen!«, schrie er triumphierend. »Hättest dich halt nicht in meine Angelegenheiten einmischen sollen!«

Er blickte zu seinem Schwafler hinüber und konnte nicht glauben, was er sah. Drorg war leichenblass und starrte wie versteinert in die Arena. Der König hob die Hand, um ihn mit einem treffsicheren Schlag wieder in die Wirklichkeit zurückzuholen, da bewegte sich der Schwafler. Er stieß einen lang gezogenen Schrei aus.

»Das ist ein Trick!«, brüllte er. »Sie kommen ihn holen!«

Noch mit erhobener Hand folgte der König Drorgs Blick und riss entsetzt den Mund auf. Mitten in der Arena stand das Bindor mit gefletschten Zähnen. Doch kurz bevor der Junge bei ihm war und es ihn schnappen konnte, tat sich donnernd die Erde auf. Das Tier warf den Kopf nach oben, dann sackte es ab und rutschte langsam in die Tiefe. Das Bindor brüllte ohrenbetäubend und suchte verzweifelt Halt, aber der Boden bröckelte ihm unter den Pranken weg.

»Mach was!«, schrie der Schwafler und rüttelte so heftig am Thron, dass der König mit dem Kopf gegen die Rückenlehne stieß. Das brachte Obir unmittelbar zur Vernunft. Er ergriff den Trichter, der vor ihm auf der Balustrade stand, schlug dem Schwafler damit auf den Kopf, dann hielt er sich den Trichter an den Mund und kreischte den Wächtern, so laut er konnte, zu: »Ergreift ihn! Ergreift den Jungen!«

Kait sah, wie das Bindor in das Loch stürzte. »Halt an, Jakob«, murmelte er. »Vergiss, was ich gesagt habe. Du hast keine Chance.«

Doch der Junge rannte weiter und war nur noch ein paar Meter von dem gähnenden Loch entfernt. Mit Grausen erkannte Kait, dass er keine Anstalten machte, abzubremsen.

»Er wird springen!«, zischte Nasta. »Das ist sein Tod. Tu was!« Sie stieß ihm fest in die Seite.

»Und was soll ich deiner Meinung nach tun?«, zischte Kait zurück. »Er macht genau das, was ich gesagt habe!« Er spürte einen Stich im Herzen. Das war das zweite Mal, dass der Junge ihm blindlings vertraute. Nur dass er dieses Mal mit dem Leben dafür bezahlen würde.

Plötzlich hörte er Geschrei aus der königlichen Loge: »Ergreift ihn! Ergreift den Jungen!«

Kait sah zu den Wächtern, die sich vor den Tribünen formiert hatten. Sie reagierten sofort und rannten auf der Mauer entlang, die das Publikum von dem Kampfschauplatz trennte. Dann sprangen sie in die Arena.

Kait überlegte keine Sekunde. »Wir müssen sie aufhalten!«, rief er. Er sprang von seinem Sitz auf und rannte hinunter zur Mauer. Er wusste nicht, ob das noch irgendetwas bewirken könnte, aber er hatte gesehen, wie sich der Junge in der Arena gewehrt hatte. Das Mindeste, was er für ihn tun konnte, war, ihm zu Hilfe zu eilen, jetzt, da der Plan so furchtbar zu scheitern drohte.

Die Wächter, die noch nicht über die Mauer gesprungen waren, drehten sich zu ihm um. Sie hatten gehört, was Kait gerufen hatte, und schrien: »Im Namen des Königs: Stehen bleiben!«

Zahlreiche Zuschauer standen auf, um zu sehen, was los war. Immer mehr verließen die Sitzreihen und sammelten sich auf den Treppen. Es wurde für Kait immer schwieriger, sich einen Weg an ihnen vorbei zu bahnen. Kait spürte, wie Hände versuchten, ihn aufzuhalten. Menschen fingen zu gestikulieren an und schrien. Kait musste seine Ellenbogen einsetzen, um sie abzuwehren.

Zwischen all den Körpern konnte er die Mauer bereits sehen, als er plötzlich einen heftigen Tritt vors Schienbein bekam. Er verlor das Gleichgewicht und fiel zu Boden.

»Er ist ein Verräter. Ich habe gehört, wie er dem Jungen etwas zugerufen hat!«, brüllte jemand über ihm. Wahrscheinlich derjenige, der ihm das Bein gestellt hatte. Die

Menge drängte sich um ihn, es war unmöglich, aufzustehen. Auf einmal wichen die Menschen zurück. Eine Hand ergriff Kaits Arm und zog ihn hoch.

»Keinen Schritt näher, ihr Waschlappen!« Nasta stand mit gezücktem Messer mitten in der Menschentraube. Drohend streckte sie die Klinge vor und richtete sie gegen die Umstehenden. »Wer versucht, uns aufzuhalten, wird das mit dem Leben bezahlen«, drohte sie. Ihre Stimme klang ruhig, aber Kait bemerkte, dass sie zitterte. »Und?« Herausfordernd schwenkte sie die Messerspitze.

Die Leute warfen ihnen feindselige Blicke zu. Sie zogen sich zurück und ließen sie durch. Schnell erreichten die beiden die Mauer und sprangen darüber, drei Meter tiefer kamen sie auf der anderen Seite auf.

Eilig half Kait Nasta aufzustehen. »Alles in Ordnung?«

Sie nickte. Dann rannten sie zur Mitte, wo gerade die letzten Wächter in das Loch sprangen. Von Jakob fehlte jede Spur.

23.

DIE FLUCHT

In dem Moment, als das Bindor vor seinen Augen ins Erd-
innere stürzte, hörte Jakob den König schreien. Ein paar
Sekunden später sprangen mit Stöcken bewaffnete Wächter von allen Seiten über die Mauer.

Jakob zögerte keinen Augenblick. In vollem Tempo
warf er sich mit den Beinen voran in das Loch. Jakob kniff
die Augen zusammen, unter sich spürte er keinen Boden
mehr.

Mit rudernden Armen fiel er in die Tiefe, ohne zu wissen, wie heftig sein Aufprall werden würde. Er landete er
auf etwas überraschend Weichem und rollte weiter hinunter, bevor er sich an etwas festhalten konnte. Auch
ohne das laute Aufheulen war ihm klar, was seinen Fall
abgefangen hatte. Das Bindor konnte sich offenbar kaum
bewegen. Aus sicherer Entfernung hörte Jakob, wie seine
Kiefer aufeinanderschlugen. Hoch über ihm sah er das
Loch, das wie ein ausgefranster, beleuchteter Kreis aussah.
Ihm wurde schwindlig. Hätte das Bindor seinen Fall nicht
aufgehalten, wäre Jakob am Boden zerschellt.

Allmählich gewöhnten sich seine Augen an die Dunkelheit. Das Tier lag auf der Seite und hatte den Kopf angehoben. Wieder stieß es ein klägliches Heulen aus.

Jakob schaute sich um, aber es gab zu wenig Licht. Er stand in einer tiefen Grube ohne Ausgang, umgeben von einer geschlossenen Mauer aus Dunkelheit. Er spürte, wie Panik in ihm aufkam.

Schon landeten die ersten Wächter auf dem Bindor. Wütend jaulte das Tier auf und schnappte um sich. Jakob wollte keine Zeit verlieren und stürzte sich auf gut Glück in die Dunkelheit. Hinter sich hörte er einen Schrei, der schnell erstarb, als das Maul des Bindors mit einem widerlichen Geräusch zuklappte. Die Wächter schrien durcheinander.

»Pass auf! Weg vom Kopf!«

»Ich kann nichts sehen!«

»Werft uns Fackeln herunter!«, brüllte jemand nach oben.

Jakob stieß gegen eine Wand.

»Ruhe!«, rief jemand. Sofort verstummten alle. Jakob drückte sich gegen die Wand und hielt den Atem an. Das Einzige, was die Stille durchbrach, war das Schmatzen des Bindors.

»Ich habe was gehört.«, sagte jemand mit einem singenden Tonfall, als ginge es hier um ein Spiel. »Wo bist du, Junge? Ich weiß, dass du hier bist. Hast du Angst?«

Immer mehr Wächter landeten auf dem fauchenden Tier. Sie wurden unverzüglich zur Ruhe ermahnt.

»Ich hätte auch Angst, wenn ich du wäre«, schmeichelte die Stimme. »Soll ich dir erzählen, was wir mit
dir anstellen, wenn wir dich finden?« Jakob hörte, wie
etwas in eine Hand klatschte. Immer wieder. Ein Knüppel? Dann knirschte der Sand. Das Geräusch kam näher,
immer näher.

Die Gedanken sausten Jakob durch den Kopf. Eine falsche Bewegung und er würde sich verraten. Blieb er aber
stehen, würden sie ihn auf jeden Fall finden. Er konnte
nur eines tun: angreifen. Auf dem Fußballplatz war das
doch auch immer die beste Verteidigung. Wenn er schon
zugrunde gehen sollte, dann kämpfend. Doch gerade als
er sich bewegen wollte, hörte er eine Stimme dicht an
seinem Ohr. So leise, dass Jakob zuerst dachte, er habe sie
sich eingebildet.

»Komm!«

Im nächsten Moment wurde er kräftig am Ärmel gezogen. Jemand schubste ihn erst zur Seite und dann nach
hinten. Er erwartete, eine Wand zu spüren und stemmte
sich schon dagegen. Doch zu seiner Überraschung war da
keine Wand. Hatte er die ganze Zeit neben einem Fluchtweg gestanden?

Hinter sich hörte er die Wächter.

»Wer ist da?« Die Stimme war nicht länger schmeichlerisch und süß, sondern hart und scharf.

»Ich habe nichts gehört.«

»Maul halten, ihr Trottel. Er hat einen Helfer. Wo bleiben die verdammten Fackeln?«

Jakob wurde mitgezogen, immer tiefer in den Gang hinein. Es war so dunkel, dass er nicht einmal mehr wusste, ob er die Augen auf- oder zuhatte. Er streckte seinen freien Arm weit vor sich aus, um zu vermeiden, dass er gegen irgendetwas stieß. Wer vor ihm lief, konnte er nicht erkennen, dafür wusste er umso besser, wer hinter ihm her war. Die Wächter hatten die Öffnung entdeckt und waren ihnen jetzt auf den Fersen. Er hörte, wie sie mit ihren Stöcken wie wahnsinnig gewordene Blinde gegen die Wände schlugen.

Derjenige, der Jakob am Arm fortzog, schien sich an der Dunkelheit nicht zu stören. Mühelos eilte er mit ihm durch Gänge mit engen Kurven und seltsamen Krümmungen. Jakob schrammte an den Wänden entlang und stolperte über seine eigenen Füße bei dem Versuch, mit ihm Schritt zu halten. Sie hatten einen kleinen Vorsprung, doch der Krach, den die Wächter machten, klang immer noch nah und ihre Stimmen waren deutlich zu verstehen.

»Hier sind die Fackeln!«, rief jemand.

»Bei Obir! All diese Gänge, wie in einem Kaninchenbau.«

»Wir müssen uns aufteilen!«

Befehle wurden gebrüllt. Die Schritte klangen nun nicht mehr zögerlich. Die Wächter rannten durch die Gänge.

»Sie kommen!«, flüsterte Jakob in Panik.

»Knie dich hin«, befahl ihm eine Männerstimme und zog ihn unsanft nach unten. »Halt dich an meinen Fuß fest.«

Jakob tat, wie ihm gesagt wurde. Er ließ sich auf die Knie fallen und tastete im Dunkeln. Schnell fand er einen behaarten Knöchel und packte zu. Sein Helfer setzte sich sofort in Bewegung, sodass Jakob hinterherkriechen musste, um ihn nicht zu verlieren.

»Steh bloß nicht auf, hier ist es zu niedrig dafür«, warnte ihn die Stimme.

Jakob machte sich um etwas anderes mehr Sorgen. Er stellte sich vor, wie die Wächter ihn am Fuß erwischten und zurückzerrten.

Der Mann hielt an. Jakob hörte eine zweite Stimme.

»Roll dich zusammen und halte dir die Ohren zu, Jakob.«

»Was?« Jakob verstand überhaupt nichts mehr. Im nächsten Moment fing jemand zu zählen an.

»Drei, zwei …«

Aus Angst, ihn zu verlieren, klammerte Jakob sich noch fester an den Knöchel. In dem engen Gang machte er sich so klein wie möglich und versuchte, mit seinem freien Arm beide Ohren zu bedecken. Gerade noch rechtzeitig, denn im nächsten Augenblick dröhnte ein dumpfer Donnerschlag durch die Gänge. Sand und kleine Steine flogen umher und trafen ihn am Rücken und an den Fußsohlen. Er zog die Knie noch dichter an sich. So blieb er, bis das Beben aufhörte und in ein sanftes Rauschen des letzten rieselnden Sands übergegangen war. Als auch das verstummte, hob er vorsichtig den Kopf.

»Zünd sie an, das Loch ist dicht.«

Eine Flamme leuchtete auf. Jakob sah, dass der Gang hinter ihnen vollkommen eingestürzt war. Als er sich wieder umdrehte, blickten ihn zwei Männer freundlich an.

Ihre Gesichter waren weiß vor Staub, Kleider und Hände ebenso. Das war nicht verwunderlich, denn der gesamte Gang, in dem sie lagen, war weiß und offensichtlich in einen Kalksteinfelsen gehauen. Jakob betrachtete seine Hände und seine Kleidung. Überall an ihm klebte der weiße Kalkstaub.

»Ich bin Witse«, sagte der eine Mann und schüttelte Jakob die Hand, »und das ist Peer.« Der Mann links neben ihm nickte freundlich.

»Es ist ein besonders großes Vergnügen, dich kennenzulernen, Jakob. Aber jetzt müssen wir zusehen, dass wir hier wegkommen.«

Im Fackelschein konnte Jakob erkennen, wo er gelandet war. Das Geflecht aus Gängen hatte etwas von einem Labyrinth, aber Peer fand problemlos den Weg. Manchmal mussten sie kriechen oder sich seitlich durch einen Spalt zwängen. Ab und zu hörten sie in der Ferne einen dumpfen Donner. Anscheinend wurden noch mehr Tunnel gesprengt. Nervös blickte Jakob sich immer wieder um und spitzte die Ohren, ob er die Wächter noch hören konnte.

»Sollten wir uns nicht ein bisschen beeilen?«, fragte er.

»Mach dir keinen Kopf, wir sind in Sicherheit«, antwortete Witse, der vor ihm ging. »Du glaubst doch wohl nicht, dass wir nur zu zweit sind?« Er lachte und Peer kicherte.

»Es münden eine Menge Gänge in die Grotte, in die du von der Arena aus hineingefallen bist. Wir konnten natürlich nicht ahnen, welchen Ausgang du zuerst entdecken würdest, also mussten wir auf alles vorbereitet sein. An jedem Tunnel standen zwei Leute postiert, um dich abzufangen und mitzunehmen.«

»Und die bringen nun alle Tunnel zum Einsturz, damit die Schergen des Königs uns nicht verfolgen können«, ergänzte Peer.

»Toller Plan, was?« Witse grinste.

»Aber die ganzen Gänge«, sagte Jakob, »wie habt ihr die so schnell ...«

»Nein, die wurden nicht extra für dich gegraben.« Peer lachte. »Die hat es schon gegeben. Wir haben nur ein paar weitere gegraben, um an die Essensvorräte des Königs zu kommen. Aber Lebensmittel zu stehlen, das ist uns nie gelungen, wie du siehst.« Er deutete auf sein mageres Gesicht.

»Die Grotte, in der du gelandet bist, haben wir irgendwann durch Zufall entdeckt«, sagte Witse. Er duckte sich, um unter einer besonders niedrigen Decke durchzukommen. »Und sie kam uns für deine Rettung sehr gelegen.«

»Ich hätte mir den Hals brechen können, wenn das Tier nicht zuerst hineingefallen wäre«, rutschte es Jakob heraus.

Witse blieb stehen und drehte sich um. »Hör zu, du Knirps. Du bist das Kostbarste, was es im Moment hier in dieser Welt gibt. Sogar kostbarer als ein gegrilltes Hähnchen oder eine Handvoll Reis. Und das will was heißen! Du glaubst doch nicht, dass wir so etwas Wertvolles in den Tod hätten stürzen lassen? Wir hatten ein wunderbares Fangnetz vorbereitet. Das sollte deinen Sturz abgefangen. Hat stundenlang gedauert, es zu knüpfen.«

»Wir sind natürlich davon ausgegangen, dass du an der richtigen Stelle stehen würdest«, betonte Peer.

»Ja! Und dann kam plötzlich dieses riesige Viech nach unten geflogen. Hat das ganze Netz in einem Schwung mit sich gerissen. Die ganze Arbeit umsonst! Wir hatten schon Angst, dass du hier unten als Bindorfutter enden würdest. Aber genug jetzt. Wir sind gleich da.«

Er zwinkerte Jakob zu, der unsicher zurücklächelte. Die Männer schienen zwar freundlich zu sein, aber war das bei Drorg nicht ähnlich gewesen? Er blieb auf der Hut und folgte den verstaubten Männern mit geballten Fäusten.

24.

IN SICHERHEIT

Je tiefer sie hinabstiegen, umso größer wurden Jakobs Sorgen. Wohin sie ihn wohl brachten? Der Gang war so schmal, dass Peer, der vor ihm lief, ihm die Sicht nahm. Flüchten konnte er nicht, denn Witse folgte ihm auf dem Fuße und blockierte den Gang hinter ihnen.

»Hier ist es«, sagte Peer mit einem Mal. Er drückte sich mit dem Rücken gegen die Wand und bedeutete Jakob vorauszugehen. Zögerlich ging Jakob an ihm vorbei. Was er zu sehen bekam, raubte ihm den Atem. Vor ihm warteten Hunderte Menschen in einer riesigen Grotte. Sie standen dicht zusammengedrängt, die Kleidung, Schuhe und Gesichter weiß vom Staub. Sogar die Haare waren damit bedeckt, sodass die Menge wie eine Zusammenkunft von alten Menschen aussah. Und alle starrten Jakob schweigend an.

Jakob hatte keine Ahnung, was von ihm erwartet wurde. Zögernd hob er die Hand zum Gruß. Das schien das Zeichen gewesen zu sein, auf das die Leute gewartet hatten. Unmittelbar brach ein Riesenjubel aus. Jakob zuckte zurück, doch Peer und Witse schubsten ihn nach vorn. Dann wich die Menge auseinander. Jakobs Miene versteinerte, als er erkannte, wer auf ihn zukam. Die stattliche Gestalt stellte sich breitbeinig vor ihn und verschränkte die Arme. An die Tätowierung auf dem Arm erinnerte sich Jakob nur allzu gut.

»Da bist du ja endlich«, sagte Furn. Seine Zähne funkelten im Licht der flackernden Fackeln.

Jakob starrte ihn an. War es also doch eine Falle gewesen und er war wieder einmal offenen Auges hineingerannt. Eine Flucht war ausgeschlossen. Aber so einfach würde er sich nicht ergeben. Was immer diese Menschen von ihm wollten, er würde es ihnen nicht leichtmachen.

»Ich weiß nicht, was du vorhast, Furn«, sagte Jakob, so ruhig er konnte, »hier gibt es offenbar eine Menge Leute, die mich daran hindern wollen, meine Schwester zu finden. Aber ich spiele nicht mehr länger mit. Wenn du mich jetzt, warum auch immer, aufhalten willst, ist das ein Fehler. Ich werde meine Schwester retten und niemand kann mich aufhalten!«

Kurz war es mucksmäuschenstill. Dann brach ein frenetischer Applaus aus. Furn grinste. Auch er klatschte und zu Jakobs Erstaunen lag Bewunderung in seinem Blick. Langsam legte sich der Applaus, bis nur noch ab und zu ein ergriffener Schluchzer zu hören war.

»Gute Rede, Junge«, sagte Furn. »Höchste Zeit, dass deine Schwester hier aus dieser Welt verschwindet. Und genau dabei werden wir dir helfen.« Er streckte die Hand aus, doch Jakob machte einen Schritt zurück.

»Vielen Dank« sagte er, »aber ich brauche deine Hilfe nicht.« Unruhiges Gemurmel hallte durch die Höhle.

»Ich habe begriffen, dass man hier niemandem trauen kann«, sagte Jakob. »Also vielen Dank, aber das erledige ich besser allein.«

Er drehte sich schnell um und wollte an Witse vorbei zurück in den Gang rennen, als hinter ihm jemand das Wort ergriff.

»Jakob!« Die Stimme klang so energisch, dass er sich augenblicklich umdrehte. Da stand Agades, direkt neben Furn, und lächelte. »Du hast absolut Recht«, sagte sie, »hier laufen eine Menge Leute herum, die etwas zu verbergen haben. Aber im Moment ist das egal. Jeder einzelne Mensch hier wird alles tun, um dir dabei zu helfen, Katie sicher mit nach Hause zu nehmen. Das ist nämlich unsere einzige Rettung.«

Sie hob die Hand und erst jetzt bemerkte Jakob den Mann, der hinter ihr stand. Sein langer Mantel war vom Staub grau, genauso wie sein Hut, den er unbeholfen vom Kopf nahm.

»Kait?« Jakob traute seinen Augen nicht. »Wie bist du so schnell hergekommen?«

Kait grinste. »Du bist lange in dem Loch herumgeirrt. Aber ich weiß, welcher Gang am schnellsten hierherführt«, sagte er.

Jakob dachte daran, wie Kait ihn im Stich gelassen

hatte. Und jetzt hatte er diesem Mann sein Leben zu verdanken.

»Danke, dass du mir geholfen hast.«

Kait nickte kurz. Um Haltung zu bewahren, klopfte er sich, scheinbar gleichgültig, den Staub vom Ärmel. Doch da seine Hände genauso schmutzig waren wie der Mantel, machte er es nur noch schlimmer. Er räusperte sich. »Kurzum«, sagte er in seinem üblichen grimmigen Ton, »ich begleite dich bei deiner Suche.«

Agades verdrehte die Augen. »Ist das alles, was du dem Jungen zu sagen hast? Nachdem du ihn so elendig im Stich gelassen hast?«

Als Kait es aber weiter vorzog zu schweigen, schüttelte sie den Kopf und wandte sich an Jakob. »Wir haben keine Zeit zu verlieren. Der König wird alles dransetzen, dich in die Finger zu kriegen. Er wird alle Wege, die zu deiner Schwester führen, sperren lassen, also müssen wir schneller sein. Je früher wir aufbrechen, desto besser. Komm mit.«

Ohne Jakobs Antwort abzuwarten, drehte sie sich um. Ehrfürchtig wich die Menge zurück.

Jakob sah zurück in den dunklen Gang. Selbst wenn er durch dieses endlose Labyrinth einen Weg hinausfände, wäre er, einmal draußen, vollkommen auf sich gestellt. Ohne Karte, ohne Hilfe und die Truppen des Königs wären ihm auf den Fersen. Er versuchte, in Kaits Gesicht zu lesen. Würde er dieses Mal Wort halten? Und Furn, dieser Mörder, konnte er ihm trauen? Jakob sah der alten Frau nach, die durch die Menge schlurfte. Sie erwartete, dass er ihr folgte. Wäre sie dazu imstande, ihn reinzulegen? Jakob glaubte das nicht.

Sobald die Menschen merkten, dass Jakob Anstalten machte, Agades zu folgen, brach wieder Applaus und Gejohle aus. Viele klopften Jakob auf die Schultern oder streckten den Daumen hoch. Manche hatten Tränen in den Augen.

Jakob blickte Kait nicht an, aber als er an ihm vorbeilief, legte der Mann ihm die Hand auf den Arm. Nur ganz kurz.

»Was ich getan habe, tut mir leid«, brummte er.

GUS

Der Raum, in den Agades ihn führte, sah aus wie ein kleines Wohnzimmer. In der Mitte stand ein Tisch, der aus grauem Stein gehauen war. Auf einer der Steinbänke saß ein Mann. Er war nicht besonders groß, aber seine Aura füllte den gesamten Raum aus. Der Staub auf seiner Kleidung war genauso weiß wie bei den anderen, aber irgendwie wirkte er leuchtender. Und obwohl er noch kein Wort gesprochen hatte, war Jakob auf wundersame Weise davon überzeugt, dass er ein sehr freundlicher Mensch sein musste. Als der Mann aufstand, schienen die Fackeln an den Wänden heller zu leuchten.

Jakob betrat den Raum, gefolgt von Kait, Furn und einer Frau mit langen Haaren, die Jakob nie zuvor gesehen hatte. Agades schloss die Tür. Das Gejohle verwandelte sich in dumpfes Murmeln.

»Setz dich, Jakob«, sagte der Mann. »Wir haben keine Zeit zu verlieren. Kennst du hier alle?«

Jakob schüttelte den Kopf. Über den Tisch streckte ihm die junge Frau ihre Hand entgegen. »Nasta«, sagte sie mit einem kurzen Nicken. Sie hatte wunderschöne Augen. Grün und sanft, aber mit einer gewissen Entschlossenheit. Obwohl Jakob immer noch auf der Hut war, mochte er sie auf Anhieb.

Der Mann nickte ebenfalls. Als alle sich gesetzt hatten, nahm er Jakob gegenüber Platz. »Mich kennst du auch noch nicht«, sagte er freundlich, »ich bin Gus.«

Jakob sprang auf. »Sie sind Gus? Der Kartenmacher aus der Riverkilt?«

Gus musste lachen. »Lass mich raten: Du hast deine Karte verloren?«

Jakob nickte. Auch wenn er nicht verstand, was daran so lustig sein sollte.

»Entschuldige.« Gus grinste. »Vielleicht hast du ja recht und ich bin letzten Endes nichts anderes als der Kartenmacher. Schließlich bastle ich sehr gerne. War schon immer mein großes Hobby.« Er wandte sich höflich an Agades. »Kommen wir zur Sache. Du findest es doch nicht schlimm, wenn ich das Gespräch führe?«

Agades nickte ihm zu. Gus richtete seine dunklen Augen auf Jakob, der Mühe hatte, nicht den Blick zu senken. Es war, als könnte der Mann geradewegs in seine Seele schauen und dort alles sehen, sogar seine tiefsten Geheimnisse.

»Es sieht nicht gut aus, Jakob«, sagte Gus. Sein Lachen war verschwunden. »Ich sage einfach, wie es ist. Der König wird alles dransetzen, dich aufzuhalten. Und dieses Mal wird es keine Gelegenheit geben, zu entkommen. Er wird dich auf der Stelle töten lassen, wenn er dich schnappt. Das dürfen wir also nicht riskieren.«

»Der kürzeste Weg nach Ardelium ist der über das Raaskalkgebirge«, merkte Agades an. »Wir müssen dafür sorgen, dass du dort vor Obirs Truppen ankommst. Bis nach Kesteren kannst du durch die unterirdischen Gänge gehen, danach ...«

Gus schüttelte den Kopf. »Der König hat bestimmt schon einen Teil seiner Truppen vorausgeschickt. Höchstwahrscheinlich wird der Junge den Soldaten direkt in die Arme laufen, wenn er über die Berge wandert.«

Die alte Frau sah ihn überrascht an. »Welche Route soll er denn sonst nehmen?«, fragte sie mit einem eigenartigen Blick, den Jakob nicht einzuordnen wusste.

Gus antwortete nicht.

»Sie haben mir im Kerker meine Karte weggenommen«, sagte Jakob, um die Stille zu durchbrechen. »Aber ich weiß, dass das Gebirge nicht der einzige Weg ist. Es gibt einen See, den ich überqueren könnte, um nach Ardelium zu kommen.«

Gus nickte langsam, als hätte Jakob das ausgesprochen, was er selbst gerade gedacht hatte.

»Das Desdemonawasser?«, fragte Furn ungläubig.

Agades räusperte sich. »Das erscheint mir keine gute Idee, Gus.« Sie hatte die Hände gefaltet und auf den Tisch gelegt, sie sah aus, als machte sie sich um irgendetwas große Sorgen.

»Es muss eine Möglichkeit geben, ans andere Ufer zu

kommen«, sagte Jakob unbeirrt. »Notfalls baue ich eben ein Floß.«

Gus stand auf und nickte. »Du musst jetzt sofort aufbrechen. Agades hat recht. Wir müssen dem König zuvorkommen.« Er beugte sich zur Seite und nahm etwas von der Bank. Jakob musste einen Schrei unterdrücken, als er sah, was es war.

»Eigentlich brauchst du keine Karte«, sagte Gus. »Niemand braucht eine Karte, um zu finden, was er sucht. Aber man vertraut nun einmal einem Stück Papier mehr als seinem eigenen Gefühl.«

Jakob nahm die Karte entgegen. »Vielen Dank, die werde ich gut gebrauchen können.«

Gus zwinkerte ihm zu.

»Eine Landkarte ist schön und gut, was er aber wirklich braucht, ist Schutz«, mischte sich Furn in das Gespräch ein. »Hier sind jede Menge Leute. Genug, um ein Heer zu bilden, das den Jungen begleiten könnte. Ich schlage vor, ich übernehme die Führung. Wir haben zwar keine richtigen Waffen und können die Truppen des Königs nicht besiegen, aber wir können ihnen zumindest tüchtig in die Quere kommen.« Es zuckte verräterisch in seinen Mundwinkeln, als ob er bei dem Gedanken lächeln müsste.

Gus klopfte Furn auf die Schulter. »Du bist zwar ein Schurke, aber einer mit guten Ideen! Du wirst die Leute anführen, die sich in der Riverkilt versammelt haben.« Er wandte sich an Jakob: »Deine Aufgabe ist es, so schnell wie möglich zum See zu kommen und ihn zu überqueren.«

»Ich gehe mit ihm.« Kait erhob sich und setzte den Hut auf. »Wenn Furns Heer die königlichen Soldaten in Schach hält, muss der Junge doch jemanden an seiner Seite haben, der ihn bis nach Ardelium begleitet.«

»Auf mich kannst du auch zählen«, warf Nasta ein.

Jakob bemerkte, dass Kait lächelte.

»Ausgezeichnet. Ihr solltet gleich aufbrechen« sagte Gus.

»Ist das jetzt beschlossene Sache? Du schickst ihn über den See?« Agades, die bis eben schweigend zugehört hatte, drehte sich zu Gus um. »Bist du dir sicher, dass du dieses Risiko eingehen willst?«

Jakob hörte die Sorge in ihrer Stimme, doch Gus antwortete ihr nicht. Stattdessen beugte er sich zu Jakob herunter. »Ich gehe davon aus, dass es dir gelingt, den See zu überqueren und deine Schwester zu befreien«, ergänzte er. Jakob lachte breit, doch Gus legte ihm die Hand auf den Arm und blickte ihm direkt in die Augen. »Hör mir gut zu, Jakob. Du wirst das andere Ufer erreichen, daran zweifle ich nicht. Aber für den Rückweg darfst du nicht den Weg über das Desdemonawasser nehmen. Du musst deine Schwester durch die Berge führen, was auch immer geschieht. Hast du mich verstanden?«

Überrascht von dem ernsten Ton, den Gus anschlug, nickte Jakob. »In Ordnung, nicht über den See.«

Gus wechselte einen schnellen Blick mit Agades. Dann ging er an Jakob vorbei und öffnete die Tür zur großen Halle.

»Milo!«, rief er und übertönte das Stimmengewirr im Saal. Der sympathische Barmann zwängte sich durch die Menschenmenge.

»Pack Proviant für Jakob ein – und auch für ein Heer von hundert Mann. Aber beeil dich, Jakob bricht gleich auf.«

»Wird schon schiefgehen«, sagte Milo. Er nickte Jakob zu. »Komm mit, wir schauen mal, was wir für dich auftreiben können.«

Jakob folgte dem Barmann. Er hatte das Gefühl, zu schweben. Alles drehte sich in seinem Kopf. Das Ende seines Abenteuers war in Sicht und er konnte es gar nicht erwarten, endlich loszulegen.

Agades stellte sich zu Gus an die Tür. »Ich hoffe, du weißt, was du tust«, sagte sie und beobachtete den Jungen, der aufrecht durch die Menge ging.

»Mach dir keine Sorgen, er schafft das«, antwortete Gus.

Agades neigte den Kopf. »Ja, aber zu welchem Preis, Gus.«

Der Gastwirt zuckte zwar mit den Schultern, doch sein Blick war düster, und hätte Jakob ihn gesehen, wären ihm auf der Stelle Zweifel gekommen.

DIE TRUPPEN SIND IM ANMARSCH

Es war Jakob, der das Tempo bestimmte. In Gedanken sah er Katie bereits vor sich. Schlafend. *Katie!*, würde er rufen. Und sie würde aufwachen und ihn lächelnd ansehen: *Jakob! Ich wusste, dass du kommen würdest, um mich zu holen!* Und dann käme sie auf ihn zugestürmt und würde sich in seine Arme werfen ...

»Zeit fürs Mittagessen!«

Jakob schreckte aus seinen Gedanken auf. Sie hatten schon ein ordentliches Stück zurückgelegt. Erst jetzt merkte er, wie durstig er war. Das Heer, das sie begleitete, hatte sich bereits auf dem Boden niedergelassen. Wassersäcke wurden herumgereicht und kleine Essensrationen verteilt. Schweigsam fingen alle zu essen an.

Kait und Nasta setzten sich zu Jakob. Kait knotete die Kordel auf, mit der Milo den Beutel verschlossen hatte.

»Wollt ihr Käse?« Kait steckte die Hand in den Beutel. Dann zuckte er die Schultern. »Vergesst den Käse«, sagte er enttäuscht und betrachtete das trockene Stück Brot in seiner Hand.

»Brot, wie herrlich.« Nasta streckte die Hand aus.

Jakob setzte sich neben sie, aber entspannen konnte er sich nicht. Während er auf seinem Stück Brot herumkaute und es mit Wasser hinunterspülte, holte er seine Karte hervor und rollte sie auf. Das Desdemonawasser und das Grummelfeld waren durch eine orangefarbene Schlängellinie verbunden. *Irrpfad* stand in verblichenen Buchstaben daneben. Der Irrpfad stieß unten an das Grummelfeld, von dem noch immer kein Ende in Sicht war. Links oben grenzte er an das Raaskalkgebirge und auf halbem Weg schlängelte er sich weiter zum oberen Rand der blauen Fläche des Desdemonawassers.

»Was ist der Irrpfad?«, fragte Jakob. »Seid ihr schon mal da gewesen?«

Nasta schüttelte den Kopf. Kait beugte sich vor und warf einen Blick auf die Karte. »Ich habe keine Ahnung, was das sein soll. Aber ich denke, wir sollten besser auf Nummer sicher gehen und dem Irrpfad an seiner schmalsten Stelle folgen.«

Er zeigte auf einen Abschnitt, an dem sich die Schlängellinie wie die Taille einer Sanduhr verengte.

Jakob fuhr sich über das Gesicht. Kait schien seine Gedanken zu lesen. »Ich weiß, das ist nicht der kürzeste Weg zum See, aber die Landstriche hier sind nicht so harmlos, wie sie aussehen.« Er zog die Schultern hoch. »Vielleicht wird es ja halb so schlimm, wer weiß. Aber ich glaube, wir sollten auf das Schlimmste vorbereitet sein.«

»Ja, vielleicht«, gab Jakob widerwillig zu. Ihm war klar,

dass Kait recht hatte. Auch er hatte so eine Vorahnung, dass der Irrpfad alles andere als einfach werden würde.

»Was ist das?«

Jakob hob den Blick. Er sah Nasta in die Ferne starren.

»Schaut doch dort drüben.« Sie streckte die Hand aus. Am Horizont wirbelte eine Staubwolke auf, als wäre dort der Wind aufgefrischt.

»Ist das ein Tornado?«, flüsterte sie.

Jakob kniff die Augen zusammen. Die Wolke wurde immer größer und kam rasch näher. Sie war noch zu weit entfernt, um irgendein Geräusch zu vernehmen. Das schwache Beben war allerdings niemandem entgangen.

Furn war der Erste, der sich rührte. Er sprang auf. »Das sind Truppen. Die Truppen des Königs!«

Das kleine Heer um ihn herum sprang sofort geschlossen auf. Wassersäcke und Proviant wurden hastig eingepackt und Knüppel und Messer hervorgeholt.

Furn lief zu seinen Leuten und erteilte Befehle. Er sah nicht länger wie ein Verbrecher aus, sondern wie ein General, der seine Soldaten auf den Kampf einschwört.

»Ihr da drüben.« Furn deutete auf Jakob, Kait und Nasta. »Macht euch auf!« Seine Stimme klang sanft und eindringlich. »Wir halten sie in Schach, solange wir können!«

Jakob überlegte keine Sekunde, sondern lief los. Der Staub unter seinen Füßen wirbelte auf. Falls die königlichen Truppen sie noch nicht bemerkt hatten, jetzt würden sie es bestimmt tun.

»Wie weit ist es zum Irrpfad?«, schrie Nasta, die neben ihm rannte.

»Er muss ganz in der Nähe sein!« Der Plan, den Pfad an seiner schmalsten Stelle zu überqueren, hatte sich mit einem Schlag erledigt. Sie mussten so schnell wie möglich zum Irrpfad gelangen. Wie riskant es vielleicht auch sein mochte, dort fänden sie bestimmt mehr Deckung als auf dem flachen Grummelfeld, wo sie so leicht zu entdecken waren. Soweit der Blick reichte, erstreckte sich das Grummelfeld vor ihnen. Nirgends war der Irrpfad zu sehen.

»Eigentlich müsste er direkt vor uns liegen!«, rief Kait. Sein Mantel flatterte, er hielt seinen Hut fest und zog die Krempe vor seine Augen, um sich vor dem aufgewirbelten Sand zu schützen.

»Aber wo?« Nasta hatte das Messer gezogen. »Ich sehe hier nur Staub!«

»Wir sind auf dem richtigen Weg!«, rief Jakob. Doch er zweifelte an seinen eigenen Worten. Das Grummelfeld lag endlos weit vor ihnen. Allmählich fragte er sich, ob sie vielleicht neben dem Irrpfad herrannten, anstatt direkt auf ihn zu.

»Jakob hat recht!«, rief Kait. »Die Sonne geht hinter den Bergen unter. Solange unsere Schatten hinter uns sind, können wir den Irrpfad nicht verfehlen!«

Jakob blickte kurz zum Himmel hoch. Zu seiner Erleichterung schien ihm die Sonne tatsächlich mitten ins Gesicht. Sie liefen also nicht in die falsche Richtung. Aber weshalb sahen sie immer noch nichts außer Geröll und

Staub? Hinter sich hörte er Furn seine Befehle rufen. Jakob blickte sich kurz um. Die Staubwolke am Horizont war abgebogen und kam nun direkt auf sie zu. Aber Furns Heer hatte schon Stellung zwischen ihnen und den königlichen Truppen bezogen.

Jakob wollte gar nicht daran denken, was gleich mit ihnen passieren würde. Er rannte, so schnell er konnte. Die Steinchen sprangen unter seinen Füßen wie Murmeln weg. Er spürte bereits ein Stechen in seinen Beinen und wusste, dass er dieses Tempo nicht mehr allzu lange durchhalten konnte. Gleich würden sich seine Muskeln verkrampfen und er müsste langsamer werden, ob er nun wollte oder nicht. Er ignorierte den Krampf in seinem Oberschenkel und rannte mit letzter Kraft weiter.

»Kait, wo bleibt dieser verfluchte Irrpfad?«, schrie Nasta.

Im nächsten Augenblick packte Kait Jakob unsanft am Ärmel. Er ließ sich mit seinem ganzen Gewicht nach hinten fallen und riss den Jungen mit. Nasta machte es ihm nach. Jakob schlug die Hände vors Gesicht, um seine Augen vor dem aufwirbelnden Staub zu schützen. Er versuchte, sich aufzurichten, doch Kait hielt ihn mit eisernem Griff fest. Als der Staub sich gelegt hatte, wusste Jakob, warum Kait ihn nach hinten gerissen hatte: Keine anderthalb Meter von ihnen entfernt klaffte ein gewaltiger Abgrund.

Dutzende Meter tief und kilometerbreit erstreckte sich die Schlucht vor ihnen. In der Tiefe ragten unzählige seltsame Säulen auf, unten orangefarben und so breit wie

Apartmenthäuser. Sie waren uneben wie Sandstein. Die Spitzen reichten bis zum Rand des Abgrunds, oben waren sie abgeflacht, als hätte jemand ihnen mit einem Riesenschwert die Spitze abgeschlagen. Es lag an der Farbe dieser abgeflachten Dächer, weshalb sie die Schlucht nicht eher gesehen hatten. Sie waren genauso grau wie das Geröll um sie herum. Betrachtete man den Abgrund von der Seite aus, schien es, als wäre er ein geschlossenes, graues Feld, das nahtlos ins Grummelfeld überging. Dabei standen die Säulen in Wirklichkeit Dutzende Meter voneinander entfernt in der Tiefe.

»Gütiger Himmel«, murmelte Nasta fassungslos. »Wer hat sich das bloß ausgedacht?«

»Und wozu?« Kait stand auf und wischte sich mit einer schnellen Bewegung den Staub aus dem Gesicht.

Die anstürmenden Truppen des Königs waren nicht länger in eine Staubwolke gehüllt. Die einzelnen Soldaten waren mitsamt ihren langen Speeren nun deutlich erkennbar. Was Jakob aber Gänsehaut bereitete, waren die dunklen Schatten, die hinter den Soldaten aufragten und die nichts Menschliches an sich hatten. Furn und sein Heer befanden sich zwischen ihnen und den königlichen Truppen. Nicht mehr lange und sie würden sich aufeinanderstürzen. Die Kampfrufe, die Furns Leute schrien, wurden von dem Gebrüll der königlichen Streitkräfte noch übertönt.

»Wir müssen da runter«, murmelte Jakob.

»Aber nicht hier«, erwiderte Kait schroff. Er packte Jakob an den Schultern und zog ihn vom steilen Abhang fort. »Wir müssen eine Stelle für einen sicheren Abstieg finden.«

»Hier ist nirgends so eine Stelle zu sehen!«, schrie Jakob. »Kapiert ihr das denn nicht? Wir haben keine Zeit mehr, nach einer besseren Stelle zu suchen!«

»Du bist ja irre!« Kait schüttelte ihn grob. »Wir werden hier nicht in den Tod springen!«

In diesem Moment trafen die beiden Armeen aufeinander und schlugen mit solcher Gewalt aufeinander ein, dass der Boden bebte. Jakob merkte, dass Kaits Griff schwächer wurde. Er riss sich los. Kaits Finger glitten an Jakobs Rücken entlang, in einem letzten Versuch, den Jungen aufzuhalten. Nasta schrie auf.

»Vertraut mir!«, rief Jakob, blinzelte in die Sonne und sprang.

27.

DER IRRPFAD

Jakobs Jacke flatterte im Wind, als er in die Tiefe fiel. Er versuchte, sie festzuhalten, aber als er merkte, dass er mit angelegten Armen viel schneller flog, ließ er sie wieder los. Der Wind sauste ihm um die Ohren. »Vertraut mir«, hatte er gerufen. Springen war ihm als einzige Möglichkeit erschienen, um zu entkommen. Er hatte sich dermaßen sicher gefühlt, dass er es selbst geglaubt hatte, aber jetzt, da er in solch einem schwindelerregenden Tempo in die Tiefe stürzte, zweifelte er an seiner Entscheidung. Hatte er einen fatalen Fehler begangen? Sein Magen drehte sich um. Er kniff die Augen zu.

Plötzlich berührten seine Füße etwas, schrammten daran entlang, lösten sich wieder und berührten es erneut. Länger diesmal. Jakob öffnete die Augen. Er hatte vor dem Sprung sehr viel Anlauf genommen und war erst einige Meter weit weg vom Rand in die Tiefe gesegelt. Jetzt flog er ziemlich nah an der Steilwand, die offenbar nicht gerade nach unten verlief, sondern in einer leichten Neigung. Wie bei einer gigantisch steilen Rutschbahn!

Jakob erinnerte sich an die Worte von Agades: Hör auf dein Herz, Jakob. Und das hatte er getan.

Seine Fersen schrammten wieder an der Wand entlang, immer mehr Gewicht lastete nun auf seinen Füßen, als würde ihn jemand langsam auf diese riesige Rutschbahn setzen.

Jakob hatte Mühe, nicht das Gleichgewicht zu verlieren. Orangefarbener Sand stob unter seinen Füßen auf. Er landete in seinem Mund und in seinen Augen. Seine Ellenbogen berührten die Steinwand. Jetzt kippte Jakob nach hinten und rutschte auf dem Rücken weiter. Seine Jacke schob sich nach oben und das T-Shirt löste sich aus dem Hosenbund. Er versuchte, den Stoff festzuhalten, doch bei diesem Tempo war das unmöglich. Bald würde die Steilwand seine nackte Haut aufscheuern.

Jakob glitt noch Dutzende Meter weiter und legte sich schützend die Arme um den Kopf. Erst als das Tempo sich verringerte, wurde ihm klar, dass er den Sprung überlebt hatte.

Er öffnete die Augen, schlug aber sofort die Hände vors Gesicht, als ein neuer Sandregen auf ihn niederprasselte. Kurz darauf rollten Kait und Nasta vorbei.

Jakob lachte. »Danke!«, sprudelte es aus ihm heraus, als sich der Staub gelegt hatte.

Kait stand auf, zog sich den Mantel zurecht und klopfte darauf herum, um ihn zu säubern. »Was hast du denn gedacht? Dass wir dich im Stich lassen?« Er lachte, aber das Zittern in seiner Stimme war deutlich zu vernehmen.

Von der Schlacht, die oben auf dem Grummelfeld tobte, war nichts mehr zu hören. Aber die Stille war bloß ein schöner Schein. Schnell stand Jakob auf. »Die Truppen trauen sich bestimmt nicht, zu springen, aber wir sollten uns trotzdem möglichst schnell zum Desdemonawasser aufmachen«, sagte er.

Nasta und Kait nickten. Jakob sah sich dem sonderbaren Wald aus Steinsäulen genauer an. Uneben ja, aber sie ragten kerzengerade in die Höhe, die Durchgänge dazwischen waren fast so breit wie zweispurige Straßen. Doch weil die Säulen kreuz und quer durcheinander standen, konnte man nur ein paar Meter weit sehen.

»Nun ist mir klar, woher der Name kommt«, sagte Kait und deutete nach oben. »Es wird ziemlich schwierig werden, Kurs zu halten. Hoffentlich verlaufen wir uns nicht.«

Jakob folgte seinem Blick und bemerkte, dass die haushohen Säulen die tief stehende Sonne verdeckten. Das Tageslicht erreichte den Boden der Schlucht nicht mehr.

»Wir müssen uns an etwas anderem orientieren«, sagte Nasta. Sie zeigte auf die Schatten der Säulen hoch über ihnen, die alle in Richtung der Steilwände wiesen. »daran können wir erkennen, wo die Sonne steht. Hoffentlich finden wir so den richtigen Weg.«

Jakob lachte erleichtert, doch Kaits Miene hellte sich nicht auf. »Die Sonne wird bald hinter den Bergen verschwinden«, sagte er. »Oben hätten wir dann noch genügend Licht, um weiterzugehen, aber hier unten werden wir keinen Schatten mehr entdecken können.«

»Du meinst...« Nasta wurde blass.

»Ich meine, dass die Truppen alle Zeit der Welt haben, um einen geeigneten Abstieg zu finden, während wir hier unten nichts tun können, als abzuwarten, bis die Sonne wieder aufgeht.«

Jakob wurde bleich. »Wie viel Zeit haben wir noch, bevor die Sonne weg ist?«

Kait sah nach oben. Nur ein kleiner Teil der Säulen stand noch im Sonnenlicht. »Eine Stunde. Höchstens.«

Ihre Schritte klangen gedämpft und Jakob schaute zu Boden, während sie durch den Säulenwald liefen. Er betastete den rubbeligen Stein. Er fühlte sich erstaunlich weich und warm an. Aus einem Impuls heraus kratzte er mit dem Daumennagel eine Schramme hinein. Die Säulen mochten imposant sein, aber sie waren auch verwundbar. Trotzdem konnte er keine andere Beschädigung entdecken.

Er sah noch mal zu dem einsamen Strich und runzelte die Stirn. Die Säule war wieder glatt und makellos. Von seinem Kratzer fehlte jede Spur. Oder schien ihm das nur so? An der nächsten Säule grub er den Daumennagel wieder in den weichen Stein und feiner Staub rieselte zu Boden. Jakob ging ein paar Schritte rückwärts, um den Kratzer im Auge zu behalten.

»Was tust du da?«, fragte Kait.

»Schau mal«, sagte Jakob und deutete auf die Säule. Nichts geschah.

»Wonach suchen wir?«, fragte Nasta.

Doch Jakob gab ihr ein Zeichen, still zu sein. Und dann

verschwand Kratzer langsam von der Säule. Als würde der Stein den Kratzer von innen reparieren. Die kleine Rille verblasste vor ihren Augen, bis sie schließlich völlig verschwunden war und die Oberfläche keinerlei Beschädigung mehr aufwies. Kait und Nasta sahen Jakob erschrocken an.

»Das alles lebt«, flüsterte Jakob.

Kait nickte bekümmert, als hätte er Angst, von den Säulen angegriffen zu werden, falls er jetzt eine falsche Bewegung machte.

»Unsere Fußabdrücke sind auch weg. Schaut doch«, sagte Nasta.

Der Boden hinter ihnen war wie glatt gestrichen. Kein einziger Fußabdruck war mehr zu erkennen.

»Komisch«, murmelte Kait. »Wenn man aber bedenkt, wie der Landstrich hier heißt!«

»Irrpfad.« Jakob sprach das Wort mit Grauen aus.

»Genau«, sagte Kait und ging los. »Was tut man, um sich in einem Labyrinth nicht zu verlaufen?«

Jakob dachte nach und antwortete schließlich: »Markierungen anbringen.«

»Richtig«, sagte Kait. »Man versucht, eine Spur zu hinterlassen, damit man sieht, wo man schon einmal vorbeigekommen ist. Und genau das ist in diesem Irrgarten nicht möglich.«

Jakob stieß Nasta an. »Der hier wurde ja zum Glück nicht allzu schlau entworfen. Wenn wir der Sonne folgen, sind wir bald wieder draußen.«

Kait drehte sich abrupt um. »Kein Ort ist in dieser Welt harmlos, Jakob. Lass dich nicht täuschen.« Er deutete nach oben zu den Säulenspitzen, die im goldgelben Sonnenlicht badeten. »Der Sinn dieses Irrpfads ist eindeutig, uns nicht hinauszulassen. Glaubst du wirklich, das da oben ist das Sonnenlicht?«, sagte er. »Als wir auf dem Grummelfeld pausiert haben, stand die Sonne hoch am Himmel. Es war Mittag, Jakob. Das ist höchstens zwei Stunden her und das Licht wird schon so schummrig, als würde die Sonne gleich untergehen.«

Jakob verging das Lachen. Kait nickte. »Dieser Ort wurde entworfen, damit man sich hier verirrt. *Alles* ist darauf ausgerichtet. Nichts, was man hier unten sieht, hat irgendetwas mit dem zu tun, was sich oben abspielt. Hier gelten andere Regeln. Sogar bei der Zeit.«

Jakob fühlte, wie das Blut aus seinem Gesicht wich. »Dann kann es also sein, dass wenn die Sonne hier untergeht, sie …«

Kait nickte und ergänzte: »… für lange Zeit nicht mehr aufgeht. Ich habe ehrlich gesagt keinerlei Hoffnung, dass wir hier schnell wieder herauskommen, wenn es erst dunkel ist.«

Das Licht kletterte langsam die Säulen hinauf, weg aus der Schlucht. Jakob, Nasta und Kait rannten zwischen den Säulen hindurch, auf der Suche nach einem Ausgang. Und obwohl die aufkommende Dunkelheit Jakob ängstigte, beschlich ihn doch ein Gedanke. Ein Gedanke, der an der einzigen Hoffnung, die er noch hatte, nagte: Falls sie wirklich einen Ausgang fänden, auf was würden sie dann stoßen? Was, wenn die Wände dort genauso steil wären? Wie würden sie hier jemals rauskommen?

28.

SPINNE

In der Schlucht setzte die Dämmerung ein. Gleichzeitig wurde es immer kälter. Jakob konnte mittlerweile seinen Atem sehen und in seinen Fingern kribbelte es. Er zog die Jacke enger um sich, doch die Kälte drang einfach durch. Wenn sie hier übernachten müssten, wäre es gut möglich, dass sie den Morgen – falls dieser überhaupt kommen würde – nicht mehr erlebten. Ein wenig Proviant hatten sie noch übrig, aber Holz für ein Feuer, an dem sie sich hätten wärmen können, konnte er nirgends entdecken.

»Das also tut der Irrpfad den Menschen an«, sagte Jakob leise. Seine Lippen waren steif vor Kälte, seine Stimme nichts weiter als ein leises Murmeln. »Wir sollen erfrieren.«

Er betrachtete Nasta. Ihre Lippen waren blau.

»Trödel nicht!«

Jakob erschrak. Wegen der Kälte und der Dunkelheit war er anscheinend immer langsamer geworden.

»Danke«, sagte er, »ich glaube, ich bin gerade im Gehen

eingeschlafen.« Er lachte, doch Kait sah ihn überrascht an.

»Ich habe doch gar nichts gesagt.«

Jakob zog die Augenbrauen hoch und drehte sich zu Nasta um, aber auch sie schüttelte den Kopf.

»Was hast du, Jakob?«, fragte sie besorgt.

Jakob bemerkte, wie seine kalten Lippen noch steifer wurden. Er hatte doch eine Stimme gehört? Nicht leise flüsternd, sondern nahe an seinem Ohr und laut.

»Ich dachte, ich hätte …« Er sah sich um, aber außer ihnen dreien war niemand hier. Trotzdem hatte er das Gefühl, dass noch jemand anwesend war. Vielleicht hielt sich derjenige, der gesprochen hatte, im Dämmerlicht versteckt?

»Da war eine Stimme.«

Kait sah ihn eindringlich an. »Eine Stimme?«

»Ja. Ich weiß nicht mehr genau, was sie gesagt hat, aber ich bin davon aufgeschreckt.«

Nasta runzelte die Stirn und warf Kait einen besorgten Blick zu.

»Ich bin mir sicher, dass ich einfach hinter euch hergelaufen bin, aber so, als würde ich schlafen. Die Stimme hat mich aufgeweckt.«

Nasta legte die Hand auf Kaits Arm. »Er fängt an zu halluzinieren. Wir sollten machen, dass wir hier wegkommen.«

»Ich bin nicht verrückt. Ich habe die Stimme gehört!«, beharrte Jakob. Seine Zähne klapperten.

Kait nickte. »Ich glaube dir, dass du meinst, etwas gehört zu haben, Jakob. Das kommt wahrscheinlich von der Kälte. Du bist erschöpft.«

Er zog seinen Mantel aus und legte ihn Jakob um die Schultern. Jakob wollte ihn daran hindern, aber ihm war zu kalt. Seine Glieder waren steif vor Kälte und er bewegte sich hölzern und langsamer, als er wollte.

»Aber ich habe es wirklich gehört«, murmelte er.

Nasta legte den Arm um ihn und zog ihn zu sich, dann gingen sie weiter. »Ist doch egal. Wir lassen dich hier jedenfalls nicht erfrieren.«

Jakob bemerkte, dass auch sie vor Kälte zitterte. Er nickte abwesend und betrachtete Kait, der vor ihnen lief. Er hatte die Arme um sich geschlungen und stampfte beim Laufen mit den Füßen auf, um warm zu bleiben. Jakob gab es auf. Todmüde lehnte er seinen Kopf an Nastas Schulter. Vielleicht hatten sie recht und er hatte sich alles nur eingebildet.

Fürchte dich nicht, Jakob. Folge deinem Herzen.

Er schreckte erneut auf. Nasta zog ihn noch etwas näher zu sich heran und streichelte ihm über dem Rücken. Hatte sie gerade etwas gesagt? Es war doch eine Frauenstimme gewesen, aber irgendwie hatte sie anders geklungen. Er tippte sich mit dem Finger an die Stirn.

Folge deinem Herzen, Jakob.

Diesmal war Jakob sich sicher, dass es nicht Nasta gewesen war. Sie blickte geradeaus und hatte die Lippen nicht bewegt.

Folge deinem Herzen. Wer hatte das noch mal zu ihm gesagt? Plötzlich kam die Erinnerung mit voller Wucht. Es waren Agades' Worte. Sie hatte es zu ihm gesagt, als er sie in ihrem Haus besucht hatte, am Anfang seiner Reise. Und nun sprach diese sanfte Stimme wieder zu ihm. Er musste lächeln.

»Woran denkst du?«, fragte Nasta.

Aber bevor Jakob antworten konnte, erklang die Stimme nahe an seinem Ohr: *Erwachsene können ebenso gut Angst haben wie Kinder. Nasta und Kait fürchten sich, Jakob. Und ängstliche Menschen können nicht zuhören. Sie haben sich in den Kopf gesetzt, dass du halluzinierst, und werden dir nicht glauben, egal was du sagst. Mach sie nicht noch ängstlicher, als sie es schon sind.*

»Kait!« Nastas Stimme hallte zwischen den Säulen wider. Kait drehte sich sofort zu ihr um.

»Was ist los?« Mit ein paar Schritten war er bei ihnen und beugte sich zu Jakob. »Hast du wieder Stimmen gehört?«, fragte er.

Jakob schüttelte den Kopf. »Ach was«, sagte er so deutlich, wie seine vor Kälte erstarrten Lippen es zuließen. Er konnte sehen, dass Nasta besorgt war, aber sie sagte nichts und sie gingen schweigend weiter.

Gut gemacht. Wenn du zugegeben hättest, dass du immer noch Stimmen hörst, wären sie nur noch ängstlicher geworden. In den meisten Welten sind Stimmen im Kopf kein allzu gutes Zeichen. Aber hier ist es anders, Jakob. Vertraue mir und übernimm die Führung. Ich bin an deiner Seite.

In diesem Moment streifte etwas Schwarzes Jakobs Beine. Bevor er hatte erkennen können, was es war, verschwand es schon wieder hinter den Säulen. Er spähte in die Dunkelheit. Hinter einer großen Säule lugte ein kleiner schwarzer Katzenkopf hervor. Die gelben Augen leuchteten im Halbdunkel auf. Es schien, als zwinkere das Tier ihm zu.

»Spinne«, flüsterte Jakob.

Nasta ließ ihn los und holte Kait ein. »Es geht ihm nicht gut, Kait. Wir müssen hier weg!«

»Ich tue mein Bestes!«, rief Kait ratlos. »Aber erzähl mir mal, wie wir hier je rauskommen sollen, ohne Kompass. Die elenden Säulen sehen alle gleich aus!«

Da war die Katze wieder. Sie lenkte Jakobs Aufmerksamkeit vom Gespräch ab. Sie kam wieder zum Vorschein, schmiegte sich an den glatten Stein, den Schwanz wie einen Wimpel in die Höhe gestreckt. Sie blickte ihn direkt an, als wollte sie ihn dazu verführen, zu ihr zu kommen und sie zu streicheln. Als Jakob einen Schritt auf sie zu machte, sprang die Katze ein Stückchen von ihm weg. Herausfordernd drehte sie den Kopf und miaute leise.

Irgendwie war ihm nicht mehr ganz so kalt. Mit einem verspielten Hüpfer verschwand die Katze hinter der nächsten Säule.

»Kommt her!«, rief Jakob zu Kait und Nasta hinüber, die noch immer diskutierten. Erstaunt sahen sie Jakob an. Der winkte ihnen ungeduldig zu. »Spinne ist da. Sie wird uns hier herausführen!«

»Begreifst du jetzt, was ich meine?«, flüsterte Nasta Kait zu.

Die Katze schaute Jakob fragend an, als wollte sie ihm sagen: Kommst du noch oder gibst du auf?

»Jakob!« Kait rannte auf ihn zu. »Tut mir leid, aber du sprichst wirres Zeug, Junge.«

Jakob lachte. »Nein, tue ich nicht. Spinne ist da und sie will, dass wir ihr folgen.« Er deutete auf die Säule, aber die Katze hatte sich versteckt.

Kait beugte sich vor. »Hör zu. Ich habe versucht, dir zu erklären, was gerade mit dir passiert, aber langsam verliere ich die Geduld. Entscheide dich, du kannst hinter mir hergehen oder ich trage dich. Wir können nicht das Risiko eingehen, hier zu erfrieren, nur weil du irgendetwas hinterherjagen willst, das nur in deinem Kopf herumspukt.«

»Aber sie ist wirklich hier!« Spinne zeigte sich wieder. Mit zwei geschmeidigen Sprüngen verbarg sie sich hinter der nächsten Säule. Jakob drehte sich um und rannte los. Er hörte Nasta und Kait hinter ihm hereilen.

»Sehr gut«, sagte er zu sich selbst und rannte weiter. »Wenn ihr mir nicht vertraut, muss ich es eben auf diese Weise versuchen.«

Die Katze lief im Zickzack an den Säulen vorbei. Jakob sah, wie sie immer wieder zum Vorschein kam, den Schwanz in die Luft gesteckt, um ihm den Weg zu weisen.

»Katie, wir kommen«, flüsterte er. »Ich komme.«

DAS DESDEMONAWASSER

Jedes Mal, wenn Jakob eine neue Säulenreihe im Irrpfad durchquert hatte, hatte er die Hoffnung, dass der Ausgang endlich in Sicht käme. Aber stattdessen tauchten mehr und mehr Säulen vor ihm auf, die nun immer dichter beieinanderstanden. Wie bleiche, bedrohliche Schatten drängten sie sich um ihn, die Säulenspitzen hoch in den dunklen Himmel aufragend.

Spinne sprang flink zwischen den Säulen hin und her, Jakob hatte Mühe, sie nicht aus den Augen zu verlieren. Er musste jetzt oft das Tempo verringern, um sich zwischen den Säulen durchzuzwängen. Langsam fing er an zu zweifeln. War das wirklich der richtige Weg? Spinne war in dieser bleichen Dunkelheit nichts weiter als ein schwarzer Schatten, der sich ab und zu zeigte und wieder verschwand. Vielleicht hatte Kait ja doch recht. War die Katze nur Einbildung? Eine Halluzination, die das Labyrinth hervorgerufen hatte?

»Jakob!« Nasta packte ihn fest an der Schulter. Keuchend stand sie neben ihm. »Was treibst du da? Wir kommen kaum hinterher!« Sie schüttelte den Kopf »Hast du gesehen, wo wir sind?«

Jakob blickte auf den dichten Säulenwald.

»Du hast uns mit deiner eigensinnigen Aktion direkt ins Herz dieses Labyrinths geführt!«

Kait zwängte sich zwischen zwei Säulen durch. Jakob brauchte sein Gesicht gar nicht zu sehen, um zu wissen, wie wütend er war.

»Wie schön, zu sehen, dass wenigstens du dich etwas erholt hast«, sagte er verächtlich. Und das stimmte. Komischerweise fror Jakob nicht mehr, während Kait und Nasta immer noch zitterten. Ratlos schaute Jakob sich um, aber Spinne war verschwunden.

»Ich habe sie echt gesehen.«

Kait seufzte. »Jede Wette«, sagte er grimmig.

»Er ist nicht er selbst, Kait.« Nasta klang besorgt, aber Kait ließ sich nicht erweichen.

»Alles schön und gut. Aber ich lass mich zu nichts mehr zwingen, ob er nun bei Verstand ist oder nicht. Hast du mich verstanden, Jakob?« Er baute sich drohend vor dem Jungen auf. »Ab jetzt machst du, was *wir* sagen.«

Jakob nickte. »Es tut mir leid«, stammelte er. »Ich war so sicher, dass die Katze uns hier rausbringt.« Stimmte das eigentlich? War er sich tatsächlich so sicher gewesen?

Nasta nahm ihn in den Arm. »Du bist ganz blass. Wie fühlst du dich?«

»Geht so«, murmelte Jakob. Mit einem Mal merkte er, wie müde er war. Seine Beine waren kraftlos und die

Schrammen auf seinem Rücken brannten. »Es tut mir leid«, sagte er noch einmal.

»Ja, ja, ist schon gut«, antwortete Kait unwirsch. »Halt jetzt den Mund und komm mit.«

Jakob schloss die Augen und ließ sich von ihnen führen. Insgeheim hoffte er, die Stimme noch einmal zu hören. Aber sie schwieg und auch Spinne war nirgends mehr zu sehen. Als wäre sie nie da gewesen. Vielleicht war er einfach übermüdet. Oder er verlor langsam den Verstand.

»Jakob! Nasta!« Kaits Stimme hallte durch die Säulengänge.

Jakob riss die Augen auf. Einen Moment glaubte er, dass Kait so schrie, weil er den königlichen Truppen in die Arme gelaufen war. Aber dann rief er aufgeregt: »Das Wasser! Hier ist der See!«

Jakob riss sich los. Als er sich durch den dichten Säulenwald gezwängt hatte, geriet er ins Taumeln. Der See. Sie hatten es geschafft. Auf der Karte war er eine blau gezeichnete Fläche, aber bei Nacht erschien das Wasser pechschwarz. Im Licht des großen Vollmonds glitzerten die kleinen Wellen silbern. Am gegenüberliegenden Ufer sah er die Ausläufer des Raaskalkgebirges, die spitzen Gipfel hoben sich dunkel vom Nachthimmel ab. Dahinter lag Ardelium. Und dort war Katie. Spinne hatte sie doch aus dem Irrpfad herausgeführt!

»Da ist dein See!«, lachte Kait und hielt den Daumen hoch. Von seinem Wutausbruch war nichts mehr übrig. Er drehte sich zu den grauen Säulen um und nahm die Hände wie einen Trichter an den Mund. »Wir sind zu schlau für euch!«, rief er triumphierend. »Ihr dachtet wohl, ihr könntet uns schnappen? Falsch gedacht!« Er ließ sich zu Boden fallen und verschränkte die Arme hinter seinem Kopf. Das Mondlicht beschien sein Gesicht. Jakob sah, wie erleichtert er grinste.

Jakob blies die Wangen auf und ließ die Luft langsam entweichen. Ein warmer Windhauch strich an seinem Gesicht entlang. Von der Kälte in der Schlucht war nichts mehr zu spüren. Er starrte das Wasser an. Wie er zum anderen Ufer kommen sollte, wusste er nicht, aber der See erschien ihm so vertraut wie sein eigenes Zimmer. Zum ersten Mal hatte er in dieser eigenartigen Welt das Gefühl, dass die Landschaft sein Freund war.

Auf dem Streifen Land, das zwischen ihnen und dem See lag, standen Bäume mit dünnen weißen Stämmen und breiten Kronen. Die kleinen Blätter raschelten im Wind und hier und da schien das Mondlicht verspielt zwischen ihnen hindurch. Auf dem Boden wuchs das Gras so hoch, dass es sich bog. Es bildete einen glänzenden Teppich, der fast bis an Ufer reichte. Das Wasser kräuselte sich im Wind und kleine Wellen spülten über den Sand.

Jakobs Blick glitt über das Wasser hinüber zu den Bergen in der Ferne. »Ich wünschte, Katie wüsste, dass ich hier stehe.«

Er sah zur Seite und bemerkte, dass Nasta neben ihn getreten war. Sie lächelte und starrte wie er über das Wasser. »Ja, wenn sie wüsste, wie nah du ihr schon bist.« Ihre

Stimme brach und Jakob ergriff ihre Hand. Seine Finger schlossen sich um ihre. Er drückte sie leicht. Nasta starrte weiter auf den See, erwiderte aber den Druck. »Jakob, du magst zwar ein Junge sein, der seine Schwester verwünscht hat, aber auch ein Held, der sie retten will. Glaube mir, hier gibt es Kerle, die zweimal so groß sind wie du, die aber schon längst die Flinte ins Korn geworfen hätten.«

Jakob wusste nicht, was er sagen sollte. Er fand sich überhaupt nicht mutig. Im Gegenteil, je näher er Katie kam, umso schuldiger fühlte er sich.

Nasta blickte ihn an und brach in Lachen aus. Sie wuschelte ihm durchs Haar. »Ich wollte dir Mut machen und nun bläst du Trübsal«, sagte sie lachend. »Du schaffst das schon. Das ist alles, was ich sagen wollte.«

Jakob genierte sich. Er stupste sie in die Seite. Doch ihre Worte taten ihm insgeheim gut. Sie war die Erste, die ihn nicht danach beurteilte, was er getan hatte, sondern danach, was er jetzt, in diesem Augenblick tat.

»Wenn du jetzt noch ein bisschen lächeln könntest?« Dann kitzelte sie ihn so lange, bis er lachen musste.

»Ah! Was ein Glück! Ich hatte schon Angst, du würdest gleich anfangen zu heulen«, neckte sie ihn. Jakob versuchte, ihre Hand festzuhalten, aber sie verlor das Gleichgewicht und zog ihn mit sich.

»Wenn ihr mit Rumalbern fertig seid, könntet ihr mir mit dem Lagerfeuer helfen«, sagte Kait. Er stand neben ihnen und blickte auf sie nieder, Jakob war froh, dass er immer noch gute Laune hatte.

Das Feuer war schnell entfacht. Unter den Bäumen lagen genügend tote Zweige und Blätter. Kait hatte am Ufer zwei schöne runde Steine gefunden, die er gegeneinanderrieb, bis die Funken sprühten. Die trockenen Blätter knisterten behaglich im Feuer. Jakob schlang die Arme um seine Knie.

Nasta war auf die Jagd gegangen und kam rasch mit einem stattlichen toten Vogel zurück, den sie an den Füßen hielt.

»Hast du irgendeine Ahnung, was dich in Ardelium erwartet?«, fragte sie, während sie den Vogel rupfte.

Jakob schüttelte den Kopf.

»Was hast du ihr gewünscht?«, sagte Nasta ernst.

Jakob schaute Kait an, der aus einem Zweig einen provisorischen Spieß schnitzte. »Ich weiß es nicht. Ich wollte für Katie das Schlimmste, was ich mir vorstellen konnte, aber das war so schlimm, dass ich es mir selbst nicht mehr ausmalen kann. Was ich ihr wünschte, war vielleicht so etwas wie ein dunkles Loch und Katie mittendrin.«

Er schüttelte den Kopf. Es erleichterte ihn zwar, darüber zu reden, aber er traute sich nicht, Nasta dabei anzusehen. »Ich wollte, dass sie an einem Ort wäre, an dem ich nie wieder auf sie aufpassen müsste. Wo etwas anderes sie bewachte. Etwas Abscheuliches, das ihr eine Todesangst einjagen sollte.«

Es war still. Jakob spürte, wie sein Jackenkragen ihn am Hals kratzte. Alles, was er gerade gesagt hatte, stimmte. Aber jetzt hatte er es laut ausgesprochen und plötzlich klang es noch viel schrecklicher. Schwer hing die Stille über ihnen, Jakob wurde immer bedrückter.

»Warum hast du angefangen, sie zu suchen?«, sagte Nasta sanft. »Ich meine, du hättest es doch auch lassen können. Was dich erwartet, ist ja nicht gerade ein Fest mit Limonade und Kuchen.« Sie schaute ihn grübelnd an. »Mich hat nie jemand gesucht und irgendwie kann ich das auch verstehen. Weshalb sollte man für jemanden, den man derart hasst, sein Leben riskieren?«

Jakob war erstaunt. Nasta war verwünscht? Er hatte Mitleid mit ihr. Aber sie hatte natürlich auch recht. Es war schon komisch. Erst hatte er alles drangesetzt, Katie loszuwerden, und jetzt wollte er sie, mit dem Einsatz seines Lebens, wieder zurückholen. Irgendwie unlogisch.

»Gleich redest du mir noch ein, aufzugeben«, sagte er und zog es ins Lächerliche.

Nasta betrachtete ihn ernst. »Hasst du sie noch?«

»Ich glaube nicht.« Jakob war über seine Antwort überrascht, aber es stimmte. Wenn er an Katie dachte, hatte er vor allem Mitleid mit ihr. Er fragte sich, ob er sie jemals wirklich gehasst hatte. Er hasste es, dass er sich immer um sie kümmern musste und nicht tun konnte, was er wollte. Er hatte die Situation gehasst, aber hatte er auch Katie gehasst? »Sie ist meine Schwester, sie gehört hier nicht her.«

Nasta neigte den Kopf. »Das ist gut«, sagte sie.

»Willst du gerne zurück in die richtige Welt?«, fragte Jakob.

»Ach.« Das Feuer flackerte und ihre Haare leuchteten

glühend rot auf. »Ich kann so vieles wollen, aber ich kann ja selbst nichts tun.« Sie starrte vor sich hin. »Und allmählich ist es besser, nicht mehr darauf zu hoffen. Es ist schon so lange her. Wenn derjenige, der mich verwünscht hat, das bereut hat, dann wohl schon vor langer Zeit. Ich glaube aber eher, er hasst mich immer noch und hat sich deshalb auch nicht auf die Suche nach mir gemacht.«

»Was für ein Unsinn«, murmelte Kait. »Es gibt viele Gründe, warum Opfer nicht gefunden werden.«

Nasta zog eine Augenbraue hoch. »Und die wären?«, fragte sie. Aber Kait richtete den Blick mit einem Mal auf etwas, das sich hinter ihnen befand. »Was ist das?«

Jakob und Nasta drehten sich um. Im Schatten zwischen den Bäumen saß ein kleines Tier. Das Fell glänzte pechschwarz. Die Augen leuchteten gelb im Mondlicht auf. Jakob schrie auf.

»Das ist Spinne! Seht ihr, dass ich recht hatte?«

Spinne legte sich in das hohe Gras, nur ihr Kopf schaute noch hervor. Sie sah Jakob freundlich an. Er lächelte und die Katze schloss ein Auge, als würde sie ihm zuzwinkern.

Mit einem breiten Grinsen drehte sich Jakob zum Lagerfeuer um und nahm das Stück Fleisch, das Kait ihm hinhielt. »Wer weiß, vielleicht hilft sie uns ja auch, über den See zu kommen«, sagte er.

Nasta lachte, aber Jakob hatte nicht gescherzt. Die Katze hatte ihn einmal gerettet und würde es wieder tun. Zu gegebener Zeit.

KAIT ERZÄHLT

»Leg dich schlafen, Jakob«, sagte Kait, als sie sich nach dem Essen die fettigen Hände im See wuschen. »Nasta und ich halten Wache.«

Jakob nickte. Es hatte herrlich geschmeckt und nun war er müde und zufrieden. Schläfrig ging er zum Feuer zurück.

Spinne lag noch immer unter dem Baum, in sicherem Abstand zu ihrem Lager. Sie hatte die Augen geschlossen, wahrscheinlich schlief sie. Jakob folgte ihrem Vorbild und rollte sich neben dem Feuer zusammen. Das Gras war mollig weich, fast wie ein richtiges Bett. Durch die Baumkronen konnte Jakob in den dunklen Himmel sehen. Es war eine wolkenlose Nacht, Hunderte Sterne funkelten. Ab und an schoss eine Sternschnuppe nach unten und zog einen hellen Strich über den dunklen Himmel. »Ich wünsche mir, dass ich Katie schnell finde und sie mit nach Hause nehmen kann«, flüsterte er bei jeder Sternschnuppe aufs Neue.

Nach einer Weile hörte er, dass Nasta und Kait sich zusammen ans Feuer setzten.

»Schläfst du, Jakob?«, flüsterte Nasta.

Jakob antwortete nicht. Er wollte am liebsten mit seinen Gedanken allein sein und dem Geplätscher des Sees lauschen.

»Der ist schon eingeschlafen«, sagte Kait.

Nasta lachte leise. »Hat mich gewundert, dass er überhaupt so lange durchgehalten hat. Ich bin ja schon vor dem Essen eingenickt.«

»Jakob ist zäh«, sagte Kait. »Er ist noch jung, aber er ist ein Kämpfer.«

Jakob tat so, als lege er im Schlaf den Arm über sein Gesicht. In Wirklichkeit wollte er aber sein breites Grinsen über das unerwartete Kompliment verbergen. Kaits Stimme klang sanft, beinahe freundlich. So hatte Jakob ihn noch nie reden hören, und schon gar nicht über ihn.

»Ja, ein Kämpfer, das ist er«, pflichtete Nasta Kait bei. Holz knisterte. Einer von beiden stocherte wohl im Feuer herum. Jakob hielt die Augen geschlossen. Die Situation erinnerte ihn ein bisschen daran, wie er zu Hause manchmal abends im Bett lag und seinen Eltern zuhörte, während sie im Garten noch Wein tranken.

»Darf ich dich etwas fragen?« Kait sprach leise. »Wie ist es, wenn man verwünscht wird?«

Nasta antwortete unerwartet scharf. »Wieso willst du das wissen?«

Stille.

Als sie das Wort wieder ergriff, klang sie weniger feindselig. »Entschuldige, du kannst nichts dafür«, sagte sie.

»Ich werde dir erzählen, wie das ist, von jemandem verwünscht zu sein. Es ist, als würde man hochgehoben und in die Luft geworfen. Es tut nicht weh und es könnte sogar ganz witzig sein, wenn man wieder unten ankäme. Aber das ist das Abscheuliche: Man kommt nicht mehr runter, es geht immer nur höher, schneller und schneller nach oben. Und die ganze Zeit hat man das Gefühl, dass man die Augen aufreißt, aber trotzdem nichts sieht. Als wäre man auf einen Schlag blind geworden. Wahrscheinlich hat es nicht einmal eine halbe Minute gedauert, aber es kam mir wie eine Ewigkeit vor. Ich hatte furchtbare Angst, weil weil ich nicht wusste, wann es aufhört, doch dann war es plötzlich vorbei und ich stand bis zur Taille in einem Tümpel. Es hatte nichts Beängstigenden, nicht wie im Broganwald zum Beispiel. Dieser Ort hatte auch nichts Besonderes, nicht wie der Irrpfad. Es war einfach ein Tümpel, weiter nichts, und ich mittendrin, völlig ahnungslos, wie ich dorthin gekommen bin. Schließlich bin ich losgelaufen. In dem Dorf, das ich erreichte, wurde ich schweigend empfangen. Für die Dorfbewohner war es offenbar nichts Neues, dass ein verirrter Mensch aus dem Nichts auftauchte. Ich erhielt trockene Kleider und nach und nach erzählte man mir die Geschichte dieser Welt. Wie die Menschen hier ankommen und wie manche wieder verschwinden.«

Nasta seufzte. »Ich wartete und wartete, aber keiner hat mich je gesucht.«

Die Bäume rauschten und irgendwo krächzte ein Vogel,

der mit klappernden Flügelschlägen aufflog. »Und wie bist du hier gelandet?«

Die Frage kam unverhofft. Jakob spitzte die Ohren, denn er hatte sie sich auch schon oft gestellt. Vielleicht würde Kait ihr ja antworten.

Kait seufzte und Nasta musste lachen. »Du tust gerade so, als würdest du vor einem Richter stehen. Hab keine Angst. Was auch immer du getan hast, ich werde dich dafür nicht verurteilen.«

»Da gibt es auch nichts zu verurteilen«, sagte Kait barsch.

»Du willst mir doch nicht erzählen, dass du auch verwünscht wurdest?« Jakob meinte, eine vage Hoffnung in Nastas Stimme zu hören. »Aber nein«, gab sie sich selbst die Antwort. »Du kannst kein Opfer sein. Sonst hättest du ja nicht gefragt, wie sich das anfühlt.«

Eine kurze Stille entstand. Jakob stellte sich vor, wie Kait versuchte, dieses Gespräch zu beenden. Wahrscheinlich vermied er den Blickkontakt, wie er es bei Jakob auch immer getan hatte. Nasta jedenfalls kümmerte sich nicht darum.

»Hast du mich das gefragt, weil du wissen willst, wie sich dein Opfer gefühlt hat, als du es verwünscht hast?«, fragte sie.

»Sie ist nicht mein Opfer!«

Kaits plötzlicher Ausbruch erschreckte Jakob so sehr, dass er sich fast verraten hätte.

»Pst!«, zischte Nasta. Jakob brauchte die Augen nicht

zu öffnen, um zu wissen, dass sie ihn beide ansahen. Er blieb still liegen und versuchte ganz entspannt, wie im Tiefschlaf, auszusehen.

»Du hättest ihn mit deinem Geschrei beinahe geweckt«, flüsterte Nasta nach einer halben Ewigkeit.

Jakob biss sich auf die Lippen.

»Ich habe sie nicht verwünscht. Ich konnte nichts dagegen tun, dass sie verschwand.«

»Wer?«

Kait schwieg einen Moment. Jakob musste sich beherrschen, nicht heimlich durch die Wimpern zu linsen.

»Meine Frau«, sagte Kait niedergeschlagen.

Jakob musste beinahe lachen. Kait und eine Frau? Kaum vorstellbar: Wer wollte denn mit so einem schlecht gelaunten Mann zusammenleben?

»Hast du sie gehasst?«, fragte Nasta leise.

»Nein. Ich habe sie mehr geliebt als alles auf der Welt. Sie war mir das Wichtigste im Leben.«

»Aber?«

»Kein aber. Sie war reizend und ich habe sie geliebt. Punkt.«

»Und du sagst, du hast sie nicht verwünscht?«

»Genau.«

»Sorry, Kait, aber das ist etwas schwer zu glauben«, sagte Nasta verächtlich.

»Dann glaub doch, was du willst.« Das Sanfte war aus seiner Stimme verschwunden. Kait klang wieder mürrisch und schroff.

»Ich meine, wenn du sie nicht verwünscht hast, wie ist sie dann hierhergekommen?«, fragte Nasta ruhig. »Man ist ja nur hier, wenn man verwünscht wurde oder verwünscht hat. Und du behauptest, dass beides nicht auf dich zutrifft. Oder ist mir da was entgangen?«

»Es ist eine lange Geschichte.« Kait klang erschöpft.

Jakob brannte vor Neugier und hoffte, dass Kait weitererzählte.

»Wir haben alle Zeit der Welt für eine lange Geschichte. Die Sonne ist gerade untergegangen und ich bin sehr geduldig«, drängte Nasta. »Was ist mit ihr geschehen, Kait? Wer hat sie verwünscht?«

Jakob hielt den Atem an.

»Meine Mutter«, antwortete Kait. »Sie konnte sie nicht ausstehen. Vom ersten Augenblick, als sie Suse getroffen hat, ist es schiefgegangen.«

»Suse? Ist das ihr Name?«

Jakob hatte das Gefühl, dass seine Ohren glühten, so angestrengt hörte er den beiden zu.

»Ja, meine Mutter ließ kein gutes Haar an Suse. Sie sei unhöflich, schlampig und könne nicht kochen und so weiter. Suse beklagte sich immer bei mir über die bösen Bemerkungen meiner Mutter, die sie nur aussprach, wenn ich nicht dabei war. Ich habe das alles nicht so ernst genommen. Ich dachte, wenn wir erst einmal verheiratet wären, würde das aufhören.«

»Und? War das so?«

»Keineswegs. Meine Mutter weigerte sich, zur Hochzeit

zu kommen. Sie schrie, dass Suse eine Hexe sei und dass sie uns nie besuchen wolle.«

Nasta pfiff leise durch die Zähne. »Eine reizende Mutter hast du.«

»Hatte ich«, sagte Kait. »Eines Abends saß ich mit ihr an ihrem Küchentisch. Sie hackte mal wieder auf Suse herum, als sie plötzlich vom Stuhl fiel. Als ich neben ihr kniete, packte sie mich am Arm. ›Ich werde nicht eher ruhen, bis ich dich von diesem Frauenzimmer, mit dem du zusammenlebst, erlöst habe. Ich wünschte, sie würde …‹ Dann röchelte sie, sodass ich ihre letzten Worte nicht mehr verstehen konnte.«

»Sie lag im Sterben und hat mit ihrem letzten Atemzug deine Frau verwünscht?«, fragte Nasta ungläubig.

»Irgendwie war ich erleichtert, dass meine Mutter tot war«, sagte Kait. »Aber als ich abends nach Hause kam ….«

Jakob bekam Gänsehaut.

»… war Suse weg«, flüsterte Nasta.

»Ich habe sie überall gesucht. Das ganze Dorf hat mir dabei geholfen. Aber als sie nach ein paar Wochen immer noch verschwunden war, fing das Gerede an. ›Sie ist mit einem anderen durchgebrannt‹, wurde getratscht. Aber ich wusste tief im Herzen, dass etwas ganz anderes passiert war. Etwas viel Schlimmeres. Ich wusste nur nicht, was. Sie fehlte mir entsetzlich. Ich fühlte mich schuldig und einsam. Eines Abends hatte ich genug davon. Das war der Abend, an dem Herr Sonnemann mich besucht hat.«

Jakob musste sich nun furchtbar anstrengen, um nicht aufzuspringen und Kait anzustarren.

»Warte mal«, sagte Nasta. »Herr Sonnemann hat dich besucht? Bist du dir sicher?«

»Ganz sicher. Ich stand auf einem Hocker in meinem Schlafzimmer und plötzlich saß er auf meinem Bettrand. Er stellte sich vor und sagte: ›Willst du wissen, wo deine Frau ist?‹ Ich brachte kein Wort heraus. Ich stand auf dem Hocker mit einem Strick in der Hand und starrte ihn an.

›Die Verwünschung deiner Mutter war so stark, dass sie in Erfüllung gegangen ist. Und weil du deine Mutter nicht daran gehindert hast, immer wieder deine Frau zu verfluchen, bist du mitschuldig.‹«

»Ja, du hättest wenigstens versuchen können, sie aufzuhalten«, sagte Nasta empört. »Vielleicht hätte sie ja damit aufgehört.«

»Nein, Nasta.«

Jakob bemerkte den großen Kummer in Kaits Stimme. Mit einem Mal hatte er tiefes Mitleid mit diesem Mann.

»Wenn ich das wirklich gewollt hätte, hätte ich dafür gesorgt, dass sie den Mund hielt. Aber ich war zu schwach.

›Normalerweise steht eine Karte zur Verfügung‹, sagte Herr Sonnemann, ›aber dein Fall liegt anders. Deine Mutter ist die Einzige, die wissen könnte, wo deine Frau nun steckt. Aber sie ist tot. Also gibt es auch keine Karte. Deine Frau kann nicht von dort weg, wo sie jetzt ist. Sie wird an dem Ort leben müssen, an den deine Mutter sie verwünscht hat. Und eines kann ich dir versichern: Es ist kein schöner Ort. Du bist der Einzige, der das hätte verhindern können. Verhindern müssen! Findest du es fair, einen Schlussstrich zu ziehen, während deine Frau das nicht kann?‹ Ich schämte mich für den Strick in meinen Händen. Dann stellte er mich vor die Wahl. Ich könnte bleiben und todunglücklich werden oder mit ihm mitgehen. Ich würde meine Frau ohne Karte wahrscheinlich nie finden, aber er könnte mir eine Stelle anbieten, damit ich wenigstens in derselben Welt leben könnte wie sie. Ich sollte dort anderen Menschen bei dem helfen, was mir nie gelingen wird: ihre Opfer zu finden.«

»Er bot dir an, die Leute abzuholen, die jemanden verwünscht haben.«

»Ja. Ich musste nicht lange nachdenken. Ich fühlte mich einsam und jämmerlich ohne Suse. Also ging ich mit ihm mit.«

»Und dann hast du sie gesucht.«

»Ich bin bis Kesteren gekommen, aber ohne Karte ist es sinnlos. Ich habe keine Ahnung, wo ich suchen muss. Die Welt hier ist so riesig.«

»Du hast sie aufgegeben?«, fragte Nasta fassungslos.

»Was hätte ich denn tun sollen? Meine Mutter hatte eine ziemlich dunkle Fantasie. Wer weiß, vielleicht hat sie Suse irgendwo unter die Erde verfrachtet oder sie mit ihrer Verwünschung in Stücke gerissen? Dann könnte ich ewig suchen.«

»Oder sie lebt noch irgendwo in dieser Welt und wartet auf dich!«, entgegnete Nasta gepresst. Jakob hörte, dass es sie Mühe kostete, weiterhin leise zu sprechen, so entrüstet war sie. »Du behauptest, dass du sie liebst, hattest aber keine Lust, sie zu suchen.«

»Hör auf!«

»Du hast kampflos aufgegeben, Kait!«

»Ich warne dich!«

»Obwohl die Möglichkeit besteht, sie zu retten.«

»Halt den Mund!« Kait spie die Worte aus, als wären sie Steine, die er Nasta an den Kopf schleuderte. »Ich meine es ernst!«

»Meinetwegen«, sagte Nasta mit einem Mal sehr ruhig. »Kindisch, aber meinetwegen. Ich halte den Mund.«

»Gut.«

Dann war es still. Im Feuer knackte ein Zweig. Kait atmete schwer. Es war ein wütendes, schnaubendes Geräusch. Dann sagte Nasta leise, aber bestimmt: »Damit du es weißt, der Junge da drüben hat mehr Durchhaltevermögen, als du je haben wirst.«

Ein Ast brach ab und krachte auf den Boden. Nasta hatte sich aus dem Staub gemacht.

DAS GEHEIMNIS DES SEES

Als Jakob die Augen öffnete, brannte das Feuer nicht mehr und es war dunkel. Anscheinend war er doch noch eingeschlafen. Der Wind hatte sich gelegt und der See lag da wie ein glatter, schwarzer Spiegel. Das Einzige, was er hörte, war sein eigener Atem. Er sah hoch zu den Baumkronen, aber selbst die Blätter hingen reglos an den Ästen.

»Kait?«, flüsterte er.

Er erkannte die Umrisse zweier Körper, die neben dem erloschenen Lagerfeuer lagen. Am liebsten würde er schreien, damit sie aufwachten, um so die sonderbare Stille, die zwischen den Bäumen hing, zu durchbrechen. Aber er traute sich nicht. Was sollte er auch sagen, wenn er sie geweckt hätte: *Sorry, ich habe Angst im Dunkeln?*

Er spürte, dass er beobachtet wurde. Ruckartig drehte er sich um.

»Ach, du bist es.« Er atmete erleichtert auf. Spinne, die ein paar Schritte von ihm entfernt stand, streckte sich, öffnete ihr Maul und gähnte ungeniert. Sie schmatzte, als hätte sie gerade einen Fisch verputzt. In aller Ruhe kam sie auf Jakob zu. Er bückte sich, um sie zu streicheln, doch bevor er sie berühren konnte, hüpfte sie an ihm vorbei zum See.

»Hast du Durst?«, fragte Jakob. Aber die Katze machte keinerlei Anstalten, zu trinken. Sie reckte den Hals, soweit sie konnte, und versuchte, sich auf die Hinterbeine zu stellen. Jakob konnte nicht erkennen, wohin sie schaute. Über dem See hing dichter Nebel.

»Was siehst du, Spinne? Du meinst wohl, es wird gleich ein Floß voller Mäuse angespült.« Er lächelte und ging zu ihr hinüber. Die Katze blickte wieder über den See. »Was willst du mir denn zeigen?«

Auf einmal begann sich das Wasser zu kräuseln. Kleine Wellen spülten über den Sand. Schnell trat er einen Schritt zurück, damit seine Schuhe nicht nass wurden. Die Katze machte auch einen Satz und strich ihm um die Beine. Die Wellen wurden immer größer, als käme etwas über den See.

»Was geht da vor sich?«, flüsterte Jakob. Er machte langsam mehrere Schritte rückwärts, ließ dabei aber den See nicht aus den Augen. Plötzlich stieß er mit jemandem zusammen und fuhr mit einem Schrei herum. Hinter ihm stand Kait.

Kait starrte auf das Wasser. »Keine Ahnung, was das ist, aber ich glaube, wir sollten machen, dass wir hier weg-kommen«, sagte er.

Jakob nickte. Im Nebel knarrte etwas. »Komm, Spinne«, sagte er eilig, »wir müssen hier weg.«

Die Katze blieb jedoch stehen und starrte weiter auf den See, als wollte sie sein Geheimnis ergründen. Jakob hob sie hoch und folgte ihrem Blick. Dann riss er den Mund auf.

»Kait« stammelte er, »sieh doch!«

Aus dem Nebel tauchte ein riesiger Dreimaster auf. Der Bug pflügte durch das Wasser. Das Schiff glänzte im Mondlicht und eine Galionsfigur blickte von hoch oben auf sie herunter: Eine Frau, die so meisterhaft geschnitzt war, dass es aussah, als flattere ihr langes Kleid im Wind.

»Was ist das?«, flüsterte Kait atemlos.

Nasta hatte sich zu ihnen gesellt und betrachtete das Schiff, das sich vor ihnen auftürmte. Sie schüttelte sprachlos den Kopf. Spinne miaute leise. Jakobs Blick glitt über den Bug zu den Bullaugen, die klein und rund in den Holzflanken ausgespart waren. Von dem Schiff ging eine magische Anziehungskraft aus. Spinne schnurrte an seinem Ohr. Jakob beruhigte sich. Er streichelte ihr über den Kopf.

»Kommt das Schiff meinetwegen?«, fragte er.

Die Katze stieß ihn sanft mit dem Kopf an, sodass die Schnurrbarthaare an Jakobs Wange kitzelten. Er lächelte.

»Deinetwegen? Was redest du da?«, fragte Nasta alarmiert. »Komm mit, bevor es zu spät ist.«

Jakob schüttelte den Kopf. »Wir brauchen keine Angst zu haben«, sagte er und kraulte die Katze unterm Kinn. »Das ist kein Feind. Es kommt extra für mich.«

Nasta warf einen flüchtigen Blick auf das Schiff. Jakob spürte, dass seine Worte sie nicht beruhigten. In diesem

Moment erklang ein dumpfes Krachen aus dem Schiffs-bauch. Als dehne sich das Holz ganz langsam aus. Kait legte schützend den Arm um Jakob und wollte ihn mit sich ziehen, doch der Junge riss sich los.

Der Schiffsrumpf geriet in Bewegung. Die Holzplanken blähten sich auf wie Segel im Wind. Sie wölbten sich so stark nach außen, dass Jakob schon befürchtete, das Holz könnte jeden Augenblick entzweibrechen und die Splitter würden ihnen um die Ohren fliegen. Angst hatte er keine. Er wusste nicht warum, aber er war sich sicher, dass ihm die Splitter nichts anhaben könnten.

»Leg dich hin!«, rief Nasta. »Es explodiert gleich!«

Aber Jakob ließ sich nicht von ihr nach unten zie-hen. Er trat einen Schritt vor. Die Katze auf seinem Arm schnurrte.

»Spinne hat uns schon durch das Labyrinth geführt. Das war kein Zufall. Ihr müsst mir vertrauen!« Seine Stimme übertönte kaum das Krachen der Planken, aber das war ihm egal. Sie würden schon noch merken, dass sie nichts zu befürchten hatten.

Der Wind blies. Jakobs Haare wurden mit voller Wucht nach hinten geweht, als die ersten Planken krachend ab-sprangen. Sie schleuderten durch die Luft. Andere Holz-bretter brachen nur an einem Ende ab, sie neigten sich ächzend in Richtung Ufer, so als streckte das Schiff höl-zerne Arme zum Festland aus.

»Jakob! Komm her!«, schrie Nasta. »Du kriegst sonst noch was ab!«

Jakob lächelte. »Mach dir keine Sorgen. Das Schiff will uns doch mitnehmen!«

Der Rumpf des Dreimasters war nun so weit aufgebrochen, dass ein riesiges Loch entstanden war. Dann wurde das Loch wieder kleiner. Wie ein ausgefranstes V, aus dem die Planken kreuz und quer herausragten. Die Bretter, die durch die Luft flogen, landeten mit lautem Knall auf dem Wasser und bildeten einen schmalen Steg, der vom Schiff zum Ufer führte. Die letzte Planke fiel mit einem dumpfen Schlag vor Jakobs Füße. Das Geräusch hallte noch kurz nach, dann wurde es still.

Die Segel hingen wieder schlaff hinab, als wäre nichts geschehen. Der Steg war ein schmaler Holzpfad, der ins Schiffsinnere führte.

Kait und Nasta rappelten sich wieder auf.

»Ich möchte dir ja gerne glauben, Jakob«, sagte Kait vorsichtig, »aber irgendetwas geht hier nicht mit rechten Dingen zu. Lass es bleiben und komm mit.«

»Kait hat recht, Jakob. Wir wissen nicht, wer dieses Schiff geschickt hat.«

Jakob strich der Katze über den Rücken. »Aber ich weiß es«, sagte er lächelnd. »Ich habe ihre Stimme gehört, im Irrpfad. Ihr wolltet mir ja nicht glauben, aber sie hat mir die Katze geschickt, damit sie uns rettet. Es ist Agades.«

Nasta und Kait sahen ihn sprachlos an. Nasta fand als Erste wieder die Fassung. »Wer sagt dir, dass die Stimme echt gewesen ist? Du hast dich schon einmal von einer Stimme täuschen lassen.«

Sie spielte auf Drorg an, doch Jakob ließ sich nicht verunsichern. »Was die Stimme zu mir sagte, konnte nur Agades wissen«, erklärte er. »Es waren genau dieselben Worte. Glaubt mir, hätte ich nur den geringsten Zweifel, würde ich das zugeben. Ich würde euch nie in Gefahr bringen.«

Kait seufzte. »Ich weiß nicht, Jakob, ich will dir ja glauben, aber …«

In diesem Moment sprang die Katze von Jakobs Schulter und stolzierte mit hochgestrecktem Schwanz den Steg entlang. Jakob grinste. »Also, die Katze vertraut mir.«

Kait rückte seinen Hut zurecht. »In Ordnung«, sagte er schließlich. »Wie du willst. Wir gehen an Bord und schauen, was passiert.«

Jakob nickte und lief hinter Spinne den Steg hinauf.

Kait folgte ihm. »Aber wenn es schiefgeht, komm bloß nicht zu mir und weine dich aus!« Er breitete die Arme aus, um das Gleichgewicht zu halten.

»Wenn das hier schiefgeht, leben wir sowieso nicht mehr lange genug, um zu weinen«, murmelte Nasta.

Während er über die schmalen Planken zum Schiff hinüberbalancierte, besah sich Jakob die Öffnung im Schiffsrumpf genauer. Das Loch klaffte dunkel und bedrohlich. Es wirkte nicht einladend. Er konnte sich nicht vorstellen, dass Agades tatsächlich an Bord dieses düsteren Schiffes war. Etwas Unheimliches ging von ihm aus. Seine Beine zitterten und er musste sich an den Brettern festhalten, die neben dem Steg wie lange, braune Zähne emporragten. Und auf einmal war er sich sicher: Er hatte einen entsetzlichen Fehler begangen. Drinnen würde sie etwas Furchtbares erwarten. Und er führte Kait und Nasta direkt dorthin.

Unmerklich ging er etwas langsamer. Er rieb sich mit dem Jackenärmel über die Stirn. Hinter ihm liefen die beiden Menschen, die während dieser verrückten Suche nach Katie ihr Leben für ihn riskiert hatten. Und was tat er? Mit jedem Schritt brachte er sie der Gefahr näher, die im Schiffsbauch lauerte.

Vor ihm blieb die Katze stehen. Sie drehte den Kopf und sah ihn mit ihren sanften Augen fragend an. Bildete er sich das ein oder lächelte sie?

»Ich traue dem hier nicht«, flüsterte er ihr zu. »Vielleicht hat Kait recht, Spinne. Wir sind womöglich in großer Gefahr.«

Das Tier miaute kurz. Mit ihren weisen Augen schaute sie ihn beruhigend an und plötzlich schossen Jakob Agades' Worte wieder in den Kopf: *Angst ist wie ein Thermometer, benutze sie also nicht als Kompass.* Und was machte er?

Er stellte sich kerzengerade hin. »Du hast recht, Spinne«, sagte er. »Wenn ich mich jetzt schon vor einem Schiff fürchte, dann steht mir am anderen Ufer noch viel Schlimmeres bevor.« Er ließ die Bretter los. »Zeig mir den Weg, ich folge dir.« Vorsichtig folgte er Spinne.

DAS SCHIFF

Die Planken knarrten unter seinen Füßen. Jakob spürte die Kälte der Nacht auf seinem Gesicht. Spinne hatte das Schiff erreicht. Sie sah sich noch einmal nach ihm um, dann verschwand sie mit einem Sprung im Dunkeln.

»Dieses Schiff ist gruselig«, flüsterte Nasta, aber Jakob ignorierte sie. Er holte tief Luft und kletterte durch das Loch. Kurz erwartete er, zu fallen oder von irgendetwas in die Finsternis gezogen zu werden. Aber stattdessen leuchtete der Raum um ihn herum plötzlich hell auf. Erstaunt blickte er um sich. Die Decke war niedrig und robuste Balken ließen ihn an ein gemütliches Café denken. Die Wände bestanden aus honiggelben Holzpaneelen und an jedem Stützbalken hingen kleine Glaslaternen, die wohliges Licht verbreiteten. Etwas Beängstigendes hatte der Raum sicher nicht. Nichts ist, wie es scheint. Agades hatte wieder einmal recht gehabt. In diesem Land ließen sich die Dinge nicht nach ihrem Äußeren beurteilen, das hatte er mittlerweile gelernt. Er drehte sich um. Kait und Nasta standen hinter ihm. Jakob grinste, als er ihre erstaunten

Gesichter sah. Er war ungemein erleichtert, ließ sich das aber nicht anmerken.

»Ich habe doch gesagt, ihr könnt mir vertrauen«, sagte er locker. »Willkommen an Bord.«

»Wo ist die Katze?«, fragte Nasta.

Jakob zuckte mit den Schultern.

»Und Agades? Wo ist sie?«, fragte Kait. Jakob sah ihm an, dass auch er erleichtert war. Aber sein Misstrauen war noch nicht völlig verschwunden.

»Vielleicht wartet sie oben auf uns«, antwortete Jakob. Er deutete auf die Treppe, die hoch zu einer Tür führte. Er fühlte sich fast schon zu Hause. Das Schiff strahlte Ruhe und Wärme aus. Jakob ließ die Hand über das Geländer gleiten, als er die Treppe hinaufstieg. Es kam ihm so vor, als kenne er jede Unebenheit im Holz, jede Vertiefung und jeden glatt geschliffenen Knubbel.

Er hatte erwartet, dass die Scharniere verrostet wären und quietschen würden, wie das bei alten Türen oft der Fall war. Doch die Tür ließ sich lautlos öffnen. Vor ihm lag ein langer Gang mit einem dicken dunkelroten Teppich, in dem er bis zu den Köcheln versank und der bei jedem Schritt federte wie eine gigantische Matratze.

Jakob gähnte. Durch die ganze Aufregung hatte er völlig vergessen, dass es mitten in der Nacht war. Er war hundemüde, am liebsten würde er sich auf den Teppich legen und schlafen.

»Was wohl hinter den Türen ist?«

Kaits Stimme rüttelte ihn wach.

Vorsichtig schauten sie in ein kleines gemütliches Zimmer. Auf dem Boden lag der gleiche mollige Teppich, nur war dieser hier nicht dunkelrot, sondern azurblau. Was Jakobs Blick aber magisch anzog, war das Himmelbett in der Mitte des Zimmers. Die blauen Samtvorhänge waren aufgezogen und an den vier Pfosten mit goldenen Kordeln befestigt. Die Matratze sah dick und einladend aus, die Kissen waren aufgeschüttelt und das Bettzeug mit Satinbettwäsche bezogen. Am Kopfende hatte jemand die Bettdecke einladend zurückgeschlagen.

Nasta seufzte auf. »Ich kann meine Augen kaum noch aufhalten. Lasst uns schnell Agades suchen.« Sie sah Jakob an. »Was meinst du, wo wir sie finden?«

»Ich glaube, wir brauchen sie nicht zu suchen«, sagte Jakob langsam.

»Wie meinst du das?«, fragte Kait. »Wieso sollte sie uns nicht sehen wollen?«

»Es ist nicht so, dass sie uns nicht sehen will.« Jakob hielt kurz inne, weil er nicht genau wusste, wie er am besten erklären könnte, was er dachte.

»Ich glaube, sie hat dieses Schiff geschickt, weil sie mir helfen will, ans andere Ufer zu kommen. Wo sie selbst ist, weiß ich nicht.«

»Verstehe ich dich recht? Du hast uns an Bord dieses Schiffes gelockt, weil Agades hier sein sollte, und nun sagst du, sie ist vielleicht gar nicht da?« Kait warf die Arme in die Luft. »Und diese Stimme? Bist du dir immer noch so sicher, dass es ihre war?«

»Ihre Stimme habe ich gehört, als stünde sie direkt neben mir.« Müde zog Jakob die Schultern hoch. »Ich weiß es doch auch nicht. Ich weiß nur, dass sie dafür sorgen wollte, uns sicher auf die andere Seite des Sees zu bringen.«

Nasta zog Kait am Jackenzipfel. »Hör auf damit.«

»Aber was für Beweise hat der Junge?«, rief Kait.

»Er hat keinerlei Beweise. Manchmal gibt es keine Beweise. Manchmal muss man einfach Vertrauen haben.«

»Vertraust du diesem Schiff etwa? Hast du ein gutes Gefühl?« Kaits Stimme überschlug sich vor lauter Empörung, doch Nasta blieb ruhig.

»Nein«, sagte sie. Jakob hielt den Atem an. »Nein, ich traue dem Schiff keineswegs. Aber ich vertraue Jakob.« Sie blickte Jakob eindringlich an. Er fühlte seine Wangen glühen. »Er hat der Katze vertraut. Und haben wir ihm geglaubt? Nein, aber sie hat uns aus dem Irrpfad geführt und uns zum See gebracht. Wenn Jakob behauptet, dass er Agades' Stimme gehört hat und dass wir hier in Sicherheit sind, dann verdient er unser Vertrauen. Genau wie er uns vertraut hat, als wir ihn aus der Arena befreit haben.« Sie zog noch einmal demonstrativ an Kaits Jacke, dann ließ sie ihn los. »Jakob, du behauptest, dieses Schiff ist sicher. Gut, dann gehen wir mal davon aus.«

Kait schwieg, doch als Nasta ihn weiterhin ansah, schlug er schließlich die Augen nieder.

»Danke«, sagte Jakob.

Nasta zwinkerte ihm zu. »Gut.« Sie klatschte in die Hände und sah sich im Zimmer um. »Es sieht ganz so aus, als hätte man uns erwartet.« Sie deutete auf das Bett. »Was meint ihr?«

Jakob nickte erleichtert. Er war froh, dass Nasta sich für ihn eingesetzt hatte, denn er war viel zu müde und verwirrt, um Kait selbst überzeugen zu können.

»Also gut.« Nasta ging zur Tür und zog Kait mit sich. »Dann schlage ich vor, wir beide sehen mal nach, ob es hinter den anderen Türen noch mehr Betten gibt.«

»Und lassen Jakob hier allein?« Kait sträubte sich.

»Auch wir müssen schlafen.« Sie ließ ihn stehen und ging den Gang entlang.

Unbehaglich stand Kait im Türrahmen. »Du fühlst dich hier wohl?«

Jakob nickte.

»Oh. Also schön«, stammelte Kait, »dann sehe ich mich mal um.«

Jakob lächelte. »Es ist wirklich in Ordnung. Geht nur, ich komme schon klar.«

Kait nickte ein letztes Mal und betrat dann den Gang, ließ aber die Tür einen Spalt offen.

Jakob konnte sich nicht erinnern, jemals so froh über ein richtiges Bett gewesen zu sein. Als sein Kopf das Kissen berührte, war er schon eingeschlafen.

DIE HÖLZERNE FRAU

Jakob hatte lange nicht mehr so gut geschlafen. Die Sonne musste schon hoch am Himmel stehen, vielleicht hatten sie ja sogar schon das andere Ufer des Sees erreicht. Nach einer Weile öffnete er die Augen und runzelte die Stirn. Zu seiner Verblüffung wurden die Balken über seinem Kopf vom Mond erleuchtet, der durch das Bullauge hereinschien. Als er hinausschaute, sah er die Sterne am Himmel funkeln. Er war sich sicher, Stunden geschlafen zu haben, doch vom Tagesanbruch war nichts zu sehen.

Er drehte den Kopf und fast blieb ihm das Herz stehen. Auf dem Bettrand saß eine Frau. Jakob kniff die Augen zu, öffnete sie aber sofort wieder. Die Frau saß immer noch da. Sie trug ein langes blaues Kleid, das leicht flatterte, als wehe ein Windhauch durch das Zimmer. Sie hatte den Bullaugen den Rücken zugedreht, daher lag ihr Gesicht im Schatten und war nicht gut zu erkennen. Jakob sah ihr Haar im weißen Mondlicht. Er musste schlucken. Es war aus Holz.

»Hallo, Jakob.« Diese Stimme erkannte er sofort. Es war

die Stimme, die auf dem Irrpfad zu ihm gesprochen hatte, sanft und freundlich, fast mädchenhaft. Die Stimme ähnelte der von Agades überhaupt nicht. Jakob fragte sich, wie er sie jemals hatte verwechseln können.

»Weil ich das so wollte, Jakob.« Sie nickte kurz. Die Kerzen in den Laternen flammten auf und tauchten das Zimmer in ein helles Licht.

Jakob schirmte seine Augen mit der Hand ab. »Woher wissen Sie, was ich gedacht habe?«

»Mir liegt sehr viel daran, dass du das andere Ufer erreichst. Aber ich wusste nicht, ob du mir einfach so vertraut hättest.« Die Frau lächelte. »Immerhin kennst du mich nicht, aber Agades kennst du. Deshalb schien es mir eine gute Idee, so zu tun, als wäre ich sie.«

Misstrauisch betrachtete Jakob die Frau, die da so ruhig mit im Schoß gefalteten Händen saß. Sie war gar nicht aus Holz. Er hatte sich geirrt. Sie war aus Fleisch und Blut und blickte ihn mit dunklen, freundlichen Augen an.

»Wer sind Sie?«, stammelte er.

Die Frau lächelte. »Ich bin Frau Sonnemann.«

Jakobs riss seinen Mund auf. Frau Sonnemann brach in Lachen aus.

»Sie haben dir von mir erzählt, oder?« Sie schüttelte mitfühlend den Kopf. Die langen Haare tanzten um ihr Gesicht und die Schultern. »Sie erzählen meine Geschichte einfach zu gern und tun so, als wäre sie ein Mythos, eine Gutenachtgeschichte. Das eine Mal komme ich recht gut dabei weg, das andere Mal reden sie über mich, als wäre ich eine Hexe. Eine grässliche Frau, der man besser aus dem Weg geht.«

Ihre Augen glänzten. Jakob bemerkte, dass sie fast genauso schwarz waren wie der nächtliche Himmel. Und genau wie draußen funkelten in ihnen kleine Lichter. Freudenlichter, die ansteckend wirkten. Jakob konnte den Blick nicht abwenden.

»Sollen sie nur«, sagte sie, »mir ist es egal, was sie über mich reden. Die Wahrheit verändert es ja doch nicht. Und die Wahrheit ist, Jakob, dass du deine Schwester finden musst. Ich will dir dabei helfen.«

»Warum? In dieser Welt sind unzählige Menschen auf der Suche nach jemandem. Wieso wollen Sie gerade mir helfen?«

»Weil du und deine Schwester nicht so seid wie die anderen, die sich hier herumtreiben. Das Land, das durch deine Verwünschung entstanden ist, ist zur Brutstätte des Bösen geworden, das diese Welt beherrschen will. Aber das darf nicht passieren, Jakob«, sagte sie inständig und beugte sich über ihn. »Du musst deine Schwester finden und mit nach Hause nehmen. Damit rettest du nicht nur sie, sondern auch das Gleichgewicht in dieser Welt.«

Jakob setzte sich aufrecht hin. »Aber wenn Sie Frau Sonnemann sind, haben Sie doch viel größere Macht als der König. In den Geschichten, die über Sie erzählt werden, heißt es, Sie können sich verwandeln. Zum Beispiel in eine Wolke. Sie reden über Sie, als wären Sie eine Göttin. Dann könnten Sie den König doch leicht aufhalten.«

316

Frau Sonnemann lachte. Jakob hatte keine Ahnung, warum. Unbehaglich rutschte er herum und zog die Decke ein Stück höher.

»Die Tatsache, dass mein Mann und ich uns diese Welt ausgedacht haben, bedeutet nicht, dass wir automatisch Zauberer sind, die über allen anderen stehen. Hier gibt es Regeln, an die auch wir uns halten müssen. Und eine dieser Regeln ist, dass jeder sein Opfer selbst befreien muss. Und solange deine Schwester hier ist, werden gewisse Leute ihre Träume missbrauchen. Katie ist eine Goldmine für jemanden wie Obir, der nur darauf aus ist, sich zu bereichern. Du bist der Einzige, der hier wieder Ruhe einkehren lassen kann. Deshalb ist es so wichtig, dass du Katie findest und rettest. Darum bin ich hier. Um dir zu helfen und niemand anders. Und ich werde aus diesem Grunde auf euch warten und euch wieder zurück über den See bringen.«

Ihre Augen erschienen ihm noch dunkler als zuvor. Aber dann lachte sie. »Und natürlich, weil ihr so nette Kinder seid. Auch wenn du deine Schwester nicht sonderlich magst.« Sie zwinkerte ihm zu. »Schlaf weiter. Ehe man sich versieht, kommt der Morgen und wir legen an.«

Sie stand auf. Die Laternen erloschen. Im Mondschein sah Jakob, wie die Tür aufschwang, als ginge Frau Sonnemann ein unsichtbarer Diener voraus. Sie glitt hinaus. Die Schleppe ihres Kleids war so hauchzart, dass sie hinter ihr herschwebte. Dann schloss sich die Tür mit einem leisen Klicken. Er war wieder allein.

Jakob öffnete die Augen. Er konnte sich nicht daran erinnern, eingeschlafen zu sein. Doch mittlerweile schien die Morgensonne durch die Bullaugen herein.

»Jakob?«

Ruckartig drehte er sich zur Tür. Er erwartete, Frau Sonnemann zu sehen. Aber dort stand Nasta und sah ihn an.

»Tut mir leid, ich wollte dich nicht erschrecken.«

Er entspannte sich.

»Hast du gut geschlafen?«

Erst wollte er ihr von seiner nächtlichen Besucherin erzählen, überlegte es sich dann aber anders. Sie hatten ihm ihr Vertrauen geschenkt, weil sie dachten, dass Agades das Schiff geschickt habe. Frau Sonnemanns Ruf war wohl weniger gut. Jakob entschied, zu warten, bis sie am anderen Ufer waren, bevor er Frau Sonnemann erwähnen würde.

»Ich habe ausgezeichnet geschlafen«, sagte er. Er tat, als reibe er sich den Schlaf aus den Augen.

»Sehr schön.« Nasta zögerte einen Augenblick.

»Ist alles in Ordnung?«, fragte er vorsichtig.

»Na ja, nein. Jedenfalls ... Wir glauben ... Ach, komm einfach mal mit.« Sie deutete in den Gang. Jakob stand auf und ging über den weichen Teppich hinter ihr her.

Auf dem Gang wartete Kait. Er hatte seinen Mantel an und den Hut auf dem Kopf, als hätte er hier die ganze Nacht Wache gehalten. Müde sah er aber nicht aus. Im Gegenteil.

»Hast du Hunger?«, fragte er.

»Ja«, antwortete Jakob. Er hatte keine Ahnung, warum sie sich so rätselhaft benahmen, er wurde allmählich nervös.

Kait drehte sich um und sie gingen den Gang entlang. Am Ende führte eine lange Treppe zu einer Tür. Als Kait sie aufstieß, wehte ein frischer Wind herein. Er trat einen Schritt zur Seite. »Was hältst du davon?«

Vor Jakob lag das riesige Oberdeck. Und in der Mitte stand ein Tisch mit einem blütenweißen Tischtuch in der Morgensonne. Jakob roch Spiegeleier mit Speck, Pfannkuchen und frische Croissants. Ihm lief das Wasser im Mund zusammen. Auf einem Brett lag ein großer Laib Weißbrot, der noch dampfte. Der Tisch war für drei Personen gedeckt.

Kait schaute Jakob an. »Sag schon, was hältst du davon?«

Jakob lächelte. »Ich glaube, da meint es jemand gut mit uns. Wir sollen wohl gestärkt an Land gehen.«

»Agades?« Nasta zog die Augenbrauen zusammen. »Ich weiß nicht, Jakob. Ich habe nicht das Gefühl, dass Agades hiermit irgendetwas zu tun hat. Weißt du eigentlich, dass ich heute Nacht nicht ein einziges Mal aufgewacht bin?«

Jakob zuckte die Schultern. »Ist das so schlimm?«, fragte er. »Du warst doch todmüde.«

Aber Kait schüttelte den Kopf. »Du begreifst es nicht, Jakob. Ich habe auch durchgeschlafen. Seit wir am See angekommen sind, bin ich immer wieder eingenickt, auch in Momenten, in denen ich es nicht wollte. Am See wollten wir abwechselnd Wache halten, aber wir wachten beide erst auf, als das Schiff fast das Ufer erreicht hatte.«

Nasta nickte heftig. »Seitdem ich mit dir unterwegs bin, habe ich einen leichten Schlaf. Nur gestern und heute Nacht erging es mir wie Kait. Ich kann mich nicht einmal mehr daran erinnern, dass ich mich ins Bett gelegt habe.«

»Was stehst du da und lachst?« Kait war verärgert. Aber Jakob konnte nicht anders. Er hatte Mitleid mit ihnen, weil sie so besorgt waren, wenn nicht sogar ein wenig ängstlich. Und er konnte auch verstehen, warum. Sie waren auf einem Schiff unterwegs, mitten auf einem See und konnten nirgendshin. Wenn sich herausstellte, dass hier eine Gefahr lauerte, säßen sie wie Ratten in der Falle.

»Ich erkläre euch gleich, was los ist«, sagte er ruhig. »Aber lasst uns erst mal hinsetzen. Schaut doch nur.« Er deutete nach vorn. Am Horizont ragten tiefrote Klippen auf und dahinter die glatten Felsen des Raaskalkgebirges. »Wir sind fast da.«

Jakob ging zum Tisch. »Bevor wir an Land gehen, erzähle ich euch alles, was ich weiß. Aber erst sollten wir etwas essen. Ardelium ist nicht mehr weit, und das Letzte, was ich gebrauchen kann, ist ein knurrender Magen, wenn wir an Land gehen.«

Mit deutlichem Widerwillen setzten sich Nasta und Kait zu ihm an den Tisch. Aber als sie erst einmal von dem Frühstück gekostet hatten, schwand ihre Besorgnis. Jakob schaute aufs Festland, das nun immer näher kam. Als der erste Hunger gestillt war, erzählte er Kait und Nasta von Frau Sonnemanns Besuch und dem Gespräch, das sie geführt hatten. Sie hörten mit großen Augen zu. Jakob merkte zu seiner Erleichterung, dass er sich umsonst Sorgen gemacht hatte. Kait und Nasta waren tief beeindruckt.

»Wie sah sie aus?«, fragte Nasta atemlos.

»Nicht so schaurig, wie du sie dir vorstellst.« Jakob lachte. »In Wirklichkeit ist sie gar keine so üble Frau. Eigentlich benahm sie sich eher wie eine besorgte Mutter. Sie mag hier zwar gegen ihren Willen sein, aber sie macht sich viele Gedanken um diese Welt. Deshalb möchte sie, dass Katie und ich wieder heil nach Hause kommen.«

Nasta nickte voller Ehrfurcht. »Bist du dir darüber im Klaren, dass du mit Frau Sonnemann eine der stärksten Kräfte in dieser Welt hinter dir hast?«

Jakob nickte. Kait schob seinen Stuhl ein Stück zurück und strich sich über den Bauch. »Den gefährlichsten Teil musst du immer noch alleine bewältigen«, sagte er. »Aber mittlerweile steht dir eine ganze Armee zur Seite. Menschen, die dir zu Hilfe eilen werden, und mit Frau Sonnemann bist du stärker als irgendwer sonst. Hast du deine Schwester erst mal befreit, kann euch nichts mehr passieren.«

Jakob sah ihn dankbar an und Kait zwinkerte ihm zu. »Seht doch, wo sie uns absetzt!«, rief er munter.

Zwischen den Felsen gab es eine Spalte, deren Eingang genau in der Höhe des Decks war. Jakob betrachtete die schmale Spalte – der Zugang, der ihn nach Ardelium führen würde.

Das Schiff scheuerte die glatte Felswand entlang und

legte genau vor der Felsspalte an. Sie mussten einfach nur über die Reling klettern. Jakob war der Letzte, der an Land sprang. Er blickte dem Schiff nach, das würdevoll wieder vom Ufer ablegte.

»Die Spalte ist nicht sehr tief. Hier ist sie schon zu Ende!«, rief Nasta. Sie war sofort hineingelaufen, Jakob sah nur ihre Silhouette, die sich scharf gegen das grelle Sonnenlicht abzeichnete. Er warf einen letzten Blick über die Schulter. Die Galionsfigur am Bug trug genau dasselbe blaue Kleid wie Frau Sonnemann und ihre Haare tanzten ihr auf dieselbe Weise um die Schultern. Jakob betrachtete ihr Gesicht. Aber wie sehr er auch die Augen zusammenkniff, das Schiff war schon zu weit weg, um ihren Gesichtsausdruck erkennen zu können.

»Bitte warte auf mich«, flüsterte er.

Die hölzerne Frau bewegte sich nicht. Das Schiff glitt über den stillen See. Jakob holte tief Luft.

»Na, dann mal los«, sagte er und rannte Nasta hinterher.

34.

DER ABSCHIED

Obwohl die Gegend Raaskalkgebirge hieß, lag vor ihnen, nachdem sie den Weg durch die schmale Felsspalte hinter sich gelassen hatten, eine ausgedehnte Wüste: Sie bestand jedoch nicht aus Sand, sondern aus farbigem Stein. Rosa ging in Orange über, Orange in helles Türkis und Blauviolett. Eine Wellenlandschaft, die aussah wie ein tosendes Meer, das irgendwann zu Stein erstarrt war. Die Sonne warf verspielte Schatten auf die Hänge und ließ die Farben noch leuchtender strahlen.

Am Horizont sah Jakob, wie die bunte Landschaft abrupt in Grau überging, die Berge dort hinten konnten nichts anderes sein als Ardelium. Die ganze Zeit hatte er sich gewünscht, dort anzukommen, aber jetzt, da er seinem Ziel so nahe war, wollte er am liebsten zum Schiff zurückrennen.

»Noch kannst du umkehren, Jakob«, sagte Kait, der seine Gedanken wohl erraten hatte. Nasta stieß ihm in die Seite.

Jakob war in Gedanken schon nicht mehr da. Er starrte

zu den grauen Bergen und murmelte zu sich selbst: »Geh weiter. Und denk nicht nach.«

Obwohl es nicht Jakobs Absicht war, ging er nun langsamer. Ab und zu warf ihm Kait einen raschen Blick zu, sagte aber nichts. Auch Nasta schwieg. Die drei ähnelten einem Trauerzug auf dem Weg zu ...

... *meinem Grab!*, schoss es Jakob durch den Kopf.

»Nein«, sagte er laut. »Ich werde nicht sterben!« Die Worte kamen heraus, ehe er sich versah. Kait blickte ihn erstaunt an. Jakob wurde rot, dann zuckte er die Schultern.

»Das will ich dir auch geraten haben!«, sagte Kait. Er verzog den Mund zu einem schiefen Grinsen, doch seine Augen blieben ernst. Dann legte er Jakob die Hand auf den Arm und blieb stehen. Sie waren jetzt kurz vor Ardelium. Jakob konnte eine große Öffnung in der Felswand deutlich erkennen. In der Höhle dahinter war die Dunkelheit schwärzer als die tiefste Nacht.

»Jakob«, sagte Kait. Nasta wollte ihn unterbrechen, aber er hob die Hand. »Ich muss es ihm sagen. Er hat ein Recht darauf. Das Schicksal dieser Welt liegt in deinen Händen. Aber es bleibt deine Entscheidung, ob du das durchziehen willst oder nicht.« Er schaute Jakob starr an. »Alle werden es dir übel nehmen, wenn du aufgibst, das lässt sich nicht leugnen. Aber wenn du diesen Kampf jetzt nicht aufnehmen willst, ist das dein gutes Recht. In dieser Welt gibt es jede Menge erwachsene Männer, die schneller aufgegeben haben.«

»Du zum Beispiel«, fügte Nasta hinzu.

Kait warf ihr einen vernichtenden Blick zu. »Was ich sagen will, Jakob: Noch kannst du zurück. Ich bleibe bei dir, wenn du dich dafür entscheiden solltest. Ich werde dafür sorgen, dass man dir kein Haar krümmt. Niemand.« Er stellte sich breitbeinig hin und verschränkte die Arme vor der Brust, als wollte er demonstrieren, wie ernst es ihm war. Nasta verdrehte die Augen, aber Jakob lächelte.

»Vielen Dank«, sagte er und schüttelte den Kopf. »Aber ich kann nicht mehr zurück. Ich will nicht mehr zurück«, verbesserte er sich, dann schwieg er für einen kurzen Moment. »Ich will nicht mehr zurück«, wiederholte er noch einmal für sich selbst. »Ich will nicht, dass Katie durch meine Schuld für den Rest ihres Lebens Angst haben und allein sein muss. Das kann ich nicht zulassen.«

»Gut.« Kait sah ihn nachdenklich an. Dann nickte er. Um sie herum war es totenstill, selbst die Luft schien sich nicht zu bewegen.

Nasta war die Erste, die die Stille durchbrach. Sie atmete laut durch die Nase ein und aus. »Was haltet ihr davon, wenn wir jetzt weitergehen?« Dann wandte sie sich an Kait. »Bevor du dem Jungen mit deinem Gerede noch sämtlichen Mut nimmst.« Sie klopfte Jakob sanft auf die Schulter und schubste Kait Richtung Ardelium.

»Danke schön«, sagte Jakob.

Kait lächelte und brummelte etwas in sich hinein. Mit gewohnt grimmiger Miene ging er los.

Aus der Nähe wirkte das Gebirge noch bedrohlicher. Jakob

konnte ein paar Meter weit in die Höhle hineinsehen, danach wurde es stockdunkel. Es erinnerte ihn an das Loch im Schiffsrumpf, nur war Spinne jetzt nicht hier, um vorauszugehen. Er vergrub die Hände tief in den Jackentaschen, er fühlte Schotter, der noch von seiner Flucht aus der Arena stammte. Die schien ewig her zu sein.

Jakob drehte sich um. Nasta und Kait standen nebeneinander und sahen ihn an. Nasta biss sich auf die Lippe. »Ich wünschte, es wäre anders, aber wir müssen hierbleiben.«

»Ich weiß«, antwortete Jakob. »Das habe ich mir selbst eingebrockt.« Er versuchte zu lächeln. »Wir warten hier auf dich, sorg also dafür, dass du zurückkommst«, sagte Kait streng, doch Jakob bemerkte den besorgten Ausdruck in seinen Augen. Er nickte, holte tief Luft und wollte los.

»Warte!«

Nasta hatte ihr Messer gezückt und hielt es ihm hin. »Damit du dich verteidigen kannst.«

Dankbar nahm er es an. Das Messer war leichter, als er erwartet hatte. Der Ledergriff fühlte sich geschmeidig und warm an, vorsichtig steckte er das Messer am Rücken zwischen Hosenbund und Gürtel.

»Rette sie, Jakob«, sagte Nasta leise.

Jakob nickte. Er berührte den Messergriff noch einmal. Dann machte er sich auf in die Dunkelheit.

35.

BLIND

In der Höhle war es kalt. Jakob fror. Er zog die Jacke enger um sich. Nach ein paar Schritten war es bereits so dunkel, dass er die Hand nicht mehr vor Augen sah. Auch den Boden konnte er nicht erkennen, fühlte ihn nur unter den Schuhsohlen.

»Ich habe diesen Ort erfunden«, sprach er sich laut Mut zu, »und ich habe dabei nicht an Löcher gedacht, nur an …« Das Echo seiner Wörter prallte zu ihm zurück, er hielt sich vor Schreck den Mund zu. Wie eine Schlange, die sich, leise Wörter lispelnd, näher schlängelte, klang sein Echo. Er wartete, bis die Geräusche verstummten und die Stille wieder wie eine dicke Decke über ihm lag. Schritt für Schritt tastete er sich weiter, dicht an der Wand entlang.

Manchmal fühlte sie sich glatt und hart wie Glas an. An anderen Stellen uneben, wie Beton, in den kleine Steine verarbeitet waren. Plötzlich prallte er gegen etwas Hartes, Kaltes. Reflexartig machte er einen Schritt zurück und tastete nach vorn. Es dauerte ein paar Sekunden, bis er begriff, dass er nicht gegen ein Monster gelaufen war, sondern gegen eine Felswand. War der Gang vielleicht eine Sackgasse? Er tastete zur Seite und fühlte die vertraute Wand rechts neben ihm, an der er die ganze Zeit entlanggegangen war. Er lehnte sich mit dem Rücken dagegen. Die Dunkelheit drückte ihm auf die Augen.

Er wollte sich gerade wieder von der Wand abstoßen, als durch die Stille ein schwaches Geräusch zu ihm drang. Es kam von weit her und glich einem hohen Pfeifton, gefolgt vom Rauschen des Winds. Jakob hielt die Luft an. War es wirklich der Wind, den er hörte? Er spitzte die Ohren und war sich nicht mehr so sicher. Es könnte genauso gut etwas sein, das über den Boden schliff. Etwas, das einen Schwanz hinter sich herzog? Jakobs Magen zog sich zusammen. Zumindest wusste er jetzt, dass der Gang keine Sackgasse war, sondern um die Ecke führte. Das Geräusch war noch immer zu hören. Jakob zwang sich, gerade zu stehen. Er sperrte die Augen auf, auch wenn es in der Dunkelheit keinen Unterschied machte.

»Lauf weiter.« Er sprach so leise, dass die Wörter sofort verhallten. Vorsichtig ertastete er mit der rechten Hand die Wand und machte einen Schritt in den Gang hinein, während er angestrengt dem seltsamen Rauschen lauschte.

Er ärgerte sich über sich selbst und dachte an Agades' Worte. *Angst ist ein Thermometer, kein Kompass, Jakob.* Irrte er sich, oder sah er in der Ferne einen Schimmer? Er kniff die Augen zusammen. Er konnte es kaum erkennen, aber ganz weit weg war etwas: ein flackerndes, mattes Licht, wie von einer fast erloschenen Fackel.

Das beängstigende Geräusch verstummte nach einer Weile, nur ein Zischen blieb übrig, bis auch das nicht mehr zu hören war. Jakob konzentrierte sich auf den Lichtschein, dem er immer näherkam. Jetzt konnte er deutlich erkennen, dass der Gang eine scharfe Rechtskurve machte. Das schwache Licht tanzte die Wände entlang und kam wahrscheinlich von einer Laterne oder Fackel um die Ecke. Jakob war erleichtert, dass bis zum Ende des Gangs nichts Bedrohliches auf ihn wartete.

Er hatte die Kurve fast erreicht, als ein schrilles Pfeifen ertönte. Es erinnerte ihn an die Trillerpfeife eines Schiedsrichters. Sofort danach schwoll das eigenartige Geräusch wieder an. Das war kein Wind, so viel stand fest. Er war jetzt so nah, dass er ein verkrampftes Stöhnen zu hören meinte, das rau klang, aber zugleich auch zutiefst gequält.

Genauso plötzlich, wie es angefangen hatte, hörte das Geräusch wieder auf. Jetzt ertönte ein Gebrüll, ein hundertfaches Löwengebrüll, das ihm einen Riesenschreck eingejagt hätte, wären da nicht noch andere Geräusche gewesen. Das Trampeln von Füßen und das Murmeln von Menschen. Er konnte nicht verstehen, was gesprochen wurde, aber er konnte Stimmen von fünf Männern ausmachen und fragte sich, weshalb sie nicht panisch klangen. Die Stimmen waren zwar erregt und es wurden Befehle gerufen, aber Angst hörte er nicht heraus.

Jakob holte tief Luft, und nachdem es wieder ruhig geworden war, wagte er es, um die Ecke zu schauen.

36.

KATIE

Der enge Gang, der vor Jakob lag, war nur ein paar Meter lang, aber so schmal, dass Jakob nur seitwärts hindurchkäme. Dahinter musste ein großer Raum liegen, der sanft flackernd erhellt wurde. Wie groß er war, konnte er nur erahnen.

Jakob ballte die Fäuste, um das Zittern seiner Hände zu unterdrücken. »Also los«, flüsterte er sich aufmunternd zu. Ohne weiter nachzudenken, machte er einen Schritt nach vorne und schob sich in den Spalt.

Er hätte genauso gut in einem Toaster feststecken können, so eng war der Durchgang. Zwischen Wand und Brust blieb kaum Luft zum Atmen. *Ruhig atmen*, befahl er sich. *Es ist nur ein kurzes Stück.*

Den Blick starr auf das Licht am Ende des Ganges gerichtet, bewegte er sich Schritt für Schritt voran. Das einzige Geräusch waren seine schlurfenden Schritte auf dem erdigen Boden und das Tröpfeln von Wasser. Es hörte sich an, als wäre irgendwo ein Wasserhahn undicht.

Dann räusperte sich jemand. Jakob blieb abrupt stehen.

Er hielt die Luft an, um besser hören zu können, aber nun war alles wieder still. So lautlos wie möglich schob er sich weiter, bis er das Ende des Spalts erreicht hatte. Von hier aus konnte er den Raum immer noch nicht ganz einsehen, aber doch einen beträchtlichen Teil. Wie in einer Kuppel verliefen die Wände in einem Rund hoch nach oben. Jakob schätzte den Durchmesser des Raums auf etwa dreißig Meter. Auf dem Boden wölbten sich bizarre Wachshügel, in denen Kerzen steckten, so dick wie die Oberarme eines Mannes. Die Flammen flackerten. Hier und da sah er kleine Wasserpfützen. Als Jakob nach oben blickte, bemerkte er die Tropfen, die sich an der Decke bildeten, langsam größer wurden und dann hinabfielen.

Irgendetwas schien sich zu bewegen. Jakob ging schnell in Deckung. Er konnte nicht sehen, woher die Bewegung kam. Wer nicht wagt, kommt im Leben nicht voran, war eine der vielen Redensarten seines Vaters. Jetzt passte sie wie die Faust aufs Auge.

Dann entdeckte er ihn plötzlich, den Mann, der sich geräuspert hatte. Er saß auf einem Holzstuhl, dessen Rückenlehne an die Wand stieß, neben ihm lehnte ein mannshoher, gebogener Schild. Mit seinem Daumennagel kratzte er auf seiner Hose herum, als versuche er, einen Fleck zu entfernen. Er war so beschäftigt, dass Jakob es wagte, sich weiter nach vorn zu beugen, um den gesamten Raum überblicken zu können. Links von dem Mann entdeckte er einen riesigen Durchgang in der Rückwand. Alles dahinter lag im Halbdunkel. Wohin dieser Gang führte, wusste Jakob nicht, aber es war ihm auch egal, etwas ließ ihn alles andere um sich herum vergessen. Ein großer Steinblock stand vor dem Durchgang. Und darauf lag ein kleines Mädchen.

Er presste die Lippen aufeinander, um zu verhindern, dass er ihren Namen herausschrie. Da lag sie. All die Zeit hatte er sie gesucht und nun endlich gefunden. Katie sah kleiner aus, als er sie in Erinnerung hatte. Verletzlicher. Sie trug noch immer ihr langes weißes Nachthemd, genau dasselbe, das sie Samstagmorgen angehabt hatte, als Jakob sie in der Küche zurückgelassen hatte. Von ihren roten Apfelbäckchen war allerdings nichts mehr übrig. Sie war blass, die Wangen eingefallen und sie glänzte vor Schweiß. Das halblange blonde Haar klebte ihr am Kopf. Sie regte sich nicht und schien nicht einmal zu atmen. Jakob schossen Tränen in die Augen.

Er sah wieder zu dem Wächter auf seinem Stuhl. Er wirkte entspannt. Für ihn könnte das sterbende kleine Mädchen genauso gut ein Stapel alter Zeitungen sein. Plötzlich packte Jakob die Wut und sein Körper zitterte vor Zorn auf den Wächter. Er dachte nicht mehr an die Stimmen der Soldaten, die er gehört hatte. Es war ihm egal, ob der Mann, der so ruhig auf dem Stuhl saß, hundertmal stärker war als er selbst. Das Einzige, an was er denken konnte, war, dass er ihm an den Kragen wollte.

Gerade wollte er zu ihm stürmen, als Katie sich bewegte. Sie öffnete den Mund. Ihre Brust zuckte und krampfte. Jakob erkannte das Geräusch sofort. Es war nicht der Wind, auch kein Seufzer, es war Katie, die so kraftvoll einatmete, als wäre sie am Ersticken.

Der Wächter sprang auf und holte eine Trillerpfeife aus der Brusttasche. Er blies hinein, ein hoher, durchdringender Ton hallte die Wände entlang. Katie holte immer noch Luft, unnatürlich lange sog sie sie ein. Ihr Körper krümmte sich. Jakob war vor Schreck wie versteinert. Er hatte sich zu weit aus der Spalte gelehnt, jetzt bräuchte der Wächter nur zur Seite zu blicken und er wäre entdeckt. Schnell wich er wieder in den dunklen Gang zurück.

Während Katie weiterhin krampfartig einatmete, erschienen im Durchgang hinter dem Wächter neun uniformierte und bewaffnete Soldaten. Zuerst sah Jakob nur ihre langen Lanzen, dann die behelmten Köpfe und die gepanzerten Schultern. Sie stiegen anscheinend eine Treppe hoch.

Die Soldaten stellten sich um den Steinblock auf und warfen ein Netz darüber. Es war gerade so groß, dass jeder von ihnen ein kleines Stück in den Händen halten konnte. Der Wächter war verschwunden, er hatte sich versteckt.

Jakobs Blick wanderte zurück zu Katie. Sie hatte sich so weit aufgebäumt, dass ihre Schulterblätter den Steinblock nicht mehr berührten. Kurz schwebte sie in dieser verkrampften Haltung, dann sank sie langsam nach unten, während der Atem aus ihr hinausströmte. Jakob war wie gelähmt. Katie weinte leise, sie musste einen abscheulichen Albtraum haben.

Die Soldaten zeigten keinerlei Gefühlsregung. Ihre Mienen waren streng und angespannt, die Augen unentwegt auf Katie gerichtet. Auf einmal gerieten alle gleichzeitig in Bewegung. Sie spannten das Netz straffer und verharrten dann wieder. Jakob musste schlucken. Aus Katies Mund stieg weißer Nebel auf. Erst waren es nur kleine Wölkchen, doch schnell bildete sich eine dicke Nebelschicht, die wirbelnd ihrem Inneren entwich. Das Netz wölbte sich leicht, woraufhin die Soldaten es ein wenig lockerten, um nicht selbst in die Höhe gerissen zu werden.

Während der Nebel unaufhörlich weiß und transparent aus Katies Mund aufstieg, nahm er weiter oben im Netz festere Formen an. Die Farbe des Nebels wurde matter, braune Schemen entwickelten sich.

Plötzlich wuchsen spitze Flossen mit Krallen aus ihm heraus, die verschwanden, um noch länger und spitzer wieder zu erscheinen. Ein großer Schlund klaffte auf und klappte wieder zu, als würde die Kreatur nach Luft schnappen. Zwischen ihren Lippen glitt eine braune Zunge heraus. Sie schlängelte sich durch die Schnüre des Netzes auf der Jagd nach Beute.

Katie hatte fast zu Ende ausgeatmet. Sie lag wieder flach auf dem Steinblock. Aus ihrem Mund stieg die letzte Nebelwolke auf. Sie war wieder ruhig, aber das Tier über ihr machte umso mehr Krach.

Es brüllte und kämpfte, um sich zu befreien. Die Soldaten mussten ihre ganze Kraft aufbieten, um es in Schach zu halten. Dabei sahen sie aber nicht die Kreatur an, sondern hatten die Augen starr auf Katie gerichtet. Noch ein letzter Atemhauch, dann schloss sich ihr Mund.

Sofort zogen die Soldaten das Netz in Richtung der Öffnung in der Rückwand. Die missgestaltete Kreatur sah wie ein monströser Luftballon aus, aber nicht mehr so schwerelos wie bei ihrer Entstehung. Sie sank langsam nach unten, offenbar nahm ihr Gewicht schnell zu. Mit einem letzten Hauruck zerrten die Soldaten das Netz und die Kreatur gerade noch rechtzeitig durch die Öffnung, bevor sie zu groß wurde.

Das Brüllen wurde allmählich leiser, als das Tier die Treppe hinunter in die Tiefe stürzte. Schweigend wischten die Soldaten sich die Hände an den Hosenbeinen ab und liefen der Kreatur hinterher.

Jakob beobachtete den Wächter, der aus seinem Versteck hervorkam. Der Mann atmete erleichtert auf und setzte sich auf den Stuhl.

Wütend machte Jakob noch einen Schritt zurück. Er ballte die Fäuste so fest, dass seine Fingernägel sich in die Handflächen bohrten. Das war es also gewesen, was er gehört hatte. Katies Seufzen und das Gebrüll der Kreaturen, die sie mit ihrem Atem ausstieß. Er dachte an die Monster auf dem Jahrmarkt und jene in Obirs Burg. Die Worte des Königs klangen ihm noch im Ohr: *Herzlichen Dank, Jakob. Bald bin ich der mächtigste Mann dieser Welt! Und all das habe ich dir zu verdanken.* Jetzt hatte Jakob mit eigenen Augen gesehen, wovon der König gesprochen hatte. Vor Grauen drehte sich ihm der Magen um. Katie produzierte die Monster in hohem Tempo, gerade einmal fünf Minuten hatten zwischen den Ausatmungen gelegen.

»Alle fünf Minuten«, flüsterte Jakob. Katie war schon ein paar Tage hier. Wie viele Kreaturen hatten die Soldaten schon eingefangen? Jakobs Herz klopfte schneller, während er versuchte, die Summe im Kopf auszurechnen.

Über tausend.

Er lehnte die Stirn an die Wand.

»Aber damit ist jetzt Schluss«, sagte er leise.

37.

AM ABGRUND

Jakob lehnte sich soweit vor, bis er den Wächter sehen konnte, der sich wieder seiner Hose widmete. Gelassen führte er seine Hand zum Mund, leckte am Daumen und rieb damit über den Fleck.

Jakob dachte nach. Solange der Wächter auf dem Stuhl saß, kam er nicht ungesehen zum Steinblock. Es wäre wesentlich leichter, wenn er mit dem Rücken zu ihm sitzen oder zur Öffnung gehen würde. Jakob blickte suchend umher, aber er konnte nichts entdecken, was ihm nützlich sein könnte. Nicht einmal ein loser Stein lag auf dem harten Boden des erleuchteten Raums.

Sein Blick fiel auf die Kerzen. Plötzlich hatte er eine Idee. Wäre das eine Möglichkeit? Um seinen Plan umzusetzen, bräuchte er eine Kerze, die nah genug an der Spalte stand. Er entdeckte einen dicken, schon ziemlich heruntergebrannten Kerzenstummel, dessen Flamme durch den Luftzug aus dem Gang heftig flackerte. Die Kerze stand keine zwei Meter von ihm entfernt, nur knapp außerhalb seiner Reichweite. Jakob müsste sich ziemlich weit aus dem Gang wagen, um ein Stück von dem Wachs abbrechen zu können.

Er schielte zum Wächter hinüber, der Mann hatte den Kopf geneigt, sodass Jakob sein Gesicht nicht sehen konnte. Es schien, als schliefe er, doch das träge, aber stetige Reiben des Daumens über den Hosenstoff verriet, dass er wach war. Jakob erkannte, dass er auf keine bessere Chance hoffen konnte. Er machte so leise wie möglich einen Schritt in den Raum und kniete sich hin. Dann streckte er seine Hand weit nach vorn, mit den Fingerspitzen konnte er das Kerzenwachs berühren.

Jakob hielt den Atem an. Lautlos rutschte er weiter, um noch näher heranzukommen. Jetzt gelang es ihm, die Fingerspitzen unter den Rand des Wachsteppichs zu schieben. Das weiche Wachs ließ sich unerwartet leicht biegen, Jakob riss ein großes Stück ab. Rasch krabbelte er zurück. Der Wächter rieb noch immer über seine Hose. Er hatte nichts bemerkt.

Jakob stand auf und zog sich in den dunklen Gang zurück. Der Klumpen war groß genug. Er knetete das noch warme Wachs zu einer festen Kugel. Ihm war klar, dass er nur diese eine Chance hatte, würde er das hier vermasseln und der Wächter ihn entdecken, wäre seine einzige Chance, Katie zu befreien, vertan.

Jakob hielt die Kugel in der Hand. Sie war schwer genug und würde ein ganzes Stück weit fliegen. Ein letztes Mal beugte er sich vor. Der Wächter saß auf seinem Stuhl, mittlerweile pulten seine Finger an seiner

Schuhsohle herum. Den Kopf hatte er immer noch zur Seite gedreht.

Eine bessere Gelegenheit hätte Jakob sich gar nicht wünschen können. Rasch trat er hervor und schoss die Kugel mit voller Wucht Richtung Öffnung. Sofort ging er in die Hocke. Die Kugel flog in einem hohen Bogen über den Steinblock. Einen bangen Augenblick lang befürchtete Jakob, dass sie an die Decke prallen und zwischen ihm und dem Wächter auf dem Boden landen würde. Aber die Kugel streifte die Decke nur leicht und kam mit einem lauten Geräusch direkt hinter dem Steinblock auf.

Der Wächter sprang auf, griff sein Schild und drehte sich in Richtung des Geräuschs.

Jakob zögerte keine Sekunde. Sobald der Mann sich von ihm abgewandt hatte, schlich er schnell hinter ihm her. Der Wächter ging nun langsam auf den Block zu, seinen Schild schützend vor sich haltend.

»Wer ist da?« Argwöhnisch spähte er über seinen Metallschild. Jakob stand schon mitten im Raum. Er bemühte sich, hinter dem Wachmann zu bleiben, damit dieser ihn nicht aus den Augenwinkeln bemerkte. Der Mann konzentrierte sich aber nur darauf, was hinter dem Block verborgen sein könnte. Er reckte sich so weit wie möglich vor, um über Katie hinwegsehen zu können. Keine zehn Meter hinter ihm ging Jakob wieder in die Hocke und verhielt sich ruhig.

Ein Schweißtropfen lief ihm ins Auge. Es brannte, aber Jakob wagte nicht, sich zu bewegen. Plötzlich stellte der

Mann den Schild auf den Boden und holte eine Trillerpfeife aus der Tasche. Jakob blieb vor Schreck das Herz stehen. Wie hatte er nur so dumm sein können! Er erwartete, jeden Augenblick ein schrilles Pfeifen zu hören und kurz darauf die rennenden Schritte der Soldaten auf der Treppe. Aber alles blieb ruhig.

Jakob sah auf. Der Wächter wischte die Pfeife nervös über den Hosensaum.

»Verdammt noch mal«, fluchte er. »Ich hasse diese verflixte Grotte! Das war bestimmt nur ein Stein, der von der Decke gebröckelt ist. Wenn ich um Hilfe pfeife, denken sie sicher, ich hätte die Hosen voll. Und dann lachen sie mich wieder aus.«

Der Wächter zögerte. Er ging langsam um den Steinblock herum. Jakob überlegte keine Sekunde. Sobald der Mann um die Ecke kam, schoss er los und presste sich von hinten gegen den Block. Während er den Mann auf der anderen Seite hörte, richtete er sich vorsichtig auf.

Er konnte Katies linken Arm und ihre Schulter sehen. Aber als er ihre Haut berührte, erschrak er. Sie war eiskalt. Er ergriff ihren Arm und schüttelte ihn sanft. Ihr Körper war schlaff, sie reagierte nicht. Jakob geriet in Panik. Er packte ihre Schulter jetzt fester und schüttelte sie heftig. Die ganze Zeit über war er davon ausgegangen, dass er sie einfach nur finden müsste. Und damit wäre es erledigt. Dann würden sie gemeinsam nach Hause gehen. *Happy End.* War er vielleicht zu spät gekommen? War sie vielleicht schon ...?

Er wollte nicht daran denken. Mit beiden Händen packte er Katies Arm. Doch bevor er ihren Körper herumziehen konnte, ließ ihn der schrille Ton der Trillerpfeife erstarren. Der Wachmann stand neben ihm. Mit dem Schild in der einen Hand und der Wachskugel in der anderen, türmte er sich vor Jakob auf, die Pfeife im Mund, die Wangen prall mit Luft gefüllt. Der schrille Ton hallte durch den kahlen Raum. Als der Wächter fertig war, erschien ein breites Grinsen auf seinem Gesicht, die Trillerpfeife rutschte ihm beinahe aus dem Mund.

»Schlaumeier«, sagte er und warf die Wachskugel neben Jakob auf den Boden. Hinter dem Steinblock ertönte nun Fußgetrampel. »Wolltest mich wohl ablenken? Hast bestimmt gedacht, ich bin ein bisschen blöd?«

Die Gesichter der Soldaten tauchten auf.

»Wer ist das?«, fragte einer von ihnen.

»Weiß nicht«, sagte der Wächter, ohne sich umzudrehen. »Aber er hat gedacht, er sei schlauer als ich und könnte schnell mal das Monstermädchen stehlen. Hat bestimmt nicht damit gerechnet, dass ich das merke.«

Der Wächter lachte und wurde ziemlich unsanft zur Seite gedrängt.

»Mann. Geht's noch, Stark!«, protestierte er. »Deine Mutter hat dir wohl keine Manieren beigebracht!«

Ein riesiger Soldat mit fast viereckigem Gesicht kam zum Vorschein. Er schenkte dem Wächter, der sich seine schmerzende Schulter hielt, keine Beachtung, sondern beugte sich zu Jakob hinunter. Eine schmuddelige Hand schob sich unter sein Kinn, der Soldat betrachtete ihn eindringlich.

»Weißt du etwa nicht, wer das ist, Hassel?« Er richtete sich auf. »Antworte, du Stümper. Hast du echt keine Ahnung?«

Der Wächter duckte sich. »Nicht schlagen, Stark!« Er leckte sich mit seiner bräunlichen Zunge die Lippen. »Ich ... vielleicht habe ich nicht so genau hingeguckt.«

»Man muss schon blind sein, wenn man nicht weiß, wer das ist, Hassel!«, blaffte der Soldat. »Und nicht nur blind, sondern auch noch strohdumm! Das«, sagte er scharf, »ist niemand anders als der, von dem der König als der Abholer, der Retter gesprochen hat.« Er drehte sich um und kniete sich vor Jakob hin. Mit einer süßlichen Stimme sagte er: »Ist es nicht so, kleiner Junge?« Er hielt den Kopf schief, als wäre Jakob ein eigenartiges Insekt, das ihn faszinierte. »Wer sonst würde sein Leben riskieren und sich so tief in diese verfluchte Höhle zu dem Monstermädchen wagen?«

»Sie heißt Katie.« Jakob kochte vor Wut.

Stark packte Jakob am Kragen. »Meinst du wirklich, dass es mich die Bohne interessiert, wie das Monstermädchen heißt?«

Jakob versuchte, sich loszureißen, doch Starks Finger hielten ihn fest wie ein Schraubstock. Der Soldat zog ihn näher zu sich und flüsterte: »Das Einzige, was zählt, sind ihre Albträume. Im Namen des Königs. Und das Einzige, was ich tun muss, ist, dafür zu sorgen, dass das noch lange so weitergeht.« Er ließ Jakob los und wischte sich die Hände an seiner Uniform ab. »Also, mein kleiner Freund, es tut mir leid, dass du es von mir erfahren musst, aber du kommst zu spät. Sie ist nicht mehr deine Schwester Katja.«

»Katie!« Jakob blickte ihn wütend an.

Der Mann wedelte mit der Hand. »Wie auch immer. Ihr Name ist unwichtig. Jetzt ist sie König Obirs Monstermädchen.« Er grinste. »Und das heißt, dass du nicht mehr länger ihr Bruder bist, sondern ein Eindringling. Aber reg dich nicht auf. Auch für dich habe ich eine passende Lösung.«

Er gab seinen Männern ein Zeichen. Jakob versuchte, ihnen zu entkommen, aber es waren zu viele. Er wurde unsanft gepackt.

Stark wedelte lässig mit der Hand, als hätte er das Interesse an Jakob schon wieder verloren. »Bringt ihn in den Streichelzoo«, befahl er. Jakob rammte seine Fersen in den Boden und stemmte sich gegen ihre Versuche, ihn wegzuziehen.

»Lass das«, schnauzte der Soldat, der seine Arme so drückte, dass Jakob seine Finger kaum noch spürte. Irgendwer trat ihm von hinten heftig in die Kniekehlen. Jakobs Beine knickten ein und er verlor das Gleichgewicht. Die Soldaten schleiften ihn zur Öffnung, während sich Jakob aus Leibeskräften wehrte.

»Katie!«, schrie er und drehte den Kopf, soweit er konnte. Aber das Einzige, was er sah, waren die Uniformjacken. Er schrie lange und laut, bis er keine Luft mehr bekam und seine Rippen schmerzten. Schluchzend holte er Atem. Sein Schrei hallte nach und verstummte schließlich.

Aber still wurde es nicht. Ein hoher, schriller Ton durchschnitt den Raum. Er war zunächst in Jakobs Gebrüll untergegangen. Er kam von der Trillerpfeife des Wächters.

»Sie atmet! Sie atmet!« Hassel brüllte so laut, dass sich seine Stimme überschlug. Die Soldaten drehten sich um. Jetzt konnte Jakob Katie zwischen ihnen sehen. Wieder lag sie im Hohlkreuz da, ihr Körper zuckte, als würde sie unter Strom stehen.

»Holt das Netz!«, befahl Stark.

Die Soldaten rannten los in Richtung Öffnung und zerrten Jakob mit sich. Dort führte eine steile Steintreppe spiralförmig in die Tiefe. Es gab kein Geländer, zu beiden Seiten klaffte der Abgrund.

Jakob konnte sich nicht wehren, seine Kräfte schwanden. Dann wurde er von den Soldaten die Treppe hinuntergestoßen.

38.

FÜTTERUNG

Jakob stürzte polternd die Steintreppe hinunter.

Die Stufen knallten entweder gegen Rippen oder Rücken. Er spürte, wie die Haut trotz seiner Hose an Knien und Hüften aufscheuerte. Seine Fingerspitzen schmerzten, als stünden sie in Brand, weil er versuchte, sich an den Stufen festzuhalten. Mitten auf der Treppe gelang es ihm schließlich, den Sturz zu bremsen. Er hatte Ohrensausen. Alles um ihn herum drehte sich. Er schloss die Augen, aber davon wurde es nur schlimmer, also öffnete er sie. Dann erst fiel ihm der Geruch auf. Jakob würgte. Was für ein Gestank! Ein Zoo? Es roch tatsächlich nach einem Zoo, aber nach einem dreckigen, in dem die Tiere in Käfigen voller Fäkalien vor sich hin vegetierten.

Das Ohrensausen verschwand. Nun drangen von allen Seiten Geräusche zu ihm durch. Die Treppe führte in einen riesigen erloschenen Krater mit dem Durchmesser mehrerer Fußballfelder. Unzählige Fackeln beleuchteten ein seltsames Spektakel. Jakob sah sich entsetzt um. An den Wänden hingen Tausende Netze an großen Haken, aus denen eigenartige Monster sich zu befreien versuchten. Manche von ihnen waren riesig, schwerfällig und krümmten sich hin und her, andere waren klein, flink und kletterten in ihren Gefängnissen auf und ab.

Da waren Tiere mit langen Tentakeln, die sie schlängelnd und peitschend wie glibberige Regenwürmer durch die Maschen steckten. Wieder andere hatten bucklige Hörner, scharfe Klauen oder lange vergilbte Zähne. Von den Wänden war nur wenig zu sehen, so dicht hingen die Netze neben- und übereinander. Die Ungeheuer jaulten und brüllten, sie heulten und knurrten. Sie gingen aufeinander los und wurden zu einer wogenden Masse, die die Kraterwände aussehen ließ, als ob sie sich bewegten.

»Das ist alles Wahnsinn«, murmelte er, als er bemerkte, wo die Wendeltreppe endete. Der Kraterboden Dutzende Meter unter ihm war mit unzähligen, unterschiedlich großen Käfigen übersät. Manche waren klein und wackelig übereinandergestapelt, andere waren so riesig, dass sie einander überragten. Alle gefüllt mit den Monstern aus Katies Albträumen.

»Wie kann das sein?«, flüsterte er. »Es sind viel mehr, als sie je hätte träumen können in der kurzen Zeit, die sie hier ist.« Es sei denn, sie stellen die hier künstlich her. Wäre das möglich?

Seine Augen wanderten weiter. Unzählige kleine Gassen und Stege verliefen zwischen den Käfigen. Mit Stöcken bewaffnete Männer gingen umher. Einige stachen auf widerspenstige Tiere ein und schlugen gegen die Gitterstäbe.

Andere schleppten Netze hinter sich her, die sie an Haken befestigten und an den überfüllten Wänden hochzogen.

Unten an der Treppe stand eine Gruppe Soldaten. Erst jetzt bemerkte Jakob, dass sie ihn beobachteten. Er bekam Gänsehaut. Immer mehr Männer sahen zu ihm hinauf. Neugierig schlenderten sie breit grinsend heran, wie Löwen, die ein einsames Lämmchen entdeckt hatten.

Jakob machte einen Schritt zurück, die Treppe hinauf. Plötzlich erklang ein fürchterliches Ächzen, das das Gebrüll der Tiere noch übertönte. Jakob sah nach oben. Über ihm waren Soldaten gerade dabei, ein Netz zuzubinden. Zwischen den Seilen war ein schlangenartiges Wesen zu erkennen, das noch wie ein langer, sich windender Ballon im Netz schwebte, doch es wurde jeden Augenblick schwerer.

»Da kommt wieder eins«, rief einer der Männer von unten. Einige Soldaten traten vor. Am Ende ihrer Stöcke waren blitzende Haken mit scharfen Spitzen befestigt, die sie nun auf die Treppe richteten, bereit für den nächsten Fang. Die Soldaten oben rollten das Netz zunächst ein Stück zurück, um es mit umso mehr Schwung auf den Weg zu bringen.

Jakob überlegte nicht lange. Immer zwei Stufen auf einmal nehmend, sprang er nach unten. Er hörte, wie hinter ihm die Schlange die Treppe herunterrollte. Sie quiekte wie ein Ferkel. Die Männer unten lachten. Zwei von ihnen stellten den Fuß auf die unterste Stufe und streckten die Arme aus.

»Renn, Junge, renn!«, riefen sie.

»Er schafft es nicht!«

»Wetten doch!«

»Wenn er es doch schafft, hat er nichts davon!«

Die Männer brüllten vor Lachen und schlugen sich auf die Schultern.

Jakob erwartete, jeden Moment von der Schlange überrollt zu werden. Zwischen ihm und den Männern befanden sich noch etwa zwölf Stufen. Er hatte keine Wahl. Er sprang ab und segelte durch die Luft. Einer der Männer fing ihn auf und warf sich mit ihm zur Seite. Haarscharf schoss die Schlange an ihnen vorbei. Jakob wollte aufstehen, doch der Mann, der ihn gepackt hatte, hielt ihn fest am Boden.

Jakob hörte, wie die Stöcke auf das Tier niederprasselten, das nun wie ein Baby wimmerte, ein abscheuliches Geräusch. Jakob hätte sich am liebsten die Ohren zugehalten, aber er konnte sich nicht bewegen. Endlich erstarb das Gewimmer. Die Schlange wurde mitsamt Netz weggeschleppt.

Jemand packte ihn am Nacken und stellte Jakob auf seine Füße, sodass er die empörten Blicke der Männer um sich herum sah.

»Was sollte das denn?«, brüllte einer, der mit seinem Vollbart aussah wie ein haariges Tier. Die anderen Männer pflichteten ihm mit abfälligem Gejohle bei.

»Endlich haben wir mal etwas Abwechslung und dann musst du gleich den Helden spielen.«

»Ihr habt echt keine Fantasie«, sagte der Mann, der Jakob

am Nacken festhielt. Jakob konnte ihn nicht sehen, aber die Stimme jagte ihm große Angst ein. Ein Stück Fleisch in den Händen eines Metzgers war besser dran als er.

»Denkt doch mal nach. Hätte ich ihn nicht aufgefangen, hätten wir nicht einmal fünf Sekunden Spaß mit dem Jungen gehabt. Und fünf Sekunden Spaß sind im Nu vorbei. Aber ich denke jetzt an Dinge, die uns einen Mordsspaß machen können. An einen Spaß, der Tage dauern kann.«

Kurz war es still. Immer mehr Männer kamen zu ihnen herüber und scharten sich um sie.

»Wenn wir es schlau anpacken«, sagte der Metzger, »können wir jede Menge Wettkämpfe mit ihm und den Tieren veranstalten. Der Junge hält bestimmt eine ganze Weile durch.« Jakob hörte, wie der Metzger sich die Lippen leckte. »Ehe er verendet.«

Die Horde Männer blickte den Mann mit großen Augen an. Mit einem Mal brach ein entrüsteter Tumult aus.

»Verbrecher!«, rief jemand weiter hinten. »Behalte deine perversen Fantasien gefälligst für dich!«

»Wahnsinniger!«, schrie der Mann mit dem Vollbart.

Jakob holte erleichtert Luft. Anscheinend hatte der Metzger hier nicht das Sagen.

Ein Mann mit einer rot geäderten Nase verschränkte die Arme vor der Brust. »Natürlich wollen wir auch etwas Abwechslung, aber nicht in der Art, an die dein krankes Hirn denkt. Oder, Männer?«

»Genau, Neut!«, sagte der bärtige Mann und warf dem

Metzger, der Jakob immer noch am Kragen festhielt, einen verächtlichen Blick zu.

»Was uns von dir und den Kreaturen hier unterscheidet, ist, dass wir anständig sind.« Neut legte eine Hand auf seine Brust, als wollte er einen Eid ablegen. »Wir sind keine gewissenlosen Sadisten!«

Sein Publikum applaudierte und nickte zustimmend.

»Danke«, flüsterte Jakob.

Neut nickte ihm zu, als wäre er höchstpersönlich der König, der jemanden begnadigt. »Keinen Dank, Junge«, sagte er. »Ein schneller Tod ist einfach der bessere Weg!«

Jakob blinzelte und öffnete den Mund, aber irgendwie waren die Worte festgefroren.

»Was?«, brachte er heraus.

Ein heftiger Applaus und lautes Gekreische brachen aus. Neut warf die Arme in die Luft und wirbelte herum. Jakob traute seinen Ohren kaum, sein Magen zog sich zusammen.

Neut übertönte den Lärm: »Fütterung!«

Die Meute stampfte und grölte vor Vergnügen. Jakob hörte den Metzger knurren wie einen Hund. Die Hand an seinem Nacken drückte plötzlich zu. Jakob bekam keine Luft mehr. Er versuchte, sich den Fingern, die sich um seinen Hals schraubten, zu entziehen, aber statt ihn loszulassen, hob der Mann ihn hoch.

Jakobs Füße schwebten über dem Boden. Er röchelte. Er trat verzweifelt um sich, aber dem Mann konnte er nichts anhaben. In seinem Kopf wurde alles ganz leicht, vor seinen

Augen tanzten kleine silberne Funken. Die Meute klatschte und johlte immer noch und beachtete Jakob nicht.

»Wolltest mich also lächerlich machen, ja?«, knurrte der Metzger. Er sagte noch mehr, aber den Rest verstand Jakob nicht mehr. Er betrachtete die Männer, Münder gingen auf und wieder zu, es wurde auf Schultern geklopft und gelacht, doch es war, als hätte jemand den Ton ausgestellt. Die Luft drückte ihm schwer auf die Ohren, als hätte er Wasser darin.

Plötzlich sprang ein Mann nach vorn, deutete auf Jakob und schrie etwas. Andere Männer schauten wieder zu Jakob hin, der daraufhin fallen gelassen wurde. Er knallte auf den Boden.

»Du wolltest ihn ermorden!«, schrie jemand.

Jakob schnappte nach Luft. Seine Kehle brannte.

»Nur weil du deinen Willen nicht kriegst, wolltest du ihn umbringen? Aber damit kommst du nicht durch, du elender Egoist!«

Dann holte jemand aus. Der Schlag klang dumpf, es knackte. Männer schrien, eine hohe Stimme kreischte: »Dazu hast du kein Recht. Wir wollen ihn selbst töten!«

Endlich bekam Jakob wieder Luft. Er hustete. Ein großer Stiefel wurde neben seinem Kopf auf den Boden gestellt. Jakob konnte gerade noch verhindern, dass ihm ein anderer auf die Hand trat. Um ihn herum kam es zum Streit. Jakob sprang auf. Stolpernd bahnte er sich einen Weg aus der tobenden Menge, bis Neuts Stimme über dem Tumult dröhnte.

»Wo ist der Junge?«

Niemand reagierte. Jakob versuchte, sich aus dem Staub zu machen. Er wich einer Hand aus. Dann sah er hinter den Männern einen kleinen Seitengang abzweigen, in dem die Käfige dicht gedrängt standen. Mit neuer Energie boxte er sich zwischen den Männern durch. Wenn er den Gang erreichen könnte, wäre er erst einmal in Sicherheit. Vielleicht könnte er sich lange genug verstecken, um sich einen Plan auszudenken.

»Der Junge macht sich davon!«

Jakob schluckte, denn diesmal wurde Neuts Ausruf gehört. Der Kampf wurde unterbrochen. Jakob hörte, wie die Männer zeternd und fluchend seine Verfolgung aufnahmen. Jemand wollte seine Füße packen, aber Jakob konnte gerade noch entkommen. Er stürmte in den engen Gang auf der Suche nach einem Versteck, doch die Käfige standen dicht gedrängt und bildeten eine hermetisch geschlossene Wand aus Holz- und Eisenstäben oder Drahtgeflecht. *Wenn ich mich hier nicht verstecken kann, muss ich wenigstens versuchen, Zeit zu schinden*, dachte er. Sein Auge fiel auf einen kleinen Holzkäfig, der auf einem größeren Modell stand. Etwas Haariges duckte sich gegen die Rückwand. Aus einem Impuls heraus sprang er gegen die Gitterstäbe, packte den Käfig mit beiden Händen und zerrte ihn nach unten. Dann rannte er los. Hinter sich hörte er, wie der Käfig krachend auf dem Boden aufschlug.

Irgendwer fluchte, doch der Käfig, den er umgeworfen hatte, war zu klein. Das Tier und die losen Planken wurden einfach zur Seite geschoben. Er konnte nur noch eines tun, um seinen Verfolgern zu entkommen: Er musste durch möglichst viele unterschiedliche Gänge laufen, um sie so abzuschütteln.

Der schmale Gang machte eine scharfe Kurve, doch als Jakob um die Ecke bog, stockte ihm der Atem: Der Gang war eine Sackgasse. Keine dreißig Meter von ihm entfernt versperrte ein mannshoher Käfig den Weg. Und darin saß eine Kreatur, die wie ein gigantischer Krake aussah, schwarz glänzend und mit nur einem länglichen, rot glühenden Auge in der Mitte des Kopfes.

Als das Tier Jakob erblickte, krabbelten unter seinem Leib unzählige Arme hervor, die durch die Gitterstäbe glitten. Das Tier ließ sie über den Boden schlängeln. Jakob schrie entsetzt auf. Er versuchte abzubremsen, doch schlidderte er noch weiter über den Boden auf die Tentakel zu. Erst kurz bevor seine Füße die wurmartigen Arme erreichten, fand er auf dem sandigen Untergrund endlich Halt. Er stieß sich ab und krabbelte, so schnell er konnte, von der schlängelnden Masse fort. Nur ein paar Zentimeter entfernt streckten sich die Arme ihm entgegen. An den Tentakeln befanden sich keine Saugnäpfe, sondern Hunderte kleine Haken. Er schob sich noch ein Stück rückwärts, sodass er in sicherem Abstand zur Kreatur saß. Hinter ihm hörte er Lachen.

»War das wirklich nötig?«

Jakob stand schnell auf und drehte sich um. Die Männer hatten ihn eingeholt und versperrten ihm den Weg.

Manche lehnten lässig auf ihren Lanzen, andere klopften mit ihnen leise auf den Boden. Ein Zeichen, dass Jakob gar nicht erst versuchen sollte, zu fliehen. Der bärtige Mann stand vorn.

»Dieses ganze Gerenne!« Er schüttelte keuchend den Kopf. »Was hat dir das gebracht?« Er brach in donnerndes Gelächter aus und seine Männer taten es ihm gleich.

»Aber ich muss zugeben, es war auch ganz nett. Nicht wahr?«, fragte er seine Männer amüsiert. »Ich meine, es war nicht notwendig, aber das Gerenne hat richtig Spaß gemacht!«

Die Männer grölten.

»Neut!«, rief der Mann mit Bart.

Die Menge wich auseinander und Neut kam nach vorn. Sein Kopf war vor lauter Aufregung genauso rot wie seine Nase. Er grinste breit und schlug dem bärtigen Mann auf die Schulter. »Was für ein Spektakel!«, sagte er und betrachtete Jakob abfällig. »Glückwunsch, Junge. Das war großartig. Ich bin seit Ewigkeiten nicht mehr so gerannt! Weißt du, was ich denke?« Er wischte sich mit dem Ärmel den Schweiß von der Stirn. »Ich denke, der Junge hat sich bereits sein eigenes Schicksal ausgewählt.«

Die Männer grinsten und schlugen mit den Stöcken auf den Boden, sodass die festgetretene Erde erzitterte.

»Meint ihr, er hat Hunger?«, übertönte Neut den Tumult.

»Ja!«, brüllten die Männer.

»Und sollten wir ihn noch länger warten lassen?«

»Nein!«

»Ist es Zeit für die FÜTTERUNG?«

»JAAAAA!«

Jakob wurde hochgezerrt und an Händen und Füßen gepackt. Er sah den Kraken, der seinen schleimigen Körper gegen die Gitterstäbe presste, um seiner Beute so nah wie möglich zu kommen. Die langen Arme streckten sich nach ihm aus, es war, als greife das Ungeheuer mit Dutzenden Fingern nach ihm.

Jakob war mit einem Mal hellwach. Er wollte sich losreißen und trat um sich, doch die Männer hielten seine Arme und Beine fest.

»Eins!« Sie schleuderten ihn nach hinten und wieder nach vorn. Der Krake wurde jetzt erst richtig wild. Er rollte die Arme zusammen und wieder auf, der große Kopf zuckte vor lauter Erregung.

»Zwei!« Die Worte kamen wie aus einem Munde. Jakob spürte, wie der Schweiß auf seiner Haut eiskalt wurde.

39.

IN DIE ENGE GETRIEBEN

Irgendwo in der Ferne erklang gedämpftes Geschrei. Das Geräusch drang kaum zwischen den vielen Käfigen hindurch und es dauerte einen Moment, bis es die Männer erreichte, die zusammengepfercht in dem schmalen Gang standen. Sie reckten ihre Köpfe, konnten das Geräusch aber erst nicht zuordnen. Dann erkannten sie, was es war, drehten sich um und rannten davon. Eine Welle drang durch die Männer, die schließlich vorne ankam, wo Neut sich gerade genüsslich die Hände rieb. »Und drei!« Die Männer, die Jakob an den Knöcheln gepackt hatten, hielten inne. Sie ließen Jakob los.

Verärgert drehte Neut sich um. »Hey, passt doch auf!« Doch dann kapierte auch er, was gerade geschah. »Heilige Scheiße!«, murmelte er.

Jakob sah nach hinten. Die Männer quetschten sich in aller Eile zurück durch den schmalen Gang.

»Es kommt wieder eins!«, schrie ein muskulöser Mann. Er packte Neut am Kragen, seine Augen waren riesig vor Angst. »Wir sind zu spät, Neut!«

Sie hörten die ersten Schreie von Männern in Todesangst.

»Oh, nein«, flüsterte Neut. Er hatte Jakob schlagartig vergessen. Mit seinem ganzen Gewicht warf er sich gegen die Männer vor ihm und trieb sie an.

Jakob betrachtete den Krake. Es schien bemerkt zu haben, dass seine Chancen auf einen Imbiss vertan waren, denn es jammerte und ließ die Tentakel in den Staub fallen.

»Tut mir sehr leid für dich«, murmelte Jakob. Das Tier öffnete den kleinen Mund unter seinem roten Auge und spuckte etwas gelblichen Schleim durch die Gitterstäbe. Jakob musste lachen. Was war er erleichtert. Nur die Beine zitterten ihm noch immer gewaltig, er hatte Mühe, aufrecht stehen zu bleiben. Aber er war am Leben!

Wackelig setzte er sich in Bewegung. Schnell bekam er das Zittern unter Kontrolle. Über die Männer brauchte er sich im Moment keine Sorgen mehr zu machen. Die hatten jetzt Besseres zu tun, als sich um einen Jungen zu kümmern, der an eine Kreatur verfüttert werden sollte.

Je näher Jakob dem großen Platz unterhalb der Treppe kam, umso lauter wurde das Geschrei. Befehle wurden gerufen, Männer brüllten und verstummten plötzlich. Er folgte der Menge, die sich durch den Gang zwängte, mit ein paar Metern Abstand. Es gab für ihn nur einen Ausweg: die Treppe hinauf. Jakob witterte seine Chance.

Der Panik und dem Geschrei der Soldaten nach zu urteilen, hatte Katie wahrscheinlich das größte Tier aller Zeiten hervorgebracht. Jakob bereitete sich auf eine abscheuliche Kreatur vor. Aber was nun vor ihm auf dem Platz über der panischen Menge aufragte, raubte ihm dennoch den Atem.

Während die Soldaten aus dem Gang strömten, starrte Jakob das Riesentier an. Die vier Stummelbeine endeten in zehenlosen Stumpen. Bei jedem Schritt hob er sie hoch, dann setzte er sie donnernd wieder ab und zermalmte dabei Dutzende Männer. Das Tier war dermaßen groß, dass unter seinen grünlichen Bauch leicht ein Haus mit zwei Stockwerken und Spitzdach gepasst hätte. Aus einem Kragen aus Hautfalten wuchs ein viel zu kleiner Kopf, ein nackter abgerundeter Kegel, in dem die kleinen gelben Augen dicht beieinanderlagen. Aber das Auffälligste war die Haut. Sie wogte bei jeder Bewegung mit und glitzerte, als wäre sie mit Tausenden Pailletten besetzt.

Es sah prachtvoll aus. Jakob starrte es einen Moment wie hypnotisiert an. Dann drehte sich das Tier um. Jakob rannte in den Gang zurück. Gerade noch so entkam er dem Schwanz, der sich wie eine gigantische Schneeschaufel über den Boden schob und eine ganze Einheit Männer ummähte.

Jakobs sah hinüber zur Treppe. Er hatte keine Zeit zu verlieren. Er musste versuchen, zu Katie zu kommen, und die Treppe war der einzige Weg zu ihr.

»Angriff!« Der Befehl übertönte alle anderen Geräusche. Ein Regen aus Speeren hagelte auf das Tier nieder. Seine Haut glitzerte und wogte, die Speere drangen tief ein, so tief, dass Jakob völlig vergaß loszurennen, derma-

ßen verblüfft betrachtete er die Stöcke, die wie Streichhöl-
zer in die Haut des Tieres eindrangen. Er kniff die Augen
zusammen. Erst jetzt erkannte er, dass die Haut gar nicht
mit Pailletten besetzt war. Das waren kleine Münder, Tausende, nein, Millionen Münder klappten in der Haut auf
und zu. Blitzende Zähnchen zermalmten die Sperre.

Jakob senkte den Blick. Wenn er entkommen wollte,
sollte er seine Zeit nicht damit vertun, das Tier anzustarren. Er musste das Chaos nutzen. Jakob trat aus dem Gang
und rannte im Zickzack zwischen den Männern durch,
die mit Speeren und Messern auf die Beine der Kreatur
einstachen. Die setzte ihren Schwanz ein, um die An-
greifer abzuwehren. Jakob rannte um sein Leben. Hinter
sich hörte er die Männer heulen, die von dem Schwanz
zerschmettert oder mitgeschleppt wurden. Er blickte sich
um. Das Tier kam in seine Richtung und es gab nicht genügend Platz, um ihm auszuweichen, der einzige Ausweg
war nach oben. Er sprang nach oben, klammerte sich an
einem Käfig fest und kletterte hinauf. Unter ihm sauste
der Schwanz vorbei.

Jakob wollte sich wieder zu Boden fallen lassen, aber
seine Hand schien mit den Gitterstäben verschmolzen zu
sein. Er warf einen Blick in den Käfig. Ein kleines grün-rot
gestreiftes Tier klammerte sich an die Käfigstangen. Das
breite Maul hatte es wie einen Saugnapf um Jakobs Hand
geschlossen. Es sah ihn mit großen, leeren Augen an und
saugte mit hohlen Wangen.

Jakob würgte. Mit der freien Hand hielt er sich am Käfig fest und trat durch die Gitterstäbe hindurch auf das Tier ein, bis es ihn losließ und mit einem quengelnden Jammerlaut auf den Käfigboden fiel. Jakob wischte sich schnell die Hand an der Hose ab.

Inzwischen drehte sich das Riesentier um die eigene Achse, weil es von Soldaten umzingelt war, die ihn von allen Seiten angriffen. Es stand mitten auf dem Platz und sein Schwanz fegte über den Boden, haarscharf an den Käfigen vorbei. Jakob war klar, dass er die Treppe nie erreichen würde, wenn er versuchen würde, um das Tier herumzukommen. Eben hatte er Glück gehabt, aber im nächsten Käfig, zu dem er hochspringen würde, saß vielleicht etwas mit Zähnen. Etwas, das er nicht so einfach abschütteln konnte.

Unter dem Monster versammelten sich Soldaten, bewaffnet mit Speeren und Messern.

»Attackiert ihn dort!«, schrie einer und deutete auf den Bauch des Ungeheuers. Jetzt sah es Jakob auch. Prall und bleich baumelte der Bauch des Monsters wie eine Tüte mit grünlicher Milch zwischen seinen Beinen. Die Haut dort sah wie eine Membran aus, dünn und verletzlich. Was aber wichtiger war: Nirgends waren kleine Münder zu entdecken.

Jakob überlegte keine Sekunde. Sobald sich die Männer in Bewegung gesetzt hatten, rannte er hinter ihnen her.

»An die Waffen!«

Aus allen Richtungen stürmten nun die Männer herbei. Unter dem Bauch des Ungetüms stand Neut mit erhobe-

360

ner Hand. Als sich genügend Soldaten versammelt hatten, gab er das Zeichen.

Sofort prasselten Messer und Speere auf das Tier ein. Manche prallten an der glatten Haut ab, aber die meisten bohrten sich in den bleichen Bauch.

Die Männer blickten nach oben, die Köpfe weit in den Nacken gelegt, die Arme noch halb erhoben. Das Tier gab keinen Laut von sich. Reglos stand es auf seinen vier Beinen, den dicken Schwanz hinter sich wie ein Hügelkamm. Die einzigen Geräusche kamen von den Verwundeten, die um das Tier herum auf dem Boden zwischen zerborstenen Käfigen lagen. Sie krümmten sich und wimmerten, aber die anderen Soldaten schenkten ihnen keine Beachtung.

»Oh, oh«, flüsterte jemand. Ein Schauder ging durch die Gruppe.

Auch Jakob lief ein Schauer über den Rücken. Die Männer hatten das Tier zwar getroffen, aber die Messer und Speere hingen ihm im Bauch wie Stecknadeln im Nadelkissen. Das war's. Ein paar kleine Pikser. Nicht einmal Blut.

Plötzlich setzte sich das Tier in Bewegung. Alle sahen, wie sich die plumpen Beine langsam beugten. Sie sahen, wie sich die Haut an den Knien immer mehr spannte und anfing zu glänzen, als wäre sie aus Metall. Wie sich die Falten glätteten, wie aus Grau Perlmutt wurde. Die Männer und auch Jakob starrten die bezaubernden Farben an, in denen die Haut schimmerte.

Plötzlich sah er aus den Augenwinkeln etwas auf sich

zukommen. Wie aus einem schönen Traum schreckte er auf und erinnerte sich, dass er sich ja mitten in einem Albtraum befand.

»Passt auf!«, schrie er, aber die Soldaten standen, verzaubert von dem Glitzern, regungslos da.

»Die Kreatur will sich hinlegen! Er wird alles zerquetschen!« Jakobs Stimme überschlug sich. Die Männer erwachten aus ihrer Ohnmacht und folgten langsam Jakobs Blick. Als sie den Bauch auf sich zukommen sahen, fingen sie zu schreien an und rannten fort.

»Er will sich auf die Seite drehen«, flüsterte Jakob voll Schrecken. Der Bauch war nun so dicht, dass manche der Männer die grünliche Haut berühren konnten. Nicht mehr lange und das Tier hätte den Zugang zur Treppe vollkommen mit seinem gigantischen Leib blockiert.

»Für dich, Katie. Alles oder nichts!« Jakob ballte die Fäuste und spurtete los.

Mit Mühe wich er den Männern aus, die ihm in blinder Panik entgegenkamen. Die Augen richtete er auf die Treppe und versuchte, nicht nach oben zu sehen. Jakob stürmte vorwärts, während sich der Bauch über ihm immer weiter nach unten senkte. Der Spalt wurde immer schmaler. Er spürte, wie der Zweifel an seinem Herzen nagte. Aber es war zu spät, um sich anders zu entscheiden. Würde er sich jetzt umdrehen, um zurückzulaufen, würde er zerquetscht werden. Die einzige Chance, die er hatte, war der Spalt, etwa zwanzig Meter vor ihm, der immer kleiner wurde.

Jakob fing an zu schreien. Er konnte nicht anders. Es explodierte in ihm wie eine Bombe. Von der Treppe war nichts mehr zu sehen und der Durchlass nur noch einen halben Meter hoch, als er sich auf den Boden fallen ließ. Er hatte viel Fahrt drauf und schlidderte weiter. Ein starker Verwesungsgeruch stieg ihm in die Nase. Genau unter dem Tier kam er zum Stillstand.

Vergebens versuchte er sich unter der Kreatur herauszuzwängen. Der Bauch lastete schwerer und schwerer auf ihm, wie ein Riesensack warmes Wasser. Jakob schloss die Augen. Im nächsten Moment würde sein Kopf zerplatzen.

Aber so kam es nicht. Der Druck wich. Jakob öffnete die Augen. Der Bauch der Kreatur wogte langsam wieder aufwärts. Er hatte sogar genügend Platz, um sich zur Seite zu drehen und die letzten Meter schnell unter dem Ungeheuer herauszurutschen.

Dann stand er auf und wankte rückwärts zur Treppe. Er trat auf die erste Stufe und wäre fast gestolpert. In der Haut des Monsters bewegten sich die unzähligen kleinen Münder, die Zähnchen schlugen klackernd aufeinander. Das Tier drehte sich langsam zur anderen Seite. Jakob wusste, was es vorhatte. Die Verlagerung seines Gewichts war kein Zufall: Die hungrige Kreatur hatte die Männer genau dort, wo sie sie haben wollte. Sie hatte die Soldaten in eine Ecke getrieben, wie eine Herde williger Schafe. Sie brauchte sich nur auf die andere Seite zu rollen und die Münder konnten mit der Arbeit beginnen.

Voller Grauen betrachtete Jakob das Tier. Es war so riesig, dass es den gesamten Platz einnahm. Langsam neigte es nun Schwanz und Kopf zueinander und pferchte so die Männer immer weiter ein.

Jakob wollte nicht länger zusehen, was gleich passieren würde. Er drehte sich um und spurtete die Treppe hinauf.

40.

SCHWESTERCHEN

Oben angekommen orientierte sich Jakob. Von Hassel, Stark und dem Rest fehlte jede Spur. Wahrscheinlich hatten sie sich aus dem Staub gemacht, als sie mitbekommen hatten, was unten los war.

Jakob rannte zum Steinblock. Still und klein lag Katie da.

»Katie!« Er legte die Hand auf ihren Arm, Tränen schossen ihm in die Augen. Sie fühlte sich durch und durch kalt an, so kalt wie der Stein, auf dem sie lag. Er packte sie an der Schulter und schüttelte sie durch. »Ich bin's, Jakob. Ich bringe dich von hier weg.« Er hatte einen Kloß im Hals. Trotzdem lehnte er sich über sie und flüsterte die Worte ein zweites Mal eindringlich. Aber Katie bewegte sich nicht.

»Das ist nicht fair!«, flehte er. »Ich bin zu dir gekommen. Bitte wach auf, damit wir von hier wegkönnen!« Doch sie blieb weiterhin kalt und reglos.

Jakob ließ sie los und betrachtete sie niedergeschlagen. Von unten drang noch ein vereinzelter Schrei herauf, dann wurde es still. Nur das Gebrüll und Gekreische von Tausenden durchdrehenden Kreaturen, die sich gegen die Käfige warfen, blieb übrig.

Jakob hörte es, aber es interessierte ihn nicht. Er legte Katie die Hand auf die Brust. Kein Herzschlag. Seine Tränen fielen auf ihr Gesicht und liefen an ihren kalten Wangen hinunter.

»Was habe ich falsch gemacht?« Jakob hob den Kopf und schrie gegen die Decke: »Ich bin hierhergekommen und habe sie gefunden. Das war es doch? Dann sollte doch alles gut werden? Was muss ich denn noch tun?« Hilflos ballte er die Fäuste.

Plötzlich bewegte sich Katies Brustkorb. Sie öffnete den Mund. Luft strömte in einem langen, geräuschlosen Atemzug hinein. Sie erträumte ein neues Ungeheuer und diesmal gab es keine Soldaten, die es einfangen würden.

Jakob starrte seine Schwester an. Sie bäumte sich auf. Es würde nicht mehr allzu lange dauern, bis sie auf entsetzliche Weise ausatmen würde. Jakob beugte sich über sie.

»Katie«, flüsterte er in ihr Ohr, »ich nehme dich jetzt mit. Hab keine Angst, ich lasse dich hier nicht allein zurück.« Jakob schob vorsichtig seine Arme unter den angespannten Körper und hob sie vom Steinblock.

Sobald ihr Körper den Stein nicht mehr berührte, entspannten sich ihre Muskeln. Sie öffnete die Augen.

»Jakob?«, flüsterte sie.

Katie fing in Jakobs Armen zu zittern an. Sanft stellte er sie auf ihre Füße, zog seine zerrissene Jacke aus und hängte sie ihr um die Schultern. »Ja, ich bin es«, sagte er leise. Dann begann er zu lachen. »Ich bringe dich von hier weg.«

Auf ihren Wangen erschienen zwei rote Flecken. Sie errötete. Das Glücksgefühl, das ihn überschwemmte, war so stark, dass er gleichzeitig weinen und lachen musste. Er drückte sie fest an sich.

»Ich habe so schrecklich geträumt«, sagte sie. »Wie bin ich hierhergekommen?«

Jakob lief rot an. Er wusste nicht recht, was er antworten sollte. Am liebsten hätte er ihr die Wahrheit erzählt, aber er brachte den Mut nicht auf.

Sie drückte das Gesicht an seine Brust. »Ich bin so froh, dass du da bist. Ich weiß, dass ich dir auf die Nerven gehe. Aber trotzdem bist du hier, um mich zu holen. Ich verspreche dir, ich werde dir nie wieder Ärger machen!«

Jakobs Wangen glühten vor Scham.

»Ich bin auch froh«, murmelte er. Seine Worte klangen heuchlerisch in seinen Ohren. Er war derjenige, der sie an diesen Ort verwünscht hatte, und nun dachte sie, er wäre ein Held. »Aber das ist jetzt alles vorbei«, sagte er schnell, »und diese Träume hören für immer auf, das verspreche ich dir.«

Mit einem Mal fiel Jakob auf, wie still es geworden war. Als wären die Tiere plötzlich verschwunden. Katie und er drehten sich zur großen Öffnung um.

»Natürlich«, er grinste breit. »Sie sind ja auch verschwunden. Die Albträume gab es nur, solange du geschlafen hast.«

Katie schüttelte den Kopf. »Nein«, sagte sie. Sie hatte die Augen aufgerissen. »Ich bin immer noch in dieser Höhle, Jakob.« Sie zog Jakob am Arm. »Wir müssen hier weg, sie haben es durchschaut.« Ihre Worte bereiteten Jakob Gänsehaut.

»Was meinst du?«, fragte er, obwohl ihm klar war, was sie meinte.

»Diese Kreaturen, von denen ich geträumt habe. Sie wissen, dass ich wach bin und wollen nicht, dass ich diese Grotte verlasse. Weil sie dann …«

»… sterben«, beendete Jakob den Satz.

Von der Treppe drang ein leises Rascheln herauf, als schiebe sich etwas über den Boden. Etwas, das von unten die Treppe heraufkroch, etwas mit Tausenden Beinen, Tentakeln und Klauen. Nur einen Augenblick, dann griff Jakob Katies Hand und sie rannten los. Die ersten Kreaturen kamen aus der Dunkelheit zum Vorschein. Sie fielen in den Raum, als wäre die Öffnung ein gigantischer Mund, der sie ausspuckte. Dann strömten die Ungeheuer auf sie zu. Manche schwangen sich mit filigranen Flügeln zur Decke empor, andere krochen wie monströse Kakerlaken und enorme Echsen an den Wänden entlang.

»Schau nach vorn, Katie!« Er hob sie hoch. »Halt dich gut an mir fest!«, schrie er und rannte einfach los. Katie schlang ihre Arme fest um seinen Hals.

Jakob konnte die Kreaturen hinter sich ächzen und winseln hören. Sie waren wie Jagdhunde, die ihre Beute gleich schnappen würden. Sie donnerten über Kerzenstummel und die Flammen erloschen. Es wurde immer dunkler in der Höhle.

Jakobs Herz hämmerte in seiner Brust, das Atmen tat ihm weh. Sie waren nun fast bei dem schmalen Durchgang, der sich im letzten Kerzenschein an der Wand abzeichnete, als Katie plötzlich rief: »Pass auf! An der Wand!«

Jakob warf einen schnellen Blick zur Seite und bemerkte eine lange, schwarze Gestalt, die wie ein Schatten neben ihnen die Wand entlangglitt.

»Es holt uns ein!«, schrie Katie. »Schneller, Jakob!« Ihre Stimme war heiser vor Angst.

Aber Jakob konnte nicht schneller. Das Tier krabbelte an ihnen vorbei, schnellte in die Spalte und versperrte den Eingang. Dann drehte es Katie und Jakob den platten Kopf zu. Zwei schwarz-weiß gesprenkelte Augäpfel rollten in den Höhlen.

Mit einem Mal erinnerte sich Jakob an Nastas Messer.

»Halt dich gut fest, Katie! Lass erst los, wenn ich es dir sage!«, rief er.

Katie verhakte die Arme hinter seinem Hals. Jakob ließ sie los und zog das Messer. Er war nur noch ein paar Meter vom Höhleneingang entfernt, als das Tier sich plötzlich abstieß und sich mit seinem schlängelnden Körper auf sie zu warf.

»Los!«, schrie er. Und während Katie losließ, streckte Jakob das Messer nach vorn und spießte das Tier damit auf. Die Klinge bohrte sich in den schwarzen Panzer. Das

Tier brüllte auf und schlang seinen Körper um Jakob. Die kleinen Klauen hakten sich in Kleider und Haut.

»Lauf in den Gang!« Er zog das Messer heraus und stach wieder zu, während er versuchte, selbst zu dem Gang zu humpeln. Dieses Mal traf er das linke Auge. Das Tier zuckte und erschlaffte.

»Komm«, schrie Katie aus der Spalte. Der Boden bebte so heftig, dass sich Jakob nur mit Mühe auf den Beinen halten konnte. Eine Flügelspitze berührte seinen Kopf, dann drängte er sich seitwärts in den schmalen Gang. Hinter ihm erlosch die letzte Kerze. In der Dunkelheit hörte er, wie sich die Tiere gegen die Wand warfen, im Versuch, ihnen zu folgen.

Katie schrie auf, als sie im Dunkeln mit Armen und Beinen gegen Steine und Geröll stieß.

»Sie verfolgen uns, Jakob. Ich höre sie!«

»Das können sie nicht, hier ist es viel zu eng für sie«, beruhigte er sie. Aber er wusste, dass seine Worte sie nicht überzeugten. Niemand kannte die Kreaturen, die aus der schwarzen Dunkelheit ihre Klauen und Tentakeln zu ihnen ausstreckten, besser als sie.

41.

DER AUSGANG

So schnell es der enge, dunkle Gang zuließ, schoben sie sich vorwärts. Es war stockdunkel. Jakobs Hand lag auf Katies Schulter, aber er sah sie nicht mehr. Nicht einmal ihr blondes Haar war in dieser Finsternis zu erkennen.

»Ich bekomme keine Luft«, flüsterte sie heiser.

»Wir sind fast da.« Auch er konnte kaum atmen. Die Felsenwände bebten, als sich die Monster hinter ihnen gegen den Felsspalt warfen. Die Tiere schnauften, jaulten und kratzten. Die größeren Kreaturen schienen sogar ihre Zähne zu benutzen, um den Weg frei zu beißen.

Aber es waren nicht die großen Tiere, die Jakob Sorgen machten, es waren die kleinen Schlangenartigen mit ihren Giftzähnen, die insektenhaften mit ihren Stacheln, die überall durchkamen.

»Was machst du, wenn uns etwas verfolgt, Jakob?« Katie schien seine Gedanken erraten zu haben.

»Dann steche ich es nieder und wir nehmen es mit nach Hause. Als Souvenir«, flüsterte Jakob.

Katie lachte zögerlich. »Aber es ist doch so eng.«

»Dann stelle ich halt einen Fuß darauf und kicke es geradewegs dorthin, wo es hergekommen ist.«

»Wie einen Fußball?«

Jakob lachte nervös. »Genau. Wie einen Fußball. Was meinst du, wofür ich all die Nachmittage trainiert habe?«

Er drückte Katie sanft die Schulter. Staub rieselte ihm in die Augen. Es brannte. Ein Schweißtropfen rann ihm den Rücken hinunter.

Dann sagte Katie leise: »Vielen Dank, Jakob.« Sie klang so ernst. Jakob wurde mit einem Mal bewusst, dass sie keine Ahnung hatte.

»Du musst mir nicht danken«, stammelte er beschämt. »Es ist nicht, wie du denkst.«

Aber Katie unterbrach ihn. »Pst!« Jetzt bemerkte Jakob es auch. Auf einmal war es totenstill, nur ihre eigenen tastenden Schritte waren noch zu hören.

»Wo sind sie?«

»Ich weiß es nicht.«

»Sind sie weg?« Ihre Stimme klang hoffnungsvoll. Jakob versuchte, sich nicht anmerken zu lassen, dass die Stille ihm höllische Angst einjagte.

»Ich weiß es nicht. Geh einfach weiter.«

Aus der Tiefe stieg ein dumpfes Geräusch auf, das langsam anschwoll. Jakob fühlte es in seiner Brust. Es dröhnte durch die Gewölbe und ließ Steinchen und Sand regnen. Er umklammerte den Messergriff noch fester. Irgendetwas näherte sich ihnen.

Irgendetwas Riesiges.

Immer größere Steine rieselten auf sie herab. Kam nun das Monster, das unten bei den Wächtern gewütet hatte? Konnte es sein, dass es die Treppe hochgekrochen war? Die Antwort drang durch die Dunkelheit zu ihnen. Jakobs Mund wurde trocken. Ein leises Klackern, als würden tausend lange Fingernägel auf eine Glasplatte ticken. Die Zähne unzähliger kleiner Münder.

Auf einmal warf sich das Ungetüm mit einer solchen Wucht gegen den schmalen Eintritt des Gangs, dass es sich anhörte, als wäre ein großer Felsbrocken abgebrochen und auf den Boden aufgeschlagen.

»Geh schneller!«, schrie Jakob.

Wie ein riesiger Bulldozer donnerte die Kreatur hinter ihnen erneut gegen die Felswand und begann, sich einen Weg zu ihnen zu bahnen. Nun erwachten auch die anderen Ungeheuer wieder zum Leben. Kreischend und jaulend feuerten sie das Ungetüm an.

Katie schrie und Jakob versuchte, nicht in Panik zu geraten. Bei jedem neuen Stoß prasselten mehr Steinbrocken auf sie herab. Das Tier schnaufte.

Plötzlich fühlte Jakob Katies Schulter nicht mehr. Er tastete vor sich in die Dunkelheit, nichts.

»Wo bist du?« Seine Stimme überschlug sich. »Katie!«

»Ich bin draußen!«, rief sie.

Im nächsten Augenblick weiteten sich die Wände. Jakob stand wieder in dem breiten Gang, der sie ans Tageslicht führen würde. Er stützte sich an der Wand ab und zog seine Schwester zu sich heran.

»Lass mich nie mehr los! Es ist nur noch ein kleines Stück. Wir sind fast am Ausgang.«

So schnell er konnte, rannte er mit Katie an der Hand in die Dunkelheit hinein. Seine Finger flogen über die Wand, dabei scheuerten ihm die Fingerkuppen auf, aber die Wand war sein einziger Halt. Ohne die Sicherheit der kalten Steine könnten sie leicht den falschen Abzweig nehmen und dann würden sie den Ausgang nie finden.

»Sie kommen, Jakob. Ich kann sie hören!«

»Sie kommen noch lange nicht. Und bevor sie hier sind, sind wir am …« Jakobs Herz machte einen Satz. In dem Gang rechts von ihm sah er in der Ferne ein Licht. Es war nicht mehr als ein kleiner weißer Kreis, aber Jakob war noch nie so erleichtert gewesen. Er ließ die Wand los und zog Katie hinter sich her.

»Da ist es, Katie! Gleich sind wir in Sicherheit. Draußen warten Kait und Nasta!«

»Wer?« Sie war außer Atem. Sie konnte kaum Schritt mit ihm halten.

»Freunde, Katie. Wir gehen nach Hause!«

Der Kreis wurde größer und größer. Und im Licht zeichneten sich deutlich zwei Silhouetten ab. Jakob musste sich zusammenreißen, um seine Erleichterung nicht laut herauszuschreien. Es waren Kait und Nasta. Sie erwarteten sie, mit der Sonne im Rücken.

Jakob konnte ihre Gesichter erst erkennen, als sie kurz vor ihnen waren. Mit einem Mal verging ihm das Lachen

und er bremste abrupt. Nasta hatte den Blick gesenkt, als
schäme sie sich für irgendetwas. Kait aber sah ihn an. Sein
Blick war düsterer als je zuvor. Die Mundwinkel hatte er
weit nach unten gezogen. Er starrte Jakob an und schüttelte fast unmerklich den Kopf. Es war nur eine kleine
Bewegung, aber Jakob hatte sie trotzdem bemerkt. Er hielt
Katie fest, die weiterlaufen wollte.

»Bleib stehen«, sagte er und stellte sich vor sie. Sie protestierte, aber Jakob hielt sie einfach fest. »Hier stimmt
was nicht!«, sagte er scharf.

»Wie meinst du das, Jakob? Willst du lieber drinnen
bleiben?«, sagte eine honigsüße Stimme. Ein kleines
Männlein trat hinter Kait hervor, nicht viel größer als ein
Kind. Es betupfte sich mit einem weißen Spitzentaschen-
tuch die riesige Nase.

»Drorg«, murmelte Jakob und kniff den Mund zusammen.

Der Schwafler machte eine alberne Verbeugung und
wedelte mit dem Taschentuch in Richtung Tunnel. »Ist es
denn dort drinnen sicherer?«

Aus den Tiefen des Felsen drangen Gekreische und das
Grollen einstürzender Steine. Jakob sah Kait an, aber der
schlug die Augen nieder.

Drorg bemerkte es und lachte. »Ich glaube, unser
Freund Kait schämt sich. Er sollte dich beschützen, aber
dieses Versprechen hat er nicht eingelöst.« Der Schwafler
zuckte die Schultern. »Tja«, sagte er, »er ist ja auch nicht
dafür bekannt, seine Versprechen zu halten.«

Kait blickte ihn wütend an und Drorg machte unwillkürlich einen Schritt zur Seite.

»Nicht so hitzköpfig, bitte. Solche wie dich gibt es zu-
hauf. Alles Menschen mit den besten Absichten. Leider
haben sie nicht begriffen, dass der Wind in dieser Welt
mittlerweile aus einer anderen Richtung weht. Und dass
sie besser für den König als gegen ihn arbeiten sollten.
Den hier kennst du bestimmt auch noch, Jakob?«

Drorg hob die Hand und winkte. Zwei Soldaten in
glänzenden Rüstungen und bewaffnet mit langen scharfen Speeren traten hervor. Sie hielten einen Gefangenen
fest. Er war mit einem Strick an Händen und Füßen gefes-
selt. Trotzdem hatten die beiden Soldaten Mühe, ihn in
Schach zu halten.

»Furn«, flüsterte Jakob.

»So scheint er sich zu nennen«, bemerkte Drorg trocken.
»Besser bekannt ist er allerdings unter dem Namen ›Der
Affe‹. Er ist der größte Verbrecher, der hier herumläuft. Du
hast dir in der kurzen Zeit, die du hier bist, einen Haufen
dubioser Freunde zugelegt, Jakob. Soll ich dir noch ein
paar zeigen?« Drorg trat einen Schritt zurück und machte
eine ausladende Geste. Doch Jakob konnte von dort, wo
er stand, nicht erkennen, worauf der Schwafler deutete.
Er wagte sich ein Stück vor, hielt aber schützend den Arm
vor Katie, damit sie hinter ihm blieb.

Als er aus der Dunkelheit heraustrat, blendete ihn für
einen Moment das Sonnenlicht. Er hielt sich die Hand
vor die Augen und erkannte durch die Finger hindurch

Furns Heer. Kaum fünfzig Männer und Frauen waren von den zweihundert übrig, die auf das Grummelfeld gezogen waren. Es war eindeutig, dass sie sich einen schweren und ungleichen Kampf geliefert hatten. In zerrissenen und vom Staub verdreckten Kleidern starrten sie mit hängenden Schultern zu Boden, die Arme hingen schlaff herunter.

Hinter ihnen türmte sich eine gigantische und abschreckende Armee auf. Sie bestand aus Hunderten Monstern, die vom Kampf noch den Schaum vor den Mäulern hatten. Manche waren so groß wie Wale. Andere klein wie Wiesel. Einige trugen Sättel, in denen Soldaten in Rüstungen und mit flatternden blutroten Mänteln saßen. Das wenige Fußvolk des Königs war mit glänzenden Schilden und Schwertern bewaffnet, die das Sonnenlicht reflektierten.

Jakob betrachtete die Reihen der Monster, die ihre Zähne gefletscht hatten und ihn lauernd ansahen. Das waren König Obirs Truppen. Letztendlich waren sie von ihnen eingeholt worden.

42.

KATIE TRITT INS LICHT

»Jakob, es tut mir leid.« Kait sah ihn nicht an. Er klang niedergeschlagen. Jakob schaute Drorg zornig an.

Der Schwafler lachte und erhob die Hände, als wollte er kapitulieren. »Mich brauchst du nicht so anzugucken, Jakob. Du bist derjenige, der sich das alles hat einfallen lassen. Das Superhirn, sozusagen. Schade nur, dass du das Angebot des Königs ausgeschlagen hast. Ein tüchtiges Kerlchen mit deinen Fähigkeiten hätte Obir gut brauchen können. Und wir wären ein richtiges Spitzenteam gewesen, du und ich. Tja, aber du wolltest ja nicht, und das hast du nun davon.« Er nickte Furn zu. »Der hat mit diesem jämmerlichen Heer für dich gekämpft. Schau sie dir an, sie haben sich wacker geschlagen, das schon. Aber, na ja.« Er seufzte. Mit funkelnden Augen fuhr er fort. »Leider habe ich schlechte Neuigkeiten für dich, Jakob. Da du dich dem König nicht unterwerfen willst, sind wir gezwungen, dich zu töten.« Drorg lachte falsch.

Katie wollte sich losreißen. Jakob musste seine ganze Kraft aufbringen, um sie zurückzuhalten.

»Hände weg von meinem Bruder!«, schrie sie.

»Ach!«, kicherte Drorg. »Da haben wir ja deine Schwester. Guten Tag, Mädchen, wie geht es dir? Hast du gut geschlafen? Wenn du mich fragst, bist du leider viel zu früh aufgewacht.«

»Wenn ihr ihm ein Haar krümmt, dann ... dann ...!«

Jakob tat alles, um sie daran zu hindern, auf Drorg zuzustürmen. Sie stand noch im dunklen Gang, trotzdem war zu erkennen, dass ihr Kopf vor lauter Wut rot angelaufen war.

»Beruhige dich, Katie. Es hat keinen Sinn.« Er schluckte. »Es ist vorbei«, sagte er leise.

Sie ballte die kleinen Fäuste. »Du hast mich gerettet. Ich lasse es nicht zu, dass sie dich töten!«

Jakob lächelte und strich ihr über das Haar. Drorg lachte laut auf.

»Gerettet? Habe ich das richtig gehört? Er hat dich gerettet?« Der Schwafler hielt sich jetzt den Bauch vor Lachen. Jakob wand sich vor Scham.

»Was meint er?«, fragte Katie. Sie warf Drorg einen giftigen Blick zu.

Jakob hockte sich vor sie hin und sah ihr in die Augen. »Es ist anders, als du denkst.«

»Ja, es ist anders«, prustete Drorg. »Dein Bruder hat dich dermaßen gehasst, dass er dich hierher gewünscht hat. So ist es doch, Jakob? Du hast sie aus tiefsten Herzen gehasst. Wegen ihm bist du hier, Schätzchen.«

»Halt den Mund!«, schrie Jakob.

»Warum?« Drorg betrachtete ihn amüsiert. Theatralisch hielt er sich die langen Finger vor den Mund. »Huch! Das weiß sie noch nicht? Hast du ihr dein kleines Geheimnis etwa nicht verraten?«

»Was meint er?«, stammelte Katie und sah Jakob fragend an. Es gab nichts, was er sagen konnte, um alles wiedergutzumachen. Ihr Bruder, der Einzige, dem sie hier vertraute, war ein Verräter.

»Katie, es tut mir so leid.«

»*Du* hast mich hierher gebracht?«

Hilflos schaute er sie an. »Wenn ich gewusst hätte, dass das wirklich geschehen würde, hätte ich dich nie verwünscht.« Es klang wie eine feige Ausrede. Er senkte den Kopf.

Katie starrte ihn an. »Warst du froh, als ich weg war?«, fragte sie leise.

Jakob wusste, dass er ihr die Wahrheit sagen musste, wenn sie ihm je wieder vertrauen sollte. »Ich weiß es nicht, ich glaube schon. Aber das ist jetzt alles anders, Katie. Ich war so glücklich, als ich dich gefunden habe. Ich will nichts lieber, als dich nach Hause zu bringen.«

»Herzzerreißend.« Drorg klatschte in die Hände. »Schöne Rede, Jakob. Aber natürlich ist das nicht wahr. Weißt du, kleines Mädchen, ohne dich kann er nämlich auch nicht nach Hause. Er hatte also keine Wahl. Entweder für immer hierbleiben oder den Helden spielen und dich retten.«

»Du dreckige Ratte, du weißt genau, dass das nicht

stimmt!« Kait sprang auf Drorg zu, aber der Schwafler gab ein Zeichen. Sofort bauten sich zwei Kreaturen aus der ersten Reihe vor Kait auf. Sie waren so groß wie Kühe. Zwischen den Warzen auf ihren Köpfen wuchsen vergilbte Zähne wild heraus. Sie öffneten die Mäuler und fauchten wie Katzen.

»Pass auf deine Worte auf, Kait. Es könnten deine letzten sein«, schnauzte Drorg. Er wandte sich wieder an Jakob und Katie. »Liebe Kinder, wir haben jetzt lange genug geplant, meint ihr nicht? Ich fand es ein ergreifendes und erhellendes Gespräch. Aber jetzt ist das Märchen aus und es ist Schlafenszeit für unser kleines Mädchen. Möchtest du sie selbst zurück auf den Steinblock legen oder sollen wir das für dich erledigen, Jakob?«

Drorg trat einen Schritt zurück und deutete mit einem langen Finger auf Katie. Sofort kamen die Kreaturen in Bewegung. Sie formierten sich und drangen wie eine Mauer vorwärts. Kait und Nasta wurden vor ihnen hergetrieben. Auch Jakob musste langsam in den Gang zurückweichen. Hinter ihm ertönte das gedämpfte Kreischen der Monster, die noch immer einen Weg suchten.

Sie saßen wie Ratten in der Falle. Katie sollte auf ihr steinernes Bett zurückgebracht werden. Und er selbst? Er versuchte, nicht daran zu denken. Dies hätte der glücklichste Moment werden sollen. Der Moment, in dem er Katie endlich befreit hatte. Doch das war in weite Ferne gerückt.

»Es ist mir egal, was Drorg oder wer auch immer sagt.«

Am liebsten hätte er sie fest in die Arme genommen, doch er traute sich nicht. »Du musst mir glauben, Katie. Ich werde um dich kämpfen, bis ich tot umfalle. Ohne dich gehe ich nicht nach Hause.«

»Ohne mich *kannst* du nicht nach Hause«, sagte sie leise.

Jakob war dankbar, dass sie noch mit ihm redete. Er nickte. »Das ist wahr. Am Anfang wollte ich dich auch nur finden, um hier wegzukommen.« Er schüttelte den Kopf. »Aber darum geht es mir schon lange nicht mehr. Drorg hat recht: Ich konnte dich nicht ausstehen. Aber dieses Abenteuer hier.« Er suchte nach Worten. »Alles hat sich dadurch geändert. Wir werden uns bestimmt noch manchmal streiten, aber du bist meine Schwester und die rührt niemand an, solange ich lebe.«

Sie schwieg. Aber dann fühlte er plötzlich ihre kleine Hand in seiner. Noch nie hatte er sich über etwas so gefreut. Dankbar drückte er ihre Hand. »Hör doch«, flüsterte sie. Flügelschläge, Pfotenstampfen und Klauenkratzen hallten vom Boden, den Wänden und der Decke. Die Kreaturen waren ganz nah. Jakob zog Katie an sich.

Langsam zeichnete sich in der Dunkelheit ein gigantisches Monster ab. Es zwängte sich durch den Gang, scheuerte gegen Decke und Wände. Hervorstehende Steine wurden von dem schweren Leib mit Leichtigkeit zertrümmert. Vor dem Monster flatterten kleinere Tiere, die flink wie Fledermäuse vor dem kantigen Maul hin und her schossen. Hinter dem Monster stieg das Gebrüll unzähliger Kreaturen auf, die alle darauf brannten, sich auf Jakob und Katie zu stürzen.

Katie schrie. Jakob schlang die Arme noch fester um sie. Drorgs Truppen standen draußen im Halbkreis vor dem Höhleneingang und warteten, bis die Kinder von selbst herauskamen. Die Einzigen, die sich nicht ruhig verhielten, waren die Monster des Königs. Jakob bemerkte, dass die Tiere in der ersten Reihe eine Verteidigungsstellung eingenommen hatten. Haare und Stacheln waren aufgestellt, sie fletschten die scharfen Zähne. Klauen wurden ausgefahren und schrammten quietschend über den Felsen. Sie waren bereit zum Angriff.

Jakob warf einen ängstlichen Blick auf das Riesenmonster, das sich durch den Gang auf sie zubewegte. Es war jetzt so nah, dass man die klappernden Zähne deutlich hören konnte. Klackernde, tickende Klänge, die fast fröhlich klangen, wenn man nicht wusste, was sich Abscheuliches dahinter verbarg.

Katie drückte sich enger an Jakob und verbarg ihr Gesicht in seiner Jacke. Draußen lag Nasta auf dem Boden. Ein Soldat richtete den Speer auf sie. Neben ihr lag Kait. Drei Soldaten hatten ihn bezwungen, einer presste ihm die Knie in den Rücken, sodass er unmöglich aufstehen konnte.

Fledermauskreaturen flatterten auf die Kinder zu. Ihre Augen leuchteten im Dunkeln. Die Flügelspitzen berührten die Decke, sodass die Funken sprühten. Sie stießen hohe Laute aus. Katie hielt sich die Ohren zu. Mit zusammengekniffenen Augen, die Arme schützend um Katie gelegt, wartete Jakob darauf, dass die Monster sie angreifen würden.

Aber nichts geschah. Stattdessen drang ein tiefes Brummen von den Truppen zur Grotte herüber. Das Flügelschlagen verstummte. Ein seltsames, schnatterndes Geräusch war jetzt zu hören. Vorsichtig öffnete Jakob seine Augen. Keinen Meter von Katie entfernt hatten sich die geflügelten Tiere auf dem Boden niedergelassen. Sie starrten auf die Truppen vor der Höhle und wiegten ihre ledrigen Körper angespannt hin und her. Die filigranen Flügel hatten sie ausgebreitet. Sie zitterten, als könnten sich die Tiere nicht entscheiden, ob sie auffliegen sollten oder nicht. Sie hatten die Mäuler aufgesperrt. Das drohende Fiepsen, das aus tiefster Kehle kam, bereitete Jakob Gänsehaut.

Vorsichtig sah er zu den Truppen hinüber. Die Kreaturen hatten ihre missgebildeten Köpfe tief zu Boden gesenkt. Sie machten sich bereit, aufzuspringen. Sie knurrten bedrohlich und starrten die Wesen in der Grotte an.

»Das ist ein *Stand-off*«, flüsterte Jakob.

»Ein was?« Katie lugte unter Jakobs Armen durch. Langsam klappten die Tiere die Flügel ein und schlossen die Mäuler.

»Ein *Stand-off* ist ein Kampf, bei dem sich die Gegner gegenseitig einschüchtern. Eine Pattsituation. Die eine Gruppe will die andere kleinkriegen, indem sie ihr Angst einjagt. So lässt der König die Tiere einander zähmen.«

»Ist es nicht wundervoll?« Drorg trat zwischen den

knurrenden Tieren nach vorn. »Und sie sind viel zuverlässiger als Soldaten, die laufen schon mal zum Feind über. Aber diese Jungs nicht.« Er klopfte einer Kreatur auf den schuppigen Hals. »Ah, da ist ja unser Kronjuwel.« Drorg grinste. »Dieses Monster wird unsere bislang größte Waffe. Ich möchte nicht im Weg stehen, wenn das riesige Ungetüm gezähmt wird. Und du, Jakob?«

Der Schwafler verschanzte sich schnell hinter der vordersten Reihe der Truppen. Die Kreaturen stellten kampfbereit die Stacheln auf.

Jakob sah ein, dass er und Katie keine Wahl mehr hatten. Sie mussten sich ergeben.

»Ich habe dich lieb, Schwesterchen«, sagte er leise und trat einen Schritt vor. Sofort packten ihn die Soldaten. Unsanft wurde er aus der Grotte ins Sonnenlicht gezerrt, dort warf ihn jemand zu Boden. Katie schrie und wollte zu ihm rennen. Sie machte einen Schritt, doch sobald sie aus dem Schatten der Grotte trat und den Fuß auf die sonnenüberfluteten Steine gesetzt hatte, geschah etwas Eigenartiges. Das dunkle Grollen der Monster wurde leiser und ging in Winseln über. Die Kreaturen, die vorn standen, hoben die Köpfe. Eine Welle der Unruhe ging durch die Reihen. Die Soldaten, die auf den Tieren ritten, hatten große Mühe, nicht aus dem Sattel zu fallen, weil die Reittiere wie Pferde bockten und die Köpfe schüttelten.

»Haltet die verdammten Monster im Zaum!«, schrie Drorg. Aber sie verhielten sich, als wären sie wahnsinnig geworden.

»Anscheinend haben sie Schmerzen!« Jakob riss erstaunt den Mund auf.

»Schau nur, Jakob. Sie haben keine Farbe mehr«, rief Katie. Jetzt bemerkte er es auch: Als hätte jemand alle Farben aus den Tieren radiert. Die Soldaten sahen sich verwirrt um. Ihre roten Umhänge wirkten plötzlich wie Blutflecken im Schnee.

Selbst das riesige Monster verlor allmählich seine Farbe und das Ticken der Zähne hatte aufgehört. Die Münder standen offen. Im Halbdunkeln schien die Haut durchlöchert zu sein. Das Monster heulte schrill auf und schüttelte sich, als habe es fürchterliche Schmerzen. Dann wandte es den kleinen Kopf plötzlich Katie zu. Jakob ahnte, was gleich passieren würde. Katie stand mit einem Fuß im Sonnenlicht, mit dem anderen im Schatten der Grotte.

»Komm raus! Ins Licht!«, rief er. Er wollte aufspringen, aber ein Soldat fixierte ihn am Boden.

Das Monster stand jetzt vor Katie. Es ragte gigantisch über dem kleinen Mädchen auf und riss sein riesiges Maul auf. Katie starrte wie versteinert die Zähne an, die wie Glasscherben glitzerten.

Jakob strampelte und kämpfte, um sich zu befreien. »Sieh nicht hin, Katie! Lauf!«, brüllte er. Und dann kam Bewegung in Katie. Sie kniff die Augen zusammen und machte einen Schritt ins Sonnenlicht.

Jakob beobachtete, wie das Monster sich im selben Augenblick nach vorn stürzte. Es schrie und stülpte sein

Maul über Katie. Aber sie verschwand nicht. Katie stand unversehrt zwischen den Kiefern des Tieres. Klein und zusammengesunken, die Hände zu Fäusten geballt. Das Tier schüttelte den Kopf. Aus den kleinen Mündern am Körper stiegen Rauchwolken auf, als verbrenne das Monster von innen. Dann war es plötzlich nur noch ein Schimmer, ein Nebel, der kurz noch die Form eines Monsters hatte und sich dann langsam verlor.

Kait hatte keine Mühe, die verdutzten Soldaten von sich abzuschütteln. Er sprang auf und lief drohend auf die Männer zu, die Jakob und Nasta zu Boden drückten. Sie wichen hastig zurück. Jakob stand auf und blickte sich um. Wo eben noch die Truppen des Königs gestanden hatten, hing nun, soweit das Auge reichte, dichter Nebel. In den Nebelschwaden standen vereinzelt noch Soldaten. Einige lagen auf dem Boden, weil die Reittiere sich unter ihnen aufgelöst hatten. Vor ihnen stand der kleine Schwafler, der sich fassungslos umsah. Ohne die Kreaturen wirkten seine Truppen längst nicht so furchteinflößend.

»Wo ist dieser komische Vogel?«, ertönte eine laute Stimme.

Jakob drehte sich um und erblickte Furn mit seinem kleinen Heer. Auch sie hatten sich befreit. Mit großen Schritten kam Furn auf sie zu. Schnell versteckte sich Drorg unter dem roten Umhang eines Soldaten, der aber zur Seite trat, als er den großen Mann mit dem Tattoo auf sich zustürmen sah.

Katie stand noch immer am Eingang zur Grotte und

starrte auf ihre Füße. Ihr Kinn zitterte. Jakob rannte zu ihr hinüber und drückte sie.

»Gut gemacht, Katie«, brachte er heraus. »Du hast gerade mein Leben und das aller Menschen hier in dieser Welt gerettet.«

Sie blickte ihn entgeistert an und er schüttelte sie lachend durch. »Es ist vorbei, Katie!«

Endlich erschien auch auf ihrem Gesicht ein Lächeln. »Gehen wir jetzt nach Hause?«, fragte sie und Jakob nickte.

»Ja, jetzt gehen wir nach Hause.«

DER HEIMWEG

Katie hüpfte vor Jakob über die Steine. Erst jetzt, da alles hinter ihnen lag, sah er, wie schön die Landschaft um ihn herum war. Die Farben der Felsen gingen von Knallrot in Goldgelb über, von Kobaltblau in Violett, und die Sonne überzog alles mit einer warmen Glut. Jakob fühlte sich leicht und froh.

»Es gibt nicht viele, die das gefährliche Abenteuer auf sich genommen hätten, Jakob.« Kait klopfte ihm freundlich auf die Schulter. Jakob lachte breit. In der Ferne war schon die Felsspalte zu sehen, der Zugang zum See. Dahinter lag Frau Sonnemanns Schiff, das sie ihrem Zuhause ein Stück näher bringen würde.

Jakob hatte das Gefühl, dass ihm diese Welt, die gerade noch so feindselig gewesen war, nun sonnig und freundlich zulachte.

»Was hast du für eine niedliche Schwester.« Nasta sah sah ihn an. »Dass du sie je hast verwünschen können. Schau dir nur diesen Engel an.«

Katie hüpfte fröhlich vor ihnen her.

Jakob grinste. »Eigentlich ist sie halb so schlimm.«

Nasta stupste ihn in die Seite. »Gib schon zu, dass du furchtbar froh bist, sie wiederzuhaben!«

Er lachte. »Stimmt und sie ist wirklich lieb«, gab er zu.

»Genau. So ein Mädchen hätte doch jeder gerne zur Tochter, nicht wahr, Kait?« Sie hakte sich bei ihm unter.

Kait zog die Augenbrauen hoch. »Ich nicht«, sagte er aber freundlich.

»Meckerfritze. Du hättest für dein Leben gern so eine Tochter.«

Jakob schüttelte den Kopf. »Nein, Nasta, du irrst dich. Hätte Kait Kinder, hätte er sie hintereinander hierher verwünscht.«

»So ist es!« Kait zwinkerte Jakob zu und Nasta grinste.

»Schade, dabei kannst du doch so gut mit Kindern umgehen.«

Alle drei mussten lachen.

Sie schlängelten sich durch die Felsspalte. Katie hüpfte auf den Bootssteg. Ein Lächeln erschien auf Jakobs Gesicht, als er das gegen den Bug schwappende Wasser hörte. Es fühlte sich an, als wären sie fast schon zu Hause.

Katie klatschte in die Hände. Sie hatte noch nie ein so schönes, großes Schiff gesehen. Sie war ganz entzückt. Majestätisch glitt der Dreimaster mit gewölbten Segeln durch das Wasser auf sie zu. Auf dem Vorderdeck stand Frau Sonnemann. Ihr blaues Kleid flatterte im Wind, sie winkte ihnen zu. Der Platz der Galionsfigur war leer.

»Das ist Frau Sonnemann«, sagte Jakob. »Sie wird uns nach Hause bringen.«

Katie bewunderte die Frau in dem hübschen Kleid. »Wie schön sie ist«, flüsterte sie.

Jakob ergriff ihre Hand. Das Schiff hatte angelegt. Wieder brachen die seitlichen Planken auf, diesmal aber ohne Krach und herumfliegende Splitter. Im Gegenteil, die Planken fielen ruhig und ordentlich auf ihren Platz und bildeten einen breiten Steg. Frau Sonnemann lehnte sich über die Reling und lächelte ihnen zu.

»Willkommen, Kinder«, sagte sie mit warmer Stimme.

»Sie ist lieb, oder?«, fragte Katie.

»Ja«, sagte Jakob. »Fast so lieb wie Mama. Warte nur, bis du siehst, in was für einem herrlichen Bett du heute Nacht schlafen wirst.«

Das Holz knarrte, als sie den Steg zum Schiff hinaufgingen. Jakob wollte sich gerade zu Kait und Nasta umschauen, als hinter der Bugöffnung plötzlich Lichter angingen. Dieses Mal konnte er ganz genau sehen, was sie auf dem Schiff erwartete. Sein Herz machte einen Sprung. Katie stieß vor Aufregung einen Schrei aus. Ein prachtvoll erleuchteter Saal lag vor ihnen. In der Mitte stand ein großer Tisch, gedeckt mit blütenweißer Tischwäsche und beladen mit den herrlichsten Speisen.

Dutzende Kerzen warfen ihr goldenes Licht auf Obstschalen, die mit glänzenden Äpfel und Trauben gefüllt waren. Auf Silberplatten dampfte gebratenes Fleisch, dessen Duft ihnen entgegenwehte. Frisches Brot lag neben sahnigem Käse und getrockneten Würsten, und dazwischen standen Karaffen mit klarem Wasser.

»Ihr habt bestimmt Hunger.«

Jakob und Katie blickten nach oben und lächelten Frau Sonnemann an, die ihnen vom Deck aus zuwinkte. Obwohl sich die Segel im Wind bauschten, flatterte ihr blaues Kleid kein bisschen. »Jakob und Katie, setzt euch rasch an den Tisch, wir legen gleich ab«, rief sie.

»Sie weiß, wie ich heiße!«, flüsterte Katie aufgeregt.

»Sie weiß noch viel mehr.« Jakob lächelte. »Zum Beispiel, wie wir nach Hause kommen.«

Katie sah ihn begeistert an. Dann betraten sie das Schiff.

DAS SCHIFF LEGT AB

Sobald sie im Schiff waren, hörte Jakob hinter sich ein merkwürdiges Geräusch. Wie das Rauschen des Winds. Kait und Nasta blieben auf dem Steg stehen. Sie blickten auf irgendetwas über ihnen.

»Worauf wartet ihr?«, rief er.

Neben ihm hüpfte Katie aufgeregt umher. »Na, kommt schon! Hier ist es so schön!«

Jakob lachte, aber dann bemerkte er Kaits Gesichtsausdruck. In seinen Augen war Angst zu lesen, große Angst, und das schnürte Jakob die Kehle zu.

»Was ist da oben«, rief er, aber Kait bedeutete ihm, still zu sein.

»Kommt sofort von dem Schiff runter!«, rief er. Er machte einen Schritt nach vorn, doch Jakob sah zu seinem Entsetzen, wie Kait in den Holzplanken versank.

»Es ist Frau Sonnemann!«, rief Nasta. Sie wollte zu ihnen kommen, aber auch sie sank in den Planken ein, die nun nicht nur an Festigkeit verloren, sondern auch an Farbe.

»Was passiert dort?« Katie, die schon mitten im Saal stand, sah sich ängstlich nach Jakob um. Er antwortete nicht. Er lehnte sich so weit wie möglich aus dem Eingang.

»Stopp!«, schrie er. »Holen Sie den Steg noch nicht ein. Es sind noch nicht alle an Bord!«

»Doch, natürlich«, sagte Frau Sonnemann hinter ihm. Ruckartig drehte Jakob sich um. In ihrem makellosen blauen Kleid stand sie neben dem gedeckten Tisch und blickte ihn freundlich an. Sie schien zu schweben, während sie zu Katie hinüberging. Sie legte dem Mädchen den Arm um die Schulter. »Ihr seid in Sicherheit und das ist das Wichtigste.«

Katie blickte sie verwirrt an. »Wieso tun Sie das? Sie müssen sie mitnehmen.«

Frau Sonnemann lächelte beruhigend. »Aber nein, ihr braucht ihre Hilfe nicht mehr. Ab hier übernehme ich.«

Sie streckte die Hand aus, woraufhin ein lautes Krachen aus dem Schiffsrumpf drang und das Loch sich mit durchsichtigen Planken schloss, die aus Wasser zu bestehen schienen.

»Ihr seid bei mir sicher und ich werde dafür sorgen, dass ihr wohlbehalten zu Hause ankommt.«

Jakob befühlte die Planken und merkte, dass sie tatsächlich aus Wasser waren. Seine Finger verursachten kleine Wellen, die in einem Bogen über die Wand liefen und alles verformten, was sich draußen befand. Verschwommen konnte er Kait und Nasta dort stehen sehen. Sie waren zurück ans Ufer gesprungen und bewegten die Münder, doch Jakob hörte kein einziges Geräusch. Nicht ihre Stimmen, nicht die Wellen, die gegen den Bug schlugen, nichts. Alle Geräusche von draußen waren verstummt. Jakob erkannte, dass er und Katie gefangen waren.

Er drehte sich zu Frau Sonnemann um. Auch Katie blickte ängstlich zu ihr hoch.

»Wir können noch nicht ablegen. Kait und Nasta müssen mit uns kommen«, sagte er und versuchte, sich wieder zu beruhigen.

Frau Sonnemann nahm eine von Katies blonden Locken und wickelte sie sich um den Finger. »Sie sind erwachsene Menschen«, sagte sie schulterzuckend. »Die kommen schon allein zurecht.«

Ungläubig starrte Jakob sie an. Dann erinnerte er sich an die Worte von Gus: *Aber für den Rückweg darfst du nicht den Weg über das Desdemonawasser nehmen. Du musst deine Schwester durch die Berge führen, was auch immer geschieht.* Wie hatte er nur so dumm sein können und sich derart bezirzen lassen?

Er ballte die Fäuste. »Sie können uns nicht gefangen nehmen«, rief er. Er sprang nach vorn, packte Katies Arm und zog sie zu sich.

»Komm, Katie, wir gehen!«

Er drehte sich zu dem durchsichtigen Loch im Rumpf um, in dem sich die Holzplanken langsam wieder um das Schiff schlossen. Durch die immer schmaler werdende Öffnung sah Jakob, dass Kait seine Hände an den Mund gelegt hatte. Er rief ihnen etwas zu. Nasta sprang auf und ab und fuchtelte wild mit den Armen.

»Halte dich gut an mir fest, Katie!« Er ergriff ihre kleine Hand noch fester, holte tief Luft und warf sich nach vorn. Das Loch hatte sich noch nicht ganz zu, Katie und er passten hindurch. Doch statt durch das Wasser zu springen, prallte er gegen etwas Hartes und fiel zu Boden. Benommen blieb er liegen.

»Wink ihnen zum Abschied zu«, sagte Frau Sonnemann. »Wir legen ab.«

45.

FRAU SONNEMANN

Frau Sonnemann ging zum Tisch, schob einen Stuhl zurück und strich die nicht vorhandenen Falten ihres Kleids glatt, bevor sie sich setzte. Einladend wies sie auf ihren Nachbarstuhl.

»Kommt, Kinder«, sagte sie munter. »Ich tue euch schon nichts.«

Katie drückte sich eng an Jakob. »Was passiert mit Nasta und Kait?«

»Ach, Kindchen«, antwortete Frau Sonnemann mitfühlend, »zerbrich dir doch nicht den Kopf. Kommt zu Tisch und esst etwas.« Sie streckte ihnen die Hände entgegen.

Katie blickte Jakob fragend an, aber der schüttelte den Kopf. Kleine Lichtflecken tanzten vor seinen Augen, als er sich erhob. Durch das mittlerweile sehr kleine Loch sah er, dass sich ihr Schiff immer schneller vom Ufer entfernte. Kait und Nasta wurden kleiner und kleiner.

»Was wird aus ihnen?«, fragte Katie.

Frau Sonnemann zuckte die Schultern. »Wenn sie lange

genug laufen, stoßen sie von selbst auf ein ihnen bekanntes Gebiet. Wohin sie dann gehen, ist ihre Sache.«

»Aber sie haben nichts, womit sie den See überqueren könnten!« Katies Unterlippe zitterte.

»Es gibt eine Menge anderer Wege, die sie einschlagen können«, sagte Frau Sonnemann beschwichtigend. »Sie können zum Beispiel über das Raaskalkgebirge zurück.«

»Und wie?«, sagte Jakob abfällig. »Sie haben keinen Proviant und im Raaskalkgebirge gibt es nichts zu essen.«

»Aber dann verhungern sie! Sie müssen ihnen helfen«, flehte Katie. Frau Sonnemann klackerte mit den Fingernägeln auf die weiße Tischdecke. Sie betrachtete das Mädchen, das sie hoffnungsvoll ansah.

»Also gut«, sagte sie schließlich. »Aber glaubt bloß nicht, dass ihr ab jetzt immer euren Willen durchsetzen könnt.«

Sie streckte den Arm aus. Durch das immer kleiner werdende Loch konnte Jakob gerade noch erkennen, wie Kait und Nasta vom Boden abhoben. Wie von einer unsichtbaren Hand getragen, schwebten sie hinaus aufs Wasser. Der See unter ihnen fing an zu brodeln, einen Moment später schoss ein kleines Floß aus den Wellen empor. Kait und Nasta landeten unsanft darauf. Plötzlich schien Wind aufzukommen und trieb das Floß vor sich her, hin zum anderen Ufer. Dann schloss sich das Loch im Schiffsrumpf endgültig.

Frau Sonnemann atmete tief ein. »Also dann«, sagte sie. Ihre Stimme klang ruhig, aber streng, wie die einer Lehrerin, die ihre Klasse zum letzten Mal ermahnt. »Setzt euch jetzt endlich an den Tisch oder muss ich euch erst holen kommen?«

Sie sah zu Katie, doch das Mädchen starrte noch auf die Stelle im Rumpf, wo sie durch das Loch Kait und Nasta hatte wegtreiben sehen.

»Schatz, mach dir keine Sorgen mehr. Ich gebe dir mein Wort, dass die beiden heil und sicher zur Riverkilt kommen oder wo immer sie sich zu Hause fühlen mögen.«

»Und was ist mit uns?«, fragte Jakob und kam näher. »Bringen Sie uns nach Hause?«

Frau Sonnemann richtete sich auf.

»Also?«, fragte er. Aber er befürchtete, dass er die Antwort bereits kannte: Sie hatte nicht vor, sie jemals bei ihren Eltern abzuliefern.

»Ich würde es begrüßen, wenn du weniger Fragen stellen und mir etwas mehr vertrauen würdest«, sagte Frau Sonnemann scharf. Sie drehte sich um, als Zeichen, dass das Gespräch beendet war.

»Warum sollte ich Ihnen vertrauen? Wenn es nach Ihnen gegangen wäre, hätten Sie unsere besten Freunde verhungern lassen.«

»Jakob.« Sie sah ihn drohend an. »Ich tue, was ich kann, um es euch recht zu machen, aber meine Geduld hat bald ein Ende.«

»Wieso antworten Sie nicht einfach?«, platzte es aus Katie heraus.

Frau Sonnemann sprang auf. Sie schob den Stuhl dabei so heftig nach hinten, dass er umfiel und auf den Boden knallte. Sie stützte sich mit beiden Händen auf das weiße Tischtuch und krümmte wie eine Katze den Rücken, zum Angriff bereit. »Ich warne dich nicht noch einmal.«

Jakob hielt Katie fest. Frau Sonnemanns Gesicht glühte, aber nicht Blut ließ ihre Wangen erröten. Es war eher, als würde in ihr ein heftiges Feuer lodern, das durch die Haut strahlte und ihre Augen dabei funkeln ließ. Sie sprach beherrscht, aber ihre Stimme machte Jakob mehr Angst, als würde sie schreien.

»Kommt jetzt zu Tisch.« Energisch streckte sie die Arme aus. Zwei Stühle bewegten sich knarrend vom Tisch weg, ohne dass Frau Sonnemann sie auch nur mit einem Finger berührt hätte. Mit ihren feurigen Augen ähnelte sie einer bösen Königin. »Macht schon!«.

Jakob zog Katie sanft mit sich. Schweigend setzten sie sich. Frau Sonnemann nickte zufrieden. »So ist es gut.« Sie holte tief Luft und drehte sich zu ihrem umgefallenen Stuhl um. »Seht doch nur, was für eine Unordnung ihr angerichtet habt.«

Sie bückte sich und stellte den Stuhl auf. Jakob warf Katie rasch einen Blick zu. Ihr Kinn zitterte. Sie sah nicht auf.

»Ich will zu meiner Mama.« Katies Tränen kullerten auf den weißen Teller vor ihr und bildeten eine kleine Lache. Ihre Schultern zuckten.

»Das weiß ich, Mädchen«, sagte Frau Sonnemann besänftigend. »Du musst dich noch eingewöhnen, aber ich versichere dir, dass du es bei mir auch gut haben wirst.«

Jakob sah sie vernichtend an. »Wir bleiben nicht hier. Wir gehen nach Hause«, sagte er entschlossen.

Frau Sonnemann zog die Augenbrauen hoch. »Wie meinst du das, mein Junge«, fragte sie unschuldig.

Jakob schob den Stuhl vom Tisch. »Sie wissen genau, wie ich das meine. Sie wollten auf uns warten und Katie und mich nach Hause bringen!«

Auf Frau Sonnemanns Gesicht erschien ein listiges Lächeln. »Und genau das habe ich getan.« Sie schaute Jakob herausfordernd an. »Es ist nur ein anderes Zuhause, als du erwartet hast.«

Sie stand auf. Katie hatte vor Angst das Gesicht verzogen. Sie schluchzte laut.

»Ich will hier nicht bleiben. Ich will in unser eigenes Haus!« Flehend hob sie den Kopf. »Ich will zu Mama.« Sie rieb sich mit dem Ärmel über die Augen.

Mit einem Mal packte Frau Sonnemann Katie an den Haaren und zerrte sie nach hinten. Katie schrie auf vor Schmerz, doch Frau Sonnemann blickte streng auf sie nieder, mit Augen, die dermaßen hellblau waren, dass sie fast durchsichtig erschienen.

»Ab jetzt bin ich deine Mama. Je schneller du das akzeptierst, desto leichter wird es für uns alle.« Sie ließ Katies Haar los und strich ihr über den Kopf. Katie zuckte zusammen.

»Sie will nicht«, sagte Jakob. »Merken Sie nicht, dass sie Angst vor Ihnen hat?« Er musste versuchte, sie zu beschützen. »Sie bleibt bei mir. Sie können uns vielleicht zwingen, hier zu bleiben, aber wir sind nicht Ihre Kinder und werden es auch niemals werden!«

Ein plötzlicher Windstoß ließ Frau Sonnemanns Kleid aufwehen. Der blaue Stoff flatterte laut schlagend um ihren Körper. Das Haar wehte ihr aus dem Gesicht. Als er ihr in die Augen sah, war Jakob sprachlos vor Angst. Sie waren glasklar und von einem eiskalten Blau, doch die Hitze, die aus ihnen strahlte, spürte Jakob auf Stirn und Wangen.

Plötzlich schwebte sie über dem Boden, drohend türmte sie sich über ihnen auf. Mit Entsetzen sah Jakob, wie sie immer höher stieg. Die Stimme, die aus ihr drang, hatte nichts Menschliches mehr. Dröhnend füllte sie den Raum. Ihr Klang ließ die Holzdielen ächzen, die Wände fingen an, sich zu kräuseln.

»Ihr sollt mir gehorchen!« Bei diesen Worten spritzte Wasser von den Wänden. Es klatschte gegen Jakobs Brustkorb, hart wie Steine, die ihn mit voller Wucht trafen. Jakob verlor das Gleichgewicht und fiel, Katie noch im Arm, gegen die wogende Schiffswand. Sofort waren seine Kleider klitschnass.

Katie drückte sich an ihn, ihre Haare klebten ihr am Kopf. »Sie wird uns töten!« Ihre Stimme überschlug sich vor lauter Furcht. Jakob drückte sie fester.

»Nein, das tut sie nicht«, flüsterte er. »Sie denkt, dass sie unsere Mutter ist. Und Mütter tun ihren Kindern nichts Böses.«

Kaum hatte Jakob das gesagt, verstummte das Dröhnen,

die Holzdielen ächzten nicht mehr und die Wände zogen sich wieder glatt. Das Einzige, was blieb, war der heiße Wind, der gegen ihre Haut blies und ihre Lippen austrocknete. Als Jakob aufsah, schwebte Frau Sonnemann zwei Meter über dem Boden, die Haare flammten wie ein Feuerkranz um ihr Gesicht und das Kleid war ein Meer aus brennenden Tropfen. Wie glühende Kohlen fielen sie herunter und brannten schwarze Löcher in die Dielen.

Jakobs Augen taten weh von der Hitze.

»Du hast ganz recht, Junge«, sagte Frau Sonnemann. Es war, als würde sogar ihre Stimme schmelzen. »Eine richtige Mutter tut ihren Kindern nichts. Aber ihr seid nicht meine Kinder. Das hast du mir ja eben klargemacht. ›Wir sind nicht Ihre Kinder und werden es auch niemals werden.‹ War es nicht so?« Sie lachte und ihr Blick versengte seine Augenbrauen. »Schade, Jakob. Ich hatte mich so danach gesehnt: nach einem Sohn und einer Tochter. Aber ich glaube kaum, dass wir eine fröhliche Familie werden können, mit dir im Haus. Du würdest mir nur immer in die Quere kommen und Katie gegen mich aufhetzen. Du lässt mir keine Wahl.«

»Wie meinen Sie das?«, fragte Katie verstört.

»Ich meine, mein liebes Kind, wir müssen nun Abschied von Jakob nehmen.«

Katie riss sich los. Jakob versuchte, ihren Arm festzuhalten, aber sie war zu schnell. Sie rannte zu Frau Sonnemann und ließ sich vor ihr auf die Knie fallen.

»Mädchen, gib doch acht!«, rief Frau Sonnemann entsetzt. Schnell senkte sie die Arme und die Flammen erloschen zischend.

»Ich werde Sie nie Mama nennen, aber auch nie wieder über meine richtige Mutter sprechen. Nie wieder!«, schluchzte Katie. »Das verspreche ich Ihnen. Aber bitte tun Sie meinem Bruder nichts!«

Frau Sonnemanns wirkte etwas pikiert. »Ja, ja, ist ja gut«, sagte sie ungeduldig.

»Nein, Sie müssen es mir wirklich versprechen!« Katie rutschte auf den Knien ein Stück nach hinten.

Jakob wollte zu ihr laufen, doch Frau Sonnemann zeigte mit dem Finger auf ihn.

»Du bleibst dort!«, befahl sie. Er spürte eine Barriere zwischen sich und Katie. Als stünde dort eine große unsichtbare Wand, gegen die er stieß.

»Ich werde deinen Bruder in Ruhe lassen und mich ab jetzt nicht mehr um ihn kümmern«, sagte Frau Sonnemann feierlich. »Bist du nun zufrieden?«

»Versprechen Sie mir das?«

Frau Sonnemann legte die rechte Hand auf die Stelle, wo ihr Herz sein sollte und nickte huldvoll. »Ich verspreche es.«

Jakob bemerkte, dass ihre Augen zu funkeln begannen, als Katie zögerlich aufstand.

»Katie!«, rief er, aber sie beachtete ihn nicht. Sie legte ihre Hand in Frau Sonnemanns Hand.

Tief unter ihnen, im Schiffsbauch, ächzte es.

»Willkommen zu Hause, Katie«, flüsterte Frau Sonnemann. Sie zog das Mädchen dicht zu sich. Das blaue Kleid schlang sich um Katies weißes Nachthemd.

Jakob warf sich gegen die unsichtbare Wand. Und obwohl er sein Bestes gab, kam er nicht hindurch. Das Geräusch, das aus der Tiefe zu ihnen aufstieg, hörte sich nun wie rauschendes Wasser an, das aus Tausenden Hähnen gleichzeitig strömte.

»Lebe wohl, Jakob«, sagte Frau Sonnemann und drückte Katie noch fester an sich.

Eine Sekunde später sprudelte das Wasser aus den Dielenritzen. Es umspülte Jakobs Füße und im Nu war der Boden überschwemmt. Voller Panik zog Katie ihr Nachthemd hoch, doch das Wasser stieg weiter.

»Hab keine Angst, meine liebe Tochter«, sagte Frau Sonnemann. »Ich nehme dich mit auf den Grund des Sees. Dort werden wir von nun an leben.«

Das Wasser stieg immer höher, es reichte Jakob schon bis zur Hüfte. Katie war ein ganzes Stück kleiner. Nur noch ihr Kopf ragte aus dem Wasser.

»Lassen Sie sie gehen! Sonst ertrinkt sie!«, rief er und versuchte, näher zu kommen. Die unsichtbare Wand war zwar verschwunden, doch stattdessen zog eine starke Strömung Jakob nach unten.

Wasser sprudelte jetzt durch die Schiffswände nach innen und tropfte von der Decke. Es klatschte gegen Katies Gesicht und spülte sie hinunter.

»Heben Sie sie hoch!«, schrie Jakob in Panik.

Quälend langsam fischte Frau Sonnemann die triefende

Katie aus dem Wasser. Sie blinzelte überrascht. »Ich kann atmen, Jakob. Ich kann unter Wasser atmen!«

»Natürlich kannst du unter Wasser atmen, meine Süße.« Frau Sonnemann lachte. »Wäre ja noch schöner, wenn ich nicht dafür sorgen würde, dass du das kannst.«

Sie küsste Katie sanft auf die Stirn. Jakob sah, wie seine Schwester wieder untertauchte.

Frau Sonnemann entblößte grinsend ihre weißen Zähne. Bevor Jakob reagieren konnte, tauchte sie ebenfalls unter. Jakob zögerte keine Sekunde. Er tauchte hinterher. Er riss die Augen auf und sah, wie Frau Sonnemann mit Katie in den Armen in Windeseile hinabsank. Der Schiffsboden war verschwunden. Jakob schwamm aus Leibeskräften, aber Frau Sonnemann war viel schneller, er konnte sie unmöglich einholen.

Der Wasserdruck tat ihm allmählich in den Ohren weh, ihm wurde schwindelig. Wenn er nicht schnell wieder Luft bekäme, würde er ertrinken. Zwischen einer blauen Kleiderfalte leuchtete Katies Nachthemd auf. Wie ein weißer Schmetterling trudelte sie nach unten. Zum Grund des Sees. Dann wurde sie vom dunklen Wasser verschluckt und um Jakob wurde alles schwarz.

46.

AM UFER

»Aufwachen!«

Irgendwo weit entfernt erklang eine Stimme. Sein Vater? War er zu Hause? Jakob hielt die Augen geschlossen. Das Letzte, was er wollte, war, seinem Vater in die Augen zu sehen und erzählen zu müssen, was geschehen war. Er wurde geschüttelt. Wieder diese Stimme.

»Jakob!«

Das war nicht sein Vater. Trotzdem kam ihm die Stimme bekannt vor. Wer war das? Wo hatte er diese Stimme schon einmal gehört?

Seine Augenlider fühlten sich schwer an. Als hätte ihm jemand dicke Lehmklumpen draufgelegt. Nur mit Mühe konnte er sie öffnen. Neben ihm kniete Kait und grinste breit. »Ich hätte nicht gedacht, das je zu sagen, aber ich bin verdammt froh, dass du wieder da bist. Ich habe befürchtet, dich nie mehr zu sehen.«

Jakob richtete sich auf. Er saß im Gras, am Ufer des Sees, zwischen den Bäumen mit den weißen Stämmen. Auf der Uferseite, wo sie das erste Mal an Bord von Frau Sonnemanns Schiff gegangen waren. Das schien eine Ewigkeit her zu sein.

»Was ist passiert?« Er drehte den Kopf und blickte direkt in Nastas grüne Augen.

Sie lachte und strich ihm übers Haar. »Wir haben dich gestern Abend aus dem See gefischt.«

»Wir haben dich auftauchen sehen und gerufen, dass du zum Floß schwimmen sollst. Aber das hast du nicht getan«, sagte Kait. »Als wir endlich bei dir waren und dich aufs Floß gezogen hatten, sahst du aus wie ...« Kaits Stimme stockte, er drehte das Gesicht zur Seite.

»Du sahst jedenfalls nicht gut aus, Jakob«, beendete Nasta den Satz. »Du wärst fast ertrunken.« Sie schwieg einen Augenblick, dann sagte sie: »Wir dachten ehrlich gesagt schon, dass es zu spät ist. Als du endlich wieder angefangen hast zu atmen, warst du so erschöpft, dass du gleich eingeschlafen bist. Wir haben dann ein Feuer gemacht, dich in Decken gewickelt und abwechselnd Wache gehalten.«

Kait räusperte sich unbehaglich. »Und hier bist du, gesund und lebendig. Wie sagt man so schön? Unkraut vergeht nicht. Stimmt wohl.«

Nasta verdrehte die Augen und lächelte entschuldigend. »Er ist ein grober Kerl, aber einer mit Herz.« Sie beugte sich zu Jakob. »Ich habe ihn noch nie so besorgt gesehen.« Sie zwinkerte ihm zu. »Du hast bestimmt Lust auf ein Frühstück.«

Jakob schüttelte den Kopf.

»Bist du dir sicher? Wir haben Eier.« Sie lehnte sich zur Seite, damit Jakob die Eier sehen konnte, die auf einem großen Stein mitten im Feuer brutzelten. »Die Vögel hier legen Eier, die genauso groß und dick sind wie sie selbst. Aber ich wette, du schaffst sogar ein ganzes.« Wieder zwinkerte sie.

Jakob zog die Knie an, schlang seine Arme darum und drehte sich weg.

»Du musst etwas essen, Jakob.« Sanft rüttelte Nasta seine Schulter.

»Ich habe keinen Hunger«, murmelte Jakob, doch Nasta ließ sich nicht so leicht abwimmeln.

»Du musst essen, um wieder zu Kräften zu kommen.«

»Ich muss nicht zu Kräften kommen.«

Nasta packte ihn etwas fester und drehte ihn zu sich. »Du hast eine Menge mitgemacht, Jakob. Du hast knallhart gekämpft, um deine Schwester zu befreien, und das ist dir auch gelungen.«

Jakob schüttelte den Kopf und wollte sich wieder abwenden, doch Nasta hielt ihn fest.

»Du bist in die Grotte mit all den Monstern eingedrungen und hast Katie dort rausgeholt. Du hast sie gerettet!«

»Ach ja? Und wo ist sie jetzt?« Er sah hinaus auf den See. »Ich habe keine Chance mehr, sie zu retten. Niemals wieder. Weißt du, was das heißt? Sie wird bis in alle Ewigkeit mit dieser Frau zusammen sein, vor der sie eine Todesangst hat. Sie wird sich jeden Tag fragen, ob ich sie vielleicht doch holen komme. Aber ich komme nicht.

Damit muss ich leben, Nasta. Und du fragst mich ernsthaft, ob ich Lust auf ein Frühstück habe?« Jakob starrte sie fassungslos an. »Begreifst du das nicht? Ich will nie wieder was essen. Ich will schlafen und an nichts mehr denken.«

Nasta zuckte hilflos die Schultern. »Ich finde es sehr schlimm, was passiert ist, Jakob. Aber was hätte Katie davon, wenn du immer schwächer und kränker wirst? Du musst wieder zu Kräften kommen, das ist das Wichtigste. Wer weiß, vielleicht fällt dir doch etwas ein.«

»Etwas einfallen?« Jakob setzte sich auf. »Du meinst, mir soll etwas einfallen, das meine Schwester rettet?« Er verschränkte demonstrativ die Arme. »Und was sollen wir deiner Meinung nach tun? Na? An was denkst du genau? Sag schon!«

»Ich weiß es doch auch nicht«, sagte sie unglücklich, »aber wir können bestimmt ...«

»Bestimmt was?«, schnauzte er. »Uns etwas einfallen lassen?« Er schnaufte abfällig und drehte sich weg. »Kannst mich ja wecken, wenn dir etwas eingefallen ist. Aber ich kann mir nicht vorstellen, dass das passiert: Es gibt nämlich nichts mehr zu überlegen. Hier ist die Geschichte zu Ende. Ihr müsstet doch wissen, was das bedeutet. Ihr habt eure Suche in einer weniger aussichtslosen Lage aufgegeben.«

Hinter ihm brummte Kait verärgert. »Es reicht!«, blaffte er. Und bevor Jakob wusste, wie ihm geschah, wurde er auf die Füße gestellt.

»Für dich habe ich diese ganze Sache mitgemacht«,

brüllte Kait. »Für dich habe ich mein Leben riskiert. Weißt du eigentlich, wie oft mir das davor passiert ist?« Er schüttelte Jakob unsanft.

»Noch nie! Du hast recht, ich habe die Suche nach meiner Frau aufgegeben, weil ich dachte, dass sie zu nichts führt. Aber du …« Er bohrte seinen Finger in Jakobs Brust, sodass dieser fast hintenüber gefallen wäre. »Du hast mir gezeigt, was es heißt, immer weiter zu kämpfen. Und du hast es geschafft: Du hast deine Schwester gefunden! Und jetzt willst du mit einem Mal aufgeben? Nach allem, was du schon überstanden hast? Daraus wird nichts, mein Freund!«

Jakob war gleichermaßen erstaunt und irritiert. »Und was soll ich nun tun, Kait?«, fragte er verächtlich.

»Fang damit an, dein Ei zu essen!« Kait löffelte mit einem Stück Baumrinde das Rührei vom Stein und drückte Jakob die Rinde in die Hand. »Hier. Iss und hör auf zu jammern. Nichts ist unmöglich. Wenn ich eines in den letzten Tagen gelernt habe, dann wohl das.«

»Dann hast du aber nicht gut aufgepasst«, murmelte Jakob. »Ich habe meine Schwester verloren, erinnerst du dich?« Er nahm ein Stück Ei in die Hand und ließ es zwischen Daumen und Zeigefinger baumeln.

»Stopf es in den Mund!«, befahl Kait.

Jakob schaute ihn herausfordernd an. »Sonst passiert was?«

»Kait will dir doch nur helfen.« Nasta streckte ihm die Hand entgegen, aber Jakob zuckte zurück.

»Lasst mich in Ruhe, das würde mir schon helfen!« Er warf das Stück Ei auf den Boden. »Kapiert das endlich! Ich werde Katie nie wiedersehen!«

Zu seiner Überraschung liefen ihm auf einmal Tränen übers Gesicht. »Haut ab und kümmert euch um euren eigenen Kram!« Seine Arme hingen schlaff an seinem Körper herunter, er sank zu Boden. »Es ist sinnlos.«

»Was ich mache, ist sinnlos?« Kait lachte verächtlich und stand auf. »Ich werde dir sagen, was sinnlos ist. Aufgeben, auf dem Boden liegen und heulen, das ist sinnlos. Sich im Selbstmitleid suhlen. Meinst du wirklich, das interessiert hier in dieser Welt irgendjemanden? Du solltest dich schämen, Jakob.«

Vor Wut stieg Jakob das Blut in den Kopf. »Wer sollte sich hier schämen?«, schrie er. »Ich habe es wenigstens versucht. Du hast deine Frau einfach im Stich gelassen. Du hast sie nie gesucht!«

Die Worte trafen Kait wie ein Faustschlag ins Gesicht.

»Lass meine Frau aus dem Spiel!«, zischte er.

Aber Jakob war nicht mehr zu bremsen. Er baute sich vor Kait auf. »Sie ist hier irgendwo und du weißt nicht einmal, wo. Wieso nicht? Weil du sie nie gesucht hast. Und jetzt machst du mir Vorhaltungen, weil ich aufgebe? Und du wagst es, mir zu sagen, ich solle mich schämen? Kümmere dich gefälligst um deine eigenen Angelegenheiten.«

Nasta ging dazwischen. »Aufhören, alle beide!«, rief sie. »Sonst werdet ihr euch irgendwann dafür schämen, was ihr euch gegenseitig an den Kopf geworfen habt.«

Kait ignorierte sie. »Du meinst also, es ist Unfug, dass ich versuche, dir zu helfen?«, brüllte er.

»Geh doch deine Frau suchen. Wenn du überhaupt noch weißt, wie sie aussieht!«, schrie Jakob zurück.

Kaits Gesicht wurde feuerrot. Er stieß Nasta zur Seite. »Jetzt bist du zu weit gegangen!«

Jakob schnaubte. »Ist doch wahr und das weißt du auch!« Er hatte keine Angst, im Gegenteil. Er hatte nichts mehr zu verlieren.

HERR SONNEMANN

Ein Kahn kam über den See gefahren. Er bestand aus dunklem Holz und sah sehr schlicht aus. Keine Verzierungen, keine Segel, kein Paddel. Auch ein Ruder fehlte. Trotzdem glitt der Bug gleichmäßig durchs Wasser, als zöge ihn ein Fischschwarm hinter sich her. An Deck befand sich etwas Seltsames. Ein kleines Haus mit kreuz und quer verteilten roten Dachziegeln, die schon Grünspan angesetzt hatten. In der Regenrinne wuchsen Wildblumen, aus den Mauerritzen quollen Steinbrech und Efeu. Es sah so aus, als hätte jemand das Häuschen irgendwo aufgelesen und auf dem Kahn abgestellt.

Am Bug standen zwei Gestalten. Die eine war klein und gebeugt und stützte sich auf einen Stock, die andere hochgewachsen und hatte die Arme in die Seite gestemmt.

Nasta bemerkte den Kahn zuerst. Sie vergaß in dem Moment völlig, dass Kait und Jakob sich gerade an den Kragen gehen wollten.

»Wie ist das nur möglich?«, flüsterte sie.

Als hätten die beiden Gestalten auf Deck sie gehört,

hob die kleinere die Hand und winkte. Wie war das möglich? Diese gebeugte Haltung, der Stock, das war doch unverkennbar …

»Agades!«, sagte Nasta leise.

Hinter ihr packte Kait Jakob gerade am T-Shirt und zog ihn hoch. Der Junge biss und trat um sich. Kait wollte ihn mit Schwung von sich werfen, als er das seltsame Bauwerk näher kommen sah. Er erkannte es sofort, er war oft genug dort gewesen, hinter dem Broganwald, an der einzigen offenen Stelle, die dort zu finden war. Vor Überraschung fiel ihm die Kinnlade herunter.

Jakob merkte, wie sich Kaits Griff lockerte. Er versuchte, sich zu befreien, da ließ Kait ihn fallen. Als Jakob aufstand, bemerkte er, dass der Mann ihn nicht mehr beachtete. Kait starrte auf den See. Genau wie Nasta.

Jakob folgte ihren Blicken und endlich sah auch er das seltsame Boot, das mit einer noch seltsameren Ladung auf das Ufer zusteuerte.

»Ist das Gus da drüben auf dem Kahn?«, murmelte Kait.

»Und Agades.« Jakob stellte sich neben ihn. »Wieso steht das Haus auf dem Kahn?«

Kait schüttelte den Kopf. »Keine Ahnung.«

Der Kahn kam immer näher. Gus hob die Hand. Kait erwiderte seinen Gruß.

»Wir sind hier, um euch zu helfen!« Gus' Stimme schallte über das Wasser. Jakob spürte, wie die Wut aus seinem Körper wich. Anscheinend wollten ihm hier alle helfen, doch die Hilfe kam zu spät. Und jedes Mal, wenn ihn jemand daran erinnerte, wurde er trauriger und einsamer.

»Es ist zu spät. Katie ist weg«, rief er matt. »Die Hexe hat sie zum Grund des Sees mitgenommen. Ich werde sie niemals wiedersehen.«

Der Kahn hatte jetzt das Ufer erreicht. Gus verschränkte die Arme. »Hexe, sagst du?« Es schien, als würde er an irgendetwas voller Wehmut zurückdenken. »Frau Sonnemann, die Hexe«, sinnierte er.

Jakob ärgerte sich über das Lächeln, das Gus' Lippen umspielte. Gus hatte den Namen voller Zärtlichkeit ausgesprochen. Als würde er über eine freundliche Nachbarin reden.

»Wenn man sie nie zuvor getroffen hat, könnte man tatsächlich denken, sie sei eine schreckliche Frau. Glaube mir, ich weiß, wovon ich spreche.« Gus lachte trübselig. »Aber so war sie nicht immer. Sie war eine ganz gewöhnliche Frau, ohne übernatürliche Kräfte. Sie hatte ihre Eigenarten, aber auch ihre guten Seiten.«

Jakob schnappte empört nach Luft, doch Gus hob beruhigend die Hand. »Ich drücke mich falsch aus. Was ich sagen will, ist, dass sie vor langer Zeit genauso normal gewesen ist wie jeder andere. Sie war nicht größer, stärker oder schrecklicher als andere. Aber sie war nicht glücklich. Und weil sie nicht glücklich war …«

»Danke, ich kenne die Geschichte. Du musst sie nicht noch einmal erzählen«, sagte Jakob unwirsch.

Gus nickte verständnisvoll. »Ja, auf deiner Reise hast du

sie bestimmt an dem einen oder anderen Lagerfeuer zu hören bekommen. Sie ist in dieser Welt zu einem Mythos geworden.«

»Richtig. Und genau das ist sie auch: ein Mythos. Und weißt du auch, warum?« Jakob sah Gus herausfordernd an. »Weil es mittlerweile egal ist. Auch wenn sie irgendwann die netteste Frau im ganzen Land gewesen ist. Was aber nicht egal ist, ist, was sie jetzt ist!«

»Ja, ja, eine Hexe«, sagte Gus. Er seufzte und senkte den Kopf. »Ich muss dir leider recht geben.« Er strich sich über das Gesicht. »Obwohl ich bezweifle, dass sie darüber froh ist.«

»Oh, sie ist äußerst zufrieden mit sich selbst, das kann ich dir versichern!«, sagte Jakob. »Niemand hat sie dazu gezwungen, Katie zu entführen. Sie hat es selbst entschieden.«

Gus blickte Jakob unter seinen Augenbrauen an. »Und wofür hast du dich entschieden, Jakob? Wer möchtest du sein?«

Jakob hatte sich in Rage geredet, dass ihn diese scheinbar simple Frage nun überrumpelte.

»Deine Schwester sitzt auf dem Grund des Sees?« Gus blickte ihn fragend an.

»Ich habe keine Chance mehr.«

»Du gibst also auf?«

Das Wasser schwappte sanft gegen den Bug. Jakob fühlte sich unwohl. »Ich habe keine andere Wahl. Was könnte ich noch ausrichten?«

Der Gastwirt zuckte die Schultern. »Vielleicht nichts, vielleicht sehr viel. Wer kann das schon sagen? Für jemanden, der aufgibt, macht das keinen Unterschied. Er würde seine Chance sowieso nicht erkennen, auch wenn er sie direkt vor Augen hätte.«

»Da hast du's!« Kait schlug Jakob auf den Rücken. »Jetzt hörst du es auch von jemand anderem.«

Jakob schaute ihn wütend an. »Welchen Teil versteht ihr eigentlich nicht? Meine Schwester ist dort.« Er deutete auf das Wasser. »Auf dem Grund. Wie soll ich denn dahin kommen!?«

Agades hatte die ganze Zeit schweigend neben Gus gestanden. Freundlich sah sie Jakob an. »Auf alle Fälle nicht alleine. Deshalb sind wir ja hier.«

Jakob warf ihr einen missmutigen Blick zu. »Und wie wollt ihr das anstellen? Den See leer pumpen?«

Agades lachte geheimnisvoll. »Was meinst du, Gus?«, fragte sie schelmisch.

»Gute Idee. Genau das hatte ich vor.« Gus richtete sich auf.

»Macht ihr Witze?« Jakob schaute die beiden entsetzt an.

»Nein«, sagte Agades. »Und danach bringe ich euch endlich nach Hause.«

Jakob wusste nicht, was er sagen sollte. Er wollte ihr so gern glauben, aber einen ganzen See auspumpen? Selbst in dieser Welt mit all ihren Geheimnissen kannte er nur einen einzigen Menschen, der über derartige Kräfte verfügte, und das war Frau Sonnemann. Ein einfacher Gastwirt wie Gus konnte so etwas nicht.

Gus nickte. »Ein einfacher Gastwirt kann das tatsächlich nicht, Jakob. Da hast du recht.«

Jakob erschrak. Er hatte es nicht laut ausgesprochen, da war er sich sicher.

»Ich kann dich hören, auch wenn du nicht sprichst«, sagte Gus. »Und das ist nicht das Einzige, was ich kann.« Er streckte die Hand zum Ufer aus und der Kahn glitt folgsam über das Wasser, bis der Bug am Ufer zum Stillstand kam.

»Und? Wie gefällt dir das?«, fragte Gus. Es lag kein Stolz in seiner Stimme, eher schon tiefe Traurigkeit. »Meine Kräfte sind genauso groß wie die von Frau Sonnemann. Und du hast gesehen, wozu sie fähig ist.«

Was der Mann sagte, konnte nur eines bedeuten, doch das konnte Jakob kaum glauben. Gus sah in seinem graublauen Hemd und dem Stoppelbart wirklich nicht wie ein großer Zauberer aus.

»Ich rede nicht gerne darüber, aber nun habe ich keine andere Wahl.« Gus sprang vom Kahn. Der Boden erzitterte, als er darauf landete. »Ich bin Herr Sonnemann. Der Ehemann dieser«, er zog spöttisch eine Augenbraue hoch, »dieser Hexe.«

Jakob zuckte zusammen. »Es tut mir leid«, murmelte er.

»Gräm dich nicht.« Herr Sonnemann lächelte. »Eigentlich stimmt es ja. Aus meiner Frau ist allmählich eine furchtbar böse Fee geworden. Leider trage ich eine

Mitschuld daran, denn ohne mich wäre sie nie hier gelandet.«

Er holte tief Luft, faltete die Hände und ließ die Knöchel knacken. »Aber genug jetzt über sie und mich. Es ist höchste Zeit, dass wir dich und deine Schwester wieder nach Hause kriegen.«

Jakob schlug die Augen nieder. »Das wäre schön, aber es ist nicht mehr möglich. Außer du pumpst den See wirklich leer, sonst sehe ich Katie nie wieder.« Er versuchte zu lachen, aber mehr als einen traurigen Seufzer brachte er nicht zustande.

»Ich hatte etwas Ähnliches vor«, sagte Herr Sonnemann vollkommen ernst.

Jakob sah ihn ungläubig an, aber er entdeckte auf dem Gesicht des Gastwirts keinerlei Anzeichen von Spott.

»Bereite dich aber darauf vor, dass du um dein Leben rennen musst, denn ich glaube nicht, dass ich meine Frau die ganze Zeit in Schach halten kann – ich meine, während des Kampfs, den ich mit ihr ausfechten werde.«

Jakob starrte ihn an. »Meinst du das ernst? Werde ich Katie wiedersehen?« Ihm schwindelte. Gab es doch noch Hoffnung?

Herr Sonnemann nickte. »Du wirst aber nicht alleine auf den Boden des Sees gehen. Kait, ich glaube, du solltest ihn begleiten. Du hast noch etwas gutzumachen.«

Jakob drehte sich um. »Kait braucht nichts mehr gutmachen.«

Gus zog die Augenbrauen hoch. »Aber hat er dich denn

etwa nicht allein gelassen? Du wurdest gefangen genommen und fast umgebracht.«

»Ja, das stimmt, aber ich habe überlebt, weil er wiedergekommen ist.«

Gus kratzte seinen Stoppelbart. »Trotzdem solltest du besser nicht alleine gehen.«

»Das wird er auch nicht«, sagte Kait, noch bevor Jakob reagieren konnte. Er verschränkte demonstrativ die Arme und richtete seine strengen Worte direkt an Jakob. »Ich begleite dich und damit basta!«

Jakob grinste breit. »Und ich wüsste niemanden, den ich lieber an meiner Seite hätte als dich.«

Kait lachte. »Sehr gut.« Er nickte zufrieden.

»Ich komme auch mit.« Nasta legte eine Hand auf Jakobs Schulter und die andere auf die von Kait. »Ihr beide seid die tapfersten Menschen, denen ich je begegnet bin, und es ist mir eine Ehre, ein letztes Mal mit euch in den Kampf zu ziehen.«

Jakob blickte sie dankbar an.

»Gut.« Agades klopfte mit dem Stock auf die Planken und besiegelte so den Pakt. »Da ist nur noch eine Sache, die du dir gut merken musst, Jakob. Sobald Katie bei dir ist, müsst ihr zwei zu mir kommen.«

Herr Sonnemann zwinkerte Jakob zu. »Die schnellste und sicherste Art zu reisen und die einzige Chance, mit deiner Schwester zu entkommen.« Er baute sich vor Jakob auf. »Wir könnten uns noch lange unterhalten, aber die Zeit drängt. Es war mir ein Vergnügen, dich kennengelernt zu haben, mein Junge. Du wärst ein Gewinn für diese Welt gewesen, aber es ist noch viel besser, dass du wieder gehst. Dies ist nicht die Welt, die du verbessern musst. Das müssen wir schon tun.« Er hielt Jakobs Hand kurz fest, als falle es ihm schwer, ihn gehen zu lassen.

»Gut. Nehmt schon einmal Abschied voneinander, denn dafür ist später keine Zeit mehr.« Gus drehte sich um und stellte sich ans Ufer. Jakob blickte Kait und Nasta unbeholfen an. Wie nimmt man für immer und ewig Abschied? Zum Glück kam ihm Nasta zu Hilfe.

»Na, komm her«, sagte sie und lächelte. Sie drückte ihn fest an sich und wuschelte ihm durchs Haar. »So. Dafür bist du vielleicht schon zu alt, aber das musste sein.« Sie ließ ihn los. »Mann, was wirst du mir fehlen.«

Kait boxte Jakob gegen die Schulter. »Ohne dich wird es hier ziemlich ruhig sein.«

Jakob schluckte. Er hatte einen Kloß im Hals. »Danke schön«, sagte er. »Für alles!«

Kait lächelte, dann steckte er die Hand in seine Tasche und fischte etwas heraus. »Hier, ein Andenken.« Er legte Jakob etwas kleines Rechteckiges in die Hand. Die schwarze Feuerdose. »Und diesmal ist sie gefüllt.« Ein Grinsen gab seinem Gesicht einen komischen Ausdruck. Jakob musste lachen.

»Komm gesund nach Hause«, sagte Kait.

Jakob nickte und wollte sich schon umdrehen, als Kait ihn plötzlich festhielt und an sich drückte. Nur ganz kurz, aber Jakob machte das so stolz, dass seine Wangen glühten.

»Pass gut auf dich auf.« Kait schlug ihn ein letztes Mal auf die Schulter. »Und auf deine nervige Schwester natürlich auch. Denn ich will euch beide hier nicht wiedersehen.« Er zwinkerte.

Jakob war zugleich glücklich und traurig. Er wollte nie mehr weg und konnte es doch kaum erwarten, wieder nach Hause zu kommen.

Agades stand an Deck des Kahns und trommelte mit den Fingern auf die Reling. »Also, dann«, sagte sie.

Jakob nickte. Er betrachtete Herrn Sonnemanns Kleider, die um ihn herum schwebten, als befände er sich bereits unter Wasser. Breitbeinig stand der Gastwirt am Seeufer, dann hob er die Arme zum Himmel.

DER DURCHBRUCH

Eine leichte Brise kam auf, das Wasser kräuselte sich. Das war alles. Aber als Herr Sonnemann die Arme in die Luft warf, passierte etwas Seltsames. Trotz des wenigen Winds geriet das Wasser in Bewegung. Die Wellen wurden größer, doch sie strömten nicht gleichmäßig in eine Richtung, wie es Wellen tun, wenn der Wind weht. Sie stoben überallhin, spritzen schäumend gegen- und auseinander.

Herr Sonnemann hatte die Hände zum Himmel erhoben. Seine Arme zitterten und die Finger waren gekrümmt, als hielte er einen schweren Ball in den Händen. Die Wellen schlugen höher und höher und tosten gegeneinander.

»Er kocht«, sagte Nasta atemlos. »Der See kocht.«

Jetzt bemerkten Jakob und Kait es auch. Es brodelte, als hätte unten jemand ein Feuer entzündet. Blasen blubberten und platzten an der Wasseroberfläche. Über dem See bildete sich dichter Nebel.

»Dampf«, murmelte Jakob. Dann bekam er plötzlich Angst. »Katie sitzt da unten!«, rief er. »Sie wird sterben!«

Er wollte zu Herrn Sonnemann rennen, doch Agades zeigte mit der Stockspitze auf ihn.

»Bleib, wo du bist, Jakob. Das Ufer ist zu gefährlich!« Sie klang so gefährlich, dass Jakob stehen blieb.

»Aber Katie ...«, stammelte er.

»Deiner Schwester wird nichts zustoßen. Das lässt Frau Sonnemann nicht zu.«

Agades' Gesicht strahlte unendliche Weisheit aus und das beruhigte ihn.

Er konzentrierte sich wieder auf den See, über dem sich immer dichtere Nebelschwaden zusammenbrauten. Irrte er sich, oder sank der Wasserspiegel? Er betrachtete Herrn Sonnemanns Füße. Er stand am Uferrand. Aber die Wellen umspülten nicht mehr seine Stiefel, wie vor ein paar Minuten noch. Das Wasser hatte sich mindestens einen Meter zurückgezogen. Hier und da lagen leblose Wasserpflanzen wie bizarre grüne Linien im Sand.

Nasta schüttelte ungläubig den Kopf. »Ich dachte, ich hätte hier schon alles mitgemacht, aber das ...« Sie starrte auf den dampfenden See. »Er lässt ihn verdampfen. Seht doch!«

Während Herr Sonnemann die Arme zum Himmel streckte, zog sich das Wasser immer weiter vom Ufer zurück. Meter um Meter wurde trockengelegt. Vier Meter entfernt lagen kleine, silberne Fische sterbend im Schlamm. Und je weiter das Wasser sich zurückzog, desto größer wurden die Fische und Pflanzen. Morastige, dunkelgrüne Blätter lagen dort verstreut. Und dazwischen hellrosa und türkisfarbene Blumen, die unter Wasser wahrscheinlich prachtvoll geblüht hatten, aber nun wie haarige Bälle wirkten.

Jakob spürte, wie Kait ihn leicht in die Schulter kniff. Auch er selbst war nervös. Sein Herz klopfte wie verrückt. Er bemühte sich, ruhig zu atmen.

Der Wasserdampf war nun derart dicht, dass die Sonnenstrahlen fast nicht mehr hindurchfielen.

»Macht euch bereit!« Herrn Sonnemanns Stimme dröhnte plötzlich so laut über die trockengelegte Fläche, dass Jakob erschrak. Er starrte den in der Ferne immer kleiner werdenden See an. Sein Herz machte einen unerwarteten Satz, als er sah, wie sich das brodelnde Wasser in einen silberweißen Turm verwandelte. Hohe Wände wurden sichtbar, aus denen Dampf strömte, sodass es schien, als wäre es ein Schloss in den Wolken und stünde nicht auf dem Grund eines Sees. Hoch oben waren Bogenfenster eingelassen, die aussahen wie verweinte schwarze Augen, die über den trockengelegten See blickten. Immer höher ragte es aus dem brodelnden Wasser empor. Wie ein verlassenes Spukschloss.

»Wo ist der Eingang?« Jakobs Augen suchten fieberhaft nach einer Tür oder einem Tor, aber er konnte nichts entdecken. Er blickte zu Agades hinüber, doch es war Herr Sonnemann, der antwortete.

»Es gibt keinen Eingang, Jakob. Sie will dich nicht hereinlassen.«

»Wie komme ich dann rein?« Jakob war verzweifelt.

»Ich sorge dafür, dass sie herauskommt«, sagte Herr Sonnemann. Er drehte den Kopf zu Agades, sah sie aber nicht an. »Bist du bereit?«

Agades umklammerte ihren Stock noch fester. »Ja. Jakob?« Sie fixierte ihn. Jakob nickte.

»Lauf los«, sagte Herr Sonnemann mit leiser, drängender Stimme.

Das musste sich Jakob nicht zweimal sagen lassen. Er rannte, wie nie zuvor im Leben. Er wusste Kait und Nasta hinter sich, traute sich aber nicht, sich umzusehen. Die Luft war feucht und warm. Schnell strömte Jakob der Schweiß aus allen Poren. Ohne das Tempo zu drosseln, sprang er über pappige Blätterhaufen, zottelige Stängel und glitzernde Fische.

Vor ihm ragte das Schloss aus einer seichten Pfütze auf, in der es sich mit den vorbeiziehenden Schwaden spiegelte. Jakob war nun so nah, dass er unten an den Mauern große Seepocken erkennen konnte, lila Pusteln, die an den weißen Wänden klebten. Wände, die abfallend in den matschigen Seeboden übergingen, ohne eine einzige Öffnung.

Es wurde immer dunkler um Jakob herum. Die Wolken über dem ausgetrockneten See verschmolzen zu einer schwarz-lila Masse. Blitze schossen hindurch und tauchten die Fläche mit den toten Pflanzen und Tieren in ein gespenstisches Licht.

Ich renne über einen Friedhof, ging es Jakob durch den Kopf. *Alles ist tot!* Er versuchte, den Gedanken zu verdrängen. Nicht alles war tot. Dort drinnen, in dem weiß aufleuchtenden Schloss, da war Katie. Und sie lebte! Er rannte weiter, so schnell er konnte. Donnernd prallten die Wolken aufeinander, Blitze spalteten sie.

Jakob war nur noch einen Steinwurf entfernt, als aus der Wolkenmasse plötzlich ein Blitzstrahl nach unten zuckte, so riesig wie das Schloss selbst. Er tauchte die weiße Festung in ein grelles Licht. Jakob musste sich die Hände vor das Gesicht schlagen. Der Blitz schlug krachend ein. Als das Licht endlich erloschen war, nahm er die Hände runter. Vor ihm stand immer noch das Schloss, aber die Türme, deren scharfe Zinnen eben noch zum Himmel gewiesen hatten, waren angesengt. Über ihm grummelte der Himmel bedrohlich. Jakob bemerkte entgeistert, dass es zu schneien begonnen hatte. Kleine weiße Flocken rieselten herab und blieben auf dem matschigen Boden liegen. Jakob wischte sich eine Flocke von der Hand. Eine graue Schliere blieb auf seiner Haut zurück.

»Asche«, murmelte er und blickte zu den Türmen auf. »Es ist nur Asche übrig.«

»Mach dich bereit, Jakob«, flüsterte Nasta, die ein paar Meter entfernt stand. Kleine, graue Flocken bedeckten ihre Haare und Schultern. »Sie wird jeden Augenblick herauskommen, sei auf der Hut.«

Über dem Schloss schossen riesige Blitze kreuz und quer, bis sie zu einer glühenden orangeroten Kugel verschmolzen. Voller Staunen beobachtete Jakob, wie das Ding über den ramponierten Türmen rotierte und wirbelte.

»Pass auf!«, schrie Kait. In diesem Moment stürzte der Feuerball herunter. Die Wolkendecke schloss sich mit einem lauten Knall, der in Jakobs Brustkorb widerhallte. Bevor der Feuerball die angesengten Mauern erreichte, brach aus dem mittleren Turm ein Feuerstrahl, der den Ball mit solcher Wucht traf, dass er zischend auseinanderbrach. Eine funkensprühende Fontäne erhellte den Himmel wie an Silvester.

»Da ist sie«, flüsterte Nasta.

Jakob sah durch die umherwirbelnden Funken, wie sich Risse in den Mauern bildeten, nicht wahllos, sondern präzise in der Mitte, nach einem strengen Muster. Graue Linien schossen aufeinander zu, als würde jemand die Mauer in rasendem Tempo mit einem riesigen Bleistift bearbeiten.

Jakob hielt den Atem an. In der Mauer erschien auf einmal eine Tür, so groß, dass die Kreatur, die Jakob und Katie in der Grotte verfolgt hatte, leicht hindurchgepasst hätte. Mit einem ohrenbetäubenden Donner brach sie auf.

49.

DER FLUCH

In der Tür tauchte eine Gestalt auf. Sie war schlecht zu erkennen, aber es musste Frau Sonnemann sein. Ihr Kleid und die Haare, sogar ihre Haut, waren zu einer rot glühenden, kochenden Masse zusammengeschmolzen, aus der die Flammen schlugen. Inmitten dieses Feuerspiels tauchte ab und an eine scheußliche Grimasse auf. Die Augen waren dunkel und aus dem flammenden Mund drang ein Kreischen, das Jakob Gänsehaut bescherte.

»Gus!«

Hinter dem Schloss heulte der Wind. Der Sturm raste um die Ecken und wirbelte die schlaffen Wasserpflanzen auf.

»Gusilein!«

Das Kreischen war so schrill und hoch, dass Jakob dachte, sein Trommelfell würde platzen. Er hielt sich die Ohren zu und starrte auf die Öffnung. Katie sah er nicht.

»Ich muss da jetzt rein«, raunte er Nasta zu, die immer noch neben ihm stand.

Plötzlich fing es zu regnen an. Aber kein normaler Regen. Es war, als könnten die Wolken, die aus dem See aufgestiegen waren, das Wasser nicht mehr länger halten. Es goss in Strömen auf sie nieder. Große Tropfen schlugen Jakob, Kait und Nasta ins Gesicht und im Nu waren sie durchnässt. Auf dem Boden bildeten sich große Pfützen, in denen die toten Fische und Pflanzen trieben. Die Wolken waren giftig grün, ein tiefes Krachen war aus ihnen zu hören. Ächzend brach die dunkle Wolkendecke auf. Jakob bemerkte etwas, das wie ein Strudel aussah. Er sog die Wolken in ein schwarzes Loch, das in der Mitte wie ein Schlund aufklaffte.

»Da ist er!« Der Wind war nun so stark und der Regen prasselte mit solcher Heftigkeit auf den Boden, dass Kait schreien musste. »Das ist Gus!«

Dann ertönte aus dem Zentrum des Strudels ein Brüllen, ein grauenvoller Lockruf. Jakob sah Frau Sonnemann in der Öffnung stehen. Die Flammen um sie herum waren erloschen. Sie trug ihr blaues Kleid und betrachtete das Spektakel über dem Schloss. Sie sah aus wie eine gewöhnliche Frau. Außer, dass sie schwebte und der Kleidersaum nicht herabhing, sondern vor dem Wasser zurückzuweichen schien. Ihre Wangen waren hellrosa und sie bewegte die blassen Lippen.

»Da bist du also, du Lump.«

Es war nicht mehr als ein leises Flüstern, doch Jakob konnte es deutlich verstehen, vielleicht, weil ihr Geflüster in jedem Regentropfen nachhallte.

Kait stieß Jakob in die Seite. Frau Sonnemann hob den Kopf und es war, als würde ihr Hals länger werden. Jakob sah es mit Abscheu und Ehrfurcht. Sie reckte die Arme in die Luft. Auch ihre Finger waren unnatürlich lang. Sie dehnte sich, wie ein Gummiband. Und plötzlich stand sie wieder in Flammen. Das Feuer loderte um sie herum. Ein flammendes Spiegelbild des Strudels über ihr am Himmel. Die Hitze war so groß, dass der niederprasselnde Regen zischend verdampfte. Dann schoss die Feuersäule empor.

Erschrocken taumelte Jakob zurück und stieß gegen Kait.

»Sie geht zum Angriff über.«

Wie ein brennender Speer bohrte sich die Flammenfrau in das schwarze Auge des Orkans, in dem es als Antwort ohrenbetäubend donnerte. Das rüttelte Jakob schlagartig auf.

»Der Eingang ist frei!«, rief er und rannte los.

Kait strich sich das nasse Haar aus dem Gesicht. »Katie, du bekommst Besuch«, flüsterte er. Dann rannten er und Nasta Jakob hinterher.

Jakob rannte durch das Loch hinein in einen großen Ballsaal. Hier stand das Wasser und reichte ihm bis zu den Knöcheln. Die Decke des Saals leuchtete und tauchte alles in einen gespenstischen grünen Schimmer. Jakob stapfte durch das Wasser in die Mitte des Saals.

»Katie!«, schrie er. »Katie, wo bist du?«

Er suchte nach einer Tür. Auch Nasta und Kait blickten sich suchend um.

»Es muss hier mehr Zimmer geben.« Jakob lief zu einer

Wand und schlug die Faust dagegen. »Das Schloss ist doch viel größer als dieser Saal! Wo sind die Türen?«

Kait rannte zur linken Wand und klopfte sie Stück für Stück ab. Jakob folgte seinem Beispiel. Zaghaft klopfend lauschte er, ob es irgendwo einen Hohlraum gab. Nasta war mitten im Saal stehen geblieben. Sie hatte die Stirn gerunzelt und sah angestrengt zu Boden.

»Jungs«, sagte sie mit gedämpfter Stimme, »ich glaube, ich habe etwas gehört.«

Jakob drehte sich um und folgte ihrem Blick. »Unter uns?« Er ließ sich auf die Knie fallen, holte tief Luft und drückte sein Ohr gegen den überschwemmten Fußboden. Er schlug mit dem Fingerknöchel gegen den Stein. Das Wasser dämpfte das Geräusch. Er richtete sich auf.

»Gib mir dein Messer!«

»Was hast du vor?«

»Gib's mir!« Jakob streckte ungeduldig die Hand aus. Nasta zog hastig ihr Messer. Jakob schlug mit dem Messergriff auf den Boden. Schnell beugte er sich wieder vor und presste das Ohr durch das Wasser an den Stein.

»Hörst du etwas?«, fragte Kait gespannt, doch Nasta legte den Finger streng an den Mund.

Jakob richtete sich wieder auf und knallte den Griff nochmals gegen den Boden. »Komm schon, Katie« flüsterte er, »gib mir ein Zeichen!« Wieder versuchte er etwas zu hören. Draußen wütete der Wind, der Regen trommelte gegen die Mauern. Jakob achtete nicht drauf, er konzentrierte sich auf sein Ohr, das er unter Wasser an den Marmor drückte.

Tack, tack.

Das Klopfen klang gedämpft und sehr weit entfernt, aber Jakob war sich sicher. Er schnellte hoch, rannte auf Kait zu, ließ sich auf die Knie fallen und rammte den Messergriff abermals gegen den Boden. Lang-kurz-kurz-lang-lang ... Diesmal kam die Antwort schneller. *Tick, tick.*

Kleine Funken tanzten Jakob vor Augen, so schnell sprang er auf. »Sie ist direkt unter uns!« Er versuchte, das Wasser mit den Händen beiseitezuschöpfen, um zu sehen, ob es irgendwo eine Luke gab.

Nasta und Kait gingen in die Knie und tasteten den Boden ab.

»Bist du dir ganz sicher?«, fragte Kait.

»Ja! Sie ist direkt unter uns.«

»Ich kann keine Luke oder so etwas entdecken. Wie hat Frau Sonnemann sie dorthin gebracht?«

»Wir reden hier über Frau Sonnemann.« Jakob deutete nach oben, wo das Gefecht in vollem Gange war. »Sie braucht keine Türen oder Luken«, erwiderte er.

»Was willst du damit sagen?«, fragte Kait. »Dass sie sie eingemauert hat?«

Jakob nickte langsam. Schlagartig wurde es ihm klar. »Das ist mein Fluch.« Er hatte trockene Lippen und feuchtete sie mit der Zunge an.

»Wie meinst du das?« Kait verstand gar nichts mehr.

»Das habe ich Katie an den Hals gewünscht. Eingesperrt sein ... eingekerkert ...« Jakob versuchte, seine Atmung zu kontrollieren, er schluckte krampfhaft. Er raufte sich die Haare, ohne dass es ihm bewusst war.

»Du hast den Fluch doch gebrochen. In der Grotte.« Nasta wollte seinen Kopf in ihre Richtung drehen, aber Jakob wich zurück.

»Nein!«, rief er. »Der König hatte sie dorthin gebracht. Er nutzte das aus, was ich ihr gewünscht habe, aber das war nur ein Teil meines Fluchs. Ich habe ihr das Furchtbarste gewünscht, was ich mir ausdenken konnte. Kreaturen und Albträume und ...« Sein Atem stockte. Er wurde rot und sank auf die Knie. »... und dass sie für immer weggesperrt wäre.«

»Aber genau so war es doch in der Grotte!«, sagte Kait. »Da gab es doch auch kein Entkommen.«

Jakob schüttelte den Kopf. Der Schrecken, der ihm in die Glieder gefahren war, machte langsam etwas anderem Platz, der Wahrheit, die eine etwas andere war als bisher angenommen.

»Die Grotte hatte einen Ausgang. Ich habe ihr keinen Ausgang gewünscht. Kapiert ihr das nicht? Was ich ihr gewünscht habe, ist viel schlimmer, als ihr denkt!« Er konnte kaum atmen und stand auf. »Es hat keinen Sinn, einen Zugang zu suchen. Den gibt es nicht. Den habe ich mir nicht gewünscht.«

»Warte mal.« Kait packte Jakob und schaute ihn streng an. »Was genau hast du ihr gewünscht?«

Jakob schlug die Augen nieder. »Ich habe ...« Er holte tief Luft. Dann sah er Kait fest an. »Ich habe ihr das gewünscht, wovor sie sich am meisten gefürchtet hat. Und das ist auch eingetreten: ihre Albträume. Aber ich habe ihr noch etwas anderes gewünscht, nämlich, dass sie eingesperrt sein würde. Für immer. Weggesperrt, damit sie nie mehr da sein würde. Damit sie mir nie mehr …« Er senkte den Kopf. »… nie mehr auf die Nerven gehen könnte.«

Kait blinzelte. »Aha, das ist …« Er suchte nach Worten.

»Abscheulich«, beendete Jakob den Satz. »Es ist abscheulich, und deshalb bin ich hier. Ich glaube, Ardelium war nur der erste Teil meines Fluchs. Der König fand sie dort und entdeckte, dass er Katie gut gebrauchen konnte, um mehr Macht zu bekommen.«

Kait nickte langsam. »Ja, wie sonst hätte er zu ihr gelangen können. Das ist ausschließlich dem Verwünschenden vorbehalten.« Er strich sich über sein stoppeliges Kinn. »Aber das bedeutet …« Er beendete den Satz nicht, sondern ließ den Blick über die Mauern zur Decke wandern.

Jakob nickte. »Das bedeutet, dass ich es mit ihr aufnehmen muss.«

Nasta erschrak. »Das schaffst du nicht, Jakob. Das kannst du nicht glauben.«

»Nasta, ich kenne den Fluch. Und ich weiß, dass Frau Sonnemann die zweite Hälfte der Verwünschung in Erfüllung hat gehen lassen.« Er schüttelte den Kopf. »Wir werden nie unter diesen Marmorboden gelangen, dafür hat sie gesorgt.«

Nasta standen Tränen in den Augen. »Ich glaube das einfach nicht«, sagte sie starrköpfig. »Herr Sonnemann hat es doch selbst gesagt. Er wollte sich seine Frau vor-knöpfen!«

»Nein, das hat er nicht gesagt.« Jakob hatte Mitleid mit ihr. Er fand es lieb, wie sie versuchte, ihn zu beschützen.

»Doch natürlich!«, rief sie. »Und er sagte auch, dass er Katie da rausholt!«

Jakob schüttelte den Kopf. »Seine Worte waren: ›Ich sorge dafür, dass sie herauskommt.‹ Damit meinte er aber nicht Katie. Er meinte Frau Sonnemann.«

Nasta schluckte.

»Es ist an der Zeit, meinen Fluch ein für alle Mal zu brechen.« Jakob zog sich die Jacke zurecht. »Ich gehe jetzt da raus.«

»Spiel nicht verrückt!« Nasta rieb sich nervös die Augen.

»Kait, bring den Jungen wieder zur Vernunft, bevor er sich noch in den Tod stürzt.« Ihre Stimme klang ruhig, doch Jakob konnte den Kloß in ihrem Hals eindeutig hören. Er wartete Kaits Reaktion nicht ab.

»Wir treffen uns beim Kahn.« Dann drehte er sich um und rannte zur großen Maueröffnung. Dem Unwetter entgegen.

50.

DER KAMPF UM KATIE

Der Regen peitschte ihm ins Gesicht und rann ihm in die Augen. Es brannte, als wären es Tropfen aus Säure. Die Pfützen wurden größer, der See füllte sich allmählich mit dem Regenwasser aus den Wolken.

Sie will mich nicht hier haben, dachte Jakob. Er spähte in die schummrigen Wolken und schrie: »Frau Sonnemann!«

Die Wolken rissen auf und donnerten wieder ineinander, doch Frau Sonnemann antwortete nicht.

»Ich bin hier, um Katie zu holen!« Jakob schrie, so laut er konnte. Er nahm die Hände an den Mund und brüllte: »Zeigen Sie sich und geben Sie sie raus!«

Plötzlich zischte es so laut, dass die Wolken zitterten. Dann wurde es stockdunkel.

»Ich habe dich gewarnt, Jakob, geh uns nicht mehr auf die Nerven.« Die Stimme klang ganz nah und im nächsten Augenblick erstrahlten die Schlossmauern in hellem Schein. Als wären die Blitze in sie gefahren und strahlten jetzt nach draußen.

Jakob blickte sich um. »Wo sind Sie?«

Ein schrilles Lachen kräuselte das Wasser.

»Meinst du, ich lasse mich von dir herumkommandieren? Ich lache mich tot. Das ist deine letzte Chance, zu entkommen, Jakob«, sagte sie so kalt. Aber Jakob ließ sich nicht einschüchtern.

»Ich gehe nicht ohne Katie.«

Das Lachen erstarb und Jakob entdeckte eine finstere Gestalt. Frau Sonnemann erwuchs vor seinen Augen aus dem Sandboden und der Düsternis, die sie umgab. Dann trat sie aus dem Schatten. Das Wasser teilte sich, unter ihren Füßen knirschte der Sand. Im weißen Licht wirkte sie so bleich wie der Tod selbst. Jakob wich einen Schritt zurück.

Frau Sonnemann spitzte die Lippen. »Du vertraust sicher auf die Hilfe meines Mannes?« Sie breitete die Arme aus. »Siehst du ihn hier irgendwo?«

»Nein«, antwortete Jakob. Er zwang sich, ruhig zu bleiben.

»Nein«, wiederholte sie scheinbar betrübt. »Er ist noch da, aber er wird sich nicht einmischen. Er wird dir nicht helfen, mein Schatz. Und weißt du auch, warum?«

Jakob fixierte Frau Sonnemann. »Ja. Er kann mir nicht helfen, weil das mein Kampf ist. Da darf er sich nicht einmischen.«

Frau Sonnemann sah erstaunt aus. Sie hatte wohl nicht erwartet, dass er die Antwort kannte. »Du bist also dahintergekommen. Kluger Junge, gratuliere.«

»Geben Sie mir Katie. Sie haben sie eingesperrt, also können Sie sie auch wieder herauslassen.«

»Stimmt.« Frau Sonnemann hielt den Kopf ein wenig schief. »Ich könnte den Marmorboden öffnen und sie herauslassen.« Sie betrachtete ihre Fingernägel, dann sagte sie ruhig: »Aber dazu habe ich keine Lust.«

Jakob nickte. Er hatte nichts anderes erwartet. Um Katie wiederzubekommen, musste er Frau Sonnemann erst einmal besiegen, aber er hatte keine Ahnung, wie er das anstellen sollte. Der Gedanke machte ihm Angst, aber er konnte nicht mehr zurück. Und er wollte auch nicht mehr zurück.

Er stellte sich breitbeinig hin. »Ich gehe nicht ohne Katie fort.«

Frau Sonnemann verdrehte die Augen. »Komisch, dass so ein kluger Junge wie du solche Schwierigkeiten mit dem Wörtchen ›niemals‹ hat.« Sie seufzte. Sie klang fast freundlich. »Niemals bedeutet nie und nimmer. Ausgeschlossen. Unter keinen Umständen werde ich deine Schwester mit dir nach Hause gehen lassen. Sie gehört mir und das wird auch so bleiben. Bis in alle Ewigkeit.«

Jakob wollte sich keinesfalls anmerken lassen, wie verunsichert er war. Er presste die Lippen zusammen und suchte fieberhaft nach einem Argument, um sie zu zwingen, Katie freizulassen.

»Es war töricht von dir, hierherzukommen und die Konfrontation mit mir zu suchen. Wie bedauerlich. Ich kann dich mit der geringsten Bewegung meines kleinen Fingers vernichten und das weißt du. Trotzdem wagst du es, herzukommen und mich herauszufordern.« Sie schüttelte den Kopf. »Und als wäre das nicht genug, dass du dich ins Unglück stürzt, bringst du auch noch deine Freunde in Gefahr.«

Mit dem Kopf deutete sie hinter ihn, aber Jakob folgte ihrem Blick nicht. Er brauchte sich auch nicht umzuschauen, um zu wissen, dass Kait und Nasta ihm gefolgt waren. Das gab ihm neuen Mut. Frau Sonnemann mochte freundlich mit ihm reden, aber er war sich sicher, dass sie ihn sofort angreifen würde, wenn er ihr den Rücken zukehrte.

»Es war unsere Entscheidung, ihn zu begleiten. Selbst wenn er versucht hätte, es uns zu verbieten, wären wir jetzt hier.« Kaits grimmige Stimme zitterte, aber nicht aus Angst. Das merkte Jakob sofort. Kait war zornig. »Sie überschreiten alle Regeln dieser Welt!«, schnaubte er.

»Welche Regeln genau?«, fragte Frau Sonnemann amüsiert. Sie verschränkte die Arme.

»Jeder in dieser Welt ist gegen seinen Willen hier«, blaffte Kait. »Sie sind hier, weil sie ihre Opfer nicht gefunden haben oder weil sie selbst Opfer sind und nie jemand zu ihrer Rettung aufgetaucht ist. Aber für Katie ist jemand gekommen.« Er deutete auf Jakob. »Ihr Bruder!«

»Kait!« Jakob wagte es immer noch nicht, sich umzublicken. Er drehte den Kopf etwas zur Seite und, ohne Frau Sonnemann aus den Augen zu lassen, zischte er: »Misch dich nicht ein. Das darfst du nicht!«

»Doch, Jakob, das darf ich. Und ich mache das auch. Ich kann nicht zulassen, dass deine Schwester hierbleibt.

Ich werde an deiner Seite kämpfen, bis ich tot umfalle. Unrecht bleibt Unrecht!«

»Es tut mir schrecklich leid, Kait. Aber der Junge hat recht: Du musst dich da raushalten. Jakob hat Katie an einen unerreichbaren Ort verwünscht und ich habe ihm diesen Wunsch erfüllt. Ich bin nicht irgendwer, wie du weißt. Das Gegenteil ist der Fall. Laut unseren Regeln, über die du eben gesprochen hast, bin ich diejenige, mit der er es aufnehmen muss. Eigentlich ist es fast traurig«, sagte sie ernst, doch Jakob sah, dass sie ein Lachen unterdrückte. Sie deutete auf ihn. »Er ist einer der wenigen, die jemals mit so einer unmöglichen Aufgabe hergekommen sind. Er hat sich gewünscht, sie nie wiederzusehen.« Sie schüttelte den Kopf. »Du hast dir selbst ein Bein gestellt, Junge. Du wirst deine Schwester nicht mehr wiederbekommen, denn das ist immer noch dein Fluch. Gegen mich zu kämpfen hat also keinen Sinn. Selbst wenn es dir gelingen würde, mich auf die eine oder andere Weise auszuschalten, würde ich dir das nicht raten. Ich bin die Einzige, die den Fluch aufheben und sie aus ihrem Versteck holen kann.« Sie lächelte. »Siehst du, Jakob, das Spiel ist aus. Ich werde sie niemals mit dir nach Hause gehen lassen.«

Jakob hatte einen Gedankenblitz.

»Nicht nach Hause«, flüsterte er. Er sah rasch nach oben, aber Frau Sonnemann hatte ihn nicht gehört. Sie wandte sich an Kait und Nasta.

»Und was euch betrifft«, sagte sie frostig, »ihr steht auf

meinem Gebiet und das gefällt mir nicht. Schert euch fort.«

Jakob wusste, dass sie es nicht dabei belassen würde, daher trat er schnell einen Schritt vor. »Ich muss Ihnen etwas sagen.«

Erstaunt sah Frau Sonnemann ihn an. Kait und Nasta waren ebenso überrascht, denn sie hielten den Mund. Jakob holte tief Luft und kniete vor ihr nieder. Das Wasser war eiskalt und er zitterte, als es seine Wade umspülte.

»Es tut mir leid«, sagte er leise.

»Was hast du gesagt?«

»Es tut mir leid«, wiederholte er. »Alles, was ich zu Ihnen das letzte Mal auf dem Schiff gesagt habe.«

Frau Sonnemann war kurz still. Jakob spürte, wie das kalte Wasser langsam sein Bein hochkroch, aber er zwang sich, nicht aufzustehen.

»Was tut dir denn alles leid?«, fragte sie interessiert.

»Dass ich nicht Ihr Sohn sein wollte.« Jakob hielt den Atem an.

»Und das tut dir leid?«, fragte sie ungläubig.

»Ja.« Jakob traute sich nicht aufzublicken. Er senkte den Kopf noch etwas, um seinen Worten Kraft zu verleihen.

»Hmm.«

Irrte er sich oder klang ihre Stimme irgendwie zufrieden? Er ballte die Fäuste, um seine Aufgeregtheit zu verbergen.

Jakobs Hirn arbeitete auf Hochtouren. Er spielte ein gefährliches Spiel. Die Kunst war, es so hinzubekommen, dass Frau Sonnemann nicht bemerkte, dass es ein Spiel war.

»Vielleicht stimmt das«, sagte er vorsichtig. »Ich bin wohl unausstehlich und unverschämt, und ich kann mir vorstellen, dass Sie nicht viel von mir halten.«

»Milde ausgedrückt, Junge. Ich würde lieber ins Wasser gehen, als dich meinen Sohn zu nennen.« Sie zog die Nase kraus. Das war die Gelegenheit, auf die Jakob gewartet hatte.

»Sie müssen mich ja nicht als Ihren Sohn aufnehmen«, sagte er schnell. »Mir ist klar, dass ich diesen Platz niemals einnehmen kann nach allem, was geschehen ist.« Er nickte zum Schloss hinüber. »Aber Ihr Schloss ist groß genug und ich kann mir vorstellen, dass dort viel Arbeit anfällt. Vielleicht können Sie ein wenig Hilfe brauchen? Ich kann so einiges. Ich könnte Ihr Dienstbote sein.«

»Du?« Frau Sonnemann lachte so schrill, dass sie sich beinahe verschluckte. »Du glaubst doch nicht wirklich, dass ich mit meinen Zauberkräften einen Putzmann brauche, oder? Höchstens einen Butler, du kleiner Hosenscheißer. Aber ich will dir mal etwas über Butler erzählen.« Sie beugte sich vor, als wollte sie ihm ein Geheimnis anvertrauen. »Mein Butler – wenn ich denn einen in Dienst nehmen würde – müsste hübsch sein. Jemand, nach dem ich mit einer kleinen Silberglocke klingeln würde, wenn auch nur, um ihn kurz anzuschauen, bevor ich ihn wieder hinausschicke.« Sie blickte verträumt in die Ferne. Dann sah sie Jakob an und der verträumte Blick verschwand aus ihren Augen, so wie Wasser durch ein Abtropfsieb. Sie verzog den Mund. »Ich brauche keinen Butler, der mich jedes Mal anwidert, wenn ich ihn sehe!«

Jakob schluckte. Er musste es weiter versuchen. »Sie müssten mich ja nicht zu Gesicht bekommen. Aber es muss doch etwas geben, wofür Sie mich brauchen können. Ich mache alles, wenn ich nur in Katies Nähe sein darf.«

»Keine Chance. In meinem Schloss ist kein Platz für dich, basta.« Sie drehte ihm den Rücken zu, erhob einen Arm wie eine Ballerina und bewegte grazil ihr Handgelenk. »Das Gespräch ist beendet.« Der Regen nahm zu. Es goss wie aus Kübeln, die Tropfen, so groß wie Murmeln, hinterließen Kreise in den Pfützen.

Jakob schirmte seine Augen mit den Händen ab. Er sah, wie Frau Sonnemann zum Schloss hinüberschritt. Langsam löste sie sich in der Finsternis auf.

»Wenn sie das Schloss erreicht, ist von ihr nichts mehr übrig«, murmelte Jakob. »Dann ist alles vorbei.«

»Es ist schon vorbei.« Kait versuchte, ihn zu sich zu umzudrehen. »Hör mir zu, Jakob«, sagte er beschwörend. »Ich weiß, dies ist das Letzte, was du hören willst, aber es ist aus und vorbei. Du kannst nur noch versuchen, dich selbst zu retten.«

»Das denke ich nicht.« Jakob riss sich los.

Frau Sonnemann war mittlerweile nichts weiter als ein dunkler Fleck. Eine Zeichnung, deren Ränder mit einem

Radiergummi verwischt worden waren. Jakobs Zeit war beinahe abgelaufen.

»Ich werde Ihnen so lange auf die Nerven gehen, bis Sie mich mitnehmen!«, rief er.

Ein abfälliges Lachen erklang. »Nur zu!«

»Du bist wahnsinnig!« Nastas Stimme klang heiser. »Mach was, Kait!«

Frau Sonnemann beachtete sie nicht. Jakob sah, wie sich die verbissenen Züge um ihren Mund in ein durchtriebenes Lächeln verwandelten. Ihre Augen wurden schmal. »Du würdest also alles dafür tun, ja?« Sie hielt den Kopf etwas schief und fuhr fort: »Ist das ein Versprechen?«

»Ja.«

»Was treibst du da, um Himmels willen?«, zischte Kait ihm zu. »Wenn sie dich in ihr Haus lässt, wirst du ihr Sklave.« Frau Sonnemann lachte und ihre Stimme tropfte vor Gift, als sie weitersprach: »Der Junge wird noch viel weniger sein als das.« Sie betrachtete Jakob abfällig. »Obirs Kerker wird dir wie ein Schlossgemach erscheinen im Vergleich zu dem, was dich bei mir erwartet.«

Ihre Worte brodelten wie kochendes Wasser. Jakob zitterte. Durch das eiskalte Wasser waren seine Füße waren vor Kälte taub. Über dem Wasser flirrte die Luft aber vor Hitze und ließ Jakobs fast wieder trockene Jacke und das T-Shirt um seinen Körper flattern. Die Hitze auf seiner Haut war nahezu unerträglich.

»Was hältst du davon?«, fragte Frau Sonnemann. Ihre

Stimme klang so verspielt wie eine Katze. »Kommst du herein?« Einladend breitete sie die Arme aus.

Die Maueröffnung hatte sich in ein großes Holztor verwandelt, dessen Türen weit geöffnet waren.

Jakob schluckte. Dort drinnen würde es schlimm für ihn werden, wenn sein Plan misslingen sollte. Langsam nickte er.

Sie streckte ihm die Hand entgegen. Jakob betrachtete mit Abscheu die Fingernägel, die lang und spitz aussahen, wie bei einem Raubvogel.

Er wollte ihre Hand ergreifen, doch ein energischer Schlag auf den Arm hinderte ihn daran.

»Bist du verrückt?« Kait schlug ihn erneut, diesmal gegen die Schulter und so stark, dass Jakob taumelte. »Denk nach. Sie wird dich einsperren und dir das Leben zur Hölle machen. Und was hast du davon? Hat Katie dadurch ein besseres Leben? Nein!«

Jakob sah die Überraschung und die Sorge in Kaits Augen. Der Mann verstand überhaupt nicht, was er gerade tat. Jakob hätte ihn gerne beruhigt. Aber es wäre zu riskant, ihm nun zuzuzwinkern. Wenn Frau Sonnemann das mitbekommen würde, wäre alles verloren.

»Lass mich mit ihr gehen, Kait«, sagte er, »es ist meine Entscheidung und die musst du akzeptieren.«

Panisch betrachtete Nasta das stetig steigende Wasser. »Sie lässt uns ertrinken. Der ganze See kommt wieder hervor. Wenn wir noch länger hierbleiben, erreichen wir das Ufer nicht mehr!«

»Was wird das, Jakob?«, fragte Kait. Seine Stimme zitterte vor lauter Anspannung. »Kommst du freiwillig mit oder muss ich dich zwingen?«

Jakob wich Kaits Blick aus. Der Regen strömte ihm über Gesicht. »Ich gehe mit ihr.«

Er warf einen Blick zu Frau Sonnemann. Sie nickte zufrieden.

»Ich habe meine Entscheidung getroffen, Kait.«

Langsam schwebte sie zum Schloss. Als könnte das Tor es nicht abwarten, sich hinter ihr zu schließen, knarrte es laut. »Beeil dich, Jakob«, befahl sie, blickte sich aber nicht mehr um.

Kait öffnete den Mund, doch Jakob legte hastig den Finger auf die Lippen. Auch wenn Frau Sonnemann sie nicht sehen konnte, sie würde bestimmt jedes Wort verstehen, egal wie leise sie sprechen würden. Kait runzelte die Stirn, schwieg aber. Jakob zwinkerte ihm zu. Das war alles, was er tun konnte. Dann drehte er sich um, rannte Frau Sonnemann hinterher und ließ Kait und Nasta verwirrt zurück.

51.

DIE GLASTÜR

»So, da bist du also. Eine echte Kämpfernatur.« Frau Sonnemann lachte schrill. Hoheitsvoll schritt sie über das Wasser, als wäre es ein roter Teppich. »Komm!«, befahl sie und streckte ihm die Hand entgegen.

Die Hitze war unerträglich. Jakob musste sein T-Shirt über den Mund ziehen, um nicht das Gefühl zu bekommen, innerlich zu verbrennen.

»Zuerst will ich Katie sehen.«

»Du hast keine Forderungen mehr zu stellen. Hier machst du, was ich dir sage.«

Jakob hörte die Ungeduld in ihrer Stimme. Er dachte schnell nach. Er musste Katie sehen, solange Herr Sonnemann noch in der Nähe war und der See nicht wieder vollgelaufen war. Koste es, was es wolle.

»Ich möchte nur wissen, ob es ihr gut geht. Und zwar nicht, weil Sie mir das weismachen. Ich muss es mit eigenen Augen sehen. Das war so abgemacht. Wenn Sie sich an das Versprechen halten, komme ich mit Ihnen mit und tue alles, was Sie verlangen.«

Frau Sonnemann legte den Kopf in den Nacken und seufzte theatralisch. »Wie du willst.«

Jakob atmete erleichtert auf, achtete aber darauf, dass sie es nicht bemerkte.

»Du kannst sie sehen, aber danach gehst du in den Keller und dann will ich davon für lange, lange Zeit nichts mehr hören. Hast du mich verstanden?«

Jakob schlug demütig die Augen nieder. »Ja, gnädige Frau.«

Sie streckte ihm die Hand entgegen und Jakob ergriff sie. Ihre Finger legten sich wie Handschellen um sein Handgelenk. Ihre Fingernägel gruben sich in sein Fleisch. Er musste einen Schmerzensschrei unterdrücken.

»Na, immer noch so eifrig dabei?« Sie lachte boshaft.

Jakob brachte vor Schmerzen keinen Ton heraus. Als hätte sie fünf glühende Messer in sein Handgelenk gestochen und nicht ihre Fingernägel, aber er zuckte nicht mit der Wimper. Gemeinsam gingen sie durch das Tor und betraten den großen Saal. Draußen hatte Jakob das Wasser schon bis zum Oberschenkel gereicht, aber hier drinnen war auf dem makellos weißen Marmor kein Tropfen zu sehen.

»Wo ist sie?«, brachte er mühsam heraus.

»Alles zu seiner Zeit.« Sie ließ sein Handgelenk los. Er zog schnell den Arm ein und rieb sich über die schmerzende Stelle. Dann machte er große Augen. Obwohl sie gerade erst die Fingernägel aus seiner Haut gezogen hatte, war nirgends eine Schramme zu sehen. Nur fünf schwarze

Flecken, die so schnell wie Wasserfarbe unterm Wasserhahn verschwanden.

»Es heilt schnell.« Sie strich sich achtlos über das Kleid. »Jedenfalls, wenn ich es will«, sagte sie nachdrücklich. »Wenn du dich anstrengst und mir nicht in die Quere kommst, wirst du keinen Ärger mit mir kriegen. Wenn du mir aber Steine in den Weg legst ...«

Sie blickte ihn drohend an. »Und was deine Schwester betrifft. Ich will nicht, dass sie einen schlechten Eindruck von mir bekommt. Das liegt dir doch auch am Herzen, nehme ich an. Das Letzte, was du möchtest, ist doch, deiner Schwester Angst zu machen, oder?«

Jakob nickte ergeben.

»Gut, dann lass uns das rasch hinter uns bringen.«

Frau Sonnemann klatschte in die Hände. Über ihren Köpfen fing die Decke an sich zu bewegen.

Vorsichtig sah er sich um. Auch der Saal war zu einer schaukelnden Masse aus Tischen, Stühlen, Vorhängen, Gemälden geworden. Gemälde donnerten mit harten Schlägen gegen die Wand, an denen sie dann ruhig an unsichtbaren Nägeln hängen blieben. Dunkelblaue Samtvorhänge flogen durch die Luft zu den Wänden, an denen ihren Platz einnahmen. «So ist es doch etwas gemütlicher«, sagte Frau Sonnemann zufrieden, als das Mobiliar an Ort und Stelle stand. »Du wolltest sie sehen? Da kommt sie.«

Jakob drehte sich schnell um und vergaß zu atmen. Hinten im Saal befand sich mit einem Mal eine Glastür.

Dahinter stand Katie. Statt des Nachthemds trug sie ein weißes Sommerkleid mit Puffärmeln und Spitzenkragen. Das blonde Haar war zurückgekämmt und mit einem weißen Band zusammengebunden.

»Katie!«, rief er. Sie öffnete den Mund, aber ihre Worte drangen nicht durch das dicke Glas.

»So«, sagte Frau Sonnemann zufrieden. »Du hast sie gesehen. Ich habe mein Versprechen gehalten, jetzt bist du dran.« Sie streckte ihm die Hand entgegen. »Los, komm schon.«

»Ich kann sie nicht verstehen!«, rief Jakob.

»Meines Wissens ging es ums Sehen.«

»Es ging darum, zu wissen, ob es ihr gut geht. Vielleicht hat sie gerade um Hilfe gerufen, da hinter dem Glas.« Er betrachtete Frau Sonnemanns ausgestreckte Hand und verschränkte demonstrativ die Arme. »Sie werden mich gleich einsperren. Lassen Sie mich mit ihr reden, das ist doch wohl das Mindeste. Nur zwei Minuten!«

Frau Sonnemann wollte protestieren, überlegte es sich aber anders. Sie sah Jakob scharf an. »Und wenn ich es tue, wirst du mir dann nie mehr widersprechen?«

»Nie mehr.«

Frau Sonnemann betrachtete das kleine Mädchen, das die Hände an die Glastür gelegt hatte und die Nase gegen die Scheibe drückte.

»Ich weiß nicht. Ich fürchte, es könnte sie noch mehr aufwühlen.«

Jakob hörte den Zweifel in ihrer Stimme. »Es wird sie

noch viel mehr aufwühlen, wenn Sie mich jetzt einfach wegschicken. Sie hat mich gesehen, aber sie wird nicht verstehen, weshalb sie nicht mit mir reden darf. Vielleicht wird sie sogar in Panik geraten, weil sie nicht begreift, was hier vor sich geht. Das wird es für sie nur schwieriger machen, Sie zu lieben.«

»Und wenn ich dich zu ihr lasse, macht es das für sie einfacher?«, fragte Frau Sonnemann höhnisch.

Jakob antwortete ruhig: »Aber ja, denn ich werde ihr erklären, dass ich hier wohnen werde, wenn auch in einem anderen Zimmer.«

»Und wie kann ich darauf vertrauen, dass du sie nicht wieder gegen mich aufhetzt?«

Jakob spürte es: Es fehlte nicht mehr viel. Sorgfältig wählte er seine Worte.

»Wenn ich ihr erzählen würde, wie es sich wirklich verhält, würde sie todunglücklich werden. Sie würde sich den Rest ihres Lebens um mich Sorgen machen. Das ist das Letzte, was ich will. Sie darf also niemals erfahren, unter welchen Umständen ich hier bin. Ich werde ihr das nicht erzählen, aber ich will Ihr Wort, dass Sie sich auch daran halten.«

Frau Sonnemann nickte langsam. »Das ist wahrscheinlich das Beste«, sagte sie nachdenklich. »Also gut, du kriegst, was du willst. Zwei Minuten.«

Jakob neigte den Kopf. »Vielen Dank.« Das kam aus tiefstem Herzen. Doch gerade als er sich zu Katie umdrehen wollte, packte Frau Sonnemann seinen Arm. Ihre

Finger packten seinen Oberarm, aber die Nägel setzte sie nicht ein.

»Keine Tricks, Jakob. Ich behalte dich im Auge.«

Ihr Blick ließ ihn erschaudern. Er nickte schnell. Dann ließ sie ihn los.

DIE ÜBERFAHRT

Die Glastür war doppelt so hoch wie eine normale Tür und bestimmt viermal so dick. Katies Mund bewegte sich, doch ihre Stimme drang nicht durch. Sie hatte Tränen in den Augen. Jakob legte seine Hand auf die Scheibe. »Ich bin gleich da«, flüsterte er. Er suchte nach einer Türklinke, aber es gab keine.

»Wie komme ich zu ihr?« Jakob drehte sich um. Frau Sonnemann stand am Ende des Tisches. Sie sah misstrauisch aus. Als zweifelte sie daran, das Richtige zu tun und die Kinder zueinander zu lassen. Jakob perlte der Schweiß von der Stirn. Er wandte sich wieder der Tür zu. »Geben Sie mir meine zwei Minuten«, bat er.

In diesem Augenblick bewegte sich etwas an der Tür. Das Glas wölbte sich, als wäre es Seifenlauge, in die eine Blase gepustet wurde. Erschrocken zog Katie ihre Hände zurück. Die Blase wuchs zur Größe eines stattlichen Apfels an, dann bewegte sie sich langsam auf Jakobs Seite zu. Er legte die Hand auf das Glas und spürte, wie die Blase gegen seine Handfläche drückte. Die Scheibe wölbte sich immer mehr, bis Jakob seine Finger wie um einen großen gläsernen Türknauf schließen konnte. Seine Finger prickelten. Er zog daran.

Die schwere Tür ging erstaunlich leicht auf und dann stand er plötzlich direkt vor Katie. Sie erschien ihm wie eine Porzellanpuppe mit akkurat gekämmtem Haar und dem makellosen weißen Satinkleid. Sie trug weiße Strümpfe und weiße Lackschuhe, die mit kleinen blauen Perlen besetzt waren. Aber Katies Wangen waren vom Weinen gerötet.

Jakob trat einen Schritt auf sie zu. »Alles oder nichts«, flüsterte er. Dann ergriff er Katies Hand.

In dem Augenblick, in dem er sie berührte, erbebte das Schloss. Die Wände wackelten und Geschirr und Besteck klirrten auf dem Tisch.

»Was passiert hier?«, fragte Katie ängstlich. Jakobs Herz schlug nun schnell. Er zog sie mit sich, durch die offene Tür. »Ich denke, ich habe gerade meinen Fluch gebrochen!« Er wagte es selbst kaum zu glauben. Endlich hatte er das, wofür er hergekommen war, vollbracht. Etwas hatte sich dadurch verändert und er wusste auch, was: Er war nicht länger allein.

»Solange der Fluch nicht aufgehoben war, mussten sich alle anderen heraushalten. Aber jetzt habe ich dich erlöst und jeder darf mir zu Hilfe kommen. Und der Erste, der eingreifen wird, ist Herr Sonnemann.« Er warf rasch einen Blick zur Decke, die vibrierte. Es schien, als würde das gesamte Schloss auf einer großen bebenden Fläche stehen.

Jakob konnte ein Grinsen nicht unterdrücken. Aber dann sah er, dass die leichte Röte von Katies Wangen verschwunden war. Mit großen, ängstlichen Augen starrte sie in den Saal. Sie flüsterte: »Aber sie weiß es auch!«

Jakob fuhr herum. Frau Sonnemann stand mitten im Saal und sah ihn zornig an. Ihr Gesicht war kreidebleich und die Lippen hoben sich dünn und blau dagegen ab.

»Du hast mich ausgetrickst!«, zischte sie. »Wie konnte ich nur so dumm sein, dich zu ihr zu lassen!«

Jakob drückte Katie fest an sich. »Bleib dicht bei mir, lass mich nicht los, was immer auch passiert!« Sie nickte und umklammerte seine Hand noch fester.

Das Schloss knarrte und ruckte, als würde jemand versuchen, es komplett aus seinem Fundament zu hebeln. Einer der goldenen Teller fiel vom Tisch und zersprang in tausend Stücke. Jakob schaute nach oben. Schwarze Risse schossen kreuz und quer über die Decke, Putz rieselte zu Boden.

In dieser Sekunde sprang Frau Sonnemann nach vorn, als hätte sie Sprungfedern unter den Füßen. Jakob konnte einen Blick auf ihr Gesicht werfen. Ihm stockte der Atem. Ihre Haut hatte die Farbe von verfaultem Fleisch angenommen und die Augen waren schwarz wie die Nacht, zwei dunkle Löcher anstatt Augäpfel. Aus ihrem aufgerissenen Mund kam ein Schrei, der Jakobs Knochen erzittern und fast sein Trommelfell platzen ließ. Katie wollte sich von seiner Hand losreißen. Er hielt sie nur fester.

»Nicht loslassen!«, schrie er.

Wie ein Sturm raste Frau Sonnemann auf sie zu. Er stemmte sich gegen das, was kommen würde, doch bevor er die Augen zukneifen konnte, tat sich über ihnen plötzlich die Decke auf. Der Marmor krachte auseinander, als wäre eine Bombe explodiert. Die Trümmer schossen durch das Loch in den Himmel, die Gemälde verschwanden in der Finsternis, gefolgt von den Vorhängen. Frau Sonnemann versuchte, sich zu wehren, doch auch sie wurde nach oben gezogen. Knapp einen Meter vor Jakob blieb sie in der Luft hängen. Ihr Kleid flatterte um ihren Körper und alles an ihr flog hoch. In einem letzten Versuch griffen ihre Klauen nach ihm, doch der Wind trug sie davon, bevor sie ihn packen konnte.

»Ich werde dich nie davonkommen lassen«, kreischte sie atemlos. »Niemals! Ich hoffe, du bist ein guter Schwimmer, Jakob.« Sie lachte schrill. Dann zerrte der Wind sie mit und sie verschwand zappelnd durch das Loch in der Decke.

Die Holztüren wölbten sich ächzend nach innen. Wasser sickerte durch die Ritzen.

Katie rüttelte an seinem Arm. »Sie will uns ertränken!«, schrie sie.

Bevor sich Jakob von dem Schrecken erholten konnte, krachte das Tor mit ohrenbetäubendem Lärm auf. Das Wasser stürzte herein und wogte auf sie zu. Schnell reichte es Jakob bis zur Brust und Katie bis zu den Schultern.

»Komm, ich nehme dich auf Huckepack.«, rief Jakob.

Katie schlang die Arme um seinen Hals und klemmte

die Beine um seine Taille. Er watete, so schnell er konnte, durch das Wasser, aber je näher sie der Tür kamen, umso stärker wurde die Strömung. Mit viel Mühe erreichte Jakob den Türrahmen. Er versuchte, sich nach draußen zu ziehen, aber die Kraft des Wassers, das hereindrängte, war übermächtig.

»Schneller!«, rief Katie und rüttelte an seinen Schultern, aber wie sehr Jakob auch gegen die Strömung ankämpfte, er kam nicht vorwärts. Das Wasser drückte ihn nach hinten, seine Finger glitten vom Türrahmen ab.

In diesem Augenblick zog ihn jemand nach draußen.

»Kait!«

»Du hast doch nicht etwa angenommen, wir lassen euch hier zurück?«

Kait schlug mit der flachen Hand auf das Wasser. »Du hast es geschafft, Jakob!« Er schüttelte ungläubig und bewundernd den Kopf.

Nasta, die neben ihm stand, blickte ihn besorgt an. »Es ist zu früh für einen Freudentanz, Jungs. Wenn wir nicht schleunigst machen, dass wir wegkommen, ertrinken wir alle und dann gibt es nichts zu feiern.«

Sie ergriff Jakobs Hand. Kait hob Katie rasch von Jakobs Rücken und setzte sie sich auf seine Schultern. So schnell sie konnten, wateten sie durch das Wasser. Jakob merkte, dass seine Beinmuskeln protestieren. Bei jedem Schritt verhedderten sich seine Füße in den Wasserpflanzen. Er heftete den Blick auf das Festland, doch da der See sich langsam füllte, verschob sich das Ufer immer weiter nach hinten. »Das klappt nie«, rief er, »das Wasser steigt zu schnell!«

Bei jeder Welle wurde er ein Stück hochgehoben. Er musste die Arme einsetzen, um vorwärtszukommen.

»Halte dich an mir fest!«, rief Nasta. »Die Wellen werden uns sonst voneinander forttreiben.«

Jakob klammerte sich an ihren Gürtel. Eine hohe Woge hob ihn und Nasta hoch, und dieses Mal spürte er keinen festen Boden mehr unter den Füßen, bis das Wasser wieder sank. Sie stieß sich ab und begann zu schwimmen.

Auch für Kait war es mittlerweile unmöglich, noch zu gehen. Er ließ Katie von den Schultern auf seinen Rücken gleiten. »Schling deine Arme um meinen Hals und lass auf keinen Fall los!«, rief er. Das tat Katie und drehte das Gesicht vom aufspritzenden Wasser weg. Kait stieß sich ab und schwamm mit kräftigen Zügen Richtung Ufer.

Aber wo war das Ufer? Durch die hohen Wellen und den peitschenden Regen war die Küste nicht mehr zu sehen. Jakob war klar, dass auch Kait und Nasta sich nicht mehr orientieren konnten. Sie schwammen auf gut Glück in die Richtung, in der sie das Ufer vermuteten. Aber ob das stimmte?

Dröhnend brachen die Wellen über ihnen. Der Himmel war bleigrau. Das Unwetter war in aller Heftigkeit ausgebrochen und Jakob wusste genau, warum. Herr und Frau Sonnemann trugen ihren Krieg aus. Jakob hoffte glühend, dass Herr Sonnemann gewinnen würde. Die Wolken schienen aus Metall zu sein, sie krachten voller Wucht gegeneinander. Die Schläge waren so hart, dass die Wogen schäumend auseinanderspritzten.

Jakob schwamm mit der ganzen Kraft, die er in sich hatte, doch die Wellen überspülten ihn nun so oft, dass er zwischendurch kaum Atem holen konnte. Durch einen Regenvorhang sah er Katie auf Kaits Rücken. Sie sah aus wie ein durchweichtes Äffchen, wie sie sich an ihn klammerte. Sie hustete ununterbrochen.

Plötzlich bemerkte er zwischen den Wellen einen dunklen Fleck. Nur eine Sekunde lang, dann war er weg. Jakob spähte in die Ferne. Die Wellen schwappten auf und nieder, und dann war er wieder da. Näher diesmal.

»Ein Schiff!« Jakobs Stimme überschlug sich. Sein Magen zog sich zusammen und eine Schrecksekunde lang dachte er, Frau Sonnemanns Geisterschiff segle auf sie zu. In Gedanken konnte er ihre bedrohliche Gestalt bereits auf dem Vorderdeck stehen sehen.

Er zog an Nastas Gürtel und deutete auf den dunklen Fleck, der vor ihnen die Wogen durchpflügte. Nasta schüttelte die nassen Haare in einer schnellen Bewegung nach hinten. Ihre Stimme klang wegen des vielen Wassers, das sie geschluckt hatte, rau, aber ihre Freude war nicht zu überhören. »Agades!«, rief sie aus. »Sie kommt uns entgegen!«

Katie hatte den Kahn nun auch entdeckt. Sie schrie vor Freude auf. Eine Welle spülte über sie. Kurz war es still. Dann tauchte sie wieder auf.

»Jakob! Da ist ein Schiff!« Sie prustete und schrie

gleichzeitig. Jakob musste trotz Erschöpfung und Kälte lachen.

»Das ist Agades, Katie! Wir schaffen es!«

Auch Nasta und Kait mobilisierten ihre letzten Kraftreserven. Es dauerte nicht lang und Kait ergriff die Strickleiter, die vom Bug des Kahns ins Wasser hing. Er hob Katie hoch. Sie umklammerte die Leiter und zog sich daran hoch. Nasta und Jakob waren jetzt auch am Schiff angekommen und kletterten hintereinander auf den Kahn.

Sie rannten gerade über das Deck zum Haus, als eine hohe Welle sie erwischte. Jakob knallte gegen die Wand des kleinen Hauses, gerade konnte er noch verhindern, dass Katie dasselbe geschah. Er fing sie auf und schob sie die Wand entlang, bis er die offen stehende Tür erreicht hatte.

Agades steckte den Kopf um die Ecke. »Halte dich daran fest!«, rief sie und hielt ihm das Ende des Stocks hin. »Du musst dich beeilen!«

Jakob tastete nach dem Stock, während der Wind sich zwischen ihn und das Haus drängen wollte. Als hätte der Wind Hände, die ihn von der Mauer wegzerrten. Plötzlich fühlte er die knorrige Stockspitze und packte sie.

»Ich habe ihn«, rief er und sah zu seiner Schwester. Katie beugte den Kopf unter dem heftigen Regen. Von oben sah er nur ihr klatschnasses blondes Haar. Das Band hatte sich gelöst und baumelte an einer Locke.

»Halt dich gut fest, Katie«, schrie er gegen den Wind und drückte ihre Hand. Sie sah nicht auf, drückte aber seine Hand als Antwort ebenfalls.

»Sehr gut.« Trotz der schlimmen Lage, in der sie sich befanden, lächelte Jakob. Er drehte sich wieder um. Regen schlug ihm entgegen und der Wind sauste ihm die Ohren. Er musste die Augen schließen. Mit letzter Kraft hangelte er sich am Stock Stück für Stück Richtung Tür.

»Du bist fast da!« Agades' Stimme drang kaum durch den Sturm. Dann spürte Jakob, dass die Wand endete. Eine Hand packte ihn und zog ihn ins Haus.

Mit einem Mal nahm der Wind noch mehr zu. Der Kahn wackelte stärker. Jakob ließ den Stock los und wollte Katie hinter sich herziehen, doch Katies Hand glitt langsam aus der seinen. »Halte dich fest!«, schrie er.

Alles um ihn herum wurde dunkel. So dunkel, dass er die Hand vor Augen nicht sehen konnte.

Dann hörte er eine Tür zuschlagen und wurde gegen den Boden gedrückt, als stünde er in einem Aufzug, der rasend schnell in die Höhe schoss.

»Lasst mich raus! Katie ist weg!«

Aber er bekam keine Antwort. Das Zimmer wirbelte umher, Jakob wurde hin und her geworfen und knallte mit dem Kopf gegen den Türgriff. Mit beiden Händen klammerte er sich daran. Er wollte die Tür aufreißen, doch bevor er das tun konnte, kam das Haus abrupt zum Stillstand. Die Tür flog auf und Jakob fiel nach draußen.

Der Boden war weich. Jakob überschlug sich und rollte einige Meter weit, bis er liegen blieb. Über ihm schien die Sonne an einem wolkenlosen Himmel. Jakob stand auf. Verwirrt blickte er sich um. Der See war weg. Das Ufer war weg. Es gab kein Schloss und auch der Kahn war verschwunden. Das Einzige, was noch da war, war das Haus von Agades. Schief stand es da, die Tür geöffnet.

Jakob rutschte das Herz in die Hose. Das Haus und er standen inmitten einer großen Weide. Soweit das Auge reichte, gab es Gras, Gras und noch mal Gras. Wie ein grüner Ozean dehnte es sich vor ihm aus.

»Katie!« Er schrie ihren Namen, so laut er konnte, doch es gab nicht einmal ein Echo. Er rannte zum Häuschen und sprang durch die geöffnete Tür. Die Sonne schien durch die Löcher im Dach und fiel versprenkelt auf den kahlen Boden. Das Haus war leer.

»Agades!« Verzweifelt tastete Jakob die Wände ab, als könnte er eine Geheimtür finden, hinter der sich die anderen versteckt hielten. Doch das Haus war leer und blieb es auch. Jakob war allein.

Langsam ging er wieder hinaus. Das Gras federte unter seinen Füßen. Die Sonne schien ihm warm auf Kopf und Schultern. In welcher Richtung lag die Riverkilt? Er hatte nicht die geringste Ahnung. Er fühlte sich leer und war erschöpft. Während er vorwärtswankte, schloss er die Augen.

Es dauerte eine Weile, bis er bemerkte, dass der Boden unter den Füßen nicht mehr federte und auch die Wärme der Sonne von seinen Schultern verschwunden war. Er machte die Augen auf. Vor ihm lag seine Straße. Er stand an der Ecke, an der er vor langer Zeit Kait in die andere Welt gefolgt war. Es dämmerte und der Laternenpfahl, unter dem er stand, warf einen runden Lichtfleck auf den Bürgersteig. Es nieselte.

»Oh nein!«, murmelte Jakob erschrocken. Er drehte sich um, aber von der Weide war nichts mehr zu sehen. Die Straße machte eine Kurve und ging in den Distelweg über, das war immer sein Weg gewesen. Die Häuser standen grau und nass geregnet am Straßenrand. Seite an Seite. Mit dem schmalen Bürgersteig zwischen den Eingangstüren und den auf den Straßen parkenden Autos. Nichts hatte sich verändert.

Jakob suchte die Straße ab, in der Hoffnung, Kait irgendwo zu entdecken, in seinem langen Mantel und mit einer Zigarette zwischen den Lippen. Aber die Straße war leer, alle waren daheim. Alle, bis auf Katie. Eine Träne lief ihm über die Wange.

»Kait!« Er schrie den Namen, so laut er konnte. »Komm und hol mich!«

Eine Tür ging auf und eine Frau steckte den Kopf heraus. Es war Frau Sandberg. Jakob kannte sie, weil sie immer sofort herauskam, wenn er und seine Freunde es wagten, auf der Straße zu kicken.

»Bist du das, Jakob?« Das Flurlicht legte sich über die Straße wie ein gelber Teppich. Sie kniff die Augen zusammen und spähte in der Dämmerung zu ihm hinüber. »Bist du verrückt geworden, hier so herumzuschreien? Und wie du herumläufst!«

Sie trat aus der Tür, doch als sie den Nieselregen bemerkte, zog sie sich schnell wieder in den Flur zurück.

»Geh nach Hause, bevor du dir den Tod holst!« Sie wedelte mit der Hand, als wollte sie einen zotteligen Straßenköter verjagen. Jakob nickte niedergeschlagen. Sie schloss die Tür. Er war wieder allein.

53.

ZU HAUSE

Mit dem Jackenärmel rieb Jakob sich über das Gesicht. Seine Wange wurde dadurch nur noch nasser. Er blickte zu Boden und merkte, dass er in einer Pfütze stand. Es tropfte von seinen Ärmeln und Hosenbeinen, seine Kleider waren noch vom See durchnässt. Oder kam das vom Regen?

Als er sich schließlich auf den Weg machte, spürte er seine blauen Flecken. Es war kein Traum gewesen. Er hatte Katie verschwinden lassen und er hatte sie befreien können. Mit gesenktem Kopf ging er langsam nach Hause.

Die Gartenpforte quietschte, als er sie aufstieß, der Kies knirschte unter seinen Füßen. Das waren die vertrauten Geräusche, nach denen er sich die ganze Zeit so gesehnt hatte. Aber ohne Katie war das alles nichts wert.

Er ging am Küchenfenster entlang. Der Tisch war gedeckt. Ein großer Topf stand auf der Tischdecke, wahrscheinlich gab es irgendeinen Eintopf. Sein Vater hatte schon Platz genommen, die eine Hand neben dem Teller, mit der anderen tippte er unter dem Tisch etwas in sein

Handy. Seine Mutter stellte die blaue Suppenschüssel auf den Tisch und setzte sich zu ihm. Sie blickte seinen Vater an, ihr Mund bewegte sich. Jakob beobachtete, wie sein Vater erschrak und den Kopf schüttelte. Er steckte das Handy schnell in die Hosentasche, dann zeigte er ihr mit unschuldiger Miene seine beiden leeren Hände. Jakobs Mutter schüttelte den Kopf.

Wie lange war er weg gewesen? Jakob seufzte. Seine Eltern würden sich zweifellos freuen, ihn wiederzusehen. Aber danach müsste er erzählen, wo Katie steckte. Doch es hätte keinen Sinn, die Wahrheit zu sagen. Wer sollte eine derart seltsame Geschichte schon glauben? Es würde sie nur ärgerlicher und trauriger machen, als sie schon waren. Ihre Tochter war für immer verschwunden und ihr Sohn fand es nötig, sich absurde Geschichten auszudenken. Sie würden ihn dafür hassen. Nein, das Beste wäre, sich etwas einfallen zu lassen, das leichter zu glauben wäre.

Jakob warf noch einen letzten Blick auf seine Eltern, doch als er gerade zur Tür gehen wollte, drehte seine Mutter sich plötzlich um. Jakob wusste nicht genau, wohin sie schaute, aber sie bewegte den Mund. Hatten sie Besuch? Seine Mutter lächelte und streckte die Arme aus. Jakob schnappte nach Luft. Noch jemand erschien im Bild. Katie! Ihre blonden Haare waren streng nach hinten gekämmt und zu einem Knoten hochgesteckt. Sie trug nicht mehr das weiße Kleid, sondern ihren blauen Planetenschlafanzug. Seine Mutter nahm Katie in die Arme und küsste sie auf den Kopf. Dann ging Katie um den Tisch herum zu ihrem Stuhl.

Mit offenem Mund starrte Jakob seine Schwester an. Da war sie. Sie stand leibhaftig in der Küche und seiner Mutter war nichts Besonderes anzumerken.

»Sie ist da«, flüsterte er. »Sie ist wieder da.« Sein Lächeln war so breit, dass er das Gefühl hatte, seine Mundwinkel würden seine Ohren berühren. Die Kieselsteine auf dem Gartenpfad knirschten unter seinen Füßen. Das Geräusch war mit einem Mal das Schönste, was er seit Ewigkeiten gehört hatte. Das Geräusch des Heimkommens.

Er legte die Hand auf die kalte Klinke und drückte sie nach unten, die Wärme der Küche begrüßte ihn. Jakob stand immer noch breit grinsend im Türrahmen.

»Wasch dir rasch die Hände, Jakob«, sagte seine Mutter. Als sie ihn ansah, machte sie große Augen. »Meine Güte, was hast du denn angestellt?«, rief sie aus. »Wie kriegst du das bloß so schnell hin? Es regnet doch gar nicht so stark?« Sie schaute aus dem Fenster.

Dann drehte sich sein Vater zu ihm um. Auch er bekam große Augen und brach in Lachen aus.

»Und du lachst auch noch«, maulte seine Mutter. »So witzig ist das nicht. Das Essen wird kalt.«

»Seit wann haben wir denn einen Tümpel im Garten?«, feixte der Vater.

Jakob wusste nicht, was er sagen sollte. Seine Eltern waren weder froh noch verärgert noch erleichtert. Sie hatten ihn überhaupt nicht vermisst. Er blickte Katie an.

Sie starrte ihn an, dann erschien ein Lächeln auf ihrem Gesicht.

»Zieh dir auch schnell etwas Trockenes an.« Seine Mutter schüttelte den Kopf und widmete sich dann wieder dem Abendessen. »Wir fangen schon mal an. Es wäre schade um das gute Essen. Beeil dich ein bisschen, ja?«

Jakob nickte verstört und schob sich am Tisch vorbei. Er versuchte, Katies Blick noch einmal einzufangen, aber seine Mutter tat seiner Schwester gerade Essen auf.

»Du hast gehört, was deine Mutter sagt, Jakob«, sagte sein Vater. »Zieh dir etwas Trockenes an, und zwar schnell.«

Kurz darauf saß Jakob am Tisch. Er hatte eine lange Hose und ein langärmeliges T-Shirt angezogen, um die blauen Flecken auf seinen Armen und Beinen zu verbergen.

Er starrte Katie über den Tisch hinweg an. Ihre Haare glänzten, als käme sie gerade aus der Badewanne. Aus der Badewanne oder aus einem See.

»Du lieber Himmel, Jakob! Ich weiß wirklich nicht, was es da zu lachen gibt. Dein Gesicht ist voller Schrammen!« Seine Mutter schüttelte den Kopf. »Was ist bloß geschehen?«

Abwesend betastete Jakob sein Gesicht und zuckte die Schultern. Er konnte die Augen nicht von Katie abwenden.

»Klatschnass, voller Schürfwunden und Katie in diesem teuren Kleid. Wer wirft denn ein so teures Kleid in den Mülleimer. Sehr seltsam.«

»Welches Kleid?« Die Frage galt Katie, aber seine Mutter antwortete.

»Welches Kleid, fragt er.« Sie warf ihm einen spöttischen Blick zu. »Du bist schon wie dein Vater.«

Sie deutete zur Tür, an der ein Kleiderbügel hing. Darunter lag ein Handtuch, denn das weiße Kleid mit den Puffärmel war völlig durchweicht.

»Du müsstest es doch besser wissen, Jakob.« Seine Mutter pikte kräftig in die Wurst. »Das nächste Mal, wenn ihr etwas findet, egal wie schön es ist, lässt du sie es nicht gleich auf der Straße anziehen. Wer weiß, was für Keime darin stecken. Vielleicht stammt es aus einem Kleiderschrank voller Flöhe.« Sie verzog angeekelt das Gesicht und sah ihn besonders streng an. Jakob nickte gehorsam.

»Und dann auch noch völlig durchnässt.« Missbilligend schüttelte sie den Kopf. »Wahrscheinlich habt ihr euch eine Lungenentzündung geholt. Ich habe gedacht, wir könnten sie dir anvertrauen. Stefan, sag doch auch mal was.«

Sein Vater schreckte auf und fummelte unter der Tischplatte herum.

»Du bist doch nicht schon wieder am Arbeiten, oder?«

»Nein, Schatz. Also, nur ein bisschen. Worum geht's?«

»Um deine Kinder.« Sie deutete auf Jakob und Katie.

»Ja.« Sein Vater nahm sich eine Kelle Eintopf und eine Wurst. »Du musst besser auf deine Schwester aufpassen.« Er wedelte mit seinem Zeigefinger hin und her. »Wenn wir zu Oma müssen, wollen wir uns nicht noch Sorgen um euch machen.«

Jakob zog die Augenbrauen hoch. »Heute?«

Sein Vater sah ihn erstaunt an. »Jakob, tu doch nicht so, als hättest du das vergessen. Gestern hast du dich noch lauthals beklagt, weil du auf Katie aufpassen musstest. Willst du wissen, wie unser Tag war? Oma hatte mal wieder eine Stinklaune.«

Seine Frau warf ihm einen warnenden Blick zu. »Ihr ist langweilig. Logisch, dass sie etwas gereizt war.«

Seine Eltern wechselten das Thema und beschäftigten sich mit der Frage, ob das Krankenhaus wirklich der Anlass für Omas schlechte Laune war.

Jakob sah Katie an. Sie lächelte.

Sein Vater half dabei, den Tisch abzuräumen und holte währenddessen sein Telefon hervor. Seine Mutter murrte, setzte dann aber den Kaffee auf.

»Ich bringe Katie ins Bett«, sagte Jakob.

Seine Eltern sahen ihn überrascht an.

»Wirklich?«, fragte seine Mutter und runzelte die Stirn.

Katie gab ihnen einen Kuss. »Ich mag es, wenn er mir etwas vorliest.«

»Und ich gehe danach auch gleich schlafen, komme also nicht mehr runter«, sagte Jakob.

Sie ließen ihre Eltern völlig überrumpelt unten an der Treppe stehen.

An diesem Abend saß Jakob noch lange an Katies Bett. Sie redeten, bis sie unten die Spätnachrichten hörten und keine Geräusche mehr von draußen ins Zimmer drangen. Katie gähnte. Jakob deckte sie zu und lächelte. »Ich bin froh, dass du wieder da bist.«

»Und ich bin froh, dass du mich gerettet hast.« Ihr fielen die Augen zu, sie atmete langsamer.

»Ich habe dich lieb«, flüsterte er und küsste sie sanft auf die Stirn. »Bis morgen, kleine Schwester.«

Auf Zehenspitzen verließ er das Zimmer und kroch in sein Bett. Er starrte die Zimmerdecke an, auf der die Laterne vor dem Haus einen Lichtstreifen zeichnete. Jakob dachte an Herrn und Frau Sonnemann. Wie wohl das Gefecht ausgegangen war? Und was war aus dem König geworden? Wo war Agades abgeblieben? Aber das Gesicht, das er beim Einschlafen vor sich hatte, war das von Kait. Was war mit ihm und Nasta geschehen? Er hätte ihnen so gerne gedankt.

Kurz darauf fiel er in einen traumlosen Schlaf.

EPILOG

Mitten in der Nacht schreckte Jakob auf. Das Schlagen einer Tür hatte ihn geweckt, aber nicht bei ihnen zu Hause. Er hörte leise Schritte auf dem Bürgersteig, als laufe jemand barfuß über die Platten.

Jakob glitt aus dem Bett und stellte sich ans Fenster. Er schob den Vorhang etwas zur Seite und betrachtete die Straße. Im Schein der Laterne sah er, wie die Nachbarin barfuß zur Straßenecke ging.

»Warten Sie!«, zischte sie. »Was wissen Sie von Heinrich?« Sie zog ihren Morgenmantel enger um sich und lief los. An der Straßenecke stand eine Frau mit langen braunen Haaren. Um die Hüften trug sie einen schwarzen Gürtel, der nur zum Teil sichtbar war, weil sie einen langen Ledermantel anhatte. In der Hand hielt sie einen Hut, den sie langsam hochhob. Doch bevor sie ihn aufsetzte, blickte sie hoch. Direkt zum Fenster, hinter dem Jakob stand.

»Nasta«, flüsterte er.

Sie zwinkerte ihm zu und setzte den Hut auf. Dann

drehte sie sich um und rannte um die Ecke. Der lange Mantel flatterte hinter ihr her. Das war das Letzte, was er von ihr sah.

Die Nachbarin fing nun an zu rennen. »Warten Sie!«, rief sie empört. Jakob beobachtete, wie auch sie hinter der Straßenecke verschwand.

Er wartete eine Minute. Fünf Minuten. Es fing zu regnen an, aber in der Straße tauchte niemand mehr auf.

Jakob lächelte und legte sich wieder ins Bett.

Erin Hunter

BRAVELANDS

EIN LÖWE, DER AUS SEINEM RUDEL
VERTRIEBEN WURDE

EIN ELEFANT, DER AUS DEN KNOCHEN
DER TOTEN LESEN KANN

EIN PAVIAN, DER SICH GEGEN SEIN
SCHICKSAL ERHEBT

NUR ZU DRITT KÖNNEN SIE DIE
SAVANNE RETTEN

In der glühenden Hitze der Savanne Afrikas eröffnet sich eine mystische
und faszinierende Welt: die Bravelands. Hier leben die Tiere in friedlicher
Gemeinschaft und folgen dem Gesetz der Savanne. Als einige von ihnen
das Gesetz brechen, entflammt ein Kampf um Herrschaft und Macht, dem
sich die drei Helden tapfer stellen.

Band 1: Der Außenseiter
Gebunden, ca. 350 Seiten.
ISBN 978-3-407-82363-2

Auch als E-Book

Eine sagenhafte Reise nach Kanaria

Wieland Freund

Die unwahrschein-
liche Reise des
Jonas Nichts

Roman
Gebunden, 520 Seiten
Beltz & Gelberg (82358)
E-Book (74131)
Ab 12 Jahre

»Ich beschütze dich.«, liest Jonas Nichts auf einem Zettel, den ihm der stumme Diener Ruben heimlich zusteckt. Und diesen Schutz hat Jonas bitter nötig, denn seit er das verschrobene Herrenhaus Wunderlich geerbt hat, versucht ihn jemand zu töten. Vor einem Anschlag flüchten er und Ruben in das Spielzimmer – und finden sich unversehens in Kanaria wieder, einem von seltsamen Menschen und Fabelwesen bevölkerten Land. Laut einer Prophezeiung wird ein Junge Kanarias herzlose Kaiserin stürzen. Erst nach vielen Abenteuern in der Flüsterstadt und dem Spinnenpalast erfährt Jonas, wie viel ungeahnte Macht er besitzt und in welch großer Gefahr er schwebt ...

»Ein opulenter und phantastischer Roman!« Literarische Welt

www.beltz.de **BELTZ**
&Gelberg

Eine wundersame Reise

Verena Petrasch

Sophie im Narrenreich

Roman
Gebunden, 536 Seiten
Beltz & Gelberg (82214)
E-Book (74836)
Ab 11 Jahre

An ihrem 12. Geburtstag entdeckt Sophie in ihrem Schrank einen wundersamen Kerl mit petrolfarbenem Haar. Er stellt sich als Theobald vor und ist … ein echter Narr! Einer, der den Menschen Glücksmomente schenkt. Die Welt der Narren existiert unbemerkt neben der Menschenwelt. Doch beide sind bedroht: Der grausame Zaubernarr Kiéron und sein Heer der Schwarznarren verbreiten Düsternis und Schwermut. Wird sich die alte Prophezeiung des Narrenlieds erfüllen und Sophie beide Welten vor der Herrschaft der Schwarznarren bewahren können?

»Verena Petrasch hat ein närrisches Erzählfeuer entzündet, das von der ersten Seite an mit seiner sprühenden Fantasie und seinem Wortwitz fesselt.« Bücher

www.beltz.de

Ein irrwitziger Krimi!

Verena Reinhardt

Die furchtlose Nelli, die tollkühne Trude und der geheimnisvolle Nachtflieger

Roman
Gebunden, 184 Seiten
Beltz & Gelberg (82320)
E-Book (74695)
Ab 10 Jahre

Haselmaus Nelli, Messerwerferin Trude und die illustre Truppe des Wanderzirkus Woimick haben keinen Schimmer, warum der Kompass total verrückt spielt und ihr Zeppelin ziellos im Nirgendwo treibt. Plötzlich gehen alle Kunststücke schief – die Jungfrau Hilde wird fast zersägt, die seiltanzende Spinne stürzt beinahe vom Seil und Nelli wird um ein Haar aufgespießt! Doch Nelli will sich partout nicht gruseln, sie ist überzeugt: hinter alledem steckt ein geniales Verbrechen. Mit detektivischem Spürsinn will sie Licht ins das geheimnisvolle Dunkel bringen.

»Verena Reinhardt erzählt mit schier überbordendem Witz.« BÜCHERmagazin zu »Der Hummelreiter Friedrich Löwenmaul«

www.beltz.de